黍宁 著

下册
昆山晚 2

长江出版社
CHANGJIANGPRESS

第十九章 风云始动，天地为棋	130
第二十章 夜雨	187
第二十一章 辞仙哥哥	200
第二十二章 切磋比试	211
第二十三章 大光明殿作保，我与这位小友有旧	223
第二十四章 大家的幻境	237

第二部分 重返昆山

第十三章 流墟沙漠　003

第十四章 昆山日常生活　043

第十五章 水凤城副本　053

第十六章 对付黑化的正确方式，快向我的蝴蝶结道歉　069

第十七章 他喜欢她　100

第十八章 心魔雷劫　114

第二部分 重返昆山

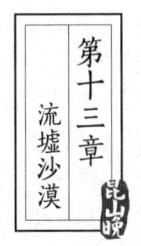

第十三章 流墟沙漠

乔晚被绑在山壁上示众之时，第一个来的倒不是妙法，而是孟沧浪。陆辞仙迟迟没回来，青年特地被马怀真吩咐去找找看。

青年在山道上兜兜转转，一抬头就看见了被挂在山壁上的乔晚，脸上顿露迟疑之色，蒙了半秒。

"陆道友？"

陆道友不是去买酒的吗？现在这是……

虽然心里疑惑，不过救人要紧，孟沧浪还是先走到乔晚面前，打算把乔晚给放下来。结果他刚靠近，立刻就察觉了不对。

这是……珊湖的东西。

陆道友怎么会被珊湖绑在山壁上。

乔晚悲痛地捂脸："那个……这事说来话长。"

鉴于自己骗了陆道友到这儿来，导致陆道友险些被扒了裤子，正直青年孟沧浪内心十分愧疚，乔晚没说，他乖乖地也不再问。

"道友稍等片刻，我这就放你下来。"

孟沧浪正准备动手的时候，目光一瞥，落到了乔晚胸口的本子上。

孟沧浪："这是……"

乔晚出声阻拦："孟兄别看！"

晚了。

孟沧浪默默地把本子插了回去，原来什么样，他放的就什么样："陆道友，珊湖的法器非施术者解不开。"

青年可疑地沉默了一瞬："在下这就请珊湖放你下来，先走一步。"

乔晚：孟兄等等！你听我解释！

紧跟在孟沧浪后面，第二个来的是马怀真。

　　由于小辈迟迟未回，马怀真转着轮椅自己过来了，一看这架势，挑眉问道："这是……"

　　他拿下了乔晚怀里的本子，第一页主要讲的是这本子由琅嬛书楼出品，在修真界如何如何风靡，卖出了多少多少万册。

　　他翻开了前几页。

　　嗯？女修惨遭杀害，修成鬼修要采阳补阴？嗬，有点儿意思。

　　马怀真饶有兴趣地继续往下翻，越翻还越带劲儿。

　　"你喜欢看这个？"

　　马怀真嗤笑了一声，身体力行地表达了自己的嘲讽之意。

　　"前辈——"乔晚努力挣扎了一下，在半空中荡了一圈，"能帮忙搭把手吗？"

　　马怀真把手里的本子合上，将本子往乔晚怀里一插，牵动嘴角，抬眼笑了笑："不帮。"

　　"你就在这儿给我绑着吧。"

　　不愧是冷酷无情、爱记仇的问世堂堂主。

　　第三个来的是方凌青。

　　眼看着孟沧浪也没回来，想到青年那条胳膊还没好全，方凌青急急忙忙地就去找人了，然后也看到了被绑在山壁上示众的乔晚。

　　"陆辞仙？"方凌青一惊，目光迅速落到了乔晚的胸口处，"你这儿插着的是什么？"

　　他拿起来翻阅了一会儿之后，默默放下书，赶紧把乔晚绑紧了点儿。

　　他得绑紧点儿，免得这人出来祸害人。

　　做完这一切，方凌青转身，迈步，落荒而逃！脚踩风火轮一般，急匆匆地一溜烟跑没影了。

　　"孟师兄！"

　　第四个来的是齐非道。

　　陆辞仙、孟沧浪、马怀真和方凌青相继失踪，琢磨出来了点儿不对劲儿之处，齐非道披上衣服找人去了。

　　他敏锐地一眼就看见了被绑在山壁上公开示众的少年。

　　"陆道友？"齐非道讶然。

　　"这是什么？"青年懒散地拿起乔晚怀里的本子，随便扫了一眼，"风流女鬼？陆道友你喜欢看这个？"

　　翻阅着手里的本子，齐非道倒是面色不改，看得十分投入。

　　"这里面有……妙法尊者？马堂主？嗯，昆山的病剑陆辞寒，还有谢兄。咦？"齐非道讶然，"除此之外，还有妖皇伽婴……"

　　第五个来的是郁行之。

　　和前面这一批人不同，郁行之纯属路过的。

　　青年拿下本子，抬眼嗤笑："看你人模狗样的，还看这玩意儿？"

　　第六个来的是谢行止。

004

眼看着前几个人一去不复返，谢行止微微皱眉，起身去找，顺理成章地也看见了被绑在山壁上的乔晚，和她怀里被无数人拿起又装作无事发生一般插回去的本子。

"嗯？这是……"

谢行止目光微动，瞬间周身杀气四溢，扯下了写有谢行止的那几页书页，再请《诛邪录》。

琅嬛书楼是吗？他绝不容情！

被绑在石壁上的乔晚，眼睁睁地看着谢行止冷哼一声，黑着脸拂袖走了。

往前走了一段距离，想到这里面还有陆辟寒，谢行止眉头皱得更紧了点儿，放出了传影玉球。

传影玉球中映出一道瘦骨嶙峋的身影。

陆辟寒："谢道友？"

陆辟寒身后大雪纷飞，寒风呼啸，倒不像是在昆山，更像是在北境。

寒暄片刻之后，谢行止皱眉问："陆道友你可知晓琅嬛书楼？"

"琅嬛书楼？"陆辟寒平静地问，"你问这个做什么？"

虽然这话讲出来十分丢人，但面前这毕竟是自己为数不多的好友之一，谢行止沉默了一会儿，该说的还是都说了。

谢行止最后补充："这里面也有陆道友。"

北境那边风雪太大，寒气入体，男人咳嗽了两声，这才平复了呼吸。

传影玉球上突然传来一个尊贵霸道的嗓音。

玄衣弯刀，一排白色细麻花辫，身形傲岸，伽婴脚踩一地积雪缓缓走来，淡淡地问："这是……"

陆辟寒面色不改地颔首："陛下。这是一本话本。"

"话本？"紧随伽婴而来的青年眉眼弯弯地笑道，"什么话本？"

陆辟寒坦然地念出了这羞耻的书名："《风流女鬼俏尊者》。"

没想到修犬愣了愣，下一秒笑容更灿烂了。

伽婴睨了他一眼："你看过？"

"看过，看过。我这儿有一本。"修犬从袖子里摸出一个同款本子，"陛下要看看吗？"

伽婴略一思忖，说道："拿来看看。"

片刻之后，伽婴开口："不对。"

修犬愣了愣："哪里不对？"

男人随手把本子丢了回去，淡淡地说道："我的发情期不对。"

妖修，果然都直接生猛。

最后一个来的是妙法。

听说最后来领人的妙法尊者脸色尤为好看，下一秒，光照无间炸飞了整个山头，伴随着山头打着旋儿地飞出去的还有一道让人眼熟的身影。

这真是个闻者伤心，见者落泪的悲伤故事。

在那之后，乔晚又在床上躺了整整三天，王如意有的时候会来看她，但大部分时候跑去崇德古苑围观那只豪气冲天的飞行法器。

于是陪着乔晚的只剩下了楚娇娇一个。

被自己最亲近的家人背叛，楚娇娇不太爱说话，常常就在床边窝着，一声不吭地盯着乔晚看。

李判有时候看见了，会投喂一颗糖给角落里缩着的小姑娘，对乔晚这一趟下来，带回王如意和楚娇娇这事未置一词。

这回也是一样，他一进门就从袖子里摸出一颗糖，沉声唤道："娇娇。"

小姑娘眨了眨眼，"嗷呜"一声，一口咬住了李判丢出的松子糖，又默默缩回角落里去了，瞪着黑黝黝的眼，脑袋上仿佛长了一朵迎风飘扬的蘑菇。

对自己为什么对付小姑娘这么熟练这件事，李判十分平静地回答："孩子带多了。"

这不平书院一众弟子里面，绿腰和郑温良是他从小捡回来的，陪着他的时间最长。

"绿腰小时候最喜欢吃这个。"走到床边，摸出袖子里还剩的一颗松子糖，李判问，"你要吗？"

乔晚摇头："前辈放这儿吧，回头留着给娇娇吃。"

"怎么样？能动了没？"收回衣袖，李判看了一眼躺床上挺尸的乔晚。

乔晚："多谢前辈关心，晚辈已经好多了。"

李判"嗯"了一声，敲了敲床板："那收拾收拾赶紧起床，待会儿第三场论法会比试就要开始抽签了。"

"抽签？"

"避免再横生枝节，第三场论法会，大光明殿采用的是最传统的比试，比试靠抽签来决定。"李判不疾不徐地复述。

"抽完签之后，还有三天时间做准备。"李判拎着乔晚站起来，"先去看看能抽中谁。"

乔晚被李判拎着，来到了鸠月山花座峰上，这个时候花座峰上已经挤满了人，有大光明殿弟子在负责维持秩序。

由于"鬼市"伤亡比较惨重，大部分人没拿到渡生花，各教派的人联合一商量，拍案决定，干脆大家都过了这关得了。

乔晚挤进去拿了个玉牌，展开一看，玉牌上清楚地写着个数字——"拾贰"。

这意思大概就是指相同数字的人就是她的对手？

等所有人都领取了号码之后，留影石上开始滚动播放这一串数字后面紧跟着的人名。

乔晚抬头看了一眼。

江徽音，崇德古苑。

她没听说过。

不过既然能过"鬼市"这关，这就说明对方不是易与之辈。离第三场论法会比试正式开场还有几天时间，乔晚正好能趁这段时间继续特训。

006

领了号码牌回去之后，乔晚又开始了每天雷打不动的淡定修炼生活，顺便重新修补受损的神识。

乔晚修炼的同时，不平书院这边的课业也不能懈怠，李判干脆就把两者拎到了一块儿开课，每天早上往讲堂里一站，深沉的目光一扫，开课！

乔晚听课的时候，身边还坐了只眼神发亮的女鬼。

经过这几天学习，王如意也捣鼓出了两项技能：第一项技能是"千丝"，就是把头发当灵丝用，能绑能拉能拽人；第二项技能是"发刃"，就是往头发里灌注灵力，将头发当飞刀来用。

虽然招式杀伤力比较弱，但王如意兴致高昂，热火朝天地埋头钻研着头发的一百种用法。

在这段时间里，乔晚也打听到了，江徽音用的是一把琴，擅长用声波攻击人，独门必杀技叫"平沙落雁"。不过这一次，李判给乔晚定的目标不仅仅局限于打败江徽音，主要是因为从"鬼市"出来后，乔晚隐隐又有了突破的意思。

运动灵力，往空白的横轴上写下几行大字，李判收回手，对着从留影石上抄录下来的名单，耐着性子挨个儿分析。

剩下来的这一批弟子，大致上被李判分为了四个等级。

第一批当属孟沧浪、谢行止和白珊湖。

李判言辞一点儿也没客气，单刀直入："这几个人，以你如今的实力你就别想了。"

第二批当属数部大弟子齐非道、御部大弟子解红丹等人。

"这一批人，"李判指着空白的横轴，"你还能争取。"

第三批则是方凌青等人。

李判："这一批人，你必须赢。"

有关乔晚接下来的对手江徽音……

男人袍袖如沉沉乌云般一卷，在横轴上落下了字。

"第四批则是江徽音之流，我要你必须在一炷香时间内结束战斗。"

至于郁行之……

郁行之残了，被某冷酷无情的法修残忍地踢出了竞争队伍。

"等论法会结束，卢德昌就会回到善道书院，你的时间不多了。"李判问道，"你明白吗？"

他这意思就是让她利用好这接下来的一场论法会比试，把这一批三教弟子当作精英怪来刷。

乔晚神色肃穆地点了点头："我明白。"

李判脸色稍霁："很好。"

接下来，他们就要继续安排特训了！

就这么过了几天之后，乔晚终于迎来了第三场论法会比试。

第三场论法会比试在一个高台上举行，谁要是被打下了台子，在规定时间内没回去的话，就会被判定为淘汰。

江徽音是个长得清清秀秀、白白嫩嫩的青年，上台后微微一笑："道友就是陆辞仙吧，久仰了。"

乔晚沉声礼貌地寒暄："早就听闻过江道友的大名，今日还请江兄多多指教。"

两个人寒暄之后，话不多说，开打！

江徽音目光微凝，白皙的俏脸上浮现了点儿认真之意。他早就打听过了，这陆辞仙是体修，倘若拼体力他肯定拼不过的，还是要速战速决。

此人擅长近身战，他得保持距离"放风筝"才行。

没想到，开场才一秒，乔晚立刻迅疾如雷地冲到了江徽音面前，拳头上灵力爆冲！

这是连妙法的护体金刚罩都能砸破的东西，在这几天特训中又被乔晚和自创的"天马流星拳"结合了起来，拳头如暴风雨一般，一口气没停，接二连三地砸下！

"哐哐哐！"

趁江徽音一瞬失神的工夫，乔晚立刻拎起少年往擂台下砸去。

"哐！"

世界清静了。

留影石上也十分给面子地跳出了几个大字：陆辞仙，胜。

徒留台下还没反应过来的众人目瞪口呆，比试就这么结束了！

第一场比试结束之后，乔晚没着急离开，选择留在原地，蹲在一边看着其他人打擂台。

这也是李判嘱咐的，三教论法会能聚集各教派弟子，正是个博采众长的好机会。

乔晚认真旁观揣摩的时候，身后突然传来了一个熟悉的声音。

"陆辞仙？"

她回头一看，眼前的人一半脸阴柔俊美，一半脸狰狞恐怖，除了郁行之还能有谁？

"你打完了？"手里握着个玉牌，郁行之一脸狐疑的表情。

乔晚看了一眼郁行之手里的玉牌，微微一愣："你也打擂台？"

一听这话，郁行之顿时脸黑："你这是什么意思？凭什么你能打擂台，我就不能打擂台了？"

郁行之这一场比试，时间定在了明天，对手是梵心寺的智融。

乔晚对智融有印象，被李判划分成了第四批对手，是需要一炷香时间之内解决的，不过以郁行之目前的身体状况，这场他能不能赢恐怕还是未知数。

郁行之握紧了玉牌，目光也有点儿阴沉。

从"鬼市"回来之后，他就成了一个废人，卢长老并没责怪他，只让他好好养伤。不过他还是不能接受这样的自己。这智融可以说是梵心寺这一批弟子里面修为最末的。

不管结果怎么样，他总要试上一试！

白天乔晚围观完其他人打擂台，晚上回到不平书院之后，则由李判帮着分析白天战斗中的经验，制订下一场的作战计划。

盘腿坐在床上修炼的时候，感受着丹田里的灵力运转，乔晚也有点儿精神恍惚。

原来不知不觉间，她已经成长了这么多，当初还在昆山时，没日没夜、"哼哧哼哧"

008

辛苦地"砌墙"的生活似乎已经成了久远之前的回忆,现在她竟然也能和这些三教弟子同台竞技了。

晚上结束了课堂补习之后,李判叫乔晚留了下来。

"还有一事,我一直没同你说。"

转向墙上挂着的黑金色古朴长剑,李判继续说道:"这是'闻斯行诸',历任山长的佩剑,在几百年前那次大战中被损毁。

"这几百年来我多方打探,寻找材料,才勉强修补出了个剑形,不过这里面还缺最重要的一样东西。"

他取下长剑,握在掌心里,长剑一振,李判并拢手指,在剑身上轻轻滑过:"还缺一种名叫赤火金胎的材料嵌入剑身。"

"这赤火金胎极其难得。"李判抬眼,"据我所知,目前这修真界流通的唯一一批都在昆山玉清真人周衍手里。"

乔晚谨慎地问:"前辈的意思是……"

"往后你还有很长的路要走,你手里的剑并不适用,尤其在对上谢行止、孟沧浪等人之时,我希望你能回到昆山,把这赤火金胎带回来修补'闻斯行诸'。"

乔晚惊愕,回昆山吗?

李判说完,就把手里的"闻斯行诸"交给了乔晚,让她自己决定。

深更半夜,看着屋里挂着的黑金色长剑,乔晚微感无语。

没想到兜兜转转,最后她还是要回昆山。

回昆山倒没什么,问题在于她要怎么从周衍手上拿到赤火金胎?

李判:"听说玉清真人将赤火金胎分成了两份,一份用来给座下弟子穆笑笑铸剑。"

乔晚:"那另一份呢?"

"另一份还留在他手上,暂未听说要作他用。"

乔晚抱着剑,一声未吭。

看出她心中纠结,李判又说:"回去还是不回,这要交由你自己决定。"

"你心里还没忘记周衍吧?"李判淡淡地说道,"我劝你如果还没忘记周衍,不如早点儿回昆山做个了结,免得生出了心魔,影响你日后进阶。"

乔晚郑重地把剑抱紧了点儿:"多谢前辈教诲,晚辈明白了。"

距离论法会结束还有段日子,她还有时间考虑,在这之前,不如先关心下一场比试。

第二天一大早,乔晚就来到了花座峰擂台下面。这一场是郁行之和智融的比试,和她一起过去围观的还有王如意。

青年一上场,大家的目光就落在这残缺不堪的毁容青年身上,满座皆惊。

这是郁行之?那个善道书院的郁行之?那之前长得阴柔俊美的郁行之?

接收到来自众人震惊、难以置信、复杂、同情等所有的视线,郁行之眼神微冷,一声不吭地咬紧了牙关,脸上青一阵白一阵的。

009

断断续续的议论声不绝于耳。

明明他已经做好了准备，从今往后会面对这些目光和议论声，可是当自己真正站到了众人的目光之下，郁行之才不甘心地发现，完全不是这么回事。

他做不到淡定。

台下的每一道视线、每一声议论，恍若利刃，将他血淋淋地剖开，他被挂在了台上展示，展示他这残缺的身躯。

比轻蔑更可恨的是同情。

郁行之忍不住往马怀真所在的方向看了一眼。

每场比试，作为裁判，马怀真和萧家的人都要到场。这个男人懒懒散散地坐在轮椅里，居高临下地看着底下这一座座擂台。他眸色深沉，一副泰山崩于前而色不变的镇定风姿，明明只能算作"半个人"，但和周围这各教派长老寒暄时，气势反倒还生生地压了对面的人一头。

在没了胳膊和腿，连半张脸也没了之后，这个男人是怎么走出来的，又是怎么爬上如今昆山问世堂堂主的位子的？

目光转向擂台下方的观众席，与王如意并肩坐着是陆辞仙。

郁行之抿唇，目光和少年短暂地交会了两秒。

陆辞仙究竟是怎么做到每一次战斗都能不计后果，豁了命去上的？

定了定心神，郁行之将目光重新投到了台上。

既然马怀真能做到，陆辞仙能做到，那他郁行之肯定也能做到，就算缺了条胳膊、断了条腿，他还是当初那个郁家的天才。

和郁行之不同，智融生得人高马大，善用一把五尺金杖，浑身上下肌肉虬结。

"郁道友。"各退半步，智融微微颔首示意，手中金杖一转，"呼啦"一声，笔直地对准了青年那仅剩的半只眼。

"有礼了！"

战斗瞬间打响！

乔晚目不转睛地看着。

说实话，她不认为郁行之能赢，这短短几天的时间，还不够郁行之去适应缺胳膊断腿的窘境。

郁行之也确实适应不了，一交手就被智融一脚踹飞了出去，"哐当"一声落到了台下，人群立刻爆发一阵惊呼声。

而同在观众席的卢德昌，脸色微微一变。

他早就警告过郁行之，叫郁行之别上！偏偏这孩子不听劝！郁行之也算是他一手带大的，除了叶锡元之外，也就郁行之最合他的心意，两个人之间感情虽非父子更胜父子。刚一上场，郁行之就被智融打落台下，肯定不甘心，这日后的路要怎么走才好？

还没缺胳膊断腿之前，郁行之对付起智融来，完全称得上一句游刃有余，而现在，擂台上，这根本不是比试，简直就是智融单方面碾压郁行之！

缺了几乎半个身子，站在台上，青年连保持平衡都难以做到，一次又一次被金杖打落台下。不消片刻工夫，他身上就见了红，白衣被血染得通红，空荡荡的裤管和袖管随着山风"呼啦啦"作响。

郁行之一次次爬起，又一次次被打落。当初善道书院的天之骄子，如今被一个梵心寺最不入流的武修压在地上打得几乎直不起腰。

智融走的路数和乔晚基本上没多大区别，两个人都是暴力近战输出派。

擂台上比武，大家全凭本事，郁行之不肯认输，武修压根就没放水的意思，乘胜追击，宽厚的铁掌像拎小鸡一样，左手一把揪起了郁行之的衣领，右手抡圆了疯狂出拳！

绵密不绝的拳头"砰砰砰"地砸在脸上，砸得郁行之满脸是血，剩下那半张俊俏的脸蛋也立刻血糊糊一片。

不过智融明显还给手下的青年留了一口气："郁道友，放弃吧！"

郁行之吐出一口血沫，竟然露齿一笑，这一笑，齿上一片血红，言语间也带了点儿莽气："废话少说！"

郁行之用尽全力，使劲儿往前一蹬，趁机一个后空翻脱出了智融的掌心，摇摇晃晃地站了起来："不试试，怎么知道我打不过你？"

"你算个什么东西？"青年嗤笑，"也敢在这儿跟我逞威风！"

这要是他之前说出来……

但他现在说出来，这纯属作死啊！

武修本来就脾气暴，于是智融当下脸色也有点儿不好看了。

本来他这手脚俱全的人打一个手脚残疾的，面子上就有点儿不好看，没想到这郁行之竟然还这么不识相。立刻，智融把手里的金杖挥舞得更加凶猛，抡起金杖朝着青年的下盘扫去！

还在打嘴炮的青年又被一杖打飞了出去。

四周响起一片惊呼声！

这一杖用了实打实的力气，落在地上，郁行之呕出一口血来，啐了一口，想爬回去，手撑着擂台边缘的时候，却发现胳膊都在打战。

郁行之浑身哆嗦，喘了一口气，两眼血红，用力攀上了擂台。

他不甘心。

他要爬回去。他怎么可能输给智融这种脑袋里全是肌肉的货色？

他……他可是善道书院的大师兄。

在众人的注视之下，青年硬是撑着一条胳膊，拖着断腿，一点点地爬回了擂台。

他刚爬上擂台，又一道破空之声迎面冲了过来，在这金杖的攻击之下，郁行之被打得呕血不止，几乎没有还手之力。

"郁道友，"智融沉声说道，"我说过了，你打不过在下的，何必在这儿勉强？"

他可是善道书院的大师兄，郁行之鼻青脸肿，完好的那只眼前模糊一片，大脑昏昏沉沉地想，他怎么……怎么可能打不过智融？

"鬼市"里一直被他压抑着的恐惧情绪，到现在终于喷薄而出。看着智融拎着金杖越走越近，郁行之牙关一阵哆嗦，心里恐惧到近乎哀鸣。

他竟然……竟然开始害怕智融这种货色了，他果然还是成了个废人。他本以为自己也能像马怀真那样，以残缺之躯立于不败之地，可是他连叶锡元都打不过，又如何能和马怀真相提并论？

他成了一个会因为即将到来的攻势而惊恐到哆嗦个不停的废物。

当初善道书院之中仅次于叶锡元的师兄郁行之，躺在地上，眼睛通红得几乎快要流出不甘心的血泪。

王如意不安地揪紧了嫁衣：这……这郁行之怎么这么拼命啊？这不就是个在那儿煽情感动了自己的傻子吗？

想了半天，她还是不大放心，忍不住扯了扯乔晚的袖口。

乔晚循着王如意的目光看了过去。

被打落擂台之后，郁行之还在努力往上面爬。

碰上这像狗皮膏药一样粘在自己身上的人，智融脸色一沉，金杖一摇，对准了郁行之剩下的那条胳膊，打算速战速决。

金杖还没落下，从观众席里突然横空飞出了一道清越的剑光！锵然一声，剑身牢牢架住了即将落下的金杖。

郁行之费力地抬起肿胀的眼皮。

乔晚冲智融微微颔首，收回了剑，转身蹲下。

这是……陆辞仙？

"陆辞仙？"郁行之抬起眼，嗤笑了一声，"是你？"

乔晚沉声说道："够了，你赢不了智融的。"

"你凭什么说够了？！你凭什么说我没还手之力了？我怎么可能打不过智融……"话还没说完，少年突然伸出了手。

"啪啪！"

少年左右开弓，这一顿巴掌不止把郁行之打蒙了，还把整个观众席的人都打蒙了。

郁行之捂着脸，难以置信地瞪圆了眼，嘴角还有一滴血要落不落的，那目光好像在说：你竟然敢打我！

短暂沉默之后，青年面目扭曲，目眦欲裂地暴起："陆辞仙！你有病吧！你找死！你还是人吗？！"

"清醒了吗？"

乔晚蹲在郁行之面前，眼神平静地举起了手。

"要是没醒的话，我这儿还有。"

在乔晚看来，郁行之这根本就是在找死，就算坚持那也是要讲究方法的！他拖着断腿还硬要和人死磕，这不是找死是什么？

在众人惊悚的目光之下，乔晚面无表情把郁行之从擂台上拖了下来，地上蜿蜒着一道暗红色的血痕。

被像死狗一样拖着示众，郁行之连动一根手指的力气都没有了。

所有人的目光都落在了他身上，众人就这样看着他像条无力反抗的死狗一样，要多狼狈有多狼狈。

郁行之怆然地伸手盖住了眼，冷笑出声，越笑声音越大。

乔晚蹲在地上，冷眼看着他笑。

郁行之发泄出来就好了。

本来伤就没好全，这一笑，郁行之笑得呕血不止，血沫沾湿了衣襟，晕开了让人胆战心惊的红色痕迹。

"陆辞仙，"笑完了，郁行之咬牙恨恨地说道，"我真是欠了你的。"

"你们没欠我的。"乔晚平静地看着郁行之，"你们欠的是岑清猷。"

郁行之身子显而易见地微微一僵。

他们欠了岑清猷？岑清猷他……也是这样吗？如今缺胳膊断腿，被打落谷底，郁行之有点儿理解岑清猷了，在这种目光下生活了这么多年，他是怎么熬过去的？

乔晚其实不大会安慰人。

被打倒了，就找到机会站起来，当然这也得讲究方法，不然那就是白费力气。

安慰这种话，她说一两句表达自己的在意也就够了，在必要的时候，还是留给对方安静独处的机会比较好。

抿了抿唇，乔晚局促地说道："你自己好好考虑。"

乔晚走后，郁行之躺在地上，指尖一动，指缝中渐渐渗出了点儿晶莹的水光。

王如意赶到的时候，看到的就是这么一幅画面。

他在哭。

这个姓郁的人，在哭。

眼泪无声地顺着指缝往下落，乌黑的头发散落在地上，青年一身血，一身土。

"你没事吧？"王如意蹲在郁行之面前，踌躇着问。

郁行之睁开眼，目光对上了那张惊悚的脸。

他这个时候再看王如意，反倒觉得没之前那么嫌弃了。

人生嘛，就是这么起起落落的。王如意倒也看得开，想当初她第一次看到镜子里的自己的时候，确实被自己吓了一跳。一个小姑娘最重视的是什么？这里面当然有自己的脸，没有哪一个女人，或者说没有哪一个人不在乎自己的脸。

郁行之试着挣扎了一下，然而就一条胳膊和一条腿，没爬起来。

过了好一会儿，青年闷闷地掀开了手："小干尸，扶我起来一下。"

乔晚走后没多久，迎面就撞上了善道书院的一行人。

"你——"卢德昌脸色有点儿微妙，"站住。"

他的表情说不上有敌意，也说不上友善。

乔晚开口："郁行之在后面。"

卢德昌看了乔晚一眼，没再说什么，领着一帮弟子继续往前走去。

中年男人板着张脸，神态看起来有点儿僵硬，只在擦肩而过的瞬间，用乔晚和他两个人能听见的声音低声说了句"刚刚行之的事，多谢你替他出头"。

"还有一件事，"卢德昌顿了一秒，才又说，"岑清猷跑了。"

岑清猷跑了！乔晚心中一惊，猛然转头，卢德昌已经领着弟子走远了。

卢德昌口中的"岑清猷跑了"到底是什么意思？乔晚愣在原地，心乱如麻。岑清猷是从善道书院跑了？还是说卢德昌这是在诓她？乔晚收敛思绪，沉下心，耐心琢磨着。不对，卢德昌不至于在这件事上诓她。卢德昌明知道她会回善道书院，在这之前也没露出任何怯意，不可能现在会害怕她过去踢场子而特地骗她说岑清猷跑了。

除非……岑清猷真的跑了！

想到这儿，乔晚立刻马不停蹄地往不平书院的方向赶去！

前几天岑清猷跑了的消息刚从善道书院传到他这儿来。

至于为什么要告诉陆辞仙这件事，卢德昌带着队，一言未发。

就像妙法尊者收岑清猷为徒，而他一手抚养郁行之等人长大一样，自家的崽子自家疼，或许是因为擂台上，看着自己亲手养大的孩子被人揍得面目全非、浑身是血，卢德昌也想到了岑清猷。

这回从"鬼市"回来后，郁行之似乎和陆辞仙有了点儿交情，刚刚在擂台上卢德昌还看见陆辞仙出手拦下了梵心寺智融的金杖。

善道书院和碧眼邪佛的深仇大恨，永远化解不了，就算岑清猷跑到天涯海角，卢德昌也会亲手把他逮回来，至于告诉陆辞仙这事，就当替行之还一个人情了。

乔晚跑得气喘吁吁。

能打听出赤火金胎落在了周衍身上，甚至能打听出周衍打算拿赤火金胎做什么，不平书院，或者说李判，有自己的门路，远远没其他人想象中的那么简单。

狂奔途中，她正好迎面撞上了一个人。

齐非道踉跄了一步，一脸蒙地捂住了脑袋，震惊地唤道："陆辞仙！"

这一瞬间的工夫，少年已经一溜烟地跑远了，低沉的嗓音被风一吹，远远传了过来："借过！"

这是陆辞仙？

这还是他第一次看见少年眼里露出显而易见的焦灼之色，齐非道茫然地摸了摸下巴。陆辞仙这么着急是往哪儿去呢？

乔晚一路狂奔回不平书院，一把推开了门。

李判正和楚娇娇坐在一块儿下棋。

"前辈！"

李判抬眼："嗯？"

片刻之后，李判皱眉确认道："你说岑清猷跑了？"

乔晚正襟危坐，点了点头："这也是我来找前辈的原因。"

岑清猷又不是谢行止之流，善道书院这么大一个教派，这回来鸠月山的也不过是其中一小拨人，虽然说三教论法会来的都是门内的精英弟子，但实际上绝大多数是弟子中的年轻一辈。像稍微年长些的弟子，基本上都和长老镇守派中，以防有人伺机寻仇。

这也就意味着，善道书院绝大部分战力不在这儿，而是在门内。

岑清猷被带回去之后，势必会被严加看管，怎么跑出去的还得打个问号。

"所以，你就来问我？"李判抬眼。

楚娇娇乖乖巧巧地提起裙子，跑到乔晚身边安静地坐着。

乔晚说道："前辈既然能打听到赤火金胎的下落和周衍的意图，肯定有自己的门路。"

这话说出去有点儿冒犯，乔晚心里微感不安。

李判严肃的脸上突然勾出了一丝轻笑："你倒聪明。"

"这事我会帮你留意，岑清獸跑了倒也好。"李判低下头收拾着棋盘上的棋子，"留在善道书院，等卢德昌几个回来之后，他迟早没命。逃跑这事，想来他已经策划了许久，三教论法会快结束了，他这才开始实施。

"更何况，他跑了之后，你这儿就用不着这么着急了，修补'闻斯行诸'这事倒是可马上提上议程。"

乔晚见状，也帮着分拣棋盘上的棋子，李判收黑的，她收白的。

把黑棋一拢，松开手，黑棋"当啷啷"落回了棋奁里，李判合上盖子，抬眼道："回昆山的事，考虑得怎么样了？"

乔晚收起棋盘："晚辈……还没想好。"

她回不回去？要怎么回去？以什么身份、什么理由回去？

李判倒没勉强她："你还有几天时间能考虑，到那时不妨再给我答复。"

第二天，轮到乔晚继续抽签。

这一次，玉牌上显示的号码是"贰拾贰"，留影石上显示是沽云峰的清微子。

对着玉牌，乔晚回想了一下：清微子，这似乎也是第四批对手。

"道友。"清微子行了一礼，振声道，"指教了！"

几个过招的工夫，乔晚抓住了空隙。

剑一·速杀！

"哐！"

继江徽音之后，乔晚解决了第二个对手。

第三场比试，乔晚抽中的是个专攻神识的姑娘。

乔晚凝聚神识，用力一绞！

这……这是元婴期才会有的神识！姑娘头痛欲裂，惊恐地瞪大了眼。

"你！你竟然有元婴期的神识！"

还没说完，姑娘眼前一黑，身体一软倒了下去。

"哐。"

第三场比试结束。

这几场比试刷下来，她抽中的对手基本上都在第四批和第三批之间游荡，毕竟三、四批基数大，一、二批人数少。除了某些一开场就抽到了白珊湖、孟沧浪和谢行止的倒霉蛋。不过随着这几天擂台打下来，人数逐渐减少，乔晚抽中前两批对手的概率也相应提高了不少。

这一次，乔晚的玉牌上显示的数字是"拾陆"。

留影石上显示的对手是——谢行止。

同时陪乔晚一块儿抽签的还有齐非道和方凌青，一看留影石上这三个大字，饶是齐非道也不由得微感无语。

这可不是在幻境里有各种积分加成，这可是真枪实战地和谢行止干哪！

碰上谢行止，这基本上就意味着陆辞仙在三教论法会也走到了头。

离别来得如此猝不及防，方凌青愣了愣：“你打算怎么办？”

没想到少年倒十分镇静，乌眸幽深，只有一个字："打！"

能不能打过另说，她参加三教论法会本来就不是为了赢，能和谢行止切磋，这无疑是一个长进修为的绝佳机会。

甭管她能不能打赢，先打了再说！

陆辞仙要和谢行止干架的消息，飞一般迅速传遍了整个鸠月山。

玉牌上，几行醒目的墨色大字居高不下，一路滚动，气势汹汹地以几乎屠版之势霸占了玉简的头条。

题目为"陆辞仙抽中了谢行止，诸位道友看见了没？"。

附图：留影石。

很快，尚处于备战状态轮空的各教派弟子，纷纷抠脚围观。

"陆辞仙打谢行止？陆辞仙这是什么运气？"

"下注吗？我赌谢行止。"

"在下赌谢行止加一。"

"在下赌谢行止加二。"

"陆道友稳输的吧？！这赌有什么意思啊！"

"那不如就赌陆辞仙究竟是输得好看点儿，还是凄惨点儿好了。"

"诸位道友，你们这么坑，陆道友他知道吗？"

…………

好了，现在她知道了。

当着乔晚的面，李判十分淡定地收起了玉牌："都看见了？"

乔晚将目光从玉牌上这群看热闹不嫌事大的围观群众留言上移开，神色肃穆地说："看见了。"

李判点头："那好，接下来这几天就由我为你安排特训。"

乔晚严肃地举手："前辈！我有问题！"

李判："说。"

"既然我打不过谢行止，为什么还要特训？"

虽说她对自己的能力有自知之明，但李判是谁？根据乔晚的理解，李判那是不苟言笑、正直严谨，绝对不把时间浪费在没意义的东西上，无时无刻不在争取利益最大化的，勤勤恳恳的不平书院公务员，某种程度上，李判和马怀真倒有点儿异曲同工之妙。

明知道她会输给谢行止，李判还花时间和精力进行特训，难道说……

乔晚的心跳有点儿快，她忍不住有点儿紧张了，眼睛晶亮。

· 016 ·

难道说她其实和谢行止也有一战之力？

可惜见惯了大风大浪的李判显然没有点儿积极乐观的热血念头，斜睨了乔晚一眼，冷淡地说道："为了让你输得好看点儿，别丢书院的脸。"

短短几天时间，就算乔晚铆足了劲再怎么训练，也训练不出个子丑寅卯来。不过就算如此，乔晚还是在不平书院的空地前挥汗如雨。她承认自己打不过谢行止，但就像李判说的，就算输那也得输得堂堂正正的。

几天时间很快一晃而过，转眼就到了乔晚和谢行止打擂台的这一天。这几天时间，乔晚没和谢行止见过一面。

男人今日还是穿着件素净的道袍，乌发束着玉冠。相反，她特地换了一套窄袖上衣，脚蹬长靴，一切尽量走简单利落方便施展的风格。

乔晚一扭头，就见观众席上坐了不少熟面孔。

齐非道将手揣在袖子里，嘴里叼着草根，懒洋洋地招了招手，已经做好了看乔晚被谢行止虐的准备。

实诚的孟沧浪很给面子地露出了点儿鼓励之色，不过这鼓励和希冀之色怎么看怎么都有点儿硬拗出来的意思。

乔晚收回视线，将目光投在了谢行止身上。

或许是因为早早就知道了结果，和谢行止对战，乔晚没有想象中紧张，反倒还很……激动！

她胸中压抑着一腔的激动情绪，热血上头，全身上下每一寸肌肉都好像在叫嚣，在期待着什么。她竟然已经习惯，并且开始享受拳脚相加、拳拳到肉的对战，以及生死之间，汗水和血液的味道。

随着高台上充当裁判的马怀真懒懒地一声令下，乔晚不再压抑内心的激动之情，一个纵跃，当即冲了上去！

"锵！"

剑刃相撞，甩出一串激烈的火花！

谢行止眼微睁，没想到面前的陆辞仙竟然敢撸起袖子就上。

谢行止沉下眉眼，着手运动着玄铁剑。

这和上次温泉摔跤、上上次幻境抢猪以及再之前的游仙镇追杀都不一样，这一次乔晚碰上谢行止，算是真枪实战地来打上一场。

两个人错身间，擂台上剑气交错，纵横如织。

不过谢行止毕竟年少成名，不消半刻工夫，乔晚就察觉到了点儿压力，抽身急退，横剑立挡。

谢行止乘胜追击，玄铁剑如同倾覆的高山一样压了下来。

台下的人发出惊呼声。

这个时候，台下的三教弟子才猛然惊觉，这陆辞仙好像又成长了不少。

人比人，气死人，虽然和谢行止不能比，但这陆辞仙一直都在慢慢往上磨蹭。不知不觉间，台上那默默无闻的少年竟然也已经成了这次三教论法会上众人关注的焦点。

玄铁剑这一压,力重千钧,乔晚胳膊一颤,深吸了一口气,往后迈出一步站定,脚下石板不堪其重,竟然寸寸崩裂!

乔晚咬紧牙,将全身力气灌注在右手上,又把玄铁剑给架了回去!

被这刚猛的力道一掀,谢行止往后退了一步,没想到乔晚的剑光紧跟而上。

剑一·速杀!

谢行止横剑再挡!

兵刃再度相撞!

"咔——"

一阵微不可察的轻响声蓦然传入耳畔。

谢行止眉心一动,面露错愕之色,蹙眉道:"你的剑。"

剑握在自己手里,乔晚也察觉出来了。李判说得没错,她迟早得把自己的本命灵剑锻造出来。这才过几招,她这剑竟然裂了!

虽然齐非道坐得远了点儿,不过擂台那边的动静依然没瞒过他的眼。

"陆兄这剑……是裂了?"齐非道面色古怪。虽说他也去过不平书院一次,知道不平书院穷,但他们也不至于穷成这副样子吧!没了剑,让陆辞仙和谢行止死磕吗?

"你的剑裂了。"谢行止沉声说道,"不如趁早认输。"他这是忠告!没了剑的陆辞仙绝对赢不了他。就算有剑的陆辞仙也赢不了他。有剑没剑的区别,就是陆辞仙输得快一点儿还是慢一点儿而已。

然而,面前的少年好像压根没受影响,将手上的裂剑丢掉,开始活动筋骨,平静地抬头:"来。"

台下观众哗然一片。

陆辞仙要赤手空拳地和用剑的谢行止打?

这个时候,有眼尖的人已经发现陆辞仙身上的变化了,一层淡淡的灵气包裹住了陆辞仙全身上上下下各处脉门,修长的手指握成了拳,拳面上隐隐有层"噼里啪啦"的电光闪过。

正如李判要乔晚把这第三场论法会比试当作升级刷怪的地方一样,乔晚往后退了一步。

现在,谢行止就是高级精英怪。

既然打不过,她不如就拿谢行止试试她这段时间长进了多少。

见陆辞仙冥顽不灵,谢行止眉头皱紧了点儿:"我说过,你赢不了我,不如趁早认输。"

"不试试怎么知道?就算赢不了你,那我也得多打你几拳!"

乔晚咧嘴一笑,再次冲了上去,抢猪之仇她还没报呢!这一脚,正中谢行止的右脸!紧随其后的是一阵密集如雨点般的拳头落在男人的面门上,谢行止被这力道带得头频频后仰。

谢行止面无表情地揩了把嘴角的血:"好,那我就试试。"

眼里精光一闪,他也发了狠。

· 018 ·

谢行止的招式基本上没什么漏洞，不像大师兄，大师兄的弱点很明确，那就是体力跟不上，还有金蝉印限制，她对付大师兄基本靠"缠"和"拖"，所以陆辟寒的剑招基本都是走暴力干净的一波流，凶残地直接扼杀来自对手的调戏。

很快，就有人琢磨出来不对劲儿了。

齐非道搓了搓下巴："小方，你看见没？陆兄这打得很没章法啊。"

章法？方凌青也皱紧了眉毛，若有所思地看向了擂台。他和陆辞仙交过手，知道这货虽然生得溯冰濯雪一般，但用的招都特别繁杂，偏偏繁杂中还透着股名门正派的气质，看似无迹可寻，但这世上，任何过招拆招都有章法可循，除非一通乱打的。

陆辞仙明显就是这个状态。

坐在观众席上的郁行之脸色阴沉："陆辞仙这是自暴自弃了？"

虽然前脚才被打了两巴掌，但秉持着一定要看到陆辞仙如何被虐的信念，郁行之还是身残志坚地来到了观众席上一屁股坐了下来。

"与其说他是自暴自弃，不如说是在试招。"孟沧浪看着台上的两个人。

每个人的攻势多多少少能反映出点儿自己的性格，就比如孟沧浪，剑招走的是圆融稳健、大开大合流，心态比较稳，擅长把握全局。

陆辞仙每打一次，就换一招，这不像是为了求胜，更像是拿谢行止试招。

不过谢行止这边也没手下留情，打得乔晚鼻青脸肿，血流不止。

每一招乔晚几乎都拼尽了全力，一边打一边留心观察。她想知道，如今她这些招数打在像谢行止这种实力的人身上能造成多少伤害，也想知道，经过锻体之后，她又能承受多少伤害。

在这种毫无章法且不要命的打法之下，很快，少年身上就通红一片。

观众席上的人忍不住连连惊叹。

"都这样了陆辞仙还要打？"

"原来如此。"某少年修士心中激荡，握拳道，"在下明白了，只要怀揣希望坚持，就一定能获得最后的胜利！"

谢行止皱眉，心里也不大确定陆辞仙究竟想干什么。

少年虽然被虐得鼻青脸肿，但两眼还是一样炯炯有神。

就算这样陆辞仙也要坚持？这人倒确实是个值得称道的对手。

既然对方这么坚持，谢行止有力地握紧了剑。他也要给予陆辞仙相应的尊重。

谢行止正准备全力以赴之际，确定了自己想要的东西之后，乔晚后脑一凛，侧身躲过了一道气势汹汹的剑光，往后跳去。

在谢行止杀到之前，乔晚使出一个猛虎落地般的姿势，中气十足地大喊道："我认输！"

再这么打下去她一定会被谢行止虐死的！

就在手中的剑裂了的那一刹那，乔晚大脑飞快一转，就下定了决心：她要锻造她的本命灵剑。

既然如此，盘算一下利弊得失，那她就更不能在这儿把自己搞得一身是伤了，这多

· 019 ·

不划算？

能屈能伸的陆辞仙大吼了一声："我认输！"

瞬间，整个观众席的人都傻了。

这就完了？陆辞仙这就认输了？说好的铁血真汉子呢！

然后乔晚就看见谢行止愣了愣，手里的玄铁剑一个急刹车，险些砍中她的肩头，飞扬的剑光削去了她鬓角一缕漆黑的发丝。

发丝缓缓落地间，男人眼里有一瞬竟然露出了茫然之色，谢行止错愕道："你认输？"

乔晚面不改色道："我认输。"

陆辞仙竟然认输了！

谢行止愣了一瞬之后，脸色"唰"一下黑成了锅底。枉他还以为这陆辞仙是个能与之相交的对手！

谢行止其实不愿承认，在看到少年那浑身浴血，被揍得鼻青脸肿仍要奋勇上前的风姿时，心里微微一动。这是个值得尊重的对手，就算如今远弱于他，他也理当尊重。

结果这个十分值得人尊重的对手，以一个猛虎落地般的姿势认输了。

这简直就像一口气堵在了心里，出也不是，不出也不是，不说谢行止了，就连围观的其他三教弟子都觉得有点儿郁闷。

齐非道被乔晚这能屈能伸的作风惊呆了，搓了搓下巴。

本来他以为自己挺不要脸的了，没想到论不要脸的程度还是输给了陆辞仙，光看陆辞仙这张脸，看不出来啊。

谢行止眉心狠狠一跳，握紧了剑，沉下了嗓音："你当真认输？"

"我认输。"

这陆辞仙果真是反复无常之辈！

玄铁剑入鞘，谢行止冷冷地收了剑，犹如寒星般的眼冷冷地瞥了乔晚一眼："陆辞仙，昆山同修会，我等你真正和我打上一场。"

他说完将袍袖一卷，就这么走下了擂台。

方凌青有些不解："为什么谢道友表现得恍若被欺骗了感情的姑娘？"

不过陆辞仙这么干脆利落地认输，也就代表着这次三教论法会，他已经走到了头。

想到这儿，齐非道也略感惆怅。

当初大家在利生峰上论法，在幻境里面偷"人头"，在"鬼市"里面生死惊魂，如今陆辞仙竟然就这样被刷了下来，怎么不叫人忧伤和惆怅？

谢行止临走之前抛下的这句话，就和"陆辞仙，你放学后别走"是一个道理。

收拾收拾心情，乔晚淡定地准备离开，徒留一众三教弟子在风中凌乱。

"陆道友当真不要脸！"这是震惊的声音。

"此子能屈能伸，心机深沉，将来必成大器啊！"这是乱入的声音。

就在所有人都被乔晚这奔放的作风惊呆的时候，很快就有人惊愕地发现：陆辞仙人呢？

020

和谢行止打完之后，陆辞仙就消失了，一直到第二天、第三天众人都没看见少年的身影出现。

后知后觉的三教弟子们一脸茫然的表情。

陆道友该不会是认输之后，自觉颜面无光躲起来了吧？

方凌青握紧了玉牌，脸色有点儿发黑。

不只陆辞仙不见了，不平书院的芥子空间也没了。

陆辞仙欺骗了他们的感情之后跑了？

本来以为这么多天相处下来，培养出了点儿战友情谊，没想到转头陆辞仙就跑了个没影，压根就没有向他、向孟师兄、向齐非道告别的意思，方凌青恨得咬牙。

"反正过不了多久就是昆山同修会了，"齐非道拍了拍方凌青的肩膀表示安慰，"既然不平书院想在修真界扬名，昆山同修会，陆辞仙一定会去。孟师兄，你说是不是？"

被点到名的青年低沉地"嗯"了一声，眉眼间看不出神情变化。

话虽这么说，齐非道心里也有点儿不痛快。

本来以为大家是朋友一场了，齐非道苦笑，没想到这陆辞仙根本就没拿他们当朋友呢，说走就走。这少年来得莫名其妙，走的时候也挥一挥衣袖，没留下一朵云彩。

当齐非道等人感叹自己被欺骗了感情的时候，乔晚正蹲在沙漠里，手里捧了个足有人脸那么大的烧饼，一边喝着风沙，一边啃着饼。

和谢行止这一战输了，就代表着她要收拾收拾包袱打道回府了。

当天，李判带上了芥子空间，揣上了王如意和楚娇娇，带着不平书院弟子一道离开了鸠月山，赶往了不平书院旧址。

乔晚没打算回昆山。

当初她下山下得这么干净利落，虽说她是冲着赤火金胎去的，但就这么巴巴地跑回去未免也太掉价了。

和谢行止那一战乔晚打定了主意，她要锻造自己的本命灵剑，不一定要回昆山，既然赤火金胎在周衍那儿，她一定还能找到其他代替品。

李判听完她的决定后，也没露出任何不满的表情，一挑眉，抬脚就把她给踹了。当然他不是把她从不平书院山长的位子上给踹了下来，而是让她去西北的流墟大漠护送一个人。

"我早就猜到了你还未放下心结，"李判说道，"所以一早就为你准备了两条路。"

"你不愿回昆山也无妨，"男人慢条斯理地从袖子里摸出个卷轴，"我这儿有个任务要交给你办。"

鉴于她的小号受损比较严重，在"鬼市"剁了小拇指之后，小拇指被剁成了肉泥，不像孟沧浪等人还能缝起来。而大号魔气也已经被抑制得差不多了，这次任务李判便让乔晚换大号上。

她终归还是要回归大号的，再不搬出大号来用用，迟早会长出蘑菇来。

李判给的任务太急，他抬脚就把她踹出了不平书院，让她连夜带着包袱离开了鸠月山。

她要护送的人姓宋，叫宋栖元，是宋家的爱子，家住在流墟沙漠附近的镇子里，这次她的任务就是护送他穿过流墟沙漠回家。

据说这宋府有怎么锻造她的本命灵剑的消息。

护送宋栖元回家的一共有十多个修士，组成了一支声势浩大的车队。

该办的事李判都替她办好了，他神不知鬼不觉地就把乔晚塞进了车队里，完全没让乔晚操心。

于是，下了鸠月山，乔晚就马不停蹄地赶到了流墟沙漠，头上戴着个大斗笠，和一帮走南闯北的修士一块儿啃大饼。

"好了，好了，"领头人拍了拍手，招呼道，"休息得差不多了就继续出发了啊，马上就到宋府了，诸位道友再坚持一下，到了宋府就能吃饭沐浴了。"

随着驼铃一扬，车队再次出发。

宋栖元的马车就在队伍正中，由灵兽拉车，马车装饰得十分豪华，车幔采用的是修真界锦绣阁出品的五色云霞锦，远远看去恍若彩云流动，团团彩云簇拥着一个织金"宋"字家徽。

"快了，快了，马上就到了。"

看着这沙漠中的车队，乔晚往储物袋里塞大饼的动作顿了顿。

她总觉得这一幕好像在哪里看到过。

从来到这流墟沙漠开始，她就觉得自己好像忘记了什么东西。

自己究竟忘记了什么东西呢？

目光触及车帘上那个大大的"宋"字家徽，乔晚突然停下了脚步。

"怎么？"身边的同伴扭头问她。

她想起来了！

乔晚浑身一僵，算是明白为什么在听到她这话后，李判连眉毛都没动一下，还特地给出了两条路让她自己选。

一直沉睡在识海中的记忆终于复苏。

宋栖元！

她对宋栖元有印象！他在《登仙路》里出场过！

宋栖元出场的这段剧情讲的是穆笑笑和周衍吵了一架，偷溜下山，没知会周衍一声。

下山之后的穆笑笑辗转来到了流墟沙漠，碰上了宋栖元，宋栖元对穆笑笑一见钟情，想要将穆笑笑强留在宋府里，和她结为道侣。就在这个时候，周衍及时赶到，上演了一场亲抓落跑小娇妻的戏码。

乔晚捏紧了大饼。

那李判给出的两条路，也就是：

一、直接上昆山。

二、曲折见周衍。

这两者之间有什么区别啊！

022

乔晚举起大饼往脸上一拍，含恨咬住大饼。

可恶，她被算计了。

不平书院里，察觉面前的叔叔一直没落子，楚娇娇局促地问："李叔叔？"

李判这才若有所思地落下一子，抬眼轻轻"嗯"了一声。

他走过的桥比乔晚走过的路还多，这回的确是他算计了乔晚。

李判目光一沉。

乔晚如今境界低，还未显现，等日子一长，昆山旧事必成她的心魔。只要她还想继续往上走，就必须趁早将心魔扼杀在摇篮里。

信奉冷酷铁血暴力手段的李判，缓缓摸上了背后的不宥刑和不赦死。

最好的办法，就是乔晚直面旧事，直面那些不甘、忌妒、怨怼的情绪，然后一一杀回去。

乔晚如今已经能与谢行止一战，早已今非昔比。

他相信，她不至于不明白他如此安排的用意。

就在乔晚含恨咬着大饼的时候，后脑勺突然被人给拍了一巴掌。

"干什么呢？"同伴催促道，"快点儿走了，走，走，走。"

这片流墟沙漠说好穿越也不好穿越，如果她这个时候掉头就走，单枪匹马，既没水也没干粮，更别提这片流墟沙漠里面还有不少沙虫之类的妖兽，就算修士，想一个人活着走出去也不容易。

为了自己的生命安全起见，乔晚默默地把咬了一半的大饼塞回了储物袋里，按了按帽檐，跟上了车队。

就在车队快到宋府所在的朔风镇的时候，马车里传来了动静，车里的人让众人原地再休整一次，之后就不再沿途停留。

一众修士立刻道谢，找了个背阴处一屁股坐了下来，开始畅想等到了朔风镇之后要干点儿啥。

"那宋少爷呢？"队伍里有人笑道，"宋少爷这么大老远地奔波是为了什么？"

"我？"隔着五色云霞锦，马车里传来了温柔清朗的好嗓音，"我是回府成亲的。"

端坐在马车里的青年心里有点儿忐忑，喃喃道："沙虫心我已经猎来了，就是不知道穆姑娘她……愿不愿意与我结契。"

一般生活在什么边陲镇子的人或民族，都有点儿奇怪的习俗。

比如朔风镇的习俗，就是男子成亲前必须穿越流墟沙漠杀只沙虫，掏出其心脏带回来，表示自己已经能够成家立业。

吩咐宋府的人强留住穆笑笑之后，宋栖元孤身一人离开了宋府，穿越流墟沙漠，就是为了带回沙虫心之后，立刻和穆笑笑合籍。

一想到少女笑起来时颊侧的梨涡，宋栖元就忍不住有点儿脸发烧。

笑笑姑娘……他单单开口念这个名字，脸上就忍不住泛起了一丝淡淡的笑意。

她一定还在府里等着他吧……

不用说，这个时候宋栖元肯定在马车里陷入了恋爱时甜蜜又痛苦的纠结情绪。

可恶。

乔晚咬了一口剩下来的那半只大饼。

接下来，车队重新整装出发，终于在日落前赶到了宋府所在的朔风镇。

宋府的人得了消息，老早就提着灯笼在门口守着了，远远听见动静，立刻笑容满面地迎了上来。

"回来了！宋少爷回来了！"

乔晚躲在车驾阴影里，尽量降低自己的存在感。

这宋栖元是宋府的独苗苗，这回外出猎沙虫，宋家上上下下也有点儿发愁，毕竟少爷太废了，他们就怕宋栖元一不小心挂在了外面，还好给他请的这些散修发挥了作用。

大门口站了宋老爷、宋夫人以及管事丫鬟等一干仆从，还有个窈窕的身影——穆笑笑。

这和《登仙路》里描述的内容没任何出入。

乔晚借着昏黄的光线，能看出少女的笑容有些勉强，神情落寞。

宋栖元……把沙虫心带回来了。

沙漠附近的风沙昼夜不停，一入夜，寒风卷着沙砾拍打在人脸上，更是如刀割。

日思夜想的佳人近在咫尺，宋栖元立刻掀了车幔，钻出了马车，神情不可谓不激动。

"笑笑——姑娘！"

少女一身单薄的白裙，鬓发间的步摇被风吹得轻轻摇晃，脸上勉强挤出了一个微笑。

整个人软软的像只无措的兔子。

"宋……宋道友。"

"笑笑。"宋栖元忐忑不安地说道，"在下……在下把沙虫心带回来了。"

所谓有了媳妇忘了娘，青年眼里满是少女窈窕的身影，他再也没看自家爹妈一眼，迫不及待地倾吐着自己这满腔的爱慕之情。

"你愿不愿意……与我合籍，嫁给我，做我的娘子？"

人刚回来就说这话，这哪儿跟哪儿呢？

就连宋老爷和宋夫人都有点儿看不下去自己儿子这没出息的模样。

宋夫人略不满地说："屋外风沙大，在这儿傻站着干什么？进屋再说。"

"对，对，对，"管事忙应声，"夫人说得对，先进屋再说。"

这个时候，一干人等似乎才注意到夜色里的车队。

管事转身起嗓子吆喝道："诸位道友辛苦了，待会儿把这灵兽牵入兽房，进屋喝杯热茶暖暖身子，夫人特地备下了酒席替诸位接风洗尘呢。"

乔晚身边一个汉子长舒了一口气："终于到了，算是累死老子了。"

"还愣着干什么？晚娘，走啊。"

没错，她如今的身份叫晚娘。这真是个让人无力吐槽的假名。

按照原来的剧情发展，乔晚审慎地想，这个时候女配"乔晚"应该早就被裴春争给发了"便当"，这段剧情没她出场，她只要扮演好"晚娘"这个角色，负责在周衍出场带走穆笑笑的时候充当惊叹的群众，喊两句什么烘托烘托气氛，基本上就不会出什么太大的岔子。

迅速进入角色后，乔晚十分上道地过去牵灵兽："来了，来了！"

这只灵兽是散修自个儿养的，让别人经手不放心，宋家的家仆只能干点儿卸货这类的粗活儿。

众人把灵兽牵入兽房之后，留下一个兽修专门看顾。

宋家的管家领着一干修士往内院走去，一边走一边笑眯眯地介绍。

"欸，这位老哥哥，那站在门口的姑娘是谁啊？"一众大老爷们儿搓着手、哈着气问。

花了十多天才穿越这片流墟沙漠，不仅要面对沙虫这类妖兽，还得照顾宋栖元这个金贵的大少爷，众人这一路走来，除了乔晚，连个女人都没看见过，一看见穆笑笑，这支走南闯北的车队中的人十分可耻地动了心。

散修不比正儿八经的名门正派弟子，大多数散修修炼也不是为了成仙，主要是因为有修为之后做事方便，来钱快，受人尊敬。

像这种活儿，他们护送一次能得不少灵石，还能混个普通人眼里的"仙人"之称。

这类散修说话做事也是最有江湖气的，不像其他宗门弟子要修心，这批人性子又躁又莽，杀人夺宝这种事也经常摆在明面上干。

看见站在门口的穆笑笑之后，这一帮散修十分诚实地心动了。

"要说这姑娘长得可真漂亮哪。"

"这得是什么宗门出身的吧？不是宗门养不出来这气度。"

"这啊，这是穆姑娘。"管事乐呵呵地提着灯笼走着，"是我们宋府少爷未来的媳妇儿。"

这穆姑娘，整个宋府上下谁不喜欢呢？她长得漂亮，性子好，别说是少爷了，就算是他也喜欢。

"晚上这酒席，诸位道友一定要来啊，老爷和夫人打算借着这酒席把穆姑娘介绍给其他人呢。"

领头的人立马笑道："一定，一定。"

夜色渐深，夜宴开席，整个宋府也忙碌了起来，廊下纷纷点上了灯。

这回宋府请的不只有他们这支车队，还有宋府不少亲朋好友，正如管事所说，这场宴席，还是为了把穆笑笑介绍给整个朔风镇的人，向朔风镇的人宣布：咱们宋府少爷有新媳妇了！

不过这都没问过穆笑笑的意见。

朔风镇本来就是个流墟沙漠附近的小镇，山中无老虎，猴子称霸王。宋老爷作为朔风镇里唯一一个金丹修士，就是呼风唤雨的存在。至于宋栖元，虽然性格比他老子要温

顺一点儿,但也是从小被娇惯着长大人,压根就不认为强娶穆笑笑有什么不对的。

只要穆笑笑松口了就行,甭管怎么松的口。

彼时,整个宋府的人还不知道他们即将沦为周衍剑下的炮灰,个个笑容满面,忙得热火朝天,尤其宋栖元笑得最为痴傻。

宋老爷端坐在主人位子上,红光满面地忙着招呼客人。

乔晚这帮人被安排在右边的下席。

本来乔晚还有点儿担心自己不摘斗笠喝酒,这造型未免过于奔放了,后来转头一看,周围还有造型比她更加奔放的人,顿时放下了心。

喝过三杯酒之后,众人还是没见到这场夜宴的主角——穆笑笑的身影。

"穆姑娘到了吗?"宋夫人转头去问身旁的侍女。

侍女面露难色:"穆姑娘说她身体不适。"

宋夫人脸上顿时就有点儿挂不住了。

朔风镇上有哪个人不知道他们宋家的?穆笑笑能嫁进宋家,那是她上辈子修来的福气,她有什么不乐意的?

"去。"宋夫人吩咐道,"把穆姑娘请出来,就说是我请的。"

没过一会儿,众人就看见少女在侍女的引导下走进了夜宴厅,落了座。

今晚的穆笑笑明显被人捯饬了一番,少女本来就生得貌美,如今身着一袭红裙更是光彩照人。

少女咬紧了唇,明显对眼前这番架势有点儿无所适从。

宋栖元也换了一身干净的新衣,望着穆笑笑,心里"怦怦"直跳,不自觉地握紧了拳头:笑……笑笑。

乔晚没动面前的酒。

她记得周衍就是在这个时候,易容成一个容貌平平的男人进了宋府,席间暴露了自己昆山玉清真人的身份,带走了穆笑笑。

看了一眼面前的桌案,乔晚打定主意,只要跟着围观群众一块儿大惊失色地喊"什么?!这竟然是玉清真人""怎会如此!""那个昆山的剑仙,玉清真人!",就一定没问题!

也就在这时,乔晚敏锐地察觉到周遭气氛顿时变了。

朔风扑面,门口不知何时站了个样貌平平无奇的白衣男人,男人容色冷峻,眼神清冷,有些疲倦地微微蹙着眉,看向了面前的穆笑笑和宋栖元。

这是……周衍。

察觉乔晚的视线,周衍将目光落在了面前这戴着斗笠的散修身上,又淡淡地移开了。

这次笑笑擅自下山已经让周衍足够头疼,他没想到她竟然会跑来这种地方……

看了一眼坐在上面笑容勉强的少女,周衍微微闭目,心里又气又无奈,径自拣了个座位入座。

026

刚好他就坐在了乔晚旁边，垂着眼看着面前晶莹的酒盏。

乔晚感觉头皮差点儿炸开，不过察觉周衍的注意力压根没放在自己身上。男人虽然没往主位多看一眼，但明显还在留意穆笑笑和宋府那边的人的动静。

丫鬟端着漆盘鱼贯而入，乔晚竟然还在盘子里看到了西瓜，皮薄瓤大，红通通、甜丝丝的大西瓜！

乔晚僵硬的身体略微放松了一点儿，她把帽檐又压低了一点儿，争取安静吃瓜。

眼见人陆陆续续地来齐，宋家老爷宋玉珍举起酒盏，笑眯眯地招呼着来宾："今日诸位愿意来我宋府，是我宋府之幸哪。"

乔晚身边的一众大汉特给面子地高举酒杯，朗声大笑。

"老爷客气了！"

"老爷仁善，愿意留我们在这儿喝杯酒，我们兄弟几个道谢还来不及呢。在流墟沙漠里待了那么多天，连水都没的喝，我们馋都要馋死了，哪里喝得上这上好的酒？"

有人奉承，宋家老爷笑得更加嗨瑟了："诸位道友客气了，今天我们宋府大宴，诸位尽管喝，不够我再叫下人去酒窖搬点儿酒过来。"

乔晚这边的人有意捧着，宋府这边的人也乐得接受，一时间宾主尽欢。

寒暄过后，宋玉珍七绕八绕地终于提及了正事，叫穆笑笑走上前来。

"今日，其实还有一桩喜事，是我儿的婚事。这位是穆姑娘，日后就是我们宋府的新媳妇了，特地请大家过来见个面，认认脸。"

虽说宋玉珍只是个金丹修士，但宋府上下不少练气和筑基期的修士，蚁多也能咬死象，更何况朔风镇是宋府的地盘，谁要想出去，要么越过朔风镇，要么穿越流墟沙漠，不论选择哪一条路，都不好走。穆笑笑就被困死在了宋府里，进退不得。

少女听闻宋玉珍的话，面色苍白地走上前去。

灯下看美人，越看越美，就是穆笑笑的笑容有点儿飘。

穆笑笑一走出来，乔晚身旁的白衣男人目光微沉，指尖微微一动，按住了剑，却没上前。

"我怎么看这穆姑娘好像不大情愿呢？"乔晚左边的某散修悄声说道。

领队眼一瞥，八尺高的壮汉闭上了嘴。

这终归是宋府的家事，犯不着他们这些外人插手，这一趟跑完了，他们拿到钱就结了，哪里来的这么多话？

这边，少女似乎终于下定了决心，咬紧了下唇，鼓起勇气说道："这段日子承蒙老爷和夫人照顾，但是晚辈身份卑微，不敢妄想嫁入宋府。"

本来还以为自家儿子看上的是个好拿捏的姑娘，没想到穆笑笑竟然当众就敢驳自己的面子，宋玉珍握紧了酒杯，笑容微不可察地一僵，旋即又笑开："穆姑娘，你说的这是什么话？哪有什么配不配得上的？只要吾儿喜欢，你就是我们宋府的新媳妇，谁要是敢说三道四，我这就吩咐人撕了他的嘴。"

"宋老爷，我……"少女仿佛下定了决心，抬眼说道，"我不愿意。我不想嫁给宋栖元。"

"笑笑……"宋栖元惊愕,"你——!"

宋玉珍脸色顿变。

席间被请来吃酒的一干宾客也蒙了。

这是什么发展?

这姑娘貌似不愿意嫁人哪?

在朔风镇里横行霸道惯了的宋玉珍面子、里子都有点儿挂不住。

穆笑笑红了眼眶。

师父……

裴春争……

小凤凰……

谁能来救救她?

乔晚神情微寒。

就算她知道这后面的剧情发展,一个姑娘被人逼婚,这一幕也不会让人看得心里有多愉快。

照这个剧情发展,现在理当是周衍上场了。

眼看穆笑笑敬酒不吃吃罚酒,宋玉珍不动声色地捏紧了酒杯,皮笑肉不笑地说:"穆姑娘累了,先带穆姑娘回去休息。"

立刻就有两个随从走上前,"请"穆笑笑回屋休息。

目睹这一幕,席下没一个人动作,大多数人选择了明哲保身。

眼看穆笑笑即将被带走,突然间,一根筷子斜刺里飞来,稳稳地打在了其中一个宋家家仆的手背上。对方立刻痛呼出声。

宋玉珍脸色冰寒:"谁?"

紧跟着,第二根筷子飞来,这次打在了第二个宋家家仆的膝盖上,那家仆立即扑倒在地。

从乔晚的方向,隔着面前的薄绢,她能清楚看见周衍不动声色地从袖中掷出了两根筷子,虽然替穆笑笑解了围,却没打算上去与穆笑笑相认的意思。

周衍心中轻叹。

笑笑还是被他护得太好了,玉清峰的弟子碰上这几个家仆竟然也忘了反抗。

察觉右边这一道目光,周衍侧目。

这戴着帷帽的女修看样子年纪不大,竟然看出来是他出的手?

宋玉珍的目光在人群中扫了一圈儿,他还是没找着丢筷子的人,脸色变得更差。

"装神弄鬼有什么意思?谁若是对我宋玉珍不满,不妨站出来,你我二人比个高下。"

席间安静无声,一直到一个微寒的男声陡然响起。

"逼迫一个姑娘,这便是宋府的门风吗?"

乔晚身边的白衣男人平静地站起了身。

听到这声音的那一刹那,穆笑笑愣了愣,肩膀颤了颤,循着这声音的方向看去。

这声音是……师父!

· 028 ·

人群中站着个容色僵硬的白衣男人，容貌平平。

宋玉珍是谁？在朔风镇说一不二，作威作福惯了的存在，如今接二连三地自食恶果，脸色终于挂不住了。

"阁下是谁？这话是什么意思？"

看见这男人的第一眼，穆笑笑当即认出这是周衍，眼圈顿时红了。这声音，还有这身姿，这的确是师父无疑。

"师父！"

师父？听到这声称呼，宋玉珍也和"吃瓜"群众一块儿蒙了一秒。

男人越过桌案，一路走到了上位处，拦在了少女面前，目光落在少女的脸上，脸色稍霁，随后又冷下了脸："退至我身后。"

穆笑笑往后退了一步，惊惧不安地揪紧了男人的衣角，泪眼蒙眬地说："师……师父，笑笑错了。"

这人是穆笑笑的师父？宋栖元忙不迭地站起身："前辈……是穆姑娘的师父？"这要是穆姑娘的师父，一日为师终身为父，他定要好好拜过才是。

不是。

乔晚咬着西瓜，无力地吐槽宋栖元这脑回路。

自家徒弟被人绑去结婚，哪个家长会有好脸色啊！宋栖元这还上赶着来拜的？

还易着容的周衍微感疲倦。

不过身后护着的毕竟是自己最疼爱的小徒弟，就算惹出了祸，那他也得亲自来收拾，周衍当下沉声说道："我从不知我这徒弟什么时候竟成了你未过门的妻子？"

宋栖元蒙了。

终于，宋府上上下下后知后觉地琢磨出不对劲儿来了。

这人明显是来砸场子的啊！

宋玉珍脸色一沉："来人！把这胡言乱语的人给我架出去！"

话音刚落，一道剑光飞旋而出，稳稳地挡在了两个人面前，竟然逼得一众家仆无法近身。

这剑光怒若风雷携电，赫赫巍巍，光华灿灿，压得四周灯光纷纷黯然失色，满座只剩下了这一道惊艳至极的剑光。

四周霎时间陷入了一片死寂之中。

"这是玉清剑！"人群中不知是谁惊呼了一声，"周衍！这人是玉清真人周衍！"

乔晚愣了一下。

虽说和穆笑笑玩了场师徒恋，但周衍能坐上玉清真人的位子，也确实是因为剑法超绝，属于当世不二的剑修，就连大师兄也承认过，他的剑法远不如师父。

乔晚略微失神，沉默地握紧了拳。

这一剑也是她当初这么多年来敬重周衍，拼了命地也要追随他的原因。

曾经她多想周衍，多想这个当世的剑道巅峰的存在，能真正多看她一眼，哪怕一眼也好。

周衍平常不太出门走动，基本上就是端坐在玉清峰上参悟剑法。这修真界认得他的剑法的人，反倒比认得他本人的多。

"这玉清剑，是玉清真人！是玉清真人周衍！"

来了！

乔晚浑身一震，迅速收敛思绪，立刻进入群演状态，配合地抬起了头，一块儿围观这道让人惊艳的剑光，并时不时发出一阵阵惊叹声。

"这当真是玉清真人？"

这个人是玉清真人周衍？宋玉珍惊疑不定地想，这怎么可能？

不是说玉清真人不轻易下山吗？

这肯定是哪个欺世盗名之辈，假借玉清真人的名号！

但目光一转，瞥见穆笑笑时，宋玉珍心里"咯噔"一声，不免心惊肉跳起来。

听说这玉清真人只收了三个徒弟，这二徒弟……似乎就姓什么穆……

而穆笑笑这年岁，似乎也和那个所谓的二徒弟相仿。

师徒相认，终于见到日思夜想的师父，穆笑笑呜咽了一声，黑眸水润润的。

瞬间，整个席上的人都不淡定了，所有人纷纷越过桌案，想好好看清这道剑光。

乔晚往左让了一步，没想到还是低估了群众围观看热闹的热情，冷不防就被挤到了宋栖元身边。

"滚！"

将这一幕尽收眼底，心知日思夜想的美人即将不翼而飞，宋栖元心里邪火丛生，拔剑而起，一剑轰飞了乔晚脑袋上的帷帽，怒骂道，"你算个什么东西，也往小爷我边上凑！"

这不知好歹的女修怎能与笑笑相比，还在这儿碍手碍脚！

宋栖元心中怒火升腾。

她的帽子！

眼睁睁地看着帷帽腾空而起，乔晚心头狂跳，快准狠地伸手一捞，将帽子往脑袋上一扣，然后隔着薄绢清楚地撞见了青年震惊的目光。

怎么……怎么会有两个穆姑娘？

穆姑娘不是还在那儿吗？

那现在这个是谁？是他看花眼了？

宋栖元："你……"

话还没说完，脑袋上"哐当"一下，紧跟着一阵剧痛袭来，失去意识前的最后一秒，他瞥见的是那温柔似水的"穆姑娘"面无表情地顺手抄起了手边的果盘。

乔晚凶残地放下了盘子，眼里精光爆射，趁乱抄起一片西瓜越桌而逃！

这儿她待不下去了！

结果她还没跑出几步，迎面就撞上了三四个宋家家仆。

目光瞥见昏倒在地、一脸血的宋栖元，宋家家仆脸色顿变。

· 030 ·

"少爷！"

"站住！"

"别跑！给我拿下来！"

"锵——"

十多把寒光凛凛的剑挡住了去路，牢牢地把乔晚给架在了剑阵里。

就在这时，周围十多个散修也终于反应过来了，眼看同伴被堵，一拍桌子喝道："晚娘！"

他们这些走南闯北的人，讲究的就是个"义"字，刚刚他们可是亲眼看见了这宋栖元拔剑。别的不说，晚娘是他们当中的一分子，宋家敢落了乔晚的面子，就是看不上他们这支车队，落了他们车队的面子。

更何况这几天来，这群亡命之徒为了这宋家少爷龟毛的德行吃了不少暗亏，本来就窝着一肚子火，当下也不再忍耐，纷纷拔剑。

"宋老爷，贵府到底愿不愿请我们几个喝酒，倒是给个准话呗？"

一瞬间的工夫，好端端的一场宋家夜宴，立刻乱成了一锅粥。

在这喧闹声之中，有人拍案而起："今日！谁敢走！"

周衍眉心一跳，顺手捡起桌上散落的筷子，手腕发力，几根筷子破空而出，不分宋家和车队，一视同仁地全都给扫了下来。

乔晚当即抄起左手边的果盘，反手再一扣，"咚——"木筷深深贯穿了瓷盘，这其中蕴含的刚猛之劲震得乔晚胳膊都有点儿发颤，手里的瓷盘霎时间"哗啦啦"碎成了一堆瓷片。

这女修竟然能接下他的这根筷子。

周衍微感讶然。

虽说戴着个帷帽，但透过这窈窕的身形他依稀能看出来这是个年纪不大的女修，年岁约莫和笑笑相仿。

薄绢微扬，露出女修白皙的下颌。

不过下一秒，少女就利索地摁住了薄绢，和这一帮散修且战且退。

看着这女修的背影，周衍眉心微蹙，莫名其妙地竟然不想让这人离开，当下再次捡起两三个散落的果子掷了出去。

完了。

再不脚下抹油开溜，她就走不脱了！

乔晚一咬牙，也捡起了地上散落的瓷片和西瓜，手上用力，把这果子给打了回去。

被打回来的果子在半空中相撞爆裂，果肉横飞。

周衍心神微震，袍袖一扬，替身后的爱徒挡住了这飞溅的汁水，忍不住叫了声"好"。

这帮散修做的都是人命买卖，招式驳杂，修为粗劣，没想到这帮亡命之徒里面竟然还有这么一个青年才俊，还是个年纪不大的少女。

一想到身后软糯的少女，周衍微微闭目。

那戴着帷帽的少女跟着这帮散修走南闯北，如今竟然能挡下他这招，而笑笑遇事怯弱不决，或许自己真的太过娇惯她了，她才养成了如今这番个性。

虽说身后的少女是他最疼爱的小徒弟，但当初他收下穆笑笑，也是看中了她的资质，希望她日后能继承玉清剑法，做个女剑仙。能坐到这剑道巅峰的位子，就算如今周衍久不出世，但心里也有好战的心思在，碰上这资质好的后辈，心里难免会多赏识几分。

这个时候，两相对比，他说不失望那是假的。

不过刚刚他还没察觉出来，如今一过招，这少女给他的感觉倒更加熟悉了点儿。

就好像……他曾在哪里见过这少女一样。

周衍霍然睁眼，定了定心神，这一次手上的筷子却是朝着乔晚面前的薄绢射去的！

乔晚往后急退，刚躲过这一轮筷子攻击，没想到周衍面色不变，将手里最后一根筷子也丢了出去。

只是周衍压根就没打算用这一根筷子掀翻她这帷帽。

实际上他丢的是两根筷子！

两根筷子一前一后相撞，荡起一阵气劲，撩起了少女面前的薄绢，终于露出少女帷帽下的真容。

糟糕！

乔晚瞳孔骤缩：中计了！

薄绢扬起的刹那——

这是……

周衍心神巨震……

在别人看来，这昆山剑仙难得失态地住了手，面色惨白如雪。

这是乔晚！

是她！

周衍浑然失态。

这是晚儿。

少女乌眸如秋水般潋滟清澈，神情镇静，乍一看，和当初昆山行刑台上的样子并无任何分别，肤色似乎只是黑了点儿，但身姿更加矫健，更加利落。只有透过这双乌黑的眼，他才能看出来和之前那股冷静礼貌的"书卷气"相比，眼前的人眼神中多了点儿江湖草莽的悍狠气息，眼里像映了北境凛冽而苍茫的风霜。

这是……晚儿。

她不是跌下太虚峰了吗？她……没死？

乔晚怎么会在这儿？在宋府？

本来他是亲自下山来捉自己这疼爱有加的任性徒弟的，没想到在这儿会碰上这本来已经死了的小徒弟，周衍心头巨震。

被周衍牢牢护在身后的穆笑笑不自觉地松开了男人的衣角，睁大了眼："晚儿师妹！"

然后，宋玉珍等宋府人马、车队散修和剩下来的宾客也都蒙了。

这是什么发展？就这个女散修，也是玉清真人的徒弟？

不过这两个徒弟差距似乎有点儿大啊……这戴着帷帽的人，完全不像是玉清真人教养出来的。

"这不是晚娘吗？"

"晚儿……师妹？这是什么意思？"

一声惊叫乍响："晚娘？乔晚？！晚娘是乔晚！那个乔晚？！"

"哪个乔晚？"

"就是那个乔晚啊！那个玉清真人的小徒弟，打了萧家和魔域的脸的那个。"

这十多天来，和他们一块儿蹲着啃大饼的晚娘就是那个乔晚？

一众亡命之徒彻底风中凌乱了。

这乔晚不是魔域帝姬吗？和他们一块儿啃大饼？

不远处，宋栖元捂着满头血，摇摇晃晃地站了起来。

这……这碍事的女修，怎么和穆姑娘生得一模一样！

行刑台一别，少女背影决绝，从此之后，他日日夜夜被困于心魔，如今再一相见，周衍手指微动，毫不犹豫地解开了脸上这易容，露出一张清俊的脸来。

男人白发垂肩，素日孤傲冷清的脸上露出几分大喜大悲的神情，失态地低声叫道："晚……晚儿？"

封元钉的伤疤无法愈合，就算锻过体，她四肢关节各处也都还有个圆圆的浅色伤疤，遑论这一路她摸爬滚打，咬着牙和伽婴死磕，和魔域死磕，和善道书院的人死磕，留下了重重伤痕。

当初的乔晚，虽说待遇比不上穆笑笑，但好歹也爱美爱俏，脑袋上还绾着个时兴的发髻，垂落着粉丝带，戴着花里胡哨的饰品。

而现在，少女头发简单地束在脑后，没多少修饰，一身灰扑扑的粗布衣衫，跟这些散修混在一块儿。

周衍余光微微一扫，这些亡命之徒个个风餐露宿，在死尸里摸爬滚打，做多了杀人夺宝的勾当。她修为精进至此，不用多想，他也知道下山之后乔晚过的究竟是什么样的生活。

如今见小徒弟这番模样，周衍默然无语地捏紧了指节，虽然不愿承认，但心中的确微感刺痛。

他是昆山的剑仙，这世上少有什么东西能入他的眼，这几百年来，真正入他心上的除了穆笑笑就是陆辟寒。至于乔晚，当初是因为穆笑笑他才捡回了她，也是因为怕目睹故人容颜而伤情，这么多年来鲜少过问。

而现在，周衍愕然发现，当初那从未被他放在眼里的小徒弟突然拨开了影子，站到了他面前，刺痛了他的眼。

原来这戴着帷帽的年轻后辈竟然是她，这让他连声叫好的后辈散修，竟然是自己门下的小徒弟，竟然是乔晚。

周衍微微合眼，心中一痛，后悔了。

视线相撞的刹那，清楚地看见了周衍面色遽变，乔晚心里荡开了一阵说不清道不明的情绪，低下了头，一声没吭。

她果断采用了一种最简单粗暴的方式——跑！

不过，谁要想在周衍面前跑脱是个技术活儿。

脚步被剑光一拦，乔晚反手拍出一掌，反被周衍稳稳架住。

这掌气刚猛，根基稳健，周衍冷不防地往后微退了一步，心头一跳，暗暗称许，皱眉低声唤道："晚……晚儿……"喉口仿佛吞了块烙铁，周衍极不适应地微微闭眼，顺势扼住了乔晚的手腕，"和……为师回去。"

回昆山。

回玉清峰！

陆辟寒说得对，他的确虚伪。

当初这一票，是他伤了乔晚的心，如果当初他未曾投下这一票，或许事态就不会发展至此。

周衍心湖一阵翻涌，久久不平。

男人的眉头皱得更紧了点儿。

这一次，他绝不会放手。

跑是跑不掉了，乔晚四下环顾了一圈，不动声色地手上用力。

周衍眉头急急一跳，身经百战的玉清真人立刻就察觉出来面前这少女是想卸了自己的腕骨。

不过虽然察觉出来了，他却没阻拦。

乔晚迟疑了一秒。

"咯嘣"一声，男人这腕骨就被她给卸了下来。

周衍没反抗？

乔晚愣了愣，微微睁大了眼。

"气消了？"周衍低声问。

然后趁少女愣神的工夫，他腾出另一只手，朝着乔晚的脖子就来了一下。

感觉到后颈这一阵痛楚，乔晚心里暗叫了一声不好。

她中计了！还是苦肉计！

"晚儿。"乔晚失去意识前的最后一秒，耳畔传来了男人清冷低沉的嗓音，"你必须和我回昆山，原谅为师。"

周衍面色不变地把这脱臼的腕骨重新接了回去，将乔晚打横抱起，转身正好对上了拎着裙子急急忙忙赶来的小徒弟。

"师……师父。"目光落在周衍怀里的乔晚身上时，少女目光微动，惊讶地睁大了杏眼，"这……真是晚儿师妹？"

不过，一直对自己温柔且疼爱有加的周衍，目光落在自己身上时，露出了点儿显而易见的疲惫之意。

他的确疼爱笑笑不假。

周衍心神俱疲，喉口微涩，心湖起伏不定。

或许……他当真做错了。

他能在这儿碰上乔晚已是意外之喜。

"走吧，回昆山。"

穆笑笑脸上的神情有点儿僵硬。

师父……这是在责怪她吗？

少女不安地揪紧了裙摆，眼圈红红的。

沙漠的长夜，星空璀璨。

人抬头一看，就能看见这高而远的银河。

荒漠的夜风卷着沙砾吹来，周围显得空旷寂寥。

转头看了一眼朝自己跑来的宋栖元，穆笑笑心头略微恍惚，心里竟然涌上了点儿说不清道不明的羡慕情绪。

如果她也能和乔晚一样就好了，有能力也有自由。

面具戴得太久了，她就忘记了自己本来的面目。

而金丝雀被关在笼子里养了太久，甚至连怎么飞都忘记了。

少女揪着裙摆，深吸了一口气。

可是……她不敢。

她不敢一个人和这长夜搏击。

"穆姑娘！"宋栖元抹了把脸上的血，怔怔地看了一眼周衍和他怀里的乔晚，有点儿反应不过来。

这……这真是乔晚？

虽说没见过玉清真人，但宋栖元也听说过不少相关传闻。

据说玉清真人的这两个女弟子样貌酷似。

想到自己刚刚那一剑，宋栖元打了一个哆嗦，一滴冷汗顺着额头落了下来。

不过……

看了一眼自己这一手的血，脑袋上还一阵"嗡嗡"地疼，宋栖元若有所思。

乔姑娘……好像比穆姑娘更带劲儿啊。

这厢，周衍刚抱着乔晚走了两步，立刻被一帮散修给拦住了。

为首的修士谨慎而有礼地问道："等等，敢问阁下当真是玉清真人？"

周衍沉声说道："诸位在这儿拦路，有何事？"

领队的目光落在乔晚身上："就算阁下是玉清真人，这样直接带走晚娘算什么？"

周衍淡淡地说："她不是晚娘，是乔晚，是我座下的弟子。"

他也不顾面面相觑的其他人，抬脚就走。

这真是乔晚？

那现在怎么办？！

对上同伴茫然的视线，领队叹了一口气。

他们还能怎么办？放他走呗。
就他们这几个散修，还能和周衍来硬的吗？

怕乔晚反抗，周衍这一手刀用了实打实的力气，之后摸出了颗安神丹顺手喂了进去，这就导致乔晚睡了整整三天。
任凭昆山的人如何震惊，她依然躺在床上睡得不省人事。
"诸位道友！听我说！乔晚回来了！那个乔晚！"
"我亲眼看见玉清真人把乔晚给抱回来的。"
附图 [留影像] [留影像] [留影像]。
还在秘境中的、修炼的、上课摸鱼的众昆山弟子整齐划一地呆了呆，纷纷不淡定了。
乔晚回来了？
"等等，乔晚不是跑了吗？怎么回来了？"
"乔晚？玉清峰那个乔晚？此话当真？"
"保真，保真，是在下亲眼所见！"
如果说一开始这话题还围绕着各种震惊而展开，但随着围观群众越来越多，话题方向也开始一路跑偏。
"不是我说，当时乔晚下山下得这么决绝，怎么这就回来了？"
昆山好歹是四大派之首，本来这个位置，青阳书院、大悲崖和云烟仙府就盯着，出了乔晚这事，昆山更是被推上了风口浪尖。
青阳书院的人表示，这修真界第一大派竟然连个筑基期的弟子都对付不了。
大悲崖的人表示，凡事不能看表面，这乔晚宁愿自废筋脉，也要和昆山的周衍绝裂，想想就知道这昆山对待弟子到底是如何不近人情了。
至于云烟仙府的人，则高贵冷艳地开了地图炮（攻击进入范围的所有目标），把全昆山的人都给骂了进去。
这么一来，整个昆山上下都有点儿不淡定了。
"倘若有本事，她就别回来啊，当时走得这么干脆利落，若她不回来，在下倒敬她也是个有骨气的人，如今就这么灰溜溜地回来了，想来不过是在外面混不下去了。"
"话也不能这么说，不是说，乔道友下山之后曾结识了妖皇伽婴吗？"
"这位道友，传言你也信？妖皇是谁？和乔晚扯上关系？依在下看，或许乔晚下山之后有幸见过妖皇一面，最后事情传到人耳朵里就成了她和妖皇有几分交情。"
不管这玉牌上的言论厮杀得如何腥风血雨，这都和被关在玉清殿里的乔晚暂时无关。
她一睁眼，入目的是熟悉又陌生的摆设。
这是玉清峰。
后颈还一阵一阵地疼，乔晚认命地揉了揉后颈，垂下了眼。她被算计了，这一次算她大意。乔晚正默默盘算间，殿外突然传来一阵脚步声，乔晚循声抬眼。

解开了易容之后，男人换上了一件常在玉清峰上穿的常服，没束发，容色清冷动人。

"你醒了？"

"朔风镇的事，是我对不住你，但你必须和为师回来。你那一帮同伴都是散修，修为粗劣，又大多有仇怨在身。"

一想到之前看见的那帮散修，周衍微微抿唇，心中悔恨交加。

下山之后，乔晚只能和这帮亡命之徒混在一起，走南闯北地赚点儿灵石，想必这段时间她过得并不算如意……

顿了片刻，周衍继续说道："你放心，绝杀榜我已找人撤下，萧家那儿也有我对付，你大可安心地待在山上。"

眼看乔晚一直没答话，周衍抬起了手："我这便为你探查伤势。"

灵力渗入肌肤，顺着肌骨一寸一寸游走。

下山之后，乔晚似乎锻过体，肌骨明显比之前更为结实。

不过这骨龄……

周衍微微一怔。

他三十多年前带回的乔晚，当时乔晚骨龄十四，由于修士容貌大多和实际年龄不大匹配，大家看人年龄的时候一般也都是看骨龄，如今乔晚这骨龄倒不像有四十年，竟然更像是初生。

骨龄不像容貌，可借修为或丹药逆转，据周衍所知，这世上体修的"炼骨"能逆转骨龄。

和其他剑修、法修等不同，体修走的路子简单粗暴，"炼骨"这方法由于太过凶残，直接就被摆在了明面上，完全没什么藏着掖着的意思。

因为就算摆在明面上了，这也鲜少有人能做到。

这是炼骨。

炼骨需要敲碎全身骨骼，再寸寸将其拼接起来。

想到这儿，周衍如遭重击，浑身一震，怔怔地收回了手。

过了半秒，男人当机立断，几乎不容置疑地探入了少女的识海，将这过往的回忆给一寸寸地拔了出来。

乔晚后脑勺一凛，下意识地不太想暴露下山之后的这段经历，赶紧把周衍的神识给挡了回去。

虽说她神识已近元婴，不过和周衍这化神期的修士硬碰硬，还是费了点儿。

周衍直接从她的骨龄残存的灵力入手，几乎不费吹灰之力就定位了这段记忆，但在一拉一扯间，最后只拖出了模糊不清的影像：绣着银白色妖纹的玄色袍角，和像条死狗一样骨骼尽碎，软绵绵地趴在男人脚下的少女。

最后这一幕，少女抬起了凶狠血红的眼，目眦欲裂，口鼻血流不停。

偌大的玉清殿里，突然间安静得可怕。

廊外桃花春风，而在殿里，面前的男人久久没出声，恍若苍老了上百岁。

昆山的剑道巅峰神情大骇，身形摇摇欲坠。

他究竟都做了什么？

这一生，他只收了三个弟子。大弟子陆辟寒，多年来他一直在为其寻找治病的法子。

二弟子是笑笑，这是他……

至于三弟子乔晚……周衍大震，白发顺着颊边滑落，男人神色怔怔，一寸寸地捏紧了骨节。

当初在昆山，他究竟都做了什么？

玉清真人缓缓合目，嗓音沙哑，每一个字都像是从喉咙里挤出来的："你……在山下……"

周衍顿了顿，换了个问法："此人是谁？"

周衍问的是一掌打碎她的全身筋骨的人。

乔晚没吭声。

"就算这人如此对待你，"周衍平静地看着她，"你也不愿告诉我，让我帮你报仇？"

乔晚还是没吭声。

在这尴尬的气氛之下，周衍垂下了眼："罢了，你好好休息，稍后我再来找你。"

周衍走后，就剩下了乔晚一个人待在玉清宫里。

乔晚在床上躺了一会儿之后，翻身下床。

玉清宫和她离去前相比没多大变化，廊外开着成片的桃花，她这一路走过来，远远看去云蒸霞蔚。

一出门，乔晚还撞见了小松。

由于她昏睡的这两天时间都是小松在照顾她，见到她，小道童倒没露出惊讶的表情来。

乔晚转了半天，都没看见那眼熟的瘦骨嶙峋的病美人。

按理说，她回山之后，大师兄肯定得上山来看她，没看见大师兄，乔晚有点儿心虚，惴惴不安地问："大……陆道友呢？"

"大师兄前段时间下山了，如今还未回呢。"

听了这话，乔晚默默地长舒了一口气，和小松一块儿一屁股坐在了廊下。

"乔师姐，"小道童犹犹豫豫地瞥了乔晚一眼，"你在山下时是怎么回事？"

"什么怎么回事？"

"这玉简上都吵翻天了，喏，你自己看。"

乔晚接过来一看，嗯……

她淡定地关上了玉简："大概就是这么回事吧。"就在这时，他们身后突然传来了一个熟悉的轻柔嗓音。

乔晚和小松一道扭头看去。

小松赶紧站起身行礼："穆师姐！"

穆笑笑穿着件单薄的蓝纱裙，站在廊下看向乔晚，似乎犹豫了一秒，还是扬起了一丝微笑。

"乔……师妹，原来你在这儿，叫我好找。师父叫我带你去见他。"

乔晚迟疑了一秒，还是打了个招呼："穆姑娘。"

穆笑笑也没在意乔晚这称呼上的问题，柔声问："师妹能与我一道回去吗？"

乔晚静静地看了看穆笑笑。

虽说自己被当作替身都是因为穆笑笑，这也是她的悲剧的起源，不过说到底，这是她和周衍之间的私事，和穆笑笑没太大干系，这么长时间以来，她也没和穆笑笑产生过什么直接冲突。

想了想，乔晚还是顺从地跟在了穆笑笑屁股后面，尽量不让面前这姑娘为难。

廊外的桃花四季不败，不少花瓣轻轻打着旋儿，飘落在少女浅色的裙角上。

路上，穆笑笑低声说道："其实自从师妹你下山之后，师父一直很自责。

"师父他的性格，师妹你也不是不知道。剑道巅峰不好做，师父他……太孤独了，这几百年来他只有剑，也就忘了要如何与人相处。

"或许，师父为人处世的确强硬了点儿，也不会设身处地替他人着想，但我相信，师父心中也是有你、有我、有大师兄的。师父这几百年来，就收了我们三个徒弟。

"我希望师妹你能原谅师父。"

穆笑笑顿了顿，看了一眼廊下的桃花："我们玉清峰这一门重新团聚，想来大师兄也定会高兴的。"

听到这话，乔晚有点儿纠结。

少女眨着眼睛，犹如幼鹿，眼里流露出显而易见的希冀和期盼之色。

可乔晚不是裴春争，不会因为穆笑笑的三言两语就改变自己的想法。

乔晚抿了抿唇："那是你们，不是我。"

自始至终，师门里也只有周衍、穆笑笑和……陆辟寒。

似乎没想到乔晚会拒绝得这么干脆，穆笑笑微微一呆，还没说出口的话就被堵了回去。

"就算师妹你不愿原谅师父，但昆山好歹也有你的朋友。"略一踌躇，穆笑笑不安地捏紧了手指，"师兄师姐们也很想念你，如果师妹你愿意，我也可将我的朋友介绍给你，我们日后一道修炼，不比你与那些人混在一起要好吗？"

说话间，两个人就已经到了周衍的洞府前。

和周衍平常冷清的洞府相比，今天这里面倒站了不少昆山弟子，有男有女，神情恭敬地看着坐在主位上的周衍。

这架势……他们似乎是在上课？

察觉门口的动静，众昆山弟子纷纷扭头。

乔晚立刻就沐浴在了这一帮少男少女炯炯有神的视线之中。

那眼神里有各种好奇和雀跃之意。

穆笑笑开口："这都是玄中师叔的弟子。"

乔晚听说过玄中真人。当初在戒律堂，就她这三十年的刑罚一事进行投票，玄中长老投出了"否决"票，乔晚虽没和这位玄中长老接触过，但还记得玄中长老的模样——白须长髯，眉眼温和可亲，十分符合普通人对仙人的想象。

穆笑笑解释："玄中师叔闭关，将门下弟子托师父指点照料一段时日。"

周衍端坐在主位上，瞥见了穆笑笑之后，略一颔首，嗓音低沉地开口："笑笑。"顿了顿，他又唤道，"晚儿。"

穆笑笑退后了一步，笑道："师父，师妹我已经带到了。"

周衍的目光落在乔晚身上，随后他垂下了眼，没再多看她。

乔晚一来，原本还在认真上课的一众玄中弟子思绪就忍不住开始一路跑偏。

这就是乔晚！

乔晚真回来了！而且看上去，她也没玉简上说的那么惨。

下面这点儿动静，自然瞒不过坐在主位上的周衍。

周衍垂眼，加重了点儿语气，不疾不徐地说："我方才所说的剑诀，你们可记住了？"

众玄中弟子猛然回神，神情肃穆地纷纷点头。

见这儿一时半会儿没自己的事，乔晚站在门口，有些出神地默默盘算起来。

回到昆山并非她的本意，不过既然回来了，她要不要试着争取一下赤火金胎？现在这状况，明显不是她纠结这些事的时候，岑清猷、不平书院，还有不少事等着她去解决。

一想到这儿，乔晚就略感头痛。

主位上，男人嗓音蓦然一沉。

"晚儿。"

"晚儿？"

少女静静地站在门口，半垂着眼，似乎在想什么事想得出了神。

周衍心口一紧，笼在袖子里的手不动声色地掐紧了点儿。

这三十多年来，他鲜少指点乔晚，未曾肩负起一个师父的责任，反倒是陆辟寒替他充当了这个师父的角色。实际上，周衍也知道乔晚仰慕他，每次他走下高台亲自指点她的时候，她的眼睛都在发亮。

三十多年下来，他关心乔晚的次数甚至不如指点其他昆山弟子的次数多。到后来，他做错了事，但一向自负惯了，也不愿低头。

如今他终于肯低头了，却猛然察觉，他这从小仰慕他的徒弟自始至终没往他的方向多看一眼。

周衍袖中的手紧了又紧。

穆笑笑扯了扯乔晚的衣角，担忧地问道："师妹你在想什么？师父叫你呢。"

乔晚猛然回神，这才发现，原来不知道什么时候，玄中真人门下的弟子都往后退了一步，好奇地看着他们师徒三人。

她一抬头就对上了周衍冷淡的眼。

周衍垂眸，眼里冷冷的，让人看不出情绪："你上前来。"

乔晚平静地依言走上了前。

周衍伸手，一掌拍上了乔晚的肩头："这段日子你在山下受苦了，接下来这段时间，我会亲自教养你。让我看看你如今的修为。"

一股热流循着肌肤渗入了肩头。

乔晚心里一突，下意识地躲开了周衍的手。

周衍的手就这么保持着一个尴尬的姿势，僵硬地停在了半空中。

空气仿若凝固。

过了半秒，男人终于又动了，五指顺着乔晚的肩头滑落，牢牢地箍住了乔晚的胳膊。

其实乔晚也没想到自己竟然会这么抗拒，就在周衍刚握住她的胳膊时，她就条件反射地立刻甩出了无相诀，同时另一只手掌上蕴气，拍出了光照无间。

妖皇伽婴！

周衍惊愕。

乔晚用的这一招竟然有妖皇伽婴的影子！

虽说没和伽婴交过手，但周衍也能察觉出来这是妖皇的功夫。

乔晚从哪儿学来的妖皇的功夫？

他正愣神间，乔晚这一掌已经攻到了胸前。

周衍一失察，掌气正中心口，他竟然被震得往后退了一步。

穆笑笑惊叫："师父！"

谁也没想到乔晚会突然动手，一众玄中弟子目瞪口呆。

"真人！"

"住手！"

反应过来后，众人立刻过去拦乔晚。

周衍却示意其他人退后。

乔晚顺势往后一蹦，一脚蹬上了殿里的玉柱。

这一切也不过发生在电光石火间，少女身形干净利落，脑袋上的蝴蝶结发带扬起了个淡粉色的弧度，眼神却凶悍冷静得像头狼崽子，眼里射出一丝冷芒。

自己整个人都"挂"在了柱子上，乔晚面无表情地看了一眼面前愣怔的周衍。

"我不是穆姑娘。

"我有自保的能力，也不需要你的教导。"

周衍心头大恸，喉口一甜，硬生生呛出了一口猩红的血沫。

昆山饭堂。

饭堂一直是古今中外学生们八卦的绝佳地点。

就在这时，门口突然走过来一道熟悉的颀长身影，少年容貌秀丽，眉眼晴朗，马尾垂落在紧实的腰后，就算在人挤人的饭堂里，这张脸依然十分抢眼。

裴春争！

一众昆山弟子默契地端着饭盘往后退了一步。

慌乱之中，不知道是哪个倒霉蛋的玉简从腰间滑了出来，正好落在了少年的脚下。

于是，玉简上这一行墨字简单粗暴地直接撞入了少年的眼帘。

裴春争弯腰去捡玉简的手微微一顿，半天都没动静。

一众昆山弟子忐忑地交换了一个眼神。

这是怎么了？好歹这人也给个反应啊？

谁的玉简？快去捡！

在这令人窒息的静默气氛之中，人群中终于站出了一个脸色通红的小师妹，弱弱地举手："裴……裴师兄，这是我的玉简。"

心像是被什么东西给狠狠地攥紧了，异样而让人战栗的微涩感涌上了心扉，少年睁大了秀气的桃花眼，眼里难得浮现一丝微不可察的茫然情绪，额头上的朱砂闪过一丝红光。

乔晚……回来了？

第十四章 昆山日常生活

将这一切尽收眼底，一众玄中弟子目瞪口呆。

刚刚这两招……

不是说乔晚是玉清真人门下弟子里面最没用的那个吗？刚刚这两招，第一招变化玄妙，第二招掌气刚猛，就连昆山弟子中的佼佼者如翁回翁师兄也不一定用得出来。

这还是他们印象中的那个乔晚吗？

玉清真人都被一掌拍吐血了！

"师父！"穆笑笑急白了脸，伸手就要去扶周衍，没想到周衍却伸出手，垂眸揩了一把嘴角的血沫。

周衍嗓音喑哑地回道："我没事。"

穆笑笑颇为讪讪地收回了手，眼里却冒出了点儿泪花。

周衍抬眼看了一眼蹲在柱子上的乔晚，收回了手，鲜血顺着指尖一滴滴地落了下来。

男人往前走了一步，衣摆上的飞鹤纹样也染了点儿血。

周衍走得很慢，胸口气血淤积，每走一步都一阵一阵地疼。

乔晚从柱子上跳下来，往后退了一步。

周衍停下了脚步。

她在抗拒他。

当初是他牵着她的手走上了玉清峰，如今乔晚却在抗拒着他的接近，这个想法从脑中一闪而过，胸口一阵气血涌动，周衍险些又咳出一口血来。

他转过身对其他玄中弟子说道："今日的课业到此为止，你们先回去吧。"

这一掌实在太过凶残，虽然心里的好奇情绪已经快翻天了，一众玄中弟子看了乔晚一眼，还是硬生生地憋住了，礼貌告退。

玄中弟子一走，周衍沉默了良久，涩声问道："要怎么样，你才愿意原谅我？"整整几百年，他鲜少低头。这一句话还没说完，他又咳出了点儿血。

乔晚内心挣扎了一会儿，终于没再抗拒。

周衍缓缓攥紧了指节，微不可察地轻松了一口气，或许乔晚只是嘴硬了些，到底心中还顾念着些旧情。这几百年来，周衍从来没发现原来自己竟然也有这么怯弱的时候。

男人喉口微涩，僵硬地说道："晚儿。"

少女却垂下了眼："我想要赤火金胎。"

这话一出口，周衍如遭雷击，顿时怔在了原地。

赤火金胎？这是他前段时间机缘巧合下得来的，总共两份。乔晚是为了赤火金胎而来？

男人的神情霎时僵在了脸上。这顺从的样子，这所谓的顾念旧情，竟然都是为了赤火金胎？

周衍："你是为了赤火金胎来的？"

"这赤火金胎我分成了两份，第一份，答应给你师姐铸剑，至于这第二份，"每说一句话，周衍就要停下来休息一会儿，揩去一点儿嘴角的血沫，"这第二份，我已经交给了问世堂。"

乔晚顺着周衍的视线，目光一并落到了穆笑笑身上。

穆笑笑眼眶微红，对上周衍的视线，忙摇了摇头："师父，这赤火金胎如今对我也没什么用，铸剑一事笑笑不着急。给问世堂的东西怎么好再拿回来？这份赤火金胎就交给晚儿师妹吧。"

乔晚微微一愣。

说实话，她没想过要和穆笑笑抢这份剑髓来着。

"我已经答应过将赤火金胎给你师姐。"

他已经辜负过乔晚，绝不能再辜负笑笑。

当初他将秋水含光剑交给晚儿，已经让笑笑受了委屈，更何况，就算多出了这一份赤火金胎，他如今也不能给，给了乔晚，她定会走得毫不犹豫。

"除了这赤火金胎，其他东西我都能允你。是我对不起你。"

少女黑黝黝的眼平静无波。

男人有点儿狼狈地避开了乔晚的视线："我一定会帮你再找一样比赤火金胎更好的剑髓，由我亲自为你开炉铸剑。"

乔晚很平静地摇了摇头。

几百年前，在北境战场曾经一剑崩山，逼魔修拔营倒退数十里的玉清真人，铸剑的功夫也是天下一绝的。

乔晚丝毫不怀疑，这世界上还有比赤火金胎更好的剑髓，可惜这都不是她想要的东西。

看着乔晚这副模样，周衍突然微感慌乱。

乔晚微微颔首，转身离开了洞府。

穆笑笑上前一步，咬紧了唇，凄声唤道："师父。"

"笑笑，"周衍垂眸，"我或许真的做错了。"

或许，他对乔晚这个徒弟本没有这么深的感情，但日复一日，这终究成了他的心魔。

乔晚总感觉更难办了。

走出了周衍的洞府后，面瘫的表情一下没维持住，乔晚烦恼地挠了挠头。

周衍这个回答，丝毫没超出她的意料，或许她就不该尝试着问出这个问题。

现在她一时半会儿也下不了山，不如回问世堂看看能不能争取那另一份赤火金胎？

一想到马怀真，乔晚就忍不住直冒冷汗。

虽说这位煞神还在鸠月山，但她感觉现在回问世堂妥妥就是找死。

不过还没等乔晚去问世堂，另一个严峻的状况摆在了她面前。

她被禁足了。

说禁足也不太准确，更准确地说是周衍限制了她出入。乔晚不是很慌乱，既然李判说得没错，那她不如把昆山这堆烂账都做个了结。

虽说限制了她出入，但周衍没短了她的吃喝。

乔晚每天淡定地窝在殿内修炼睡觉，一直到某天，在窗外看到了一张熟悉的脸。

来人一身潇洒的白衣，顶着张俊俏的娃娃脸，不过这俊俏的脸有点儿扭曲。

对上乔晚的视线，萧博扬恶声恶气地说道："看什么看！还不出来！难道还要我进去请你？"

乔晚震惊："萧师兄？"

乔晚回来这消息几乎传遍了整座昆山，萧博扬当然也得到了消息。

说不在意吧，可是之前他在岑府看见的那股狠劲，总让他"魂牵梦萦"的。

没见乔晚有出来透风的意思，萧博扬当即皱起了眉。

其他人或许琢磨不出来这里面的意思，但他出身萧家，萧家别的不说，乱七八糟的规矩一大堆，从小他就没少被关禁闭。乔晚要是回来了，不管怎么说，肯定得出来逛逛。整整两天他都没看见乔晚的影子，十有八九她是被玉清真人给留在了玉清峰上。

萧家大少爷翻来覆去纠结了两个日夜之后，终于在某个晚上抹了把脸，咬牙翻身起床。

算了！

他就当作还乔晚人情了。

周衍虽说限制了乔晚出入，但没限制其他人上玉清峰，萧博扬这一路混上来倒还挺顺利的。

他特没风度地扒在窗户外面，烦躁地问："走不走？"

两个人四目相对，多年死磕的默契，让这一切尽在不言中。

乔晚回答得十分干净利落："走。"

两个人击掌，确定目标之后，接下来就是付诸行动。

眼看乔晚利索地翻到了窗外，萧博扬往后退了几步，给她让了点儿路，抬起眼问：

"打算去哪儿？"

乔晚认真地想了想，回道："问世堂吧。"

萧博扬微微一呆，震惊地看着乔晚："前脚出玉清峰，后脚去问世堂，找死也没有你这样颠颠地上赶着去的。"

"我想去问世堂打听打听赤火金胎的消息，你听说过赤火金胎没？"

"真人前不久刚得到的那剑髓？"

玉清峰在西，问世堂在东，两个人要去问世堂，就得路过太玄峰。

而这太玄峰，很不巧是太玄长老的地盘，裴春争也正是太玄长老座下的弟子。

对要路过太玄峰这事，萧博扬心里有点儿纠结。

虽说已经过了这么长时间，但当初乔晚有多喜欢裴春争，这是整个昆山的人有目共睹的，就算岑家那一趟乔晚没表露多少情绪起伏，但情伤这玩意儿一般比较难愈合。

"待会儿要路过太玄峰，"萧博扬难得嗓音温和了点儿，"你注意点儿。"

青年皱眉："要不是为了……穆……我才懒得过来救你呢。"

萧博扬从来就没怀疑过自己对穆笑笑的感情，要不是穆笑笑一直对乔晚这事愧疚难安，他才不会自找麻烦地赶过来救乔晚。他……他才不是自己想来救乔晚的！

路过太玄峰的时候，萧博扬忍不住扭头看了一眼，远远只能看见太玄峰上那碧瓦飞甍，云雾缭绕，山峦泛白，苍松堆雪，却没看见崖下常见的那道身影。

乔晚脚步不停，神情肃穆，一本正经地说道："我另有心上人了。"

萧博扬走在乔晚身后，脚下一滑，差点儿没站稳。

"你有心上人了？！"青年瞪大了眼，难以置信地看着乔晚。

"你……你什么时候有心上人了？"

风雪肃杀，少女脑袋上的粉蝴蝶被风吹得轻轻振翅。

她说这话本意是让萧博扬住嘴，不过想到脑海中那道威严端正的身影，乔晚倒忍不住脸有点儿泛红了。

萧博扬：乔晚这是脸红了吗？

少女面无表情地烧红了脸，这画面不只是诡异，简直就是惊悚。

萧博扬被这一幕震惊到失语，睁大了眼，喃喃道："你……你当真？"

乔晚神色一肃，面不改色地转过身，沉声说道："走了。"

她要去找赤火金胎。

等乔晚和萧博扬走后，身后一阵寒风席卷而过，吹动苍松，撒落了点儿白雪。

从苍劲的树干背后走出了一道冷冷的身影。

少年抱紧了怀中的惊雪剑，喉结上下滚了滚，没入鞘的剑刃深深陷入了怀中。

鲜血洇湿了胸前的大片衣襟。

心上人……吗？

裴春争的动作有点儿古怪，他怀里抱着剑，右手却捏得紧紧的，像是掐着个什么东西，握得骨节泛白。过了一会儿，少年面无表情地松开了右手，扯下一片衣角，举起惊雪剑，垂着眼耐心地一点点将其擦干净了，别在腰后，转身就走。

一阵萧瑟的寒风吹过，落了一地玉色的齑粉。

后悔也好，不后悔也好，既然已经做出了决定，他绝不会再挽回。

另一厢，乔晚还在和萧博扬赶向问世堂。

这一路走来，两个人没碰上什么昆山弟子，但一到问世堂，这昆山的弟子就多了。

一个个人都行色匆匆，一脸血地跑来交任务。

"我千辛万苦地爬上来上交了任务，竟然就五颗中品灵石！这好歹也是丁字号的任务吧！"

门口，某师兄咬牙切齿地抹了把脸上的血，举着健壮的胳膊悲愤地抗议。

守门的暗部弟子表情冷淡，不耐烦地挥了挥手："这任务的灵石量早在两个月前就改了。"

"我为昆山立过功，我为暗部流过血，让我见马堂主！我要见马堂主！"

"这不是马上就到同修会了吗？"暗部弟子眼一斜，说道，"昆山上下都要缩减开支，马堂主吩咐了，咱问世堂得起带头作用。"

"那也不能就五颗中品灵石吧！这位师兄，咱们打个商量，六颗怎么样？"

"不行，不行。"

"那五颗半？我前几天刚赊账买了把法器，最近实在没钱了，连药都吃不起了。"

乔晚嘴角抽搐。

和昆山其他峰的人的高贵冷艳不同，问世堂一向是整个昆山最接地气的地方。

抗议无效，猛男师兄抹了把脸上的血，萧萧瑟瑟地转过身去。

远处偶尔还有医修一路狂奔。

"让一让！让一让！要没气儿了！"

侧身避开脚踩风火轮的师兄甲，乔晚鼓起勇气，抬脚迈进了问世堂大门。

可以说，除了玉清峰，问世堂就是她在整个昆山最熟悉的地方。这三十多年来，基本上有二十多年，她就是在这儿度过的。

暗部弟子脚蹬黑靴，一脸煞气地负责守门，其他问世堂弟子穿着文士打扮，抱着高高的卷轴打算去录入，忙得热火朝天。

不过这和谐的一幕，在众人瞥见门口这粉色身影的时候，顿时就不和谐了。

"乔晚？"

不知是谁惊呼了一声，整个问世堂沉默了一瞬之后，众人瞬间沸腾了！

乔晚！

如果说昆山其他弟子对乔晚的感情属于好奇、同情、轻蔑皆有之，问世堂的人对乔晚的感情那就是又爱又恨了。

毕竟大家一块儿跑了二十多年的任务，早就跑出感情了，但被乔晚牵连，导致被马怀真操练了整整几个月，差点儿没被练废这事也是实打实的。

敏锐地察觉了点儿不对劲儿，乔晚心头一凛，拔腿就跑。

"别跑！"

师姐乙拍桌怒吼，身后的飞剑朝着萧博扬的方向蹿了出去："给我捉回来！"

见萧博扬的前路被堵，师姐乙娇娆地挑眉一笑："去哪儿？"

乔晚拉着萧博扬迅速掉头。

身后，师兄甲面无表情地出了剑。

好啊！就是这货让他们被马堂主给踩躏了整整三个月，结果她见着他们掉头就跑，这像话吗！

萧博扬悲愤："不关我的事！放我走！"

片刻之后，乔晚和萧博扬无神地张开嘴，嘴里齐齐飘出了一缕冤魂。

揍完人之后，神清气爽的暗部师姐乙摸了摸下巴："你要找赤火金胎啊？"

师姐乙转身走到高柜前，拿出了个卷轴摊开。

"你找赤火金胎做什么？"暗部师姐疑惑地问道，"玉清真人不是……"

玉清真人不是你师父吗？你怎么不直接找他要去？

话说到一半，察觉不对劲儿，暗部师姐立即闭了嘴。

乔晚和玉清真人之间的师徒关系，昆山众人心知肚明。

"这赤火金胎是前不久真人送到问世堂来的。"暗部师姐说道，"送来没多久后，马堂主吩咐衷师兄把这赤火金胎送到了碧空岛白塔里。"

碧空岛白塔，相当于昆山竞技场，属于昆山弟子们平常切磋的地方，塔高数百丈，弟子每往上爬一层，就有相应的奖励。

这也就是说，这玩意儿已经被马怀真当成了战利品，谁要是爬上了相应的楼层，就能得到赤火金胎。

大家全凭实力，不可谓不公平。

"不过这里面还有一项要求。"师姐乙说道，"需问世堂战令一万两千者，方可参与角逐。"

这就不得不提到"问世堂战令"这东西了。

昆山问世堂是昆山众弟子接日常任务的地方，按照日常任务难易程度，任务被划分为十二天干这十二个等级，甲字号的任务最难，亥字号的最容易。等级越高的任务，能获得的战令就越多。

而战令，弟子能拿去向问世堂换取相应的灵石或是法器。

一般来说，昆山弟子里面，问世堂暗部弟子战令刷得比较多，巡夜弟子逮着一个夜游的人就算五根战令。

全凭实力的前提下，肥水不流外人田，问世堂弟子优先。

乔晚曾经面无表情地吐槽过，马怀真数学不大好，这问世堂战令已经膨胀到了一个崭新的高度，然后就被马怀真冷笑着一脚踹出了问世堂。隔天，问世堂下令，开始花式扣除战令。

想要赤火金胎的人，战令不够怎么办？

那大家就去刷啊。

于是在这项措施的激励之下，问世堂又多了几百头称手好使的"驴子"。

马堂主不愧是心狠手黑、缺德护短、小心眼的"好"男人。

"那这赤火金胎在多少层？"

暗部师姐抬眼："第二百二十层。"

"师姐，我的战令还有多少？"

暗部师姐转身搬出另一个卷轴："还剩两千。"

那就是说她还差一万多战令，这就麻烦了。

虽说马怀真和她关系还不错，但还没到能随随便便无视规定帮忙开后门的地步。

乔晚也没这么厚脸皮叫马怀真帮忙开后门。

摆在她面前的路子，就剩下了一条，那就是去刷任务，攒够战令，之后再去碧空岛爬塔。

甲字号的战令虽然多，但任务最难，路途也最远，乔晚首先将其排除在外。

接下来那就是乙字号和丙字号的任务了。

乔晚思索了一秒，问："还有乙字号的任务吗？"

"有倒是有。喏，你自己看。"

不大的卷轴上，清楚地写明白了这任务要求。

最近忙着昆山同修会的事，马堂主离开前，特地下了命令，要整肃门风，建设和谐友爱的大好昆山，让各教派弟子们宾至如归，为此，这周边任务基本上已经被刷得差不多了。

乙字号任务只剩下了两件还缺人手。

第一件，远在南部十三洲。

至于这第二件，在昆山不远处的水凤城里，据说水凤城里无缘无故出现了不少伤亡人员。

水凤城？

这名字怎么好像她也在哪里听到过？

等等！

乔晚猛然惊醒。

水凤城！这也是原著剧情。

水凤城这段剧情承接了上段宋府剧情，主要讲的是穆笑笑和裴春争一道下山刷任务，男主角阴郁大魔王裴春争吃了周衍的醋，

这任务，乔晚还有点儿印象，这水凤城其实是个庞大的教派组织，信奉一个叫水凤教的东西，穆笑笑到那儿去了之后，被当成了水凤教圣女，顺便和裴春争发展出了点儿剧情。

察觉乔晚一直没反应，暗部师姐不明所以："怎么样？接不接？"

一边是原著剧情，一边是赤火金胎。

想了半天，乔晚硬着头皮，迟疑地点了点头："接……吧？"

乙字号的任务能有三千战令呢。

这段剧情，她没记错的话就是专门给穆笑笑刷圣女金手指的，危险程度并不高，至

少其他人都平安归来了。

而乔晚这个角色，早在剧情开始前就领了"便当"。

不过，她下山之后就再没和裴春争接触过，除了岑家一行见过两面之外。原著中的剧情究竟发展到了什么地步，乔晚也拿不准。

周衍那儿走不通，如今她也只能从问世堂这边入手了。

保险起见，乔晚还是问了一句："做这任务的有多少人？"

暗部师姐拿起卷轴，报出了一干人名："有暗部的余三娘和梁义庆……玄中真人弟子，太玄峰上的裴……春争，"说到这儿，暗部师姐顿了顿，才继续说，"还有穆师妹。"

暗部的余三娘和梁义庆？

乔晚愣了愣。

这不是当初她在游仙镇上碰到过的人吗？

他们竟然真的拜入昆山加入了暗部？

"师妹？如果你真打算接这个任务，我就把你和萧师弟的名字给添上去。"

接，她为什么不接了！

乔晚抬眼："麻烦师姐帮忙把我俩添上去。"

萧博扬神情看起来有点儿微妙。

最终他一咬牙，说道："算了，你添吧。"

要不是为了穆笑笑，他才不接这什么破任务。

两个人出了问世堂之后，正好到了午时饭点。

"所以我为什么要陪你来吃这玩意儿啊？"萧博扬郁结地戳了戳饭盘子里的菜。

虽说修士鲜少吃东西，但这不代表不吃，该充饥的时候还得充饥，尤其是昆山这么大，不少刚引气入体的低阶弟子必须得吃点儿五谷杂粮维持生命。

萧博扬不是不吃饭，但萧家小少爷出身优渥，喝的都是灵露，吃的也都是珍奇异兽。

这饭盘子里的土豆、花菜就显得分外穷酸了。

乔晚淡定地往嘴里塞了个小鸡腿。

嗯……昆山的小鸡腿果然一绝。

心情不好，她当然是要来吃东西的。

萧博扬嘴角抽搐，目光落在这一盘子花菜上，又移到了四周一干端着饭盘、一脸好奇表情的昆山弟子脸上。

倒也不是他挑食，主要是在这目光之下，谁还吃得进去东西啊！

"在这目光之下你还吃得下去？"

乔晚回答得十分干脆："能。"顺便举起了饭碗："再来一碗，谢谢。"

萧博扬："你还是女修吗？！"青年伸手比了个姿势，"你没见过穆姑娘她们吗？"

女修吃饭都吃这么点儿。

同一时间，不远处，某昆山师姐掀了饭桌怒吼："就这二两饭，喂鸡呢？"

萧博扬："……"

"说起来，你之前在太玄峰上说的话是怎么回事？"青年皱眉。

心上人？这是怎么回事？

乔晚：嚼嚼嚼。

萧博扬：不要面无表情地红着脸啃鸡腿啊！

出了饭堂之后，乔晚回到了自己的洞府里。

当初她走得匆忙，什么东西都没带上，如今洞府里还保持着她离开前的模样，石桌上已经落了层厚厚的灰。

乔晚简单收拾了一下，跳上床闭眼打坐。

玉清峰那儿一直没传来消息。

只要她还需要赤火金胎，一时半会儿就不会离开昆山，周衍想来也默许了她擅离玉清峰这事。

等第二天一早，乔晚到问世堂门口的时候，门前已经站了不少人。

这场任务总共有十多人同行，大家或站着，或倚靠着，都在等人。

当中一个穿着紫衣的女修，和一个身高体壮的男修离得最近，女修手里拿着条细鞭，眉眼冷而肃，眼神多了点儿锋锐和血染的戾气，这两个人的确是余三娘和梁义庆无疑。

不过她当初在游仙镇的时候披的是陆婉的马甲，虽然乍见故人，乔晚内心也挺为余三娘和梁义庆高兴的，但在这个情况下并不适合上前相认。

除了余三娘和梁义庆，乔晚还看见了裴春争。

少年风姿俊秀，抱着剑冷淡地站在一旁，也不和人接触，乌发柔软地垂落。

十多个人不好等，萧博扬瞥了一眼站在自己身边的乔晚，默默回想起之前在太玄峰上说过的话，又瞥了一眼不远处的裴春争，感觉还有点儿郁闷。

八卦这种事，就算傲娇如萧家小少爷这般也无法拒绝，他和乔晚死磕了这十多年，都快磕出默契来了。

出了饭堂之后，这个问题深深地困扰了萧博扬一个昼夜。

终于在这里等人来齐的时候一个没忍住，他忸怩了半天，皱着眉开了口："我说，你究竟看上谁了？"

乔晚神情十分正经："我看上的是一个天上地下绝无仅有的男人。"

萧博扬嘴角抽搐。

乔晚深深地思索了一秒，说道："他冷酷又邪魅，霸道又温柔，善良又狠辣，对待敌人绝不手下留情，对待同伴却又温柔体贴。"

"他……"

"他眼睛很好看，曾经身体孱弱，但后来被改造，武器是个盾牌，家世不错，胸前会发光，生气还会变绿，平常爱用灵丝赶路，射箭水准一流，做过其他宗派的暗桩。啊，他还擅长用雷系法术。"

这都什么乱七八糟的形容？萧博扬察觉不对，敏锐地皱紧了眉。

乔晚面不改色地继续说道:"他自幼父母双亡,但一手建立了一个庞大的商业帝国,人称某某总,下山之后我不小心撞上了他的马车,与他相识。他曾有个初恋,得了重病,缺一颗肾。

"我最喜欢他叫我'女人'……"

她还没说完,一道剑气倏地破空射出。

裴春争看了她一眼,移开了视线,目光微微一顿,从面前神情各异的男人脸上一一扫过,神情冷峻,眉眼间像是落了昆山的风雪。

少年冷声喝道:"闭嘴。"

裴春争抱紧了怀中的剑,纤长乌黑的眼睫半垂着,脸色沉沉的,骨节用力到泛白:"吵。"

第十五章 水凤城副本

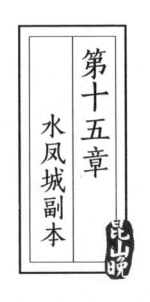

裴春争是不是不太对劲儿?

萧博扬蹙眉。

就在这时,穆笑笑终于姗姗来迟。

"抱歉。"少女眉眼弯弯,露出一丝歉疚的笑意,轻声说道,"我来迟啦,让大家久等。"

伸手不打笑脸人,再说穆笑笑毕竟是玉清真人的弟子,同行的其他昆山弟子也并未展露多少不满情绪。

少女身形纤弱单薄,面若桃李,唇含笑意,犹如雨后空蒙湖面上的新荷,袅袅婷婷,裙摆飞扬。

就算在这昆山上低头不见抬头见,萧家小少爷的俏脸也微微一红,他瞬间就把裴春争和乔晚的事抛到了九霄云外。

笑笑……

穆笑笑看了乔晚一眼,目光有点儿不安。

她来晚也不是没有原因的,临行前师父特地将她叫到了面前,嘱咐她好生看管乔晚。但她始终摸不清楚乔晚在想些什么。

想了想,穆笑笑友善地笑了笑,忐忑地问:"乔师妹,你昨天去了哪儿?师父很担心你。"

乔晚礼貌地回答:"穆姑娘,我回了趟洞府。"

这是她和周衍的事,最好还是不要迁怒无辜的人啦,事到如今,乔晚也是这么想的。

而且,从流墟沙漠和水凤城这两段剧情来看,原著剧情并没有因为她这只"蝴蝶"的存在而改变多少。虽说她做不出抱大腿这种事,但尽量远离主角,不和主角作对这种事她还是能做到的。

人一到齐之后，领队宣布出发，这次领队的人有点儿出乎乔晚的意料，是梁义庆。

不过根据之前他们在游仙镇上为数不多的接触情况来看，梁义庆修为虽然不高，但行为处事稳重谨慎，确实比较适合领队这个位置。

水凤城距离昆山不远，众人乘坐飞行法器，没多时就降落在了城门口。

水凤城不大，地处偏僻，城内熙熙攘攘，看上去倒不像是有什么异样的表现。

乔晚记得，水凤城顾名思义，全城的人都信奉一只叫水凤的神兽。

"水凤啊，"面前的老人笑眯眯地说道，"诸位道友这就不知道了。早在几百年前，这儿还不叫水凤城，叫望云城。当初天降大旱，地里的粮食颗粒无收，饿死了不少人。当时，全城的老百姓用尽了一切办法求雨，也没下一滴水。就在大家伙绝望的时候，突然有一天，城外的山崖上面却有一只蓝色的凤凰腾空而起。"

"这凤凰升到天空中，就变成了一道瀑布从天而降。"

彼时，乔晚一行人刚刚入城。

"卷轴上什么也没有。"梁义庆提议，"先找个人打听一下吧。"

城里的人都还算友善，众人几乎没费什么周折，就找到了一个老人，顺利打听到了水凤城的历史。

余三娘谨慎地看着面前的老人："所以，望云城就改名叫水凤城了？"

穆笑笑说道："如今看来，这水凤城倒像是一座和平的城池，倒不像会有什么怪事发生。"

这卷轴上可是明明白白地写着的，前段时间失踪了不少人，生死不明。

乔晚思索了片刻，说道："不一定。"

《登仙路》里这段剧情，主要讲的是女主角穆笑笑进了水凤城之后，不小心摔落山崖，就是当初水凤出现的山崖，正好被河流下游的水凤教祭祀捡到。

水凤教一直有个圣典，圣典预言，几百年后水凤城会再遇上一次大旱，到时候会有圣女降临，带来风雨。刚好这段时间水凤城一直没下雨，水凤教内人心惶惶，无奈之下只好物色了几个人送到山崖上祭祀。

而穆笑笑坠落的这片水域正好就是水凤教的圣地。

捡到穆笑笑之后，教众大怒，觉得这人玷污了教派圣地，会引得凤凰不满，决定杀了穆笑笑，以告慰水凤。

危急之时，穆笑笑想到了储物袋里周衍给她的法器"幻浪镜"，这东西属于高阶的水系法器。

水凤城的人惊疑交加，和教内圣典一对比，当即拍板，认定穆笑笑就是圣女，是特地来解水凤教之困的。

于是，穆笑笑就被带了回去。

后来穆笑笑利用自己的聪明才智解决了不少大大小小的问题，得到了"金手指"，解决了人口失踪问题，成功脱困，完成了水凤城副本，大概就是这么一个故事。

萧博扬双手环胸，有点儿不耐烦："不是说那座山崖上冒出了个凤凰吗？不如我们先去那山崖上看一眼。"

山崖就在水凤城外面，不算远。

等乔晚爬上去之后，她看了一圈，这山崖和其他山崖没什么不同，枝繁叶茂。

上山的方向被人为踩出了一条道，四周的杂草明显都被人拾掇过。

一行人再往前走，隐隐就能听见水流的轰鸣声，山崖巍峨陡峭，山壁上倒挂着一匹白练，水流湍急。

为了方便行动，梁义庆特地把一行人分成了两两一组，先四处转转，看看有什么发现没有。

"三娘和我。"梁义庆看了余三娘一眼，"萧师兄与裴师兄一起。"

"至于穆姑娘……"说到这儿，梁义庆顿了顿。

来昆山也有一年半载了，他只见过穆笑笑，却没见过穆笑笑身边这身着粉衣服的乔晚。

乔晚这名字，他也听说过。

按理说他之前没接触过乔晚，但怎么现在看着这身着粉衣服的姑娘这么熟悉呢？就好像他曾经在哪里见到过她一样。梁义庆心下生疑。

不过任务要紧，摁住了好奇心，梁义庆继续分组："穆姑娘与乔姑娘是同门，就一起走吧，也好彼此照应。"

乔晚愣了愣。

《登仙路》原著中，似乎没有分组一事来着，也正因为如此穆笑笑才会失足跌落悬崖。

剧情改变了？

不过，这段剧情里面本来就没乔晚这个角色，她仔细想了想，剧情会发生改变也是正常的。

反正从开始到现在，小剧情已经改变不少了，再稍微改变一点儿也没什么问题吧。乔晚内心默默吐槽，反正也不会有个系统逼着她拿着恶毒女配角的剧本去维护剧情。

不过她要怎么拒绝这个提议，倒是一个问题。

穆笑笑说道："师妹，我们一起吧。"

想了想，乔晚还是摇了摇头："我想自己一个人行动。"

"乔道友？"

话音刚落，四周的昆山弟子的脸色顿时都有点儿微妙。

穆笑笑笑容相迎，相比较之下，乔晚就显得有点儿不近人情了。

听说乔晚和穆笑笑感情不和，梁义庆心里一沉。难不成这传言是真的？如果这是真的就有点儿难办了。

穆笑笑眼神一黯："师妹，还不愿原谅我与师父吗？"

"这样吧，"有人微微皱眉，"穆道友和我们一块儿行动好了，至于乔道友……"

他将目光落在乔晚身上。

"乔道友当初自废筋脉下山之后，依然能完好无损地重回昆山，相信一个人也能自保，用不着……想来也不想和其他人组队。"

这话说得有点儿过分了，夹了点儿冷嘲热讽的意思。

气氛陡然变得凝固。

开口说话的人是昆山弟子，丝毫没避让的意思，和身后几个师兄合成了一个保护的姿势，将穆笑笑牢牢地挡在了身后。

裴春争静静地看了不远处的乔晚一眼，无动于衷。

早就猜到了直接拒绝会引来这么个修罗场，对这敌意，乔晚接受得十分良好。她的朋友不多，昆山上的朋友尤其少。

察觉了点儿不对劲儿，梁义庆赶紧沉声打圆场："既然如此，就开始吧，不要多浪费时间。"

分完组，一众人开始分头行动。

这山崖不大，转来转去其实也没多少看头，说是分组，没过一炷香的工夫，众人基本上都汇集了在瀑布上方的断崖前。

如果她没记错的话，这地方就是水凤教把人推下山崖祭祀的地方。乔晚俯下身，山石被水一冲基本上已经不剩什么东西了。

但看见这山石，她心里还是有点儿不舒服。

身后传来了一个熟悉的女声。

穆笑笑轻声说："我想先去瀑布上面看一看。"

紧跟着，接二连三的声音响起。

"穆姑娘。"

"穆姑娘，小心。"

瀑布上面的山石在经年累月的流水冲刷侵蚀下长了不少青苔，一个脚步打滑，很不好走，穆笑笑牵起裙摆，露出一截嫩白的脚踝，涉水穿行，走得小心翼翼。

然后，她一抬眼，目光就和乔晚撞了个正着。

穆笑笑惊讶道："乔师妹？你也在这儿？"

就在这时，原本平缓的水流突然变得湍急起来。

一句话还没说完，穆笑笑脚下一个趔趄，突然失去平衡，仰面朝着山下瀑布栽了下去！

乔晚愣了一下，千钧一发之际及时趴在崖边，赶紧伸手去捞人，及时攥住了穆笑笑的手。

"乔……乔师妹……"

穆笑笑整个身子都悬在瀑布上方，面色惨白地看着乔晚，吓得六神无主。

听见异动，四周分散的昆山弟子纷纷转头："怎么了？"

萧博扬脸色一白："笑笑！"

就在这时，乔晚猛然回神。

等等！这好像是剧情吧？……

穆笑笑摔下去好像是剧情吧。

乔晚低头看了一眼悬在半空中的少女，眼神略微呆滞。

那她到底是救人还是不救？！

她救的话，不知道水凤城的这段剧情会往什么方向发展。

但她不救的话，要在众目睽睽之下撒开穆笑笑的手吗？

这一刹那的工夫，乔晚顿时陷入了纠结情绪之中。

"乔晚！"

及时赶来的众人瞧见这一幕，微微一愣，脸上顿时浮现异样的神情。

"乔晚！"萧博扬怒道，"这个时候你发什么呆？还不赶快把人拉上来！"

算了。

乔晚抿了抿唇，将心一横，沉声喊道："拉紧我的手。"

就在她准备把穆笑笑拽上来的时候，身下的青石突然不堪重压，竟然开始"哗哗"往下滚落。

穆笑笑睁大了眼，茫然地看向了坠落的青石，被流水浸湿了的手指滑脱了乔晚的掌心。

乔晚脊背一凉。

糟糕！

就在这时，一道颀长的身影迅速闪过，被这力道一撞，乔晚往后退了一步。

裴春争面色遽变，匍匐下身子，伸出了手："笑笑。"

指尖相触的刹那，他依然没将穆笑笑捞回来。

穆笑笑惊恐地睁大了眼，嘴唇动了动："裴……！"

萧博扬也随之扑倒在瀑布前："笑笑！"

伴随着一阵惊叫，穆笑笑骤然坠落。

被推到一边的乔晚低头看了一眼自己的掌心，第一次察觉了点儿剧情的不可抗力。

难道这就是冥冥之中的天意？

"乔晚。"

好像有人走到了她面前，眼神复杂地看着她。

"你到底在干些什么？"

"穆姑娘将你当作师妹对待，你竟然……竟然在那个关头还在犹豫？"

四周传来了众人微妙、异样、愤怒的目光。

好像有哪里不对劲儿，她的袖子里面好像缺了点儿什么东西。

菩提子。

她的菩提子不见了！

乔晚浑身一凛，立刻扑回瀑布前往下看去。

岑清猷给她的菩提子不见了！

少年跪在磅礴大雨中，沉默地解下了额前的菩提子首饰，塞到了她的手里。

五指相扣间，他温和地摸了摸她的脸，仿佛还能感受到冷雨中传来的淡淡温度。

"辛夷，已经够了，你是我的朋友。"

做完这一切，岑清猷转身离开了。

她说过，她的朋友一直都不多，岑清猷——或者说碧眼邪佛算一个。

这是岑清猷，也就是送了她玉蝴蝶的朋友送给她的。

乔晚紧紧抿着唇，目光往下搜寻了一圈儿，心猛跳了一下。

她找到了。

水流湍急，那颗圆滚滚的血红菩提子正好被卡在了两块山石的缝隙之中。

乔晚比了一下距离，还好，还够得着。

她当下不再犹豫，探出半个身子，脚下运转灵力，把自己整个人挂在石头上，稳住了下盘。

"乔晚！"

"乔道友！"

萧博扬扭头去看乔晚，怒吼着伸手想拉她：乔晚！你疯了！"

"轰隆隆"的水声响彻山谷，良久不绝。

少年半跪在山崖上，茫然惶急地睁大了眼。

笑笑。

够到了，乔晚不声不响地终于摸到了这颗菩提子，握到手心里。

突然——

身后罩下了一片阴影，乔晚感觉手腕一紧，已被裴春争扑倒在地！

"笑笑。"

少年痛苦地低吟了一声，裴春争一把将乔晚摁在地上，清冷的桃花眼眨了眨。

身上的水淅淅沥沥地落到了乔晚身上，他居高临下地看着她，眼神漠然。

这目光倒像是在指责她为什么没拽住穆笑笑。

乔晚沉默了一瞬："我用力了。"

虽说剧情是剧情，但亲眼看到一个大活人从自己手里脱出，这感觉也不好受。

"用没用力，唯有你心里最清楚。"裴春争紧紧摁着乔晚的手腕，冷声说道。

被水浸湿了的乌发紧贴着脸，越发衬得她神情冰冷，额间朱砂鲜红如血，马尾从肩侧滑落，正好落在了乔晚的脸上。

乔晚抬眼，蒙了一秒。

裴春争这是在指责她？指责她故意没抓住穆笑笑？

目光落在这滚圆的菩提子上后，少年桃花眼中乌黑的瞳仁骤缩，目光微凝。

这是……菩提子。

这一路走来，他一直看到乔晚若有所思地摩挲着袖口里的东西。

裴春争看了一眼乔晚，耳畔蓦然回响起在问世堂前的对话。

"我另有心上人了。"

"我看上的是一个天上地下绝无仅有的男人。"

少年愣了愣，抿紧了唇，又惊又怒，摁着乔晚的手上青筋暴起。

这菩提子……是……是那个男人送的吧？

就算拼了命她也要保护这菩提子……

裴春争怔了怔，心上好像被什么东西撞了一下，乌黑清澈的眼中下意识地微露讥讽之色，脱口而出道："笑笑落下瀑布，这个时候你要找的就是这东西吗？就是这个死物？"

乔晚面无表情地抢过裴春争手里的菩提子，翻身朝着裴春争的胸口踹去！

"给我。"

冷不防地被踹翻在地，裴春争难以置信地睁大了眼，呼吸骤然变得急促。

他突然想到了少女鼻血横流、仰头将保护得完好无损的兔子绢灯举到他面前的画面。

他的兔子绢灯。

裴春争面色苍白，死死地盯着面前的菩提子，眼睛好似痛苦不堪地微泛血丝，眉间的朱砂红得像要滴血。

"你的爱就如此廉价吗？"

"我的爱不廉价。"乔晚攥紧了菩提子，平静地擦了把脸上的水，"廉价的是你。"

裴春争浑身巨震，脸色突然变得极其难看。

乔晚看了一眼手里的菩提子，面无表情地抡起了拳头，一拳砸中了少年的肚子。

裴春争被打倒在地，仰面躺在地上，难以置信地瞪大了眼，马尾四散，一脸狼狈的样子，半天都没起来。

情况本来就乱了还给他添乱！萧博扬快气疯了："乔晚！你疯了！"

想想还是不解气，乔晚恶狠狠地看了一眼躺在地上的少年，兜头又给了他几拳。

一众昆山弟子震惊地看着面前的少女，少女虽然面无表情，但铺天盖地的怨气好像从背后升腾而起，她下手干净利落，十分凶残。

裴春争刚摇摇晃晃地站起，立刻又被乔晚扑倒在地，一拳头打倒。

裴春争抬眼，茫然地看了一眼面前的乔晚，姣好的左脸微肿，嘴角沁出了一丝血，脑后的发带都被打得狼狈地歪到了前面。

揩了把嘴角的血，像是没意识到落在自己面门上的拳头，裴春争发了狠一般一个翻身，将乔晚反压在地上，抢过了她手上的菩提子。

他急促地喘息着，就是这个……就是这个……

"砰！"

一股凶猛的力道从下颌处传来！

乔晚收回一记漂亮的上勾拳，抬脚勾住少年的黑色长靴，趁着裴春争下盘不稳，腿一剪，再次反客为主，压着裴春争一顿狂砸！

"砰砰砰！"

裴春争愣了一秒，继续翻身和乔晚死磕。

没有花哨的灵力和法术，两个人完全是拳拳到肉，野蛮凶狠地进行拳击。

看着咬成一团的两个人，萧博扬都快气笑了："你们俩倒是看看场合啊！"

梁义庆愣了半秒，猛然回神："快！快拉开他们！"

乔晚没有反抗地任由其他人将她拉开了，盯紧了裴春争，面无表情地抹了把鼻血，耀武扬威般低声说道："傻了吧，打不过我了吧？"

萧博扬咬牙切齿地一掌拍中了这耀武扬威的二货的后脑勺："乔晚你给爷闭嘴！"

被一巴掌拍得踉跄了一下，乔晚默默回神，不禁有些窘。

她刚刚都干了啥？在这一腔怒气的驱使之下她都干了啥？看了一眼鼻青脸肿依然不掩明艳五官、面容姣好的少年，乔晚眨了眨眼。不过，她感觉好爽啊！

裴春争跪倒在地，漂亮的脸上一副失魂落魄之色，乌发垂落在眼睫前，还在往下滴水。

梁义庆扭头，有条不紊地沉声安排："穆师妹毕竟有修为傍身，跌落到这下面伤不了性命，或许只是受了点儿轻伤，快下去看看。"

听了这话，一干人等马不停蹄地往瀑布下面赶去。

等冲到瀑布下面后，所有人不禁呆了呆。瀑布"轰隆隆"汇入下方的深潭，飞溅出无尽的水花，但是里面没有穆笑笑的身影。

"穆姑娘？"

"穆道友呢？"

余三娘伸手指向一个地方："那儿，顺着水流往前看看，说不定穆师姐被冲到了下游。"

萧博扬一边跑，一边咬牙吼道："你俩疯了？"

"我没疯。"

乔晚抬头看了一眼面前这条湍急的河流。

如果没出意外的话，和原著剧情一样，穆笑笑坠落山崖之后被冲到了水凤教的领地，被水凤教的教众捡了回去，关在了水牢里。

一行人越往前走，这一路的草木果然越整齐。

"等等。"梁义庆抬手，往四周扫了一圈儿，"我们好像……误入了什么地方。"

就在这时，一道破空声突然在后方响起。

一支箭射来！

余三娘手疾眼快，立刻扬起手中的细鞭，细鞭如金蛇曼舞，一扬一收，死死绞住了箭尖。

"当啷"一声，箭落在了地上。

梁义庆随即转身低喝："众人小心！"

紧跟着，又有几支箭从四面八方"咻咻"地射了过来。

萧博扬脸色一沉，丢出个"金龙爆"打落了几支箭，心中一凛：这地方不对劲儿。

不过这几支箭倒不像是冲着取人性命来的，倒更像是在示威。

箭雨之后，不远处，几个戴着凤凰面具的人穿林拂叶地走了过来，袖角都绣着点儿水蓝色的凤凰。

乔晚抬头看向面前这几个人，"凤凰面具人"们一个个沉默冷肃。

这就是水凤教的教众？

一眨眼的工夫，乔晚几个人已经被团团包围。

看着此情此景，萧博扬心里一沉。

来者不善。

几个"凤凰面具人"交换了一个眼神，最后从里面走出个带头的人。

这人戴着的凤凰面具明显比其他人的更精致点儿、繁复点儿，浑身上下罩着件漆黑的斗篷，挡住了脸，露出了白皙硬挺的下颌。

"何人敢擅闯水凤教？"

这嗓音低沉而沙哑。

如果她没记错的话，乔晚想，看这美貌程度，这应该就是水凤教的大祭司无疑了。

梁义庆礼貌地拱了拱手，行了一礼："见过道友，道友误会了，我们都是昆山弟子，来这儿游玩。听说这边有个瀑布，风景极好，没想到，途中有位师妹不慎跌下了瀑布，我们这才顺着水流的方向一直找到这儿。"

"这是水凤教？"梁义庆略一思忖，好声好气地继续解释，"误入贵教，并非本意，不知道友有没有见过我们的这位师妹？"

不过面前的男人完全就没有听梁义庆解释的意思，隔着面具众人也看不清脸上的表情，男人拂袖转身，沉声命令道："都带走。"

好声好气地解释换来对方这居高临下的态度，一众昆山弟子怒目圆睁。

"这水凤教的威风也忒大了吧。"乔晚耳畔传来了余三娘传音入密的吐槽声。

"我看穆师姐八成是被这教派的人给抓起来了。到这儿就没路了，穆师姐一个大活人还能凭空没了不成？"

"现在怎么办？"

一众昆山弟子悄悄交流着。

"梁师兄？"

梁义庆沉吟了半晌，才说道："走吧，闯出去。"

似乎察觉了后面的这点儿动静，领头的大祭司嗓音淡淡地说："别想着跑，就算你们想跑，那也要跑得了才行。"

跑得了才行？这话听着怎么有点不对劲儿？

萧博扬脸色忽然一白，随即变青。槽了！他动不了了！他这筋脉里的灵力运行不了了！

"这整个瀑布都是我们水凤教的神水。"另一个凤凰面具下面传来了沉沉的嗓音，"方才那箭上带毒，这毒无色无味，沾上了神水，你们吸入了这毒之后，不消片刻工夫，诸位的灵力就用不了了，我劝诸位道友别白费力气。"

萧博扬脸色铁青。

他们这一路走过来没看见穆笑笑的身影，她八成也是中了这玩意儿的招。

拿了剧本的乔晚不动声色地拍了拍青年的肩膀。

《登仙路》里面说，这毒叫作水凤凰，中了这毒的人灵力会被限制上一炷香的工夫，一炷香之后，灵力自解，主要是拿来暗算逮人用的。

其中一个昆山师弟愣愣地问:"这毒能解吗？"

另一个医修师姐回答:"需要点儿时间。"

余三娘:"梁大哥，现在怎么办？"

梁义庆:"既然如此，那我们先通知昆山的人，然后佯装不敌，跟着这些人回教派看看，说不定能找到穆姑娘和这次任务的线索。"

交流完毕，众人使了一个眼色，顺从地跟着面前这几个人一路被押进了水凤教里。

水凤教总坛就设在两三里之外，全都用石头一块一块垒出来的，垒出了个展翅欲飞的凤凰造型，线条圆润流畅，气势恢宏。不过时间长了，石头上长了不少青苔，青萝垂落。

顺着一条狭窄的石头路往前走，能看到几块蓄水池，再往前有个洞口，洞口一直伸向了地下的地牢。

这大祭司模样的男人转动石块:"带进去。"

身后那几个教众分别走上前，分批次地押着乔晚和萧博扬一行人往里面走去。

"哐当"一声，面前的牢门被合上。

乔晚扭头看了一眼身后遍体鳞伤的少年。不巧，她就和裴春争被关在同一间牢房里。而这间牢房里还关着个之前众人一直在找的人——穆笑笑。

少女靠着墙角，不省人事，脸色惨白，一缕黑发贴在苍白的唇前。

裴春争愣了愣:"笑笑？"

然而还没等裴春争往前多走一步，突然间，乔晚察觉手背上好像滴了一滴凉凉的东西。

她抬头看去——水。联想到之前看到的那几方蓄水池，乔晚悚然一惊！

这是个水牢！没了灵力，他们就是一帮身体素质比其他人好点儿的普通人。

天花板上的水开始涌动，越来越多，越来越多，转眼之间，就像一道瀑布，"哗啦"一声从天花板上浇了下来！

乔晚瞳孔骤缩，失去意识前的最后一秒看到的是起起伏伏的水花和抱紧了穆笑笑的裴春争的身影。

"笑笑。"裴春争抱紧了怀中的少女，扭头看了一眼乔晚。

不过水帘隔绝了他的视线，几乎一瞬间的工夫，水就已经漫过了头顶。

明明他怀抱着穆笑笑，可是为什么……裴春争垂下眼，额头青筋暴起，脸色痛苦。

为什么他会后悔？

水越漫越多，裴春争的视线也变得有点儿模糊，他用力地抿紧了唇，这些水看上去……就像是血，像是铺天盖地的血。

隐约间，他似乎看到了一地死不瞑目的碎尸，面容俊秀的男孩面无表情地坐在血泊之中，沾了血的马尾束在脑后，桃花眼半垂着，眼睛里泛着点儿红光……

等乔晚再醒来的时候，身边的水已经退去了，地上只剩下了浅浅的一层水洼。乔晚捂着肚子，费力地喘了一口气，胃里很不舒服，胀得她接连吐出好几口水。她抬头搜寻了一圈儿，在角落里看到了裴春争和穆笑笑的身影。裴春争低垂着头，不知死活，怀里还紧紧地抱着穆笑笑没撒手。乔晚弯下腰又吐出了几口水，喘了一口气后走上前，去查看这两个人的情况。

两个人都还活着。

刚刚这水估计只是立个下马威，没打算真要他们的命。

乔晚看了一眼裴春争，扯开穆笑笑，毫不犹豫地朝着裴春争的肚子来了一拳。

这一拳直接把裴春争打倒在地，不仅如此，他还彻底被打醒了。

少年眉头紧皱，漂亮的五官都皱到了一起，痛苦地呻吟了一声，睁开了眼。

茫然无措的眼眨了眨，他终于找到了焦距，乌黑的眼一转，目光落在乔晚的脸上，眼睛睁大了点儿。

"乔……晚？"

少年眨了眨眼，水珠顺着眼睫滴落了下来，嗓音清冷，神色温润。

裴春争的脸其实也明艳得带点儿攻击性，这个时候他伤痕累累，乌发柔软地搭在脸上，倒显得神色柔和了不少。

好了，醒了一个。

乔晚转头看向了穆笑笑。

穆笑笑还没醒，倒在地上，模样看起来比之前更凄惨了点儿。从瀑布上面摔下来，没锻过体，穆笑笑受了不轻的伤，身上青一块紫一块的。

对付穆笑笑显然不能像对付裴春争那样直接来一拳，而乔晚现在也无法用灵力。

难道说……她只有那个办法了……

那个影视剧中出场最多的办法，也就是传说中的……人工呼吸！

看着穆笑笑，乔晚艰难地挣扎了两秒。

她是做还是不做呢？

这段剧情，《登仙路》里面完全没提到啊！

眼看少女站着一直没反应，裴春争捂着刚刚被来了一拳的下腹皱紧了眉："乔晚，你要做什么？"

反正之前她都拉穆笑笑了，算了，做吧。

做好心理建设后，乔晚扶正了躺在地上的穆笑笑，动作迅速流畅地清除了穆笑笑口腔中的异物，抬起她的下颌，捏住鼻腔。顿了顿，看了一眼少女苍白的唇，乔晚一狠心，在裴春争的注目之下，朝着少女的唇深深地印了下去。

裴春争脸色一白，又遽然一变，捂着下腹，睁大了漂亮的桃花眼，似乎被这个动作彻底镇住了，狼狈地看着两个人裙摆交缠。

乔晚完全没空搭理他，继续认真地做着人工呼吸。

过了一会儿，穆笑笑终于给了点儿反应。

少女柔弱无骨地依偎在乔晚怀中，俏脸苍白，紧紧揪紧了乔晚的衣领，茫然地睁大了水汪汪的杏眼。

"嗯……乔……乔师妹？"

从穆笑笑这边看去，少女纤长的眼睫半垂着，全身上下一股水汽和血腥气，湿漉漉的乌黑额发垂在眼前，脑袋上的半只蝴蝶结要掉不掉的，水珠顺着蝶翅往下滴，落在了两个人紧贴的唇瓣间。

这是……乔晚？

穆笑笑瞪大了眼，蒙了。

乔晚怎么……怎么会在亲自己？

紧跟着穆笑笑的俏脸迅速涨红。

她……她……还从来没被女孩子亲过呀。

"乔……乔师妹！"穆笑笑俏脸飞红，结结巴巴地推拒道，"你……你在干什么？"

醒了。

乔晚十分淡定地回道："救你啊。"

穆笑笑惊慌失措地捂住了嘴："哪有……哪有如此救人的道理？"

乔晚眼皮都没抬一下，斜着眼吐槽："不然我亲你吗？"

穆笑笑两眼汪汪，泪盈盈地红着脸："哪里……哪里有女人亲女人的道理？"

乔晚："大千世界无奇不有，以后你就习惯了。"

穆笑笑愣了愣，按下了心头的惊讶和不安情绪。

姑且……姑且相信乔晚是在救她吧，只是她想不明白乔晚为什么要救她。

这个时候，穆笑笑倒是终于发现了跪倒在角落里的裴春争。

裴春争脸色很不好看，他的脸本来就白，如今被水一浇，白得更加病态。

穆笑笑赶紧拎着裙子冲上去，轻轻在裴春争面前蹲下："裴师弟，你怎么会在这儿？"

裴春争目光静静地落在了穆笑笑身上，过了一会儿之后，他垂下眼哑声回道："笑笑，我没事。"

现在是男、女主角交流的时间，乔晚收回视线，绕着水牢走了一圈儿，开始思考从里面破坏这座水牢的可能性。这水牢年数明显长了，栏杆都已经锈了不少。如果她恢复了灵力……

乔晚默默估算了一下。

她估计能徒手掰开两三根？这样的话，足够一个人通行了。

裴春争的嗓音在背后响起，低低的，让人听不出情绪："你在找什么？"

乔晚头也没回，继续认真地估算着徒手掰开这铁栏杆的可能性："我在找出去的办法。"

和刚刚动手相比更让人难堪的是不在意，裴春争静静看着乔晚的背影，脸色更差，胸中气血翻涌。

就在这时，水牢外面忽然传来了点儿动静。

乔晚和裴春争齐齐循声抬头看去。

门前分"一"字形并排站了三四个穿着黑斗篷、戴着凤凰面具的男人。

为首的一个男人目光在牢里扫了一圈儿，最终落在了乔晚和穆笑笑身上。

几个水凤教的人站在门口看了半天，拿出本书，照着穆笑笑和乔晚的模样对比了一会儿，突然齐刷刷地"呼啦"一声，朝着穆笑笑的方向全跪了下来。

"圣女！水凤教恭迎圣女！"

剧情？

乔晚终于反应过来了。

这是水凤教圣女的剧情？

立刻就有个人上前打开了牢房，紧接着，从身后分别绕出两个人摁住了乔晚和裴春争，剩下来的几个人簇拥着穆笑笑，恭恭敬敬地把穆笑笑给请了出去。

为首的那个人则走上前弯腰行了一礼："没认出圣女，是大罪，请圣女降罪。"

这话一出口，穆笑笑和裴春争都蒙了半秒。

什么圣女？

他们……在喊她圣女？

"圣女？"穆笑笑愣了愣，目光落在这一干人面前，顿时慌了，下意识地扭头看了一眼乔晚和裴春争，"你们……你们误会了，我不是什么圣女。"

不过这惊慌失措的辩解话语，立刻就淹没在了恭恭敬敬的"恭迎圣女"的呼喊声中。

"我……我真不是贵教的圣女。"

穆笑笑将乞求的目光投向了乔晚和裴春争，眼眶微红，六神无主地喊道："裴师弟……晚儿师妹，救救我。"

裴春争瞳孔紧缩，差点儿就要冲上去之时，身后的水凤教护卫厉喝一声，照着少年的肚子就来了一拳："做什么？"

本来就受了伤，被水一泡，现在又被朝着肚子打了一拳，裴春争抬起眼，死死地盯住了穆笑笑，冷汗涔涔，呼吸急促。

穆笑笑惊叫："裴师弟！"

"圣女。"领头的人走上前，"圣女，大祭司有请。"

穆笑笑怔了怔："晚儿……晚儿师妹。"

救救她。

谁来救救她。

四目相接，乔晚愣了愣。

少女哀哀地看着她，像只无助的离巢幼鸟，乌黑柔软的头发凌乱地贴在了眼前，眼里是茫然无措和懵懂不甘的神色。

穆笑笑知道，乔晚可以救自己。

她……她不想再做案板上任人宰割的鱼肉了。既然之前乔晚愿意救她……那现在肯定也愿意帮帮她吧。

穆笑笑眼含希冀之色。

面前身着粉衣服的少女没有辜负她的希冀，似有所察地往前迈出了一步。

穆笑笑眼睛一亮，眼眶微红："晚……晚儿师妹。"

但乔晚略微一动,摁住她的肩膀的那水凤教的人立刻觉察异样,一拳照着她的面门打了过去。

没了灵力,这一拳打得乔晚眼前一黑,整个人都被掀翻在了地上。

另一个水凤教的人手疾眼快,或者说,脚疾眼快地一脚死死踩上了乔晚的肩膀,沉声警告:"想干什么?老实点儿。"

半张脸都被摁在地上,乔晚咬紧了牙,费力地抬头看去。

众人围着穆笑笑走了。

穆笑笑眼里的希冀之色一点点地熄灭了。

牢门被重新合上。

乔晚躺在地上擦了把鼻血,疼得龇牙咧嘴,内心一阵忧郁。

虽然她的确是女配角,但这差别对待明显过分了啊!

牢房里又陷入了一片死一般的寂静之中。

过了一会儿,似乎响起了裴春争的嗓音:"你还好吧?"

乔晚扭头看了一眼裴春争,吐出一口血沫,呈"大"字形往地上一躺,满脑子都是穆笑笑离去前的眼神,半晌都没吭声。

不过这个时候,傻子也知道穆笑笑一时半会儿没什么危险。

乔晚躺了一会儿,默默从怀里掏出菩提子看了一眼。

刚刚没来得及检查,这会儿她终于有时间好好看看。幸好,岑家家大业大,给岑二挂额头上的菩提子也是用的最好的,经过了特殊处理,卡在石头缝里都没被划出什么伤痕。

虽说问她怎么样,但裴春争的状态明显算不上有多好,问完这一句话后,他就僵硬地合上了眼,不再看她。

他看到了血,一闭眼就是红通通的血。

面前有个女人在哭,她年华老去了,没了年轻时的美貌,捂着脸,泪水顺着指缝一滴滴滑落。

从裴春争记事起,他娘就好像无时无刻不在哭。他爹不喜欢他娘,连带着也不喜欢他,至于他娘,眼里更是没有他的存在。

于是,他千方百计地想要讨好他爹和他娘,几乎无所不用其极,只希望他们多分一点儿目光在他身上,哪怕一点儿就好。

他好喜欢爹娘啊。

裴春争垂着眼,怔怔地想着。

后来他们都死了。

裴春争捂紧了腰腹,凌乱滴水的发丝挡住了晦涩不明的视线,他的神情有点儿僵硬,心里瞬间闪过了无数个念头。

为什么刚刚抱紧了笑笑,看着水帘兜头浇下,隔绝了乔晚的脸的那一刹那,他会后悔?

他将目光落在这菩提子上,菩提子红得像血。

裴春争目光微沉，胸中宛如翻山倒海，翻涌着一股莫名其妙的复杂情绪。

这是那个男人给她的吧。

渐渐地，那颗菩提子好像也变成了少女指尖上的一滴血，而牢里残留着的水渍也好像化成了一片红通通的血池。

裴春争的呼吸骤然变得急促了起来，好多好多血。

乔晚敏锐地握紧了菩提子，皱眉喊道："裴春争。"

说是迟，那时快，身前一股沛然的杀意凛然袭来！

少年抿紧了唇，下颌紧绷，一把将乔晚摁倒在地，目光死死地盯紧她手上的菩提子，视线一路往上，最终落在了乔晚的嘴唇上。

"这是……谁送你的？"

裴春争唇绷得紧紧的，作为《登仙路》的男主角，长着一张十分优越的皮相，眼睛如一汪澄澈初融的雪水，泛着清波，但现在这个时候，眼里的神情有点儿晦暗难辨。

还没等乔晚开口，裴春争的脸色"唰"的一下又变了，摁着乔晚的手腕紧了紧。

乔晚愣了愣。

虽然她不知道发生了什么事，但是挥拳就对了！

没想到她刚伸手，反倒被裴春争给强硬地截住了。

少年反手扼住乔晚的手腕，俯视着她的眼里隐隐泛出了一点儿血丝，视线顺着手腕一路往上，落在了她这不算多好看，甚至有点儿脱皮的嘴唇上。

顿了顿，裴春争松开了她的手，面无表情，毫不怜香惜玉地把乔晚往边上一推，抬手挡住了自己的眼。

"离我远点儿。"

少年脸色变得更难看，高高的马尾散落了下来，落在肩头，左手紧紧盖住了眼皮，喉结滚了滚。

手心下面，裴春争双目赤红，咬紧了牙，状若癫狂："离我远点儿，现在。"

离他远点儿？

乔晚面瘫着脸，看了一眼自己的手腕，神情有点儿微妙。

虽然很不想承认，但她好歹是和裴春争谈过一段时间恋爱的，也知道面前的少年……会黑化！这和他年少时悲惨的回忆脱不了干系。

要是他在这个地方黑化就麻烦了。

她毕竟不是女主角，没有像哄孩子那样轻轻抱紧裴春争，摸摸他的额头，其作用好比强效镇静剂的能力。

乔晚略一思索，果断冲到了裴春争面前，揪起少年的大马尾，拽住湿漉漉的乌发往墙上狠狠撞去！

"砰！"

一声惊天动地的动静乍响！

少年一头撞在青石砖面上，似乎被撞懵了半秒。

乔晚看着整张脸都被埋进了墙里，只留乌黑大马尾的裴春争，还有墙上缓缓淌下来的鲜红色不明液体，一脸淡定表情地问："现在呢？清醒了没？"

糟糕。

裴春争的人品好像有点儿差。

乔晚嘴角抽搐，刚刚那一下，她的灵力好像恢复了呢。

水凤教主坛。

在等着手下把"圣女"请过来的间隙，水凤教大祭司面无表情地坐在座位上，兜帽盖住了半张脸，嗓音淡淡地问："阁下在看些什么？"

没什么。

将目光从门口的方向收回，坐在左边的碧眼少年修士温和地笑了笑："没什么。"

"只是……"少年若有所思地沉下眼，"我总觉得似乎看见了故人的身影。"

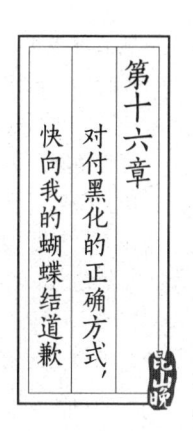

第十六章 对付黑化的正确方式，快向我的蝴蝶结道歉

散落下来的长发盖住了半张脸，裴春争桃花眼微眯。

这一眼，少年那高贵冷艳的气质顿时一扫而空，他好像在说：你有病吧？

乔晚揪住少年的大马尾，冷酷无情地问道："清醒了没？"

裴春争眉头紧锁，冷声说："放开，离我远点儿。"

一滴鲜红的血顺着额头往下掉，裴春争神情僵硬，脸色看上去不太好，不过显然清醒了。

乔晚平静地打量了一眼裴春争的神情变化，松开了手。

她松手后，裴春争脸上的神情又变了几下，起起伏伏，顿了一秒之后，少年抿紧了唇，突然伸出手，揪紧了乔晚的头发狠狠往下扯。

偷袭！

痛痛痛！

乔晚面目扭曲、龇牙咧嘴。

不过裴春争压根就没有松手的意思，死死地揪住了她的发尾。

头发！她宝贵的头发！

乔晚恶狠狠地睁大了眼，背后一团斗志和怒火在心中熊熊燃烧着。

裴春争咳嗽了几声，面色苍白得好像下一秒就要倒下去了，却还是没放过乔晚的头发，澄澈潋滟的桃花眼里平静无波，表情无动于衷。

他这是在报复。

觉察裴春争这报复之心，乔晚迅速开始动手。

狭窄的水牢里顿时响起了沉闷的拳脚相接的动静，乔晚见招拆招，一手逮住裴春争的大马尾，咬牙喝道："放手。"

裴春争抿了抿唇，沉声开口："你先。"

白皙修长的手指一并攥住了乔晚脑袋上的蝴蝶结和头发，还往上提了提。

她的蝴蝶结！这简直就是侮辱！

乔晚不甘示弱地拽住了对方乌黑的大马尾，也照葫芦画瓢地狠狠往下扯，面无表情地威胁道："快跟我的蝴蝶结道歉！快点儿！"

裴春争看了她一眼。

毕竟相处了十多年，曾经并肩作战、亲密无间，他虽然知道乔晚这人表里不一，倒没看出来，这总是把自己弄得一身是血，碰上昆山长老也算彬彬有礼，懂得进退的少女，竟然这么幼稚，也竟然……这么狠得下心。

裴春争垂眸，姣好明艳的脸上表情变化复杂，白了又青，青了又白，心头像是打翻了什么东西，摇摇晃晃，五味杂陈，十分不甘。

毕竟当初一直是乔晚追着他没错。

乔晚："快点儿！快和我的蝴蝶结道歉！"

裴春争垂下眼："不道歉。"

想了想，他又攥紧了蝴蝶结，往上揪了揪，垂着眼看着乔晚脑袋上的蝴蝶结迎风招展了两秒，竟然鬼使神差地脱口而出道："先和我的头发道歉。"

乔晚："你先向我的蝴蝶结道歉。"

少年寸步不让："你先向我的头发道歉。"

乔晚毫不示弱："蝴蝶结。"

裴春争："头发。"

乔晚冷声强调："蝴蝶结。"

裴春争寒声说："头发。"

在他答应她的心意之前，少女总是真诚地捧出一堆伤药之类的东西送给他。眼一眨，裴春争略微晃神，好像又回到了当初伫立在蒙蒙细雨中，乔晚结结巴巴地鼓起勇气问他愿不愿意和她在一块儿的场景。

"当初……"裴春争抿得嘴唇泛白，"你并非如此。"

乔晚："并非怎么样？"

"当初你……"

乔晚愣了一秒之后，突然就悟了，忍不住吐槽："谁暗恋的时候会揍人哪？喜欢一个人当然是想着要把最好的东西捧给对方了。"

她又不是小学生。

没想到，这句话像是戳中了裴春争的什么隐痛，裴春争突然就松开了手，本来就没什么血色的脸上，血色急速退去，半天都没吭声。

喜欢一个人当然是想着要把最好的东西捧给对方了。

少年闭上了眼，捏紧了手，心里仿佛淌开了一团黏糊糊的黑暗东西，这东西沉默地淹没了这一颗心和四肢百骸。

是吗？

那乔晚是不是……把那些东西都给了别人？

但是，裴春争转念一想，脸色变得很难看。

她把东西给了别人又和他有什么干系？他本来就是为了笑笑才接近她。

少年松开了手，表情怔怔的，不知道在想什么。

好痛。

乔晚坐在地上，默默把歪了的蝴蝶结重新扶正，扭头看了一眼裴春争。

他脸都没擦，额头上还往下渗着血。

乔晚稍微整理了一会儿思绪。

既然她已经回到了昆山，这些事还是早做个了断比较好，毕竟大家都是成年人。前情旧爱，恩恩怨怨，不如他们就趁这个时候握手言和好了。

但和前男友握手言和是需要勇气的，还没等乔晚主动开口，牢门外突然又传来了点儿别的动静。

"乔晚？"

乔晚顺着声音来源看去，不知道萧博扬什么时候已经成功越狱，正站在门口震惊地看着她和裴春争。

萧家小少爷面色扭曲了一秒，果断地喷了："你们在干什么啊？在竞争大光明殿的入门资格，比赛谁先去当弟子吗？"

"乔道友，裴道友？"跟在萧博扬身后的余三娘看了一眼乔晚和裴春争，神情放松下来，"太好了，你们没事。"

乔晚看了一眼，萧博扬和余三娘身后还跟了几个昆山弟子。

她和裴春争既然已经恢复灵力，其他人肯定也恢复了灵力，水凤教本来就地处偏僻，偏居一隅，也不算什么多有影响力的教派，在萧博扬一行人提前做了准备的情况下，这水牢年久失修，大家要越狱算不上一件难事。

萧博扬上前打开牢房，乔晚严肃地理了理衣服，简单地和余三娘一行人交换了一下情报，比如说，穆笑笑被人带走当圣女这件事。

自己喜欢的姑娘被人带走了，萧博扬脸色不大好："你说穆姑娘被带走了？"

乔晚拍了拍他的肩膀表示安慰："放心，这些人暂时都不会对穆姑娘下手。我们先去把其他人带出来。"

可惜萧博扬完全没有被安慰到的意思。

牢门陆陆续续被打开，等人一凑齐，由梁义庆清点了一下人数，就少了个穆笑笑。

接下来，大家是要策划怎么营救穆笑笑。

梁义庆看了乔晚一眼。

如果说脸，乔晚长得和穆笑笑的确酷似，只不过一个娇糯一点儿，一个凶残一点儿。虽然和这位乔道友接触不算太多，但梁义庆明显能察觉出来，乔晚的修为，或者说能力更高，有自保和脱险的能力。

如果乔晚愿意扮成水凤教的侍女和穆笑笑交换身份，让穆笑笑偷溜出来，到时候他们这一大帮人在外面，乔晚在里面，里应外合，这事就好办得多了。

只不过顾及昆山上乔晚和穆笑笑不和的传言，梁义庆有点儿拿不定主意，不确定面前这姑娘愿不愿意帮忙。

不过，他总归要试试的。
"要我和穆笑笑交换身份？"乔晚愣了一下，低下了头，眼前突然浮现少女临走前那双眼，和看向她眼里的希冀和哀求之色。
穆笑笑在向她求救。
乔晚仔细想了想，突然发现，就算她知道剧情，也没有办法装作视而不见，拒绝穆笑笑的求救，或者说没有办法拒绝任何一个来自弱势的同性的求救。
毕竟她和穆笑笑没有过直接利益冲突。
穆笑笑在反抗，在说不愿意。
虽然穆笑笑走路都能捡到天材地宝，被无数个男人抢来抢去，听上去好像很爽的样子，但生活本来就如人饮水冷暖自知。
穆笑笑愿意反抗。
乔晚攥紧了手，不想辜负穆笑笑的信任。
这也是她的道心。
营救穆笑笑这件事，一干人筹划了一天，最终确定，想办法打听到穆笑笑的所在，再打晕一个侍女，由乔晚扮成侍女潜入，找到穆笑笑之后，和她交换身份。
这前面一、二、三件事都很容易，最困难的就是"找到穆笑笑，和她交换身份"。

前一、二、三件事都做完后，乔晚掀起一半兜帽，抬头看了一眼面前的门。
彼时她身上正套着一件水凤教侍女的衣服，梳着侍女的发髻，捧着个托盘站在"圣女"住处的门口，袖子里还藏了一沓用来联系的传音符。
如果她没找错的话，就是这儿了！
屋子富丽堂皇，装饰精美，看来待遇不错。
乔晚记得，这段剧情似乎还牵扯一段夺权剧情。
与其说穆笑笑是水凤教圣女，倒不如说是水凤教的大祭司故意将计就计，顺水推舟地给教派弄了个传说中的圣女作为信仰，来稳定水凤教里面的流言蜚语，顺便提升一下士气。
本来是把穆笑笑当作傀儡来利用的大祭司，却在和穆笑笑相处的这段时间内为少女的聪明才智和娇软动人所着迷，心甘情愿地成了圣女的信徒。
整件事大概就是这么一个故事。
收敛了思绪，乔晚定了定心神，敲开了面前的门。
"是谁？"
门后传来了个熟悉、轻柔、软糯的嗓音，紧跟着，门被从里面打开了。
乔晚抬眼飞快一瞥，屋里烧着熏香，四周暗香浮动，光线暧昧，地上铺着柔软的地毯，整间屋子都装点得十分华贵。
少女穿着件曳地的白色长裙，脑袋上也戴了个兜帽，裙摆长长地拖在地上，犹如凤凰的尾羽。
穆笑笑眼眶红红地看了一眼面前捧着托盘的侍女。

"请转告大祭司,我……不需要服侍。"

乔晚利落地转身关上门,掀开兜帽,沉声说:"是我。"

然后,她就看见穆笑笑睁大了杏眼:"乔师妹?你怎么会在这儿?!"

目光落在少女半敞着的锁骨、红红的眼眶和脖颈上鲜明的红色印记上,乔晚嘴角抽搐:这也太快了啊!

不过这个红印代表着穆笑笑可能已经碰上了水凤教的大祭司水凤萧,并且和这位大祭司产生了点儿感情纠葛。

一看见乔晚,穆笑笑又惊又喜,原本红红的眼眶里霎时就滚出了两行眼泪。

乔晚迅速闪身,快步走到了穆笑笑面前:"我来救你。快点儿脱衣服,和我换个身份。"

穆笑笑怔怔的,好像还有点儿反应不过来:"乔师妹?"

过了一会儿,她像是终于明白过来了,目光落在乔晚这一身侍女打扮身上,局促地摇了摇头。

"不行。"穆笑笑不安地说道,"我不能……不能和师妹你换,让师妹你置身于险境。"

这就是乔晚最担心、最头疼的地方了。

乔晚扭头看了一眼身后的门,不太确定什么时候会有人进来,只好尽量简明扼要地转头跟穆笑笑交代:"你换上衣服之后想办法溜出去,会有裴春争接应你。"

穆笑笑问:"那师妹你呢?"

"这儿我应付得了,到时候我和梁道友等人里应外合。"

"快点儿。"乔晚严肃着神色说,"时间来不及了。"

穆笑笑虽然娇软动人,经常被其他男人抢来抢去,但好歹是《登仙路》的女主角,毕竟也不傻,知道这个时候不能继续拖下去,犹豫了一会儿,终于被说动了,脱下身上的衣服,穿上了这一身侍女服,拉下了兜帽。

轮到乔晚换衣服的时候,乔晚对着镜子犹豫了一秒,毕竟不是美妆博主,一时间摸不清要怎么打扮成穆笑笑的样子比较合适。

穆笑笑走上前,眨了眨眼:"师妹,我来吧。"

她提起袖子,在乔晚面前坐了下来,捧起了乔晚的脸。

有点儿奇怪,乔晚心里打起了小鼓。

少女指若削葱,落在脸上时,冰冰凉凉的。

"这是……和甘师弟的婚契吗?"穆笑笑柔声问。

乔晚闭着眼,沉声"嗯"了一声。

这婚契还没解。

穆笑笑毕竟手巧,片刻工夫就扶着乔晚的脑袋让她看看镜子。

虽然两个人长得像,但穆笑笑长得更柔和一点儿,眼睛也更圆,垂着眼睫的时候有点儿楚楚可怜之感。而乔晚眉眼更加凌厉锋锐。

镜子里的少女和镜子外的少女，宛若相互依存的双生花。

"乔师妹……很好看，如果有机会，"穆笑笑抬起眼睑，期盼道，"我也想看看师妹你打扮后的模样。"

临出门前，穆笑笑竟然犹豫了一秒，把兜帽掀开了一半，露出清丽动人的脸，一咬唇，凑上前一把抱住了乔晚。

这是个充斥着花香的拥抱，像只归巢的乳燕翩翩落入了母亲怀里。

"乔……师妹，"穆笑笑踌躇地揪紧了乔晚的衣袖，"谢谢你。"

穆笑笑退后一步，忍不住又多看了一眼面前的少女。她的确不甘心，不甘心乔晚占据了师父、大师兄和裴师弟他们心中的位置，吸引了他们的视线。

她的出身说起来也不好，如果不是当初被周衍带上了山，恐怕她早就被她娘卖了换给弟弟娶媳妇的银子了。所以，只要师父不丢下她，她什么都能做。这是她从小就学会的生存法则。

其实归根到底，她还是忌妒，忌妒面前的少女有勇气也有能力。乔晚已经从她的影子下站了出来，逐渐成长为一个耀眼强大得让她都有点儿晃神的存在，虽然现在乔晚的名声还不显，但总有一天，她面前的少女能成为修真界的栋梁。

穆笑笑眼神复杂地看了一眼乔晚，咬了咬下唇，欲言又止地拉下了兜帽。

乔晚被抱蒙了一秒，赶紧收敛心神，等穆笑笑走了之后，麻利地换上了衣服。

换上衣服之后，乔晚坐上床上，摸了摸袖子里的传音符。按照计划，穆笑笑出去之后，还有其他人接应，至于她，梁义庆他们已经提前联系了昆山的人，等穆笑笑安全之后，她再想办法溜出去。

乔晚刚摸上传音符，门口突然响起了一阵敲门声。

她立刻跳下床，小心翼翼地模仿出穆笑笑的言行举止，怯生生地问："谁？"

门口响起一个低沉的嗓音："属下楚琰锋拜见圣女。"

楚琰锋？乔晚脑子飞快地转了转。水凤教的这段剧情，除了大祭司入了穆笑笑的后宫，成了穆笑笑的裙下之臣外，其中一个叫楚琰锋的人也是其中之一。

楚琰锋是水凤教的左护法，见到穆笑笑之后，对穆笑笑一见钟情。

穆笑笑打开门，门口果然站着个英俊挺拔的青年。

青年毕恭毕敬地跪在门前，乌黑的眼里闪动着仰慕与迷恋的光。

乔晚嘴角微不可察地狠狠抽搐了一下。

"圣女准备好了没？"青年柔和地说道，"若是准备好了，就让属下带圣女去神殿吧。"

这段剧情她也有印象。

穆笑笑被带到神殿之后，遭到了水凤教反对派的质疑，最后还是那位水凤教大祭司站出来解了她这困境。

乔晚不动声色地打量了一眼面前的青年。

对大祭司能不能认出自己，乔晚没有太大把握，她过来的时候，走廊外面守着不少护卫，这个时候冲出去明显不是明智之举，只能暂且走一步算一步，尽量拖延时间，等

着昆山那边来消息

于是乔晚点了点头："好，麻烦你稍等一会儿。还有，我不是圣女。"

青年看了她一眼，却十分固执己见："圣女就是圣女。"

和楚琰锋行走在长长的回廊上，乔晚问："那你们判断圣女的依据到底是什么？"

楚琰锋抿了抿唇："依据教中圣典。"

"那圣典中有没有记载水凤究竟是什么，又从何而来的？"

楚琰锋："水凤究竟从何而来，教中也并无定论。但大祭司说过，水凤或许从血雾山而来。"

血雾山？

乔晚愕然，这不是魔域的地盘？《登仙路》其实也没讲清楚水凤究竟是个什么玩意儿。水凤是魔兽？合着这水凤教真是个邪教？！

楚琰锋垂下眼，一路上都没敢正眼看她："圣女请。"

他从小就在教内长大，鲜少接触异性，再加上他娘又是个妓女，在进入水凤教之前，对楚琰锋动辄打骂。久而久之，他就成功地从一个英俊挺拔的帅小伙长成了宅男，后来碰上了穆笑笑，更是对她一见钟情，将其奉为心中不敢亵渎的女神。

心知从楚琰锋嘴里问不出什么了，乔晚闭上了嘴，沉默地跟着楚琰锋一道穿过了点着壁灯的长廊，来到了神殿里。

水凤教的神殿古朴庄严，门口站了一排戴着兜帽的护卫，往里面走，昏暗的大殿里面已经站了不少人。

乔晚略扫视了一下，一眼就看见了之前看见过的那个大祭司。

男人沉沉地站在殿内，乌黑的斗篷曳地，身上就像罩着阴沉沉的乌云。而在水凤教大祭司对面，站着个须发皆白的老头儿，以两个人为中心，身边分散站着不少教众，隐约划成了两派对立的阵营。

一转眼看见披着马甲的伪圣女乔晚，老头儿倒是和善地微微一笑，恭恭敬敬地行了一个礼："圣女来了，水贤见过圣女。"

"圣女"这两个字被老头儿咬得尤其重。

站在左边的黑兜帽大祭司似有所觉地往乔晚的方向看了一眼，幽深的目光静静落在了乔晚的脸上，半天都没移开。

他是……认出来了？

乔晚眉梢一皱，不动声色地摸上了怀里的传音符，悄悄将其撕了。

"等等。"男人看着乔晚，慢条斯理地沉声说道，"这不是。"

他突然快步走到乔晚面前，一把掀开了乔晚脑袋上的兜帽，淡淡地扫了乔晚一眼："你不是圣女，你是谁？！"

抬手的瞬间，男人竖起一个手刀横劈了下来，乔晚立刻上手去接手刀！

两个人拳脚相接间，整个神殿一片哗然！

猝不及防地整张脸都暴露在男人的视线之中，乔晚反应敏捷地往后一跳，虽然猜到有可能会被认出来，但没想到竟然这么快。既然被认出来了，这伪装也就没意思了，她一把扯了伪装，默默按上了藏在兜帽里的剑，冷声问："怎么认出来的？"

跟在乔晚身后的楚琰锋愣了一下："大祭司？你这是什么意思？"

这不是圣女？怎么会不是圣女？

他仔细一看，眼前的人跟圣女好像真的有点儿不一样。

青年的脸色"唰"的一下就变了，冷若冰霜："不是圣女……你是谁？"其态度和刚刚简直有天壤之别。

神殿里所有人齐齐怔住。

面前这个人不是圣女？

神殿里顿时响起窃窃私语声。

不是说，这是大祭司钦点的圣女吗？

这明明就是之前那个女修啊，怎么大祭司说这不是圣女？

将这一切尽收眼底，黑兜帽大祭司又看了乔晚一眼，扭头问身边的下属："最后一个见到圣女的人是谁？"

"是玲珑。"

"这不是圣女。"黑兜帽大祭司转身看了一眼面前这白发老头儿："玲珑是水贤长老的手下。"

白发老头儿愣了愣，脸色随即就有点儿不好看了："你这是怀疑我的人带走了圣女？"

他和水凤萧这厮争了好多年。

水凤萧不高兴了，他就高兴，水贤露出个笑容："这圣女是大祭司钦点的，怎么眼下大祭司又不肯认了呢？怎么？我们圣教的圣女是大祭司你想请就请，想换就换的？"

男人眼一瞥："长老想多了，我从未有过这种想法。倒是长老，反应这么激烈，是自知御下不严，还是做贼心虚？"

最后这两句话简直就是明晃晃地扎白发老头儿的心了。

乔晚按着剑默默围观。

出了岔子就相互指责，圣女被调包他们就互相扯皮，看来这水凤教内部的确不怎么和谐。

乔晚低下头思索了一下，说不定能试着利用这一点跑出去。

白发老头儿明显被气得够呛："那位大人还在偏殿里等着，都这个份儿上了，大祭司还在这儿与我互相推诿？！要是让偏殿里那位大人等太久，这后果，大祭司你一人承担得起吗？"

那位大人？白发老头儿嘴里冒出了一个陌生的称呼，乔晚愣了愣，这又是谁？

而黑兜帽大祭司竟然像是被说动了，看了一眼白发老头儿之后，又把目光转回了乔晚身上："你是谁？胆敢冒充圣女闯入神殿？玲珑呢？"

"算了。"黑兜帽大祭司垂下眼，看都没再看乔晚一眼，"此人胆敢潜入圣教假冒圣女，来人，将这人拿下。"

他又吩咐站在右边的教众："水冶，去把火种拿来。水桑，马上去追玲珑。"

乔晚留神提防着四周的动静，内心忍不住疯狂吐槽：不是，这差别对待也太过分了吧！说好的原著里面替圣女化解刁难呢？就因为对象换成了她，就这么无情吗？！

几个侍卫已经团团围了上来。

"铛——"

脖子前突然斜刺里架出一柄长剑，为首的楚琰锋脸色难看，横剑质问："圣女呢？"

虽然才相处了仅仅一天，但……但……他早已为圣女深深地着迷了。

圣女是如此天真纯善，如此圣洁而平易近人。

而这人竟然敢假冒圣女！

楚琰锋眼里含着浓浓的厌恶之意，一想到自己刚刚竟然和这假扮圣女的贱民相处了这么长时间，就倍感恶心。

"你竟然敢冒充圣女！圣女是何等身份！也是你这种贱民冒充得了的吗？"

这些女人他见得多了，她们不过是贪图圣女的地位和荣耀，被眼前的利益蒙了心，不然又怎么会愿意调包？

没多久，那被吩咐去拿火种的教众手里举着个火炬上来了："大祭司，火种拿来了。"

楚琰锋厌恶地说道："听大祭司的，丢上去。"

男人手上的火炬烧着熊熊烈火，乔晚不禁心里一沉，正计划着要怎么逃跑的间隙，楚琰锋像是看出了她的动作："别白费力气想着逃跑了。这火种是特地从魔域血雾山取回来的，但凡沾上一点儿，不论是扑是浇，都不会熄灭。

水凤来自魔域血雾山，水凤教本来就是亲近魔域的教派，这魔火也是他们教派的圣火。

青年看向这火炬的眼神毕恭毕敬："魔火能将包括魔在内的所有东西都烧得尸骨无存。"

楚琰锋说道："既然你胆敢冒充圣女，就要做好受这烈火灼身之苦的准备。"

魔域……魔火？

乔晚呆住了。

"我觉得……这火可能烧不死我。"沉默了一秒，乔晚挠了挠头诚恳地建议。

楚琰锋更加厌恶地说："都到这个地步了，你还认为自己是圣女吗？"

水凤萧淡淡地收回视线，闻言哂笑道："这世上，除了圣女，也只有魔域王族和亲卫能不受这魔火侵袭。"

目光落在面前这少女身上，男人嘴角扬起了一点儿讥讽的笑容："你是魔域王族，还是魔域亲卫？抑或是那大名鼎鼎的魔域……帝姬？"

"点火吧。"水凤萧沉声说道。

他的占卜从未出错，教中圣典也不会出错，圣女就是穆笑笑。其实他倒不在乎谁是圣女，不过面前这女修明显就是水牢里抓获的那一批犯人之一，这女修变数太大，明显也比穆笑笑更难控制。碧眼邪佛还在偏殿里等着，他没空在这儿浪费时间。水凤教不过是一个地处偏僻的小教派，倘若这位大名鼎鼎的碧眼邪佛发怒了，他们承担不起这怒火。

水凤萧话音刚落，那举着火炬的教众就毫不犹豫地直接丢了火炬。

楚琰锋神色难看，这假冒圣女的贱民就该当众受这烈火灼身之苦！

滚滚魔焰顺着乔晚的裙摆舔了上去。

楚琰锋面色痛苦，眼前闪过了少女纯美的笑靥。

圣女……圣女你究竟在哪里？

然而，预料之中眼前之人被魔火包裹烧成灰烬的画面非但没有出现，原本杀气四溢、滚烫的魔火反倒温和地顺着面前的少女的裙角一路往上攀升，缓缓地盘旋在了乔晚面前，就像是臣服和保护。

楚琰锋看见这一幕，脸色顿时就变了。

这……这怎么可能？魔火怎么会烧不死她？

乔晚吐槽："我都说了，这火可能烧不死我，都诚恳地建议了，你们还不信。"

楚琰锋没搭理她，脸上一会儿青，一会儿白，心中默默沉思着。

魔火能将除魔域王族和亲卫之外的东西烧得尸骨无存，怎么会烧不死面前这个人？

除非，这贱民是……

"你……你是……"楚琰锋脸色大变，"你是魔域亲卫？"

下一秒，楚琰锋又自己否定了这个猜测。

魔域的亲卫都由薛云嘲统领，一个个都是身经百战的角色，这贱民不过筑基期的修为，绝不可能是魔域的亲卫。

难道说……

目睹这一切的水凤萧瞳孔骤缩，快步走到乔晚面前，看了一眼魔火缠身却毫发无伤的乔晚。

"你是……魔域王族？"

乔晚挠了挠头："或者你可以猜得再大胆一点儿，比如说，魔域帝姬？"

"绝不可能！"没想到水凤萧直接断然否定了这个猜测，冷冷地拂袖，"魔域帝姬已失踪多时。"

"魔域帝姬是苏不惑所出的亲女，就凭你？"水凤萧居高临下地看了乔晚一眼。

"苏不惑？"没想到能从水凤萧口中听到意想不到的消息，乔晚愣了愣，"魔域帝姬不是……梅元白的女儿吗？"

这其实也是一直以来困扰乔晚的问题。

已知魔域帝尊是始元帝君，梅康平是始元帝君最信任的左右手，她的便宜爹是梅康平的弟弟梅元白。

怎么看，她都不该是魔域帝姬的地位吧！

楚琰锋冷笑："苏不惑就是梅元白。苏不惑并非梅康平的亲生兄弟，只不过让梅家捡到了抚养长大，后来因为骁勇善战，替魔域打下了不少疆土，始元帝君亲授了他一个一字并肩王的称号，有意让苏不惑接任魔主之位。"

她的便宜爹听起来好像很牛的样子……

只不过，既然苏不惑这么牛，为什么修真界会不知道苏不惑就是梅元白？……而且那场大战之后，也完全没了苏不惑的消息。

"谢谢你，你真是个好人。"乔晚面无表情地诚恳回答。

果然话多的反派才是优秀的反派，成功地替她解决了疑惑。

水凤萧看在眼里，没有拦着，修真界极少有人知道这其中的弯弯绕绕，但苏不惑和梅元白之间的关系在魔域不是个秘密。

一个人，两种身份，梅元白狡诈如狐，苏不惑有虎狼之能，两者合一就成了魔域唯一的战神。

可能是没烧死乔晚，楚琰锋心态有点儿崩了。

之前说这魔火怎么怎么厉害，而现在竟然没能伤这贱民分毫，楚琰锋也有点儿下不来台了，冷笑一声，眼含嘲讽地说："怎么，冒充不了圣女就想冒充帝姬了？帝姬也是你这种人冒充得了的吗？！"

魔域帝姬是比圣教圣女更为高贵的存在，这人竟然还想冒充魔域帝姬？

黑兜帽大祭司不知道想到了什么，突然沉声说道："楚琰锋，退下。"

青年愣了愣："大祭司？"

黑兜帽大祭司："退下。"

楚琰锋不甘心地往后退了一步。

白发老头儿阴恻恻地开口："这是教派圣火，当初折损了无数好手，才从魔兽环伺的血雾山取来的，这魔火竟然对这女修毫无用处，大祭司难道不用解释吗？"

从乔晚的方向她能看到，水凤萧看都没看自己这位趁机煽风点火的同事一眼，吩咐身边的侍从："去，看看她怀里还藏了些什么东西？"目光落在乔晚身上，他顿了顿，才又说，"抑或者用了什么法术。"

神殿里面又分出了两个人走上前，伸手在乔晚身上摸索了一阵子之后，转过身朝水凤萧行了一礼，看上去也十分震惊："大祭司，没有法器也没有法术。"

没有法器和法术？这怎么可能？

水凤萧脸色一沉，略一沉思，抬眼说道："火种呢？再点。"

又有教众举着个火炬进来了，丢到了乔晚面前。

水凤萧眼睛一眨不眨地看着，这火舌席卷而上，顺着少女的裙摆游走，然后顺利地和之前的同伴会师，绕着乔晚盘旋飘浮。

乔晚一脸严肃表情地说："要不，试试开个中火？"

中火被丢了上去。

乔晚："试试大火。"

大火被丢上去后，饶是水凤萧也不由得蒙了一秒。

怎么可能？

这明明是血雾山中的魔火。难道这女修当真是魔域王族或亲卫？

乔晚斟酌了一会儿，开始尝试着动之以情，晓之以理："大祭司，我本没有恶意……"

水凤萧没给乔晚辩解的机会，脸色更加冷峻："再点。"

就在这时，大殿里突然又传来了动静，另一个戴兜帽的人急急忙忙地走了进来，后面还跟着水凤萧之前吩咐去追水玲珑的那个人。

"禀告大祭司！玲珑……玲珑被带回来了！"

那人手上押着个窈窕的人，他一松手，对方顿时扑倒在地，兜帽一落，露出了穆笑笑的脸。

穆笑笑惊愕地看了一眼被架在火上烤的乔晚，嘴唇颤抖："晚儿师妹？"

乔晚的一颗心顿时沉了下来。

糟了，穆笑笑没走成？

一看这架势，乔晚低声问："你没走？"

穆笑笑咬着唇，好像鼓起了莫大的勇气，哆哆嗦嗦地深吸了一口气："我……刚刚听到有教众提到神殿里的事，担心师妹你……"

瞥见门口的身影，楚琰锋脸色一喜："圣女！"

虽然穆笑笑戴着兜帽做侍女打扮，但这面若桃李、冰肌玉骨的少女，除了圣女还能是谁？

是啊，这才是他们的圣女。

青年英俊的脸上闪过了一丝微不可察的欣赏和仰慕之色。

这才是他们水凤教的象征，坚强温婉的圣女。

神殿里见过穆笑笑的教众忍不住面面相觑。

"是圣女！"

"圣女回来了！"

"大祭司，"穆笑笑看了一眼乔晚，咬紧了唇，走到水凤萧身前行了一礼，"我回来了。"

"这位是我的师妹。"穆笑笑说道，"请大祭司放过我师妹。"

穆笑笑回来了，楚琰锋固然高兴，但是还没忘这边有个假的，看向乔晚的眼神迅速变冷。

水凤萧看了穆笑笑一眼，耳畔就传来了楚琰锋的声音："大祭司，圣女既然回来了，这冒牌货要怎么处置？"

这人竟然敢假冒圣女。

穆笑笑尽量抬眼跟面前的男人对视："大祭司。"

男人脸色阴沉得就像一团乌云，紧抿着薄唇，看不出喜怒："冒充圣女是教中大罪，圣女您当真要为这人求情？"

"如果……"穆笑笑抿了抿唇，突然从袖子里摸出个样子古朴的镜子，"用这个呢？"

幻浪镜！水凤萧和乔晚齐齐愣了愣。

少女高高地举起了镜子，看样子打算往地上摔，嗓音有点儿发抖："如果……用这个镜子换我师妹无恙呢？"

水凤萧皱起了眉。

其实穆笑笑要不拿幻浪镜威胁他，他倒也不会对这女修做些什么。

不过他倒没想到，这看起来纤弱的少女竟然也能有这勇气，敢拿幻浪镜威胁他。水凤萧眼里掠过一丝惊讶和赞赏之色。

他的占卜不会出错，面前这虽然纤弱但依然于逆境中勇敢与他谈判的少女，这等气度的确是他们派中的圣女所具有的无疑。

魔火竟然也不能伤这女修分毫，水凤萧反倒有点儿不敢轻举妄动了。他耽搁的时间太久了，顾忌偏殿里那位人物，他不能继续耽搁下去了。

"罢了。"水凤萧移开视线，"楚琰锋，你先护送圣女回房。至于这个胆敢冒充圣女的人……先将她押下去，再派几个人严加看守。"

穆笑笑往后退了一步，脸上显而易见地松了一口气。

得了吩咐，楚琰锋走上前，深深地看了眼前的少女一眼，虔诚地行了一礼："让圣女受惊了，属下这就带圣女回房休息。"

穆笑笑扭头去看乔晚："乔师妹。"

"圣女，"水凤萧淡淡地打断了穆笑笑的话，"请。"

一想到还在偏殿里等着的人，水凤萧没敢多停留，吩咐完之后，快步离开了神殿。

没想到他刚出神殿，才走了几步，长廊尽头却站着个颀长的人影。

水凤萧心里一惊，忙快步走上前去。

碧眼邪佛！

少年修士抬起眼，露出一丝淡淡的温和笑意："大祭司。"

"尊者怎么会在这儿？"

"等得无聊了，"少年莞尔，"出来走走。"

虽然面前这少年看上去年纪不过十六上下，水凤萧却丝毫不敢轻视对方。

不过少年好像只是随口一说，温润如白玉的脸上看不出任何责怪的表情。

"倒是我要的东西，大祭司可准备好了？"

水凤萧难得恭谦地弯腰行了一礼："尊者不必忧心，无垢真晶教内早就准备好了。"

提起无垢真晶，就不得不提起碧眼邪佛到这儿来的目的了。无垢真晶是水凤教圣物，据说是当初那只水凤凰嘴里衔来的。

面前这少年修士就是为了这无垢真晶特地跑的这一趟，不过碧眼邪佛究竟想拿这东西做什么，水凤萧也摸不透对方的想法。

对方看上去年纪虽然轻，但心思深沉，也不是他们能妄加揣测的对象。

"虽然无垢真晶已经备好了，只不过……"水凤萧顿了一秒，想到接下来的话，心里微微一凛，"只不过……"

岑清猷："只不过什么？"

"只不过，包裹真晶的玄冰，教内如今还没人能化开，恐怕只能劳尊者亲自动手了。"

无垢真晶是水凤教的圣物，这么多年水凤教一直没想着拿来用，最重要的一个原因就是这玩意儿上面裹了层劈不碎、化不开的千年玄冰。

岑清猷温和地说道："这是贵教圣物，这事也理应由大祭司解决才是。等大祭司解决了这事，再来寻我吧。"

嗓音虽然温和，态度却很坚决，说完他合掌行礼，转身就走。

少年走后，水凤萧站在原地沉默了半响。

要是这千年玄冰能被劈开，他们水凤教也不至于一直把无垢真晶放着落灰了。

身后，一个教众试探性地出声建议："祭祀，既然……圣女回来了，不如让圣女去试试？"

这一天，水凤教上上下下几乎都知道了，大祭司亲自请来的圣女差点儿被人调包，至于那冒牌货，如今正被关了起来，由大祭司亲自指派了几个人看着。

而其中还包括了圣教的左护法大人——楚琰锋。

楚琰锋守在牢房前，脸色十分精彩。

本来以为圣女回来了，他就能亲自去侍奉圣女，没想到大祭司竟然让他到这儿来看这个冒牌货？！

至于乔晚，这个时候正坐在床上默默打坐入定。

乔晚也没想到穆笑笑会在这个时候赶回来。

水凤萧忌惮她，虽然把她给关了起来，倒也给她找了个好屋子，没亏待她。

她这一趟跑下来，倒不是全然没有收获。乔晚默默思索，这地方清静，刚好给了她整理思绪的时间。在修真界待了四十多年，她学会的其中一个道理就是"既来之则安之"，淡定面对问题，总会有解决的办法，更何况《登仙路》原著也没提到过这次有多少人员伤亡。

楚琰锋面含讥讽之色："沦为阶下囚，你倒是悠闲。"

乔晚淡定地回呛："圣女回来了，左护法不去保护圣女，屈尊在这儿看顾我，彼此彼此。"

楚琰锋顿时脸色一黑，握紧了手里的剑，嫌恶道："你别以为有大祭司吩咐，我就不敢动你。"

这贱民竟然是圣女的师妹！就这贱民，怎么能与圣女相提并论？

乔晚故意装作没听见这句话："穆笑笑怎么样？"

面前这青年全副身心果然都放到了穆笑笑身上，听到这话，他立马就被转移了注意力。

"圣女是我圣教象征，享有至高无上的荣耀。"楚琰锋微微皱了皱眉，"圣教自然不会亏待圣女。"

"倒是你，在这地方老实一点儿。冒充圣女是教中重罪，若不是圣女替你求情，圣教早就用……"

乔晚："早就用烧不死人的魔火烧死我了是吗？"

楚琰锋怒道："你！"

就在这时，门口突然传来了点儿动静，一个戴着蓝兜帽的教众在门口行礼。

"左护法，大祭司有事要吩咐你。"

楚琰锋硬生生地将一腔喷薄而出的怒火憋了回去，走到了那人面前："大祭司有什么吩咐？"

蓝兜帽教众："大祭司吩咐，让护法您将无垢真晶拿给面前的女修，让她化开。"

"无垢真晶？"楚琰锋愣了愣。

这不是教中圣物吗？大祭司……

楚琰锋扭头看了一眼身后的少女。

少女顶着张面瘫脸，脑袋上的蝴蝶结迎风招展。

大祭司竟然找她化开无垢真晶？

楚琰锋："她怎么化得开无垢真晶？说起来，这事你们怎么不去找圣女？"

蓝兜帽教众："找过了，但圣女对此也束手无策，大祭司吩咐，让这女修试试看。"

楚琰锋沉默了一秒，面色不善地拿着无垢真晶进来了，丢到了乔晚面前。

乔晚微微一愣，看着面前这块灵晶，巴掌大小，散发着莹莹的蓝光，一看就是个稀缺的天材地宝，稍微靠近一点儿，她都能感觉到灵晶上的锋锐之意。不过这灵晶上面裹着一层厚厚的玄冰，看上去想拿出来是不太容易的。

楚琰锋目光不屑，也不乐意开口。

大祭司在想什么？圣女都化不开这东西，这个冒牌的贱民能化开？

然而下一秒，还没说出口的话顿时卡在了嗓子眼里。

这块教内没人能化开的玄冰，在靠近少女身侧不足两尺距离后，突然开始融化了。

青年惊骇地抬眼，瞳孔骤缩："你……你到底是谁？"

玄冰……竟然化开了？！

魔火不能伤她，玄冰竟然自己化开了。这女修到底是谁？

乔晚愣了一下，也没想到这玄冰竟然自己就开始融化。

"你们水凤教都服从魔域？"

"圣教本来就从魔域而来，自然听从魔域的差遣。别废话……你到底是谁？"

乔晚将手上的真晶丢到了楚琰锋面前，清楚地看见了青年骤缩的瞳孔、震惊的表情。

她换了个姿势，表情严肃地坐好："你的上司的上司。"

乔晚："告诉你一个恐怖的消息，你的工资没了。"

楚琰锋拿着无垢真晶，顶着一脸怀疑人生的表情走了。

乔晚坐在床上，看了一眼四周，水凤萧对她起了怀疑之心之后，目前她想跑出去，困难系数有点儿高，传音符也被对方给搜刮得一干二净，目前她也只能寄希望于梁义庆几个人能察觉不对，尽快联系上昆山的人。

"化开了？"水凤萧惊诧地看了一眼捧着无垢真晶的楚琰锋。

他不过是临时起意，想让那女修试试化掉无垢真晶，没想到这女修竟然真的化开了？

水凤萧心里一沉。

她到底是谁？

在她身上，他非但没察觉魔气，感觉她反倒更像是出身名门正派，周身隐隐还有禅意与儒家的浩然正气环绕。但帝姬失踪已久，是何等身份？她绝不可能是面前这女修比得上的。

左右想不出个所以然来，水凤萧敛眉说道："算了，先将无垢真晶交给邪佛。至于其他事，之后再说。"

至于这女修的身份，他已经派人前往魔域查证，不出几天就能得到消息，如今还是碧眼邪佛那儿要紧。邪佛与魔域来往密切，百年前就在帮魔域做事，就连梅康平也要给他几分薄面，碧眼邪佛，他们得罪不起。

面前一身梅花白的修士服、乌发垂拢在右肩上的少年，温和地微微一笑，一双碧色的眼仿佛漾开了莹莹的光："贵教将真晶化开了？"

楚琰锋恭敬地行礼："无垢真晶就在这儿，请尊者验过。"

岑清猷温和地笑了笑："这倒不用，我相信贵教的信用。只不过这无垢真晶，贵教百年来都没人能化开，一夕之间又是怎么化开的？"

说还是不说，楚琰锋有点儿犹豫。

目光触及少年温和却暗藏着锋芒的眉眼，楚琰锋虽然不甘心，还是老老实实地交代了。

"一个戴着蝴蝶发饰的女修？"岑清猷愣了愣，"这女修现在在哪儿？能否代为引见？"

碧眼邪佛要见她？！楚琰锋心里"咯噔"了一声，莫名其妙地冒出了点儿不祥的预感。

岑清猷目光何其敏锐："怎么？左护法有难言之隐？"

楚琰锋心中一凛："倒也不是。"

于是他就把来龙去脉交代了，随后冷着脸一板一眼地补充："主要是这贱民口无遮拦，在下担心……会冒犯了尊者。"

他完全没看见少年修士一瞬间变得好奇和复杂的表情。

岑清猷迟疑："贱……民？"

提起这个，楚琰锋还有点儿恼羞成怒："此人反复无常，油嘴滑舌，不值得尊者亲自去见。"

没想到听了这话，少年反而笑得更开怀了，眉眼弯弯的："听左护法这么说，我倒是更想去见见左护法口中的这位贱民了。"

自打碧眼邪佛到圣教以来，就一直是一副彬彬有礼的模样，和传言中暴虐嗜杀的碧眼邪佛几乎有天壤之别，楚琰锋还没见过这人笑得这么开怀。楚琰锋蒙了一秒，感觉是不是有哪里不太对劲儿？

岑清猷固执，楚琰锋也不敢打扰这人的兴致，按了按佩剑，转过身说道："请尊者同我来吧。"

两个人穿过长廊，最终在一间屋子前停下了脚步。

"尊者，请。"

少年礼貌地点头示意，转身走进了屋子。

楚琰锋老老实实地在门口等着。

彼时，乔晚还在打坐，耳畔突然响起了一个温和熟悉的嗓音。

"辛夷？"

这个称呼……只有一个人会这么叫她。

脑海中闪过少年温和有礼的笑容，乔晚愣了愣，下意识地抬起眼，然后触及眼前这一幕时，顿时就蒙了："岑……岑清猷？！"

这是岑清猷？

面前的少年穿着件梅花白的衣裳，乌发如云，唇红齿白，生着一双莹莹的碧瞳，手执珠子，莞尔地看着她。

除了当初一去不复返的岑清猷这还能是谁？

这也不能怪乔晚发蒙，她之前都下定决心一定要把岑清猷带回来了，结果现在她一心想拉回正道的少年就这么凭空出现在了她面前，莞尔地和她打招呼。

饶是乔晚也不由得呆滞了一秒，随即心头一凛。

这是……假的岑清猷？

心念电转间，乔晚火速跳下了床，出招！

少年反应极快，眼睛眨也没眨，接住了乔晚的攻势，白裳飞扬，一股浑厚的气劲由内荡开，反震了回去。

这一交手，乔晚差点儿被震吐血。

这是什么恐怖的根基！

随即她就泪流满面。这恐怖的根基和这淡淡的大光明殿佛气，这人绝对是岑清猷没跑了！

少年扭住了她的手腕，一点儿都没因为乔晚动手而生气："这么久没见，辛夷你还是没变，依然是老样子。"语气里带着点儿淡淡的怀念之意。

乔晚看了一眼近在咫尺的少年，喉咙一紧。

面前站着的赫然是当初在山道上的大雨中沉默离开的少年，但这是碧眼邪佛。

突然间，乔晚就不知道该说些什么了。

她想过很多重见到岑清猷的画面，也想过会和岑清猷打个你死我活，但没想到会是现在这么一幅画面。

乔晚犹豫地问："岑清猷，是你，你怎么会在这儿？"随即她喉咙一紧，"你……"

有很多话，她反倒不知道要怎么开口。

但没有预想之中重逢时的尴尬和争执场景，少年神情温和，没有魔气，没有戾气，身上甚至散发着点儿淡淡的光，看上去和之前一样没多大变化。岑清猷自顾自地拣了地方，坐在了床角，举手投足间气质温文尔雅，如春风般和煦温柔。

少年眨了眨眼："辛夷，你头上的蝴蝶换了。"

乔晚下意识地摸上了自己脑门上的小蝴蝶。

这的确不是她经常戴的那个。

毕竟作为女孩子肯定有很多闪闪发光的小首饰！当初在"鬼市"，她和如意还挑了不少，这就像女孩子的衣柜里的衣服，永远也不嫌多。

另一方面，守在门口的楚琰锋微微皱起了眉，心里始终有点儿不放心。

里面这贱民惹怒了邪佛，找死是她的事，但要是牵连圣教……

于是，他往前略微靠近一步，就听到了少年和煦的嗓音传来。

岑清猷："这是琳琅阁出的新品？"

乔晚："是，这是今年春天才出的。"

岑清猷好奇地睁大了碧莹莹的眼："我还从未见过这个粉色的蝴蝶。"

乔晚摸了摸小蝴蝶："听说这个粉是琳琅阁从东海珊瑚上特地采来的。"

等等！

乔晚摸着小蝴蝶的手陡然停下了，她被带偏了！

乔晚："现在不是说这个的时候吧？"

岑清猷温和地笑道："我倒是想问问，辛夷你为什么会在这儿，还被人看押着？"

"我也有话和你说。"岑清猷看了看门口，"但在说这些事前，我先带你出去。"

乔晚茫然："你要带我出去？"

"你不信我吗？"少年反问。

她不是不信，但这个发展未免太诡异了！为什么岑清猷会从善道书院跑了？为什么他会突然出现在这儿？……

"你这儿……"岑清猷目光突然一凝，视线落在了乔晚的脖子下面，周身的气势微妙地变了变。

乔晚顺着岑清猷的目光看去，顿时烧红了脸，也不由得窘了。

这是她的锁骨上的红印子！

要演戏就要演全，既然她要和穆笑笑交换身份，这红印子也得做到位，她自己又嘬不出来，总不能让穆笑笑帮她嘬一个，只好用胭脂弄了一个。

暴露在岑清猷的视线之下，乔晚窘道："这是之前假扮圣女的时候用胭脂弄的。"

岑清猷心里松了一口气。

虽说之前嫌少和异性接触，但他并非不通人事，辛夷是他的朋友，如果在这儿碰上了这种事……绿莹莹的眼里神色瞬间沉了下来。

不过还好，这只是个误会。

收回视线，岑清猷低声说："辛夷，我先带你出去。"

乔晚愣了一下："你要怎么带我出去？"

岑清猷抿了抿唇，又笑了："他们不相信你是魔域帝姬，其实换作是我，我恐怕也不会相信。"

毕竟，就连普通的王朝公主基本都走的高贵冷艳路线，像乔晚这么接地气的帝姬……还有点儿少见，特别是还有个魔域一枝独秀的叔父梅康平做对比。

少年手执珠子，站起身，目光却没看她，看向了门外的方向："左护法在吗？"

站在门口的楚琰锋心里一惊,自己被发现了?

他不敢耽搁,赶紧按下心头的不安情绪,及时地跨过门槛,进来行礼:"尊者有事吩咐?"

岑清獣看着惊疑交加的楚琰锋微微一笑。

乔晚心里一突,莫名其妙地冒出了点儿不祥的预感。

接着,她的猜想就被印证了。

少年晃了晃珠子,突然朝着她的方向恭恭敬敬地弯腰行了一礼,修士服无风自动。

这一礼,不只让乔晚蒙了,也让楚琰锋蒙了,他失声道:"尊者?"

楚琰锋就这么眼睁睁地看着他们整个圣教都礼遇有加,不敢得罪的碧眼邪佛竟然主动朝少女低下了头。

"帝姬,我们走吧。"

"帝姬?"

盘腿坐在床上的少女僵硬了半天都没动静,岑清獣莞尔朝乔晚伸出手,柔声询问:"怎么了?帝姬是责怪吾来迟了吗?"

死一般的沉默气氛在屋里流动。

楚琰锋震惊地抬起了眼:这贱民真是魔域帝姬?

乔晚面色通红地默默撞墙。

二少爷,你别说了!

楚琰锋怀疑人生了,如遭雷击。

这贱……女修身上明明就没魔气!没魔气的人怎么可能是魔域王族亲卫,抑或帝姬?……

但圣教尊崇至极,他们压根不敢得罪的碧眼邪佛,竟然对这女修如此礼遇有加……

楚琰锋动了动嘴唇,眼神复杂,不自觉地往前迈了一步,还想再问点儿什么。

岑清獣一个如春风拂面般的和蔼眼神扫过来,楚琰锋顿时冒出了一身冷汗。

"帝姬,"岑清獣毫无所觉地微笑道,"我们走吧。"

乔晚通红着脸,绝望而尴尬地跟着岑清獣走了出去。

一路上,走廊里守着的侍卫看见她和岑清獣出来了,脸上虽然惊疑不定,但没一个人敢上去拦的。

目睹着乔晚和岑清獣离去的背影,楚琰锋猛然回神,忙低声吩咐左右:"快!快去通知大祭司。"

大祭司吩咐过吃穿用度不能亏待了这女修,楚琰锋虽然照做了,态度却不怎么好。

这女修要真是帝姬……那他很可能就完了。

浑然不知自己究竟做了什么的岑清獣好奇地问:"帝姬有心事?"

乔晚立刻僵硬到同手同脚,脸色通红地吐槽:"别,别,别!这个称呼太尴了!"

乔晚默默捂脸。

她对自己一直有着很清醒的认知,虽然脑袋上顶着个魔域帝姬的称号,但她就是乔晚,而不是所谓的高贵冷艳的魔域帝姬。

"帝姬不喜欢?"岑清猷抿唇笑了笑,"帝姬不喜欢……那……"少年顿了顿,轻声细语道,"辛夷。"

他这样一开口,就好像又回到了之前还在岑府的时候,面前的少年还会因为和姑娘接触而觉得不自在和害羞。

不过看到岑清猷那绿莹莹的眼,乔晚明白,有些事发生了就是发生了,现在这个少年已经不是当初那个和她一块儿偷看话本,被抽出禅房的小公子。

但不管怎么说,岑清猷永远都是她的朋友就对了!

乔晚摇了摇脑袋,努力甩开脑子里乱七八糟的想法。

"说起来,"乔晚犹豫地问出了从刚才起就萦绕在心头的疑问,"你为什么会到这儿来?"

岑清猷直言不讳:"我来找一样东西。"

乔晚迟疑地问:"无垢真晶?"

"是。"

本来还想问点儿什么,但目光触及少年温和坚定的神色,乔晚又突然泄气。

"你……能不能回来?"

岑清猷面带歉疚之色:"辛夷,抱歉。我还有我必须做的事情。当初……灭门之祸并非巧合。你还记得魔域帝尊吗?"

乔晚睁大了眼:"被封印了的那一个?"

穿过长廊的风吹动了少年手腕上的珠子,岑清猷看起来像是特地斟酌了一会儿:"那次封印,是东到七岳十岭,西到昆山群山,北到北境大雪山,南到南部十三洲的栖泽府,以天下灵脉灵气为供养的天地大阵。"

这话,她听阎老板说过。

乔晚心头猛地一跳。

栖泽府,岑家灵脉。

岑清猷:"只要破坏了这几处灵脉,天地封印大阵就会失效。"

岑清猷柔声询问:"辛夷,你有没有察觉,这段时间修真界的争端比之前任何时候都要激烈?几百年前的魔患早就平息,修真界表面和平,但实际上暗潮汹涌。"

乔晚默默低下头回想。

她有预感,岑清猷和她说的一定是非常重要的信息。

"有……"乔晚想了想,认真地回答。

萧家和昆山、岑府和林家、大光明殿和善道书院,还有妖族伽婴和细罗之间争权……

虽然整个修真界明面上没太大战争,这些局部的冲突却没断过。

岑清猷犹豫了半秒,突然看似没头没脑地冒出了一句话:"梅康平对始元帝尊忠心耿耿,他的心机远比你想象的要深沉,辛夷,你要小心提防他。"

这些线索之前她没留意过,可如今被岑清猷耐心而有条理地点了出来。

乔晚惊愕，旋即恍然大悟："你的意思是，梅康平……难道想……解开魔君的封印？！"

但岑清猷叫她小心是什么意思？

乔晚皱眉苦苦思索着。

她对自己有几斤几两很清楚，自己不过是个挂名的魔域帝姬，梅康平如果真的重视她这个侄女，就不会把她推到风口浪尖。

"有时候，你要是猜不透梅康平的想法，不如倒回去想想他为何要这么做。他这么做一定有他的目的。"岑清猷神色淡然，"天下熙熙皆为利来，天下攘攘皆为利往，人不会耗费心力去做没有回报的事。"

是。她对梅康平肯定有利用价值，因为有回报，所以他才会投资她这个便宜侄女，才会用到她。

乔晚沉下心，飞快转动大脑。

他现在还没急着找她，是因为他现在还不急着用她。那是不是意味着她对梅康平而言，利用价值在后期？

她记得，她的便宜爹苏不惑在始元帝尊被封印之后就销声匿迹了，也没有战死的消息传来，她是不是可以推测，她的便宜爹和这封印有关系？

这个世界上，她姑且是唯一一个有着苏不惑的血脉的人。

如果梅康平真想解开封印……

乔晚循着这个线索继续往下推测，是不是意味着她的利用价值也跟封印有关系？

如果她和封印真的有直接联系……

梅康平要做的是搅乱修真界的浑水，然后以这些修真界的冲突为遮掩，摧毁灵脉，再解开封印，而解开封印正好就在后期这个节点，是他所做的一切的最后那几步。

所以他不急着去找她。

"啊！"乔晚猛然抬眼，惊出了一身冷汗。

"辛夷，"岑清猷轻声说，"我只能帮你到这儿。"

乔晚愣愣地开口："你……"

却不料，就在这时，走廊尽头突然出现了一个熟悉的戴黑兜帽的人。

水凤萧走得急促，黑色的袍角滚成了一团乌云："尊者……"

目光落在岑清猷身边的乔晚身上，水凤萧一时语塞。

岑清猷温和地提醒："帝姬。"

素来成熟稳重的大祭司的脸色一时间精彩纷呈。

刚听到楚琰锋来报，他就急急忙忙地过来了，没想到真看到了乔晚和岑清猷并肩同行的画面。

这女修当真是魔域帝姬不成？

看出了水凤萧的表情变化，岑清猷问："你不信？"

水凤萧低眉，宽宽的帽檐适时地挡住了他的上半张脸上的表情变化："属下没有这个意思。"

也不怪他不信。

主要是之前也出现过有人冒充魔域帝姬骗吃骗喝这种事，碰上这种事，他自然得谨慎一点儿。

"听说贵教的灵泉干涸了是吗？"

"是。"

这也是为什么他急着找圣女的原因了。且不提圣典中就有记载圣女能伴着圣水而来，化解圣教窘境，前段时间，水贤这老货在教派里面煽风点火，暗指灵泉干涸是他专权之故，有这两项压力在，再怎么着他也得找个圣女出来。

素来温和有礼，本来就腹黑的岑家小公子心里跟明镜似的，再加上和碧眼邪佛一融合，有了这几百年的经验，行为处事虽然还是十分有礼貌，但这温良恭俭让里面多了几分霸道和煞气。

因为是朋友，所以不介意替朋友多撑撑场子，岑清猷莞尔："既然大祭司不信，不如让帝姬试试，到时候，大祭司就知道我身边的姑娘究竟是帝姬还是贱民。"

"贱民"两个字音一落下，水凤萧惊出了一身冷汗，但到底没敢置喙，只说道："尊者，请。"

水凤教的灵泉就在瀑布附近。

听说碧眼邪佛要在今天让干涸已久的灵泉重新流动，水凤教上上下下基本上都到齐了，一并到的，还有被几个侍女簇拥着的穆笑笑。

穆笑笑脱下了一身侍女的打扮，重新换上了白兜帽，清丽的脸上是忐忑不安的神色。

身后的侍女一脸好奇的表情："圣女，你看。"

大祭司后面跟着一个少年修士，还有就是那身着粉衣服的冒牌圣女了。

而另一厢，乔晚和穆笑笑久久没回来，梁义庆心里一突，顿时就知道情况不好了。按理说乔晚处事冷静，如今也算昆山年轻一辈里面的翘楚，怎么这一去毫无音信？在水凤教外面等了两三天之后，梁义庆等不下去了。

这计划失败了，那他就只能换个办法了。

听说水凤教的人突然安排教众聚集在断崖一口泉眼附近，届时圣女也会来。

"穆师姐会到场。"想到不见人影的乔晚，昆山某师弟迟疑地问，"那乔晚师姐呢？"

他们说好的之前乔晚去换穆笑笑，但到现在都没乔晚的动静。

其他人心里也有点儿拿不定主意了。

"不管怎么说，"余三娘叹了一口气，"这回必须得去，至少先想办法把穆师姐救出来。"

于是，这一天，不止水凤教的人到场了，就连昆山的人也都悄悄地混在了人群外围观望。

众人远远看见，先是水凤教教众入场，接着是水凤教的高层。

白发老头儿水贤皮笑肉不笑地看着水凤萧和岑清猷到场，身旁还跟了个穿着一身粉衣的乔晚。

萧博扬震惊："乔晚？"乔晚怎么堂而皇之地混进来的？她还跟在了这黑兜帽大祭司的身边？

敏锐地察觉到身旁少年呼吸骤然一急，余三娘惊讶地转过头，看着这秀美明艳的少年郎。

"裴师兄？"

少年清冷的脸色一变，胸前一阵剧烈起伏，他握紧了手里的惊雪剑。

裴春争如梦初醒：菩提子，是岑家……岑清猷的。

他的目光所落之处，少女好像想到了什么，和岑清猷交谈了几句，衣领间隐隐约约地露出了个暧昧的红痕。

人都到齐了，岑清猷问乔晚："辛夷你紧张吗？"

乔晚摇头。

这一口泉眼干涸已久，她要做的就是怎么让这口泉眼重新冒出水来。可是她也没学过水系法术啊，乔晚想想有点儿迟疑："二少爷，我这样成吗？"

"用你的魔气就够了。"

事到如今，她就只能硬着头皮上了。在众人的注视之下，乔晚赶鸭子上架地走到了泉眼面前，低头看了一眼干涸的泉眼。既然她要让这泉眼出水，怎么也要有点儿仪式感吧。

于是，乔晚沉思了一秒，犹豫了一下，摆了个姿势，开始调动全身上下的魔气，心里默念了一句：古娜拉黑暗之神——乌呼啦呼——黑魔变身。

泉眼，变！

从众人的视角看过去就是，少女站到泉眼前的那一瞬间，黑色的魔气从四肢百骸渗出，如雾一般包裹住了乔晚的身形，黑色的魔气如有实质般顺着裙摆一路流入了泉眼。

没过多久，干涸已久的泉眼里竟然冒出了"咕嘟嘟"的清泉，滋润了干裂的泥土。

等等，这泉水……

水凤教教众难以置信地瞪圆了眼。

连大祭司和圣女都做不到的事，面前这平平无奇的少女竟然做到了！

楚琰锋一颗心直直地沉了下去，舌根有点儿发麻，他抬起眼难以置信地看着泉眼。

这……贱民当真是魔域帝姬？

怎么可能？

不过，就算他再不乐意承认，这真相也已经明晃晃地摆在了眼前。

但是这……这人和梅相哪里像了啊！

一同震惊的还有水凤萧，看向了泉眼，惊得兜帽被风一吹落了下来，露出了一张英俊冷肃的脸。

水凤萧眼神惊惧交加。

如果说面前这个人是帝姬的话,那他们之前捧着的人又是谁?

水凤萧不由得侧目。

被侍女包围着的穆笑笑打扮无一不精细到了极致,容貌柔美,裙摆如凤羽,浑身上下环佩叮当。

他的占卜出错了……他们……弄错了人。

宛如被人打了一个耳光,水凤萧死死地抿紧了唇。从接手圣教开始,他就没出过这么大的差错!他竟然把帝姬认错了!

不过,能坐到这个位子,水凤萧也是个能屈能伸的人,当即一撩衣摆带头跪了下来。

"属下拜见帝姬。"

见水凤萧下跪,众人面面相觑,下一秒,"呼啦啦"跪倒了一大片。

"帝姬!"

"拜见帝姬!"

在这情况下,有无知的水凤教教众憋不住悄悄询问同伴:"既然这上面的人才是帝姬,那大祭司带回来的人是……"

大祭司带回来的"圣女",容貌秀美,笑容亲善,昨天他们还看到"圣女"拎着裙角,赤裸着脚踩水玩呢,怎么一天之内,圣女就换了个人?

这声音虽然小,却清楚地传进了每个人的耳朵里。

端坐在步辇里面的穆笑笑愣了愣,随即俏脸泛白,忐忑地看向了水凤萧。

由于视野限制,她只看到了男人冷峻的侧脸线条。

大祭司忍不住又看向了泉眼。

乔晚还站在泉眼前,让人看不清她脸上的表情。

下面的人跪了半天,最终还是被岑清猷叫起来的。刚站起身,水贤就颤巍巍地伏身行礼请罪:"没能认出帝姬,是属下的错,求帝姬责罚。"

岑清猷:"长老免礼,这事不怪长老。"

三言两语之后,确定火的确烧不到自己,水贤一捋胡子,开始笑眯眯地向水凤萧开炮:"既然面前这才是帝姬,那大祭司请来的圣女……"

孰真孰假一目了然!

穆笑笑顿时不安地捏紧了手指。

她失魂落魄地想:她才是假的。大祭司他……他会从此厌恶她,认为是她骗了他吗?

预感到有些不对劲儿,楚琰锋偏头一看,就看见了少女泪盈盈的眼,被濡湿了的眼睫轻颤着。

"圣……"顿了顿,他还是换了个称呼,"穆姑娘,你没事吧?"

岑清猷淡淡地说道:"如今大祭司可相信了?"

水凤萧沉默了一瞬,开口:"请帝姬责罚。"

楚琰锋握紧了剑,收回看着穆笑笑的视线,大步一跨,一并跟着水凤萧跪了下来:

"请帝姬责罚。"

这是帝姬，就算她现在要他死，他也必须照做。

乔晚有点儿犯难。

她……好像也没什么能责怪的，总不能叫面前这些人去领"盒饭"吧？

不过，她还是很记仇的。

乔晚想了想，表情变得严肃。

楚琰锋本来已经做好了饱受折磨的准备，没想到面前的少女思索了一下，神情严肃地突然开口："你的月俸没了。"

楚琰锋愣了愣。

什么？

乔晚："节假日没了，不论春节还是中秋节，或是端午节和元宵节，你都没有休息日。"

水凤萧震惊地抬眼。

乔晚继续冷酷无情地念道："每天你必须加班到子时。"

"每天必须开三个会，你必须到场发言，事后还必须写个会议报告。"

"每年……水凤教必须搞个年会。"乔晚沉思着，然后问道，"年会懂吗？你必须每年都准备一个节目。"

"你现在就去写一份检讨，我不管你下没下班，现在就要。"

楚琰锋："……"

其实当时的楚琰锋还没体会到这是什么意思，然而半个月以后，楚琰锋的脸疼哭了。

魔域帝姬真是种凶残的生物，这是什么人间疾苦？

几年之后，不堪受压迫的楚琰锋投奔了魔域，在梅康平手下跑腿的时候，才发现原来这压制方式是叔侄相传的！

一直等乔晚说完了，岑清猷这才转头看向了她："辛夷，走吧。我送你离开。"

有帝姬身份加持，乔晚这一路走出去，水凤教上下鸦雀无声，没人敢拦她。

就在众目睽睽之下，乔晚走到了穆笑笑面前，在步辇外面伸出了手，沉着嗓音说："走。"

穆笑笑愣愣地抬眼。

太阳高高地挂在天上，日光有点儿炫目，面前逆光站着的少女，鬓角的蝴蝶发饰好像也在一闪一闪地发光。

在这震耳欲聋的呼喊声中，少女朝她伸出了手。

这一切都结束了。

穆笑笑默默地看着乔晚。

这些荣华，这些奉承，这些圣女的光辉，就像是一场梦，这是别人加诸在她脑袋上的光环，别人能轻而易举地给她，也能轻而易举地收回。

她面前，只有乔晚是真实的。

穆笑笑提起裙摆，跳下了步辇，脸上火辣辣地疼，踟蹰地问："晚儿师妹……你……你是怎么做到的？"

"这要感谢……古娜拉黑暗之神吧，"乔晚嘴角一抽，补充道，"大概。"

古娜拉黑暗之神？

穆笑笑惊愕。

这是什么神仙？她怎么从没听师父讲过？

乔晚他们刚走出水凤教范围，没想到就迎面撞上了萧博扬、梁义庆和昆山一行人。

"穆师姐！"

"乔道友！"

一个称呼，已分亲疏。

岑清猷默不作声地看着昆山弟子急急忙忙地赶过来围住了穆笑笑。

人群中，萧博扬看了乔晚一眼，皱眉打量了一圈。

还行，她没被伤到。

"辛夷。"岑清猷偏头招呼。

乔晚愣了愣，挠了挠头："怎么了？"

这是他的朋友，既然没人关心他这朋友，就由他来关心。

就在这时，另一个清冷润泽的嗓音突兀地横插了过来。

"乔晚。"嗓音冷冷的，微哑，开口的人像是在克制。

岑清猷余光一瞥，就瞥见了面前这少年黑靴束腰，马尾垂在背后，眉间一点红，色若春晓。

少年垂眼："你……"

没事吧。

短短三个字，像卡在喉咙里，不进也不退，少年怎么也说不出口。

这是……裴春争？

岑清猷微感讶异。他还有点儿印象，这似乎就是来找他娘求医的那个裴道友。

裴春争的目光正定定地落在乔晚的脖子上，手用力攥紧了，骨节泛白。

少女的脖子上的红痕似乎已经淡了不少，却依然暧昧，但乔晚好像压根就没察觉，还挠着头不好意思地在和岑清猷说话，没分出半点儿目光给其他人。

昆山这一行人显而易见地偏心，她好像压根不在乎。

岑清猷想了想，手捻着珠子，侧身挡在了乔晚面前，隔绝了少年的视线。

裴春争身形微微一僵。

岑清猷目光温柔地看向了自己这位朋友："辛夷，我要走了。"

乔晚惊愕："现在吗？你能不能留下？"

虽然知道对方答应的可能性比较小，乔晚还是忐忑地又问了一遍。

虽然说出来挺羞耻的，但她舍不得岑清猷。

乔晚垂头丧气的。

她的朋友不多，甘南算一个，孟沧浪他们算三四个，单能和她讨论小蝴蝶的朋友就不多了。

想了想，乔晚壮士断腕般鼓起勇气脱口而出："我……我……我舍不得你！"

舍不得朋友没有什么可羞耻的！

说完反倒一身轻松了，乔晚郑重地看向了面前的少年。

她舍不得他的心意，想让岑清猷知道！

但她没看见在这话出口的刹那间，不远处的少年神情骤然变化，全身上下一点点地冷了下来，胸口里翻搅个不停。

岑清猷微微一愣，心里泛起了一阵微妙的感受，温暖又透彻。

男女之间，说这话其实难免会显得暧昧，但他对乔晚根本就没这种想法，乔晚对他也没这意思。

他们是朋友。

于是，岑清猷也珍重地将这一份心意放在了心底，眉眼温和地说："辛夷，我也舍不得你。只要有心，我和你自然会再见面，你过来一点儿。"

乔晚不疑有他，往前凑近了点儿，却不料岑清猷突然凑到她面前，给了她一个温暖结实的拥抱。

他这一抱，彻底把乔晚给抱傻了。

但下一秒，手上仿佛被塞了个什么微凉的东西，借着拥抱的遮掩，被袖口一挡，他将那东西塞进了她的手心里。

岑清猷的嗓音如春风般掠过耳畔。

感受到脊背上落的少年冰冷的视线，岑清猷指了指乔晚手心里的东西："这个给你，吃了它，能抵得百年修为，我想，你比我更需要它。"

这是……无垢真晶？

乔晚震惊地抬眼。

她……她不能要！

吃了能抵百年修为的东西，虽然非常具有诱惑力，但她也不能要！无功不受禄，她不能白拿这东西！

恋恋不舍地攥紧了手里的东西，乔晚"咕咚"地咽了一口口水，梗着脖子忍痛道："我……我不能要。"

她真是个有骨气的好少女！

岑清猷似乎愣了愣，然后果断地拿走了她手里的无垢真晶。

等等！

感受到手心里的东西被利落地拿走了，乔晚仿佛看见了百年修为离自己而去，一时悔恨交加。

嗯？

嘴里冷不防地被塞进了一个冰冰凉凉的东西，岑清猷伸手在她的脖子上按了一下，那东西"咕咚"一声，就顺着她的喉咙咽进了肚子里。

"辛夷，"少年莞尔，"吃进去的东西，你就没有反悔的余地了。"

她……她将无垢真晶吃进去了？乔晚愣了半秒，下意识地摸了摸丹田。虽然无垢真晶下了肚，但她没感觉出有什么变化。吃都吃进去了，乔晚不好意思地红了脸："谢谢你，二少爷。"

岑清猷也微微红了脸："我也要谢谢你，你还保留着这个。"岑清猷指的是她的袖子里的菩提子。

分别在即，乔晚内心突然有种预感。

今天这一分别，可能他们就再难见面了，有些话要是现在不问，以后她再问就来不及了。

今天见面，岑清猷给人的感觉似乎是还没完全和碧眼邪佛融合。

想到自己即将问的问题，乔晚想了一下，斟酌着开口："二少爷，如果一个人幼年时被金蝉印打伤，有没有什么化解的办法？"

岑清猷远远地停下脚步，看着她，神情有点儿冷淡。

"邪佛行事，只考虑如何伤人命，从不考虑救人。"

乔晚怔了怔。也就是说……大师兄的病连碧眼邪佛自己都没有化解的办法吗？

岑清猷离开之后，乔晚陷入了沉思之中。连碧眼邪佛都说没化解的办法，大师兄这病是不是真的就无解了？

不，这也说不准！乔晚右手握拳，猛击了一下左掌！

毕竟碧眼邪佛又不是医生，自己没考虑过化解金蝉印这回事，不代表就没有办法。

大师兄身上的金蝉印一定有办法化解的！

目送岑清猷离开之后，乔晚回到了昆山的一行人当中。

萧博扬一直没拦着她和岑清猷说话，等到她转过身后，目光有点儿复杂："乔晚，二少爷……毕竟已经与邪佛……"

"我知道你想说什么。"乔晚打断了萧博扬还没说完的话，"我心里有数。"

但她刚一转身，手腕就被人给紧紧地箍住了。

乔晚错愕地抬眼。

裴春争？

少年桃花眼里泛着点儿冷意："跟我来。"

裴春争手上用了不轻的力气，一路拽着乔晚走出了其他人的视线范围。

少年紧抿着唇，下颌线条冷硬，长长的黑靴踩在地上快得像一阵风。

一眨眼的工夫，乔晚已经落入了一个有着清冷气息的怀抱。

这是另一处断崖，崖上寒风凛冽。

后背抵上了冰冷粗糙的树干，少年垂眼，默不作声地凝视着乔晚，手指指节紧了又紧。

红痕……这红痕之前还没有的。

一股没来由的怒气涌上心头，意识到这点的裴春争又略微一僵，旋即硬生生地压下心头的情绪，淡淡地问："菩提子，是岑清猷的？"

这是肯定句。

后背顶上树干，乔晚微微一愣。

这姿势有点儿诡异。

背后是松树，乔晚一抬眼就能看见少年白皙的下颌。

她试着动了动手指，没挣脱开。

乔晚没办法，只能抬头："裴道友。"

裴春争眼神晦涩难明，往前逼近了一步，冷声说道："是他。"

他本来没有理由质问她，也不该质问的。

少年收紧了攥着乔晚的手腕的手，几乎固执般问："菩提子是岑清猷的？"

想到这儿，少年心里又惊又怒。

明明之前……先追着他跑的是她。

"在水凤教这几天，乔道友……"裴春争沉默了一瞬，眼含嘲讽之色，冷冷地继续说道，"就光顾着和男人卿卿我我了吗？"

岑清猷……亲她了？

少女的脖子也算不上多白皙，红痕却鲜明刺目。

乔晚心头一凛。

裴春争的状态不对劲儿。

他该不会是要黑化吧！

虽说她打得过他没错，但要是他解开了这眉间的封印那就说不定了。

当务之急，她要先冲回去！

至少那边还有穆笑笑。

打定主意之后，乔晚果断出腿！

少年几乎立刻察觉不对劲儿，抿紧了唇，挡住了乔晚的这几招攻击，反客为主，想将乔晚给重新摁回去。

"是岑清猷？"

乔晚面无表情地回："是你老爸啦。"

裴春争猛然愣住，似乎被骂蒙了半秒。

趁着裴春争被骂蒙的这半秒工夫，乔晚朝着少年的面门果断地再次砸下了一拳！

这一拳，砸得裴春争踉踉跄跄地往后退了两步，呕出了一口血。

逮住空隙，乔晚拔腿就跑！

她还没跑出几步，又被少年给拽了回来。

被砸得呕血了，裴春争面无表情，眼角泛红："你去哪儿？是他对不对？"

菩提子是他的，红痕也是他弄的。

不能再拖下去了，乔晚眉头一皱，出拳快若疾风。

没想到少年竟然十分固执，就算打不过她，硬是没松手，反倒箍着她的手腕的手还越握越紧。

一个不愿松手，一个动手十分不客气。

在死磕之间，乔晚脚下一滑，竟然一时不察，一脚踩了个空，从山崖上滚了下去。

一脚踩空的那一瞬间，乔晚内心一沉，后悔了。

完了，她大意了。

掉下去的最后一秒，她看到的是裴春争变了脸色。

"乔晚！"

然后，裴春争跟着她扑了下去。

急速坠落的感觉很不好。

虽然在下坠途中乔晚尽量调整姿势了，还是没抗过落地时这庞大的冲击力。

疼疼疼！

她像被拍上岸的鱼，头一歪，疼晕了。

乔晚再醒来的时候，天已经黑了，全身上下还一阵一阵地疼。

前面似乎躺着个人，黑暗中，她隐隐看出了一个模糊的轮廓。

肩宽腿长，标志性的乌黑大马尾，这是……裴春争？

少年躺在地上，不省人事。

乔晚吸了一口凉气，揉了揉脑袋，费力地撑起身子。

总而言之，她先看看情况吧。

没想到她刚伸手，少年乌黑纤长的眼睫一扬，裴春争醒了，愣愣地问："乔晚？"

乔晚抬头看了他一眼，随后低下了头："别动，你的腿断了。"

她伸手摸上少年腿上蹬着的黑靴，隔着黑靴，明显能感觉异样。

他的腿断得还挺碎。

裴春争愣了愣，自己的身体自己最清楚，在刚刚醒来的时候，他就察觉不对劲儿了。他倒也不是很意外，屈着另一条没断的腿坐了起来。

乔晚内心摇摆了片刻，认命道："我给你看看。"

好歹他是跟着她一块儿跳下来的，她总不能不管，至少得对同伴负责。

其实之前一块儿下山跑任务的时候，他们不是没碰上过这种断胳膊、断腿的窘境。

坐在地上，裴春争平静地垂眸，心里……不知道怎么回事竟然无端涌出了一股淡淡的怀念情绪。

"抱歉……"少年嗫嚅了两下唇瓣，冷冷地别过头，神情有点儿不自在。

乔晚手上一抖："什么？"

这一按，她顿时把裴春争按得浑身打了一个哆嗦，疼得莹白如玉的脸"唰"一下血色全无。

乔晚嘴角一抽，立刻举手："我……不是故意的。"想了想，她补充了一句，"真的。"

乔晚又问："能站起来吗？我背你。"

没等裴春争回答，她便蹲下身，沉声说道："上来。"

裴春争愣了愣。

乔晚耐心地重复了一句："上来。"

裴春争垂眸，还是没动静。

乔晚没空等他做心理建设，果断地把少年从地上扯了起来，像扛一袋大米一样扛在背上。

裴春争："你……"

虽然看着劲瘦，但他毕竟是个成年男人，扛在背上还是有点儿重量的。

乔晚默默掂量了一下，抬脚就走。

山崖下面是片密林，月亮出来了，云破雾散，朗月当空。

少女走得很稳当，没露出任何疲态，眼睛明亮清澈，冷如一汪秋水。

"乔晚……"背上的少年突然出声，语气僵硬地说道，"抱歉。"

乔晚问："为什么道歉？"

裴春争看着泛着月色的地面："当初，抱歉。"

他还是后悔了。

少年腿太长，脚都拖在地上了，看上去十分狼狈。

走了一截路，乔晚也没看到有人影，反倒树林后面突然传来了一阵动静，还有一丝微不可察的妖气？

之前南下去栖泽府的时候，一路上乔晚没少被一只蜜獾摁着头捶，美其名曰修炼。

有妖兽？！

乔晚心念一转间，震动声越来越近，四周的灌木纷纷伏倒，电光石火的工夫，蹿出了一只低阶的妖兽。

她身后传来了裴春争的声音："让我来。"

少年低咳了一声，沉默地摸上了腰间的暗红色锦囊，抛出了一张符箓，结印掐文，嗓音微哑，神色冷厉："去！"

"啪啪——"

两张符箓，让低阶妖兽扑街。

乔晚越往前走，妖兽就越多。

裴春争低声说："我放下来。"

乔晚也没和他客气。

少年一落地便拔剑出鞘，平静地找好了方位，合拢两指在剑上一拭，剑尖立刻蹿出一簇灵火。

披发步罡寻煞炁，剑尖燃火热真文。

"风雷万壑，去。"

转眼之间，天际乌云滚滚，风生云合，雷掣电轰，惊雷朝着面前的妖兽"啪啪啪"地尽数劈了下去。

裴春争迎着电光站着，乌发纷飞，艳丽容颜模糊在雷光下，让人有点儿看不清他脸上的表情。

第十七章 他喜欢她

解决了路上的妖兽，乔晚背着裴春争继续前进。

天色越来越暗，前面保不齐还有不少妖兽，更何况她背上还背着个伤残人士，再往前走也不太现实，他们必须得先找个地方休息。

对乔晚的提议，裴春争没有异议。

好在乔晚背着裴春争一路走走停停，总算找到了一个山洞。

走进山洞，乔晚环顾了一圈儿。

这山洞里有点儿潮，岩壁上还滴着水。

勉强找到个稍微干点儿的地方，乔晚把裴春争放了下来："你在这儿等会儿。"

过了一会儿，她抱着一堆柴回来了："符箓，点吧。"

裴春争平静地又甩出了一张符箓，结印掐文。

火苗"呼啦"一声蹿起，把山洞里照得温暖又亮堂。

在这种情况下，剑拔弩张的气氛好像顿时一扫而空。

乔晚拣了个地方坐下来，舒了一口气。

隔着明亮的火焰，少年如玉的脸好像也蒙上了一层暖光，柔和了不少。

少年低眉涩声问道："为什么救我？"

为什么？

乔晚愣了愣，挠了挠头。

其实她也没想到自己会这么平静地救他。

她恨裴春争吗？要说恨裴春争欺骗了她的感情，辜负了她的青春吗？

这倒也算不上。

正好有个独处的机会，大家情绪都还算冷静。

看着红彤彤的火苗，乔晚酝酿了一会儿情绪，整理了一下思路。

大家都是成年人了，有什么话还是说开比较好。

"说实话,之前你那样对我,我确实挺……难过的。"

那毕竟是她的初恋。

"但是吧……"乔晚顿了顿,捡起地上散落的树枝划拉了几下,"都过去了。本来就没多少深仇大恨。"

没什么深仇大恨吗?

裴春争听了这话,没出声。

在这种情况下,乔晚突然想到了妙法。

她现在能这么淡定,多亏了前辈之前耐着性子安慰她这个失恋少女。

当初前辈告诉她,历尽诸劫,尝遍爱恨,是人生必要的课题。一个人没体会过这些俗世爱恨,何来了悟?此门派的了悟是超脱轮回,最终涅槃。至于她这种修士,就是得证大道。

高高在上、脚不沾泥的人,成不了真仙。

人从俗世中来,幡然醒悟,最终超脱俗世,清净无碍,这才是修仙。

"所谓修仙,"尊者神色肃然,"无非都是'修心'。道心既成,就算日后陨落在飞升途中,只要心境坦荡无挂碍,也算达到了独属于自己这无上之地。"

这和之前……师尊他老人家告诉她的话完全不一样。

脸上还挂着鼻涕眼泪的乔晚愣了愣。

原来不需要飞升,人也能成仙。

收回思绪,乔晚定了定心神,平静地看向裴春争。她不想把时间荒废在这些事情上了。

人生若尘露,天道邈悠悠。

人生若白驹过隙,但和上辈子相比,这辈子她有很多很多时间,完全可以去做一些更加有意义的事。

她还有朋友!

乔晚眼睛晶亮。

她还有自己想要追求的东西!

不过,最重要的原因也可能是她之前打也打过了,撒过气也就够了。

"时间不早了,"乔晚丢了手中的小树枝,站起身,犹豫了一下,说道,"你好好休息。"

比爱恨更让人难堪的是不在乎。

少年颓然地靠到岩壁上,用力地抿紧了唇,闭上眼的刹那,恍惚之间好像又看到了……血。

他没乔晚这么看得开。

他是魔,纯魔,天赋卓绝,只不过再优秀也换不来爹娘多看他一眼。

他娘爱他爹爱得几乎快发疯,眼里只有他爹一个人,至于他爹,三妻四妾,眼里却压根没她的存在,当然也没他这个儿子的存在。

那天好像是个雪夜吧……裴春争怔怔地想。

府上的灯笼被风雪吹得四处摇晃，漏了一地暖黄的微光。

他练完剑，回来得有点儿早，回来的途中特地买了个镯子带给娘。

就算是个纯魔，他也希望爹和娘能多看他一眼。

娘就是他的天。

在他模糊的幼时记忆里，她曾经也抱着他，眉眼温柔得像盈盈春水。

他跨过门槛，平静地无视了几个庶兄的嘲讽话语，忐忑不安地握紧了手里的镯子。

当时他还不知道他会看到什么。

血一直流到了门口，血泊中只留下了一个粉碎的簪子，还有一只曾经温柔地拍着他的脊背哄他入睡的手。

…………

温热的血落在了雪地上，很快又结成了冰。

裴春争就跪在地上，这一瞬间，他竟然想杀了乔晚。

他终于明白了，也后悔了。

虽然不愿承认，但他……竟然喜欢上了她，喜欢上了这个和穆笑笑一点儿都不一样的……替身。

他绝不会放手的。

长夜漫漫，乔晚决定入定。

无垢真晶入了肚之后，她的丹田里依然没什么变化。

乔晚不再去看裴春争，开始专心致志地和肚子里的无垢真晶死磕。

她能感觉到无垢真晶还没克化，这一大团灵气堆在肚子里，还没完全被吸收，于是她开始试着慢慢地"啃"。

啃了半天，她终于啃下了一个尖角。

就在这时，她的手腕突然一紧！

裴春争？！

乔晚霍然睁眼，真气还在体内流动，稍不注意，走岔了她就得做白功。

顾及体内流窜的真气，乔晚僵住，忍住了没反抗，眼前却陡然一黑。

裴春争捂住了她的眼。

少年俯身垂眸，唇瓣辗转移到了她的脖颈上方。

指尖掠过这红艳艳的痕迹，裴春争掐紧了少女结实的腰肢，冰冷的唇瓣缓缓照着脖颈落了下去。

乔晚愣了愣，旋即大脑飞速运转。

从刚才起，裴春争就明显不对劲儿。以前饱读的各类网络文学作品几乎同一时间涌上脑海，乔晚恍然大悟。

这人是要黑化啊！

那现在问题来了。

乔晚还记得裴春争的属性是"病娇阴郁大魔王"，如今他总算重新捡回了他这病娇属性。碰上一个处于黑化边缘的病娇魔王她现在要怎么做？

这个时候，她光靠嘴皮肯定是说不通他的。

至于用拳头……

一，她现在不能乱动。

二，这货是记吃不记打的。

裴春争目光微动。

少女的脖颈白皙纤细，也衬得这红痕更加碍眼。

他喜欢乔晚……少年眼角微微发红，火光映着乌黑的眼，他面无表情地一手扯下了脑后的发带，乌发霎时间散落下来。

少年发丝凌乱，脸蛋白皙如远山雪，乌黑的眸子里泛着点儿魔气的红丝。

就在少年冰冷的唇瓣即将印上脖颈之际，危急关头，乔晚灵光一现。

她想到办法了！于是她霍然睁眼，淡定地开口："来吧。"

少年微微怔住。

乔晚眼神镇定，一鼓作气地闭上眼大声喊道："来，踩躏我吧！不要因为我是朵娇花就怜惜我！"她就不相信，在这种情况下裴春争还能继续黑化！

话音刚落，山洞里突然安静下来。

木柴爆裂的"噼啪"动静清晰可闻。

乔晚悄悄将眼睛睁开一条缝，清楚地看见裴春争惊愕地怔在了当场。

裴春争想过乔晚会反抗，也想过她会暴起直接用拳头招呼他，但……他的确完全没想到会是这种发展。

于是，刚进行到一半的黑化画面，顿时不上不下地卡住了。

眼里的魔气渐渐退去，裴春争垂眸看了乔晚一眼，突然察觉不对。

这红痕有些古怪。

下一秒，乔晚就感觉脖颈猝不及防地被人摁住，冰冷的指腹落在肌肤上用力地摩擦了两下。

隔着温热的肌肤，裴春争感觉仿佛能触到她跳动的血管。

"这……"裴春争慢慢垂眼，"是什么？"

什么？乔晚愣住。紧接着，她突然意识到裴春争指的是她脖子上那个胭脂印子。合着这人变得不对劲儿都是因为她的脖子上这个胭脂印子吗？

这个时候，灵气总算在体内成功完成了一个周天的流转，目前乔晚暂时不用担心走火入魔、走岔气的风险了。

乔晚默默活动了一下筋骨，面无表情地站起，抡起了拳头。

"砰！"

一拳砸上了少年乌黑的头顶。这一拳直接把裴春争给砸得身形一歪。

"这是琳琅阁的胭脂。"被一拳掀翻在地，裴春争还没反应过来，衣领又立刻被人揪住了，少女冷静的脸冷不防地凑到了他面前。

"这是琳琅阁的新品你知道吗？"

裴春争迷茫地眨了眨眼，蹙眉问："这不是……岑清猷弄的？"然后，他又被一拳掀翻在地。

原来……这痕迹不是岑清猷弄的。

裴春争擦了一下嘴角的血，靠在墙上，捂着脑袋咳嗽了两声。他又惊又怒之后，一阵骤来的喜悦情绪猛地淹没了他。

这感觉，就连他自己都说不上来是什么缘故。

少年墨色绸缎般的头发垂在颊边，他拖着一条断腿，跌坐在地上，鲜红的血浸透了衣角，莹白如玉的脸上神色怔怔的。

一直用拳头解决问题也不是个办法，乔晚看着跌坐在地上，我见犹怜的裴春争思索了一会儿。

她记得，《登仙路》原著中交代过裴春争有着悲惨的童年经历。

面前这是个童年悲惨，然后顺利长歪了的"少年"，她与其动用暴力，倒不如换个办法，好好教育他，再将他掰回来，免得日后他再黑化欺负小姑娘。

想到这儿，乔晚沉思了一秒，问："符箓在哪儿？"

裴春争抬起头看了看她，随后又低下了眼："在我腰间的锦囊中。"

乔晚一把扯下少年腰间的锦囊翻了翻，找到了自己要的东西——缠束符。

把缠束符攥在手里，乔晚果断捏了个法诀："缚！"

一条条灵脉如有生命般顺着裴春争的四肢盘旋而上，把裴春争五花大绑了起来。

少年愣了愣，问道："你在做什么？"

乔晚抬眼，淡定地回道："绑你啊。不要动，再动我不保证会发生什么事。"

做完这一切，乔晚默默地摸出储物袋，掏出了那盒琳琅阁出品，真正做到了不论多久都防水不脱妆特质的胭脂和口脂。

"琳琅阁的胭脂和口脂见过没？"

她用指腹蘸了点儿口脂，往裴春争苍白的唇瓣上搽。

魔气一退，眼睛恢复清明，裴春争抬起头，死死地抿紧了唇，眉头不自觉地紧紧蹙起。

合上口脂盒，乔晚翻翻找找，从储物袋里捧出了十多个蝴蝶结，花色繁多，各式各样。

她往裴春争的乌黑头发上别了一个。

裴春争脸色顿变："乔晚！"

乔晚面无表情地又往少年的脑袋上别了一个蝴蝶结："如果你是故意想激怒我，我告诉你，你成功了。"

她别上了第三个蝴蝶结："这是你挑起来的火，当然要你来灭。"

裴春争白净的脸上蹿上了点儿羞耻的红晕，浑身僵硬得像根木头，他从牙关里硬邦邦地挤出了三个字："放开我。"

乔晚："舒服就叫出来，你看你脸都憋红了。"

裴春争："……"

把蝴蝶结全往裴春争的脑袋上一堆，乔晚往后退了一步，霸道无情地扯动嘴角，说出了那句小说里的经典名言："我要让你身上都戴满我的小蝴蝶，这辈子都逃不掉。"

戴完了蝴蝶结，接下来就是裙子了，乔晚从储物袋里抽出了一条粉色的轻纱罗裙。

可恶。

她还没穿过的小裙子，就要便宜了裴春争。

这是之前她去宋府的路上顺手买的，流墟沙漠的流行爆款，漏了半截小蛮腰，裙摆层层叠叠，如同盛放的莲花，十分有异域风情。

乔晚不顾裴春争铁青的面色，解开了缠束符，手动往裴春争身上套裙子。

断了一条腿不能动弹，打也打不过，裴春争就这么屈辱地被她换上了女装。

最后，乔晚掏出了镜子："怎么样？还满意你所看到的吗？"

镜子里的"少女"乌发垂落，眉眼艳丽，就是脑袋上别了十多个花里胡哨的蝴蝶结。

"少女"脸上青一阵，白一阵，默默掐紧了手。

他才不会喜欢乔晚！

乔晚面无表情地把镜子揣回了袖子里，盘腿坐下，看了一眼裴春争，终于开启了教育模式："不喜欢吗？不甘心吗？

"你们这些狗男人不就是在罔顾女孩子的意愿行事？不过是立场互换，你就接受不了了？"

顿了顿，乔晚往前"啪啪啪"冲了几步，将裴春争逼进了墙角，"轰隆"一拳砸上了洞壁。

石壁晃了晃，碎石块"扑簌簌"掉了下来。

"我这样对你，你喜欢吗？"

"少女"震惊地抬眼，乌发垂落，艳丽的脸上蹦出了一条青筋："你——！"

乔晚垂眸看着被摁在墙角、"我见犹怜"的"少女"，露出一个笑容："女孩子说不就是不，懂不懂！不，就是拒绝，不是欲拒还迎和欲擒故纵！"

裴春争脸上的表情五彩缤纷："你疯了？"

话还没说完，他又被一拳掀翻在地。

"你们这些偏执自私的死病娇，平常就是这么对待穆笑笑的吗？！你们有尊重别人的意思吗？"

乔晚看了一眼半跪在石壁前、被捆得严严实实的"少女"，淡定地掸了掸自己衣服上的碎石屑，一副面瘫表情地说道："你自己好好反省反省吧。"

做完这一切，乔晚伸手往裴春争的衣襟里一抄，捞出一个留影玉球。

留影玉球在摔下山崖的时候就已经被摔坏了，留影断断续续的，联络不上昆山的人，不过她还是想再试试。

乔晚试着往玉球里灌了点儿灵力，耐心地摆弄了一会儿，突然间，玉球上映出了断断续续的成像。

乔晚愣了愣：通了？

球面上映出了一张扭曲的青年的脸，是萧博扬无疑。

萧博扬一脸着急的神情："乔晚？你没事？"

她能有什么事？

乔晚挠头："我……能有什么事？"

萧博扬愣了愣，目光下意识地往乔晚背后看去，触及角落里那粉色窈窕的身影之后，俊俏的脸蛋肉眼可见地僵了。

"这是裴春争？"萧博扬一脸震惊的表情。

乔晚捧着玉球将其转了个方向，对准了裴春争的脸，淡定地问："这是裴春争，好看吗？"

萧博扬身形微微一晃，完美地表现出了自己此刻正受到多大的冲击。

本来裴春争突然拽走了乔晚，萧博扬心里还微微一凛。

同为男人，他敏锐地察觉了不对劲儿，眼看乔晚一直没回来，便急急忙忙地赶到了山崖上，等看到这一片狼藉的场景，更觉得不对劲儿了。

而现在……萧博扬觉得担心乔晚被裴春争怎样的自己，宛如一个傻子。

"你们打算什么时候回昆山？"在青年震惊的视线中，乔晚没头没脑地突然来了一句。

萧博扬忍不住又看了一眼角落里貌美如花、"我见犹怜"的裴春争："你们现在在哪儿？我们这就过去找你们，找到你们之后就回昆山。"

"不用了。"乔晚冷静地拒绝，"你们先回去，我和裴春争稍后就到。"

就在这时，萧博扬身后传来了轻柔的女声。

"萧师兄？是裴师弟与乔晚师妹吗？"

萧博扬悚然一惊，竟然下意识地直接切断了和留影玉球的联系。

看着面含疑惑之色、提着裙摆走来的少女，萧博扬迅速把留影玉球揣到了袖子里。

留影玉球的联系被切断，山洞里又安静下来。

"少女"抬起明艳的眼，皱眉问："是……笑笑？"

乔晚平静地点头，干净利落地拍了拍手："裴道友，接下来这几天就请多多指教了，相信过不了多久，我们就能走出山崖，然后你就能见到穆道友了。为了穆道友，加油吧。"

话音刚落，她黑黝黝的眼里迅速闪过了一丝诡异的亮光。

那亮光亮得裴春争莫名其妙地心悸，如墨的两条浓眉皱得更紧了。

能见到……笑笑，似乎也不是多么值得高兴的事了。裴春争垂眼。

然后，第二天发生的事就成功地印证了裴春争心头不祥的猜测。

乔晚这么淡定也不是没有理由的，这下面妖兽虽然多，但只要他们循着这路继续往前走，不出意外就能走出去。

一路"风雷万壑"地穿过了山崖下的密林，乔晚和裴春争终于在第二天傍晚成功抵达了山脚一户村民家，并成功投宿。

"啊，这个啊。"嗑了颗易颜丹，换上了一身便于行动的男装的乔晚露出个礼貌的微笑，看向了村口表情惊艳的村民们，一把扯过身后的裴春争，"这是在下的义妹，裴阿春。阿春，快，过来和大家打个招呼。"

少年面色难看地被乔晚扯到了人前，僵硬着俏脸微微颔首。

村民李四瞪圆了眼："乔相公，你这……这位义妹仙子当真美貌无双啊！"

话音刚落，美貌无双的少女白净的俏脸微寒。

乔晚严肃地行礼："今晚可能要多叨扰李大哥了。"

李四忙不迭地摆手："乔相公客气了，不打扰，不打扰，乔相公愿意带义妹住多久都行。"

乔晚："阿春，愣着干什么，还不快谢过李大哥？"

"少女"如空山新雪的脸上蹿出一根青筋："多谢……"他顿了顿，才又开口，"李大哥。"

转身带路，准备安排客房的李四摸了摸下巴，心里疑惑：这位仙子的嗓子怎么这么……粗呢？个头好像也委实高了点儿，手臂好像也壮了点儿。

这段时间来村子里投宿的仙人可是越来越多了，他家里大，现在还安置着两个昨天来投宿的仙人呢。

"乔相公不用客气。"李四多攀谈了两句，"这几天村子里来的修士比较多，大家也都习惯了。"

这话果然就吸引了乔晚的注意力，她追问道："李大哥的意思是……"

"这不听说那个昆山要举办同修会了嘛，"李四说道，"我家大，昨天还有两个仙人来我家里投宿，现在还没走，乔相公应该也能见到他们。"

李四抬脚跨过门槛，打起了门口挂着的布帘："君道友、南道友，某回来了。"

乔晚和裴春争一齐抬眼看去。

先迎出来的是个笑容羞怯的陌生少年修士，少年脑袋上包了块方巾，穿着身青色衫。

这是……青阳书院的打扮。

少年彬彬有礼道："李大哥，你回来啦。"

少年抬眼间，目光就落在了李四身后的乔晚和"裴阿春"身上。

少年修士微微一愣，"啊"了一声，往后退了几步，一张脸显而易见地红了。

这……这位仙子……

"秾纤得衷，修短合度。肩若削成，腰如约素。延颈秀项，皓质呈露"。这不正是他梦中的洛神才有的容貌吗？

李四："南道友？"

少年仓皇地又往后退了几步，左脚绊右脚，一屁股跌坐在地，反应过来之后，面色通红地疯狂摆手："在下……在下没事！在下当真没事！"

乔晚嘴角抽搐：这眼熟的画面是怎么回事？你们青阳书院都盛产"傻白甜"吗？

就在这时，另一个微哑的男声从屋里传来，来人一把掀开门口的棉布帘子，笑道："鳝鳝春心萌动了？"

门口站着的是个英俊挺拔的男人，眼含浓浓的笑意，手里握着把纸扇，目光落在乔晚的脸上，勾唇笑了笑："在下君采薇，见过两位道友。尤其是后面这位姑娘。说来冒昧，"男人手握折扇，往少年的脑门上敲了一下，"我的朋友鳝鳝好像对姑娘一见钟情了。"

名为南道友，实为披着马甲的甘南，脸色通红地惊呼了一声："君大哥！"

他又忍不住忐忑不安地看向了面前的"少女"。

这位仙子……真好看，比晚儿妹子还好看。

不行，不行。

少年使劲儿摇头，他是来找晚儿妹子的！

这事要从几天前说起了。

虽说现在昆山同修会还没正式召开，其他人基本上都没出发，但听说乔晚被周衍带回了昆山之后，虽有废物之称的甘南毫不犹豫地就下定了决心。

他要提前去昆山！去见晚……晚儿妹子！

晚儿被玉清真人带回昆山之后心里一定不痛快，作为兄长，甘南志忑地想，他一定要赶去给晚儿妹子撑腰。

于是，怀揣着一腔当兄长的豪气，甘南出发了，然后差点儿被拔了龙筋，炖成了一锅海鲜粥，幸好在路上碰到了散修君采薇，被君采薇给顺手救了下来，也就是门口这拿着折扇的男人。

得知君采薇也是要去昆山之后，两个人一起搭伴，终于在前两天赶到了水凤城附近，在这里投宿下来。

君采薇拍了拍甘南的肩膀，看向乔晚："乔……"

乔晚上前一步，适时地介绍："乔……铁牛，乔铁牛和裴阿春。"

裴春争的眉心狠狠一跳。

君采薇："嗯……牛兄，这是南自寒，鳝鳝。"

没错，在出发前，当了几百年的废物龙的甘南，恶狠狠地给自己起了个"男子汉"这种酷炫狂霸跩的名字。

男人伸出折扇点了点自己："我是君采薇。"

乔晚十分上道地行礼："薇薇兄。"

男人听到这称呼，眉头都没动一下："见过牛兄。"随即他热情地提议，"来，牛兄、阿春姑娘，光站着也不是个事儿，我们进来说话怎么样？"

而在魔域，清溪潺潺、竹风习习的"竹屋松溪"里，少年面无表情地一把将背上的计都枪横在了案几上，看着这一把年纪还分出神识，玩开小号，和小辈们称兄道弟的"梅相"。

"分出神识，重塑肉身，好玩吗？薇薇。"

男人垂袖坐着，朵朵稀疏的白梅在袖角盛开。听到动静，他抬起眼，眼角的紫色妖纹十分醒目。

兢兢业业，一心为魔域，压力大到脾气一向不怎么温和的魔域一枝花——梅康平（薇薇）——摇了摇扇子，哼了两声："论分身，我可远不如小鹤你玩得大，你说是不是？"

老男人也需要点儿娱乐活动嘛，他和自己的侄女玩玩又有什么错？

"也就是说，两位也是要回昆山的？"

农家小屋里，四个人相对而坐，君采薇搁了扇子反问。

乔晚点了点头："是。听说两位是为了昆山同修会来的？"

君采薇："牛兄你看这样怎么样？既然同路，大家结个伴，一路上也好有个照应？"

乔晚和君采薇进行着严肃的交谈的同时，甘南面色涨红地把自己"钉"在了椅子上，紧张得浑身冒汗，看也不敢看对面的"裴姑娘"一眼。

乔晚端坐在椅子上默默地盘算了一会儿。

她不知道为什么，这个叫南自寒的青阳书院的儒生给她的感觉很熟悉，有点儿像甘南，她第一个真正意义上的朋友。她……她竟然不想拒绝这种提议！

留心观察着乔晚的表情的君采薇见状立刻见缝插针地补了一句："既然牛兄没有异议，那这件事就这么说定了。"

这个时候，李四终于找到了点儿自己的存在感，忙不迭地赶紧出声："天色不早了，有什么事诸位仙长不如明天再谈，我这就给乔仙长和裴姑娘安排住处。"

日落西山，暮色四合。

乔晚回屋休息。

裴春争就住在她的隔壁，由于腿伤，一进屋就把门给反锁了，黑着张脸，压根就没出来走动的意思。

等到入了夜，隔壁屋里终于传来了点儿动静，裴春争端着个木盆出来了。

他是要去洗澡。

虽说被乔晚换上了一件干净的粉色轻纱露腰莲花裙，但他摔下山崖之后，这一身的血污和汗渍都还粘在肌肤上。而和裴春争一块儿出了十多年任务的乔晚心里清楚，裴春争喜净。

大抵上每本言情小说的男主角都要有点儿洁癖，裴春争也不例外。

"除尘咒"只能简单去除身上的灰尘，在屋里坐了半天，裴春争终于忍无可忍地又黑着张脸端着个木盆出来了。

结果他刚出门，就撞上了脸色通红的甘南。

他要和这位仙子打个招呼吗？这样会不会显得太过唐突了？

远远看见"少女"端着个木盆走来，青年心中倍感煎熬。

没想到肩膀上突然落了一只人手，来人十分熟稔地一把勾过了青年的肩膀，笑道："窈窕淑女君子好逑，怕什么？喜欢就去追，这不有君大哥在你身后支持你吗？"

甘南惊讶地回头："君大哥！"

· 109 ·

自己这小心思再度暴露人前，甘南的脸不由得二次蹿红。

"在下……在下并无此意，只要看看就好了。"青年神情有点儿失落。

裴姑娘生得这么好看，一定不缺追求者，而他不过是这里面最弱、最没用、最废物的人了。要是晚儿妹子在就好了，她一定能给出建议的，晚儿妹子做事比他干净利落得多。

或许……

遥遥看着"少女"翩然离去的背影，甘南默想着，他只要远远地看着，默默地守护着裴姑娘就够了。

身为魔域大龄单身汉，几百年来没谈过一次恋爱的梅康平，压根不能理解这惆怅青涩的少年情怀："此言差矣。"他握紧了折扇，往青年的脑门上敲了一下，"鳝鳝，你要是不主动迈出这一步，难道还等着裴姑娘主动来接触你不成？女孩子嘛，当然都是害羞的，这就需要你多多努力才行。"

青年结结巴巴地问："君……君大哥，我真的可以吗？"

梅康平："快去，君大哥在这儿给你加油打气。"

本来就有点儿心动，被男人一撺掇，青年心中豪气顿生，眼睛晶亮。

是！他要试试！他要跟裴姑娘打个招呼！

在君采薇的注视下，青年同手同脚地上了，鼓起勇气在院子里转了三四圈，等着"裴姑娘"洗完澡回来。

君采薇目不斜视，从储物袋里摸出个酒壶："牛兄，好巧，夜色正好，不来喝酒吗？"

乔晚走到男人身边，接过酒壶"咕嘟嘟"喝了一口酒，然后把酒壶还给了面前的男人。

男人拿过酒壶，摸了摸下巴："你妹子，你不管吗？"顺便又递出酒壶。

乔晚再次接过酒壶："没事，她年纪大了，也是时候找个好人家了。"

"牛兄当真开明。"

"过奖了，薇薇。"乔晚又把酒壶给递了回去。

乔晚和君采薇目光炯炯有神地蹲在黑暗里看戏的同时，"少女"终于洗完了澡，披散着一头柔软的黑发出来了。

远远瞥见"裴姑娘"的身影，甘南眼睛一亮："裴……裴姑娘！"

等到"少女"终于走到灯光下后，君采薇握着酒壶的手狠狠一抖，嘴里的酒液果断喷了。

"少女"赤裸着精壮的上半身，面无表情地端着个木盆，走在昏暗的灯影下。

这胸肌、腹肌和结实的臂膀，这妥妥是个结实的汉子啊！

甘南："裴姑——啊？！"

青年愣住。

裴姑娘变成男人了？

变成男人的"裴姑娘"端着木盆，目光微微一顿，落在了——眼神呆滞的青年身上，完全不知道这青阳书院的儒修大晚上不睡觉在这儿干什么。

少年目光冷冽，上半身精壮劲瘦。

甘南："裴……姑娘？"嗓音微微打战，眼神恍惚。

少年淡淡地移开了视线，冷漠地端着盆走了。

说好的裴姑娘呢？怎么变成个男人了？

他第一次求婚，以失败告终；第二次动心，也以失败告终！

谁能想到"裴姑娘"竟然是个男人啊！

青年如遭雷击。

虽然是个废物龙，但甘南好歹也是龙族敖姓，是个有点儿大男子主义的王族龙。

"没想到竟然是男扮女装，可怜我这把老骨头，还要安慰失恋的少年郎。"君采薇意味不明地感叹了一句，随后说道，"牛兄，我先去了。"

他擦了擦嘴角的酒渍，拎着酒壶上去了。

君采薇走后，乔晚一抬头，就见少年脸色阴晴不定地站在了自己面前。

乔晚疑惑："裴道友？"

"君采薇。"少年垂眸，意味不明地突然冒出了三个字。

乌黑柔软的湿发还往下滴着水，晶莹的水珠顺着额头，挂在了纤长的眼睫上，欲掉不掉，被夜风一吹，滚过赤裸纤细的腰腹，渗入了……粉色轻纱莲花裙内，眼前的人犹如一枝出水的粉荷。

乔晚嘴角抽搐。

他都看到了。

裴春争眼神微凝。

就在刚刚，乔晚和对方喝了同一壶酒。

但他话一脱口的瞬间，又成了讥讽："告别了岑清猷之后，乔道友这么快就找上了别人？"

乔晚冷静地问："裴道友，你有病吗？"

少年脸色遽然大变，几经变化之后，最终停在了一个冷冰冰的表情上，赤裸着上身往前逼近了几步，空出了一只手。

少年洗过澡之后的潮气扑面而来，乔晚下意识地往后避了一步。

少年冰冷的指腹落在乔晚的唇上，用了点儿力气，揩去了她的唇瓣上的酒渍，指尖甩掉酒液，眼含嘲讽之色地端着木盆转身就走。

深知自己做了啥之后，少年背影僵硬，脚步踉跄，步伐迅速，宛如身后有鬼在追。

进了门，他把门摔上，心跳才终于平息下来。

扶着门，裴春争脸色有点儿难看。

他怕乔晚做什么？难不成他真被她打怕了？

同一时间，蹲在院子里的少年陷入了迷茫之中。

"君大哥，你也觉得我没用吗？"

素来以脾气暴躁、嘴巴毒闻名于魔域的男人，淡定地摇了摇折扇，毫不留情地批判道："嗯，是挺没用的，连男女都分不清。"

青年身形一晃，颓然捂脸："要是晚儿小妹在就好了。要是晚儿小妹在，我就一定不会这么丢脸了啊！"

君采薇挑眉："说起来，我倒很好奇，你那位晚儿小妹究竟是什么人，值得你这般日思夜想？"

"晚儿小妹她……"甘南有点儿犹豫，"她其实不是我的小妹。"

青年失魂落魄地蹲在墙角，絮絮叨叨："我和她是结拜爷孙。"

男人的表情有点儿复杂和迟疑："结拜……爷孙？"

"事情是这样的。"青年挠了挠头，"当初我和师兄一道上了昆山……"

半响之后，男人露出个意味不明的微笑："所以，你们就结拜成了爷孙？"

"君大哥你的脸色……"

"没什么，我只是突然发现，你我之间可能得换个称呼。"

行啊。

伪·君采薇，真·梅康平脑门上蹦出了一条青筋，默默攥紧了折扇。

他这便宜侄女倒还挺会替他认爸爸的，苏不惑，你女儿如此能惹事你知道吗？

浑然未觉的乔晚和裴春争一行人只在这地方停留了两天，等到第三天的时候，就结伴一道往昆山进发。

这几天，"南自寒"都没再敢看"裴阿春"一眼。

走了大半天，一行人终于瞥见了昆山群山。

山势绵延起伏，昆山就建在这群山之巅，雪色和天空的碧色相衬，清冷空旷而悠远。

众人在山门前站定，交出了昆山玉牌，很快就有守着山门的弟子赶去通报。

没一会儿，萧博扬和穆笑笑一干人等就行色匆匆地赶来了。

瞥见乔晚和裴春争没事之后，穆笑笑惊讶地瞪大了眼，看了一眼多出来的两个人。

"这两位是……"

他还记得这位穆道友。

甘南想了想。

这位穆道友好像是小妹的师姐来着。

甘南上前一步，乖乖行礼："在下是南自寒，青阳书院的弟子。"

少女好奇地眨了眨眼："南道友。"她的目光不由地落在了从刚才起就一直没吭声的君采薇身上，"这位道友是……"

男人笑容洒脱，拱了拱手："在下君采薇。"

男人看上去三十岁上下，挺拔俊俏，笑起来时眉眼弯弯，顾盼神飞，别有一番成熟的风味。

这种熟男的气质对小姑娘来说是十分致命的。

穆笑笑不由得脸颊微红，乖乖地回礼："君大哥。"

少女软糯的嗓音如同山间清泉。

君采薇抬手一横折扇："等等，君大哥？这位道友，我们好像没这么熟吧？"男人神色严肃，"小姑娘家，见到陌生男人第一次就喊大哥，这像什么样子？以我的年纪我都能做你老爸了，你这么喊未免也太亲密了。"

穆笑笑愣了愣："君……道友？"

这毫不留情的拒绝话语，让穆笑笑表情微微一僵，她咬了咬唇，怯怯道："我只是，看到君道友觉得亲切……就像大哥一样，这才一时唐突了，还望君道友原谅笑笑的失礼。"

君采薇收扇行礼："原来如此，是我错怪穆道友了。穆道友一定有很多失散的大哥吧，哇，牛啊。"

第十八章　心魔雷劫

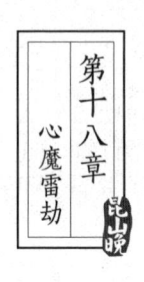

"我……"穆笑笑愣了愣，忙说道，"君道友误会了，我并非此意，我……"

少女"我"了半天，都没"我"出个所以然来，不由得红了眼眶："我只是……"

君采薇挠了挠头："我明白了。"

"嗯……要亲近啊……"君采薇低头思索了两秒，"不如这样吧，你喊我一声老爸怎么样？"

男人笑起来，星眸亮亮的，笑容有点儿肆意："喊老爸，这样够亲近了吧？"

旁观的乔晚一干人等完全傻了。

穆笑笑也傻了，愣了半秒之后，脸上就像被人狠狠地扇了一巴掌，火辣辣的，手足无措，乌黑的杏眼里顿时浮起了一层委屈的薄雾："君道友何必开这种玩笑？我只是……我只是觉得喊'君大哥'亲近一些。"

"我没开玩笑啊，那就是说你觉得喊老爸还不够亲近啊。"君采薇拉长了尾音，完全没有弄哭了小姑娘的自觉，摸了摸下巴，又思忖了两秒，说，"这样吧，我今年四十多岁，姑娘你今年多少岁啊？"

穆笑笑又愣了愣，眼泪直在眼眶里打转："笑笑……已过了五十多个年头。"

这五十多年来，她……她还没受过这种委屈。

君采薇惊了，星眸睁大了点儿："哇！五十多了！错了，错了，"男人赶紧比了个"停"的手势，"老爸喊错了，我今年不过四十出头，姑娘你五十多岁，普通人都能抱俩大胖孙子了，还喊我大哥啊。免了，免了，在下受不起。"

四……四十？

另一边的四十多岁大娘乔晚默默躺枪，内心受到了无与伦比的摧残。

君采薇才四十出头，那不就是和她差不多大？但男人的修为看上去分明已经快到金丹期了。

可恶，这修真界开了挂的人也太多了。

她肚子里的无垢真晶还没消化完呢，她也要好好努力！

男人偏头笑了笑，脑后的高马尾被风吹得飞扬："这样吧，我叫你一声大娘怎么样？穆大娘？"

饶是萧博扬，也不由得喷了。

虽说修真界的人一个个都活成老妖精了，但谁会真的喊大娘啊！

穆大娘！

穆笑笑已然惊呆了，脸上青一阵，白一阵："君道友……你……你这是什么意思？"

她眼睫一眨，泪水已经挂在了纤长卷翘的眼睫上。

君采薇毫无所觉地笑道："别害羞嘛，叫大娘多亲近，是吧，穆大娘？

"实不相瞒，大娘你看我亲近，我一看到你啊，就想到了我那死去多年的娘。

"穆姑娘人美心善，年纪又比我大这么多，我叫声阿娘也不过分啊。"

穆笑笑终于忍不住了，眼眶一红，眼泪"啪嗒啪嗒"地掉了下来。

"笑笑……笑笑只是冒昧了些，君道友何必刻意折辱我？"

"哇！"男人急得一跳，"穆姑娘你怎么哭了啊！我不喊就是了嘛，一说就哭，姑娘啊，你都五十多岁了，这也太娇气了吧。

"你家中师长是怎么教你的？

"别哭，别哭，哭了容易长皱纹，尤其是穆姑娘你都五十多岁了，更要好好保养。"

穆笑笑鼻尖红红的，直掉眼泪。少女本来生得就美，"扑簌簌"地落着泪，更有点儿梨花带雨的清纯可人感。

君采薇："别哭了，女人哪，生起气来老得更快。我给穆姑娘你一个建议啊，你都五十多岁了，就不要学人家小姑娘哭哭啼啼的了嘛。"

君采薇大手一挥："大家都是老黄瓜，扮什么嫩？来，来，来，笑一个，笑一笑，十年少。"

男人这嘴就像连珠炮一样，"嗒嗒嗒"一通说下来，完全掐死了别人插嘴的机会。

君采薇叹了一口气："穆姑娘，你不是叫穆笑笑嘛，笑笑，你就能年轻十岁啊。

"大家都是修士，就别在这儿玩清纯小姑娘的把戏了，年龄不是问题。"君采薇一脸鼓励的表情，"人哪，要学会直面自己的年龄，你说是不是啊，鳝鳝？"

猝不及防地被点到，正直善良的小白龙愣了愣，瞥见少女抹着眼泪哭得委屈，眼眶通红的样子，不由得有点儿慌神，磕磕巴巴地附和道："对……对啊！君……君大哥说得对！人要学会直面自己的年龄，穆姑娘你才五十多岁，没什么可羞耻的！"

少年眼睛晶亮，神色诚恳，脸上的鼓励一点儿都不掺假。

穆笑笑哭得更凶了，下意识地抬头看了一圈儿四周，周围人神色各异。被男人这么当众落面子，少女更觉得羞耻得几欲寻死，深吸了一口气，呜咽了一声，擦了把眼泪，朝着君采薇的方向深深行了一礼，杏眸里泪光莹莹，嗓音都有点儿打战："笑笑知道了，今日是笑笑自取其辱了。"

说完，她提着裙摆，咬紧了下唇，转身就跑。

裴春争下意识地皱起了眉头，反射性地想要追过去，心念一转间，却硬生生地刹住

115

了脚步，攥紧了手指。

君采薇困惑地挠了挠头："啊，穆姑娘怎么这么快就走了？"

一众昆山弟子面色扭曲：还不是你做的啊！

很快，昆山迎客弟子就过来了，笑眯眯地赶紧领着面前这两个人去安置。虽说距离昆山同修会还有段时日，但这几天也有各教派弟子和散修陆陆续续赶到了昆山熟悉场地。

"啊，这样啊。"君采薇摇了摇手里的折扇，没忘回头朝乔晚和裴春争打个招呼："牛兄、裴阿春姑娘，我和鳝鳝先走一步。"

甘南一步跟上，乖乖转身行礼："牛兄和裴……道友，再会。"

君采薇和甘南一走，乔晚也立刻赶去了问世堂。

于是，耗费了数十天时间，去问世堂交了任务之后，乔晚心满意足地看着自己名字下面的战令飙升了一大截。

好！没问题！

乔晚默默握拳。

只要她继续努力，很快就能刷够一万多战令！到时候她就能去白塔战个你死我活了！

离开了问世堂，乔晚马不停蹄地又赶回了自己的洞府，继续之前山洞里还没完成的"啃"真晶大计。

洞府和她离开之前还是没多大变化，她翻出了自己之前记录的小册子，咬着笔头内心有点儿感慨。

小册子上工工整整地记录着之前的计划表。

从引气入体到练气，再到筑基，一步一步，她分析着自己的优势和劣势、资源和背景，小本子上标了无数个红色的圈圈。

这都是她努力拼搏，脚踏实地的青春。

乔晚默默泪流。

有了君采薇这个开挂的人在前，默默躺枪的乔晚决定继续奋发图强。

她这一待，就是整整五天五夜。

这五天时间里，乔晚一直在努力和这无垢真晶死磕，啃下来一小块之后，再一点点地嚼碎，慢慢炼化。

越往下炼化，乔晚心里就越沉。

岑清猷骗了她。她吃了这东西，远远不止他说的能抵百年修为。

这东西或许比她想象中的还要宝贵得多。

每次啃完了，在体内运行一圈，乔晚都能感受到修为有所增长。

而到第三天的时候，乔晚竟然感觉自己就要结丹了！

丹田里的灵液越发浓郁，随着这几天接连不断地打坐入定，灵液渐渐汇聚凝结，隐隐约约竟然成了个金丹的形状。

于是，乔晚干脆下定决心，哪儿也不去了，暂时闭关，什么时候把这无垢真晶炼化完了再出来。

这几天时间里，乔晚昼夜不分，日夜颠倒，就连萧博扬来找她，也被她拒之门外。

门外的萧博扬脸色默默一黑，气急败坏地直挠墙。

这人还不出来！还不出来！凤妄言马上就杀到你这儿来了！就连玉清真人都知道这件事了。

虽然知道周衍如今对乔晚多有愧疚，想到这儿，萧博扬心里一沉，但没人比他更清楚，周衍有多看重穆笑笑。周衍如今或许不会责怪乔晚，但心里肯定要失望。

至于凤妄言，那脑子里坑多的凤凰，前脚穆笑笑在山门那儿受了"折辱"，就算不关乔晚的事，但她这做师妹的到头来估计也得无辜躺枪。

萧博扬看了一眼玉牌，玉牌上面"狠心师妹，有意凌辱柔弱师姐"都已经刷爆昆山论坛了。

虽说在岑府凤妄言这傻鸟被妖皇伽婴生生打落了几个境界，但要是虐乔晚，那还不跟虐狗一样容易？

眼看凤妄言就等着她一出门便杀过来了，萧博扬悲愤地挠墙。

你有本事闭关，你有本事开门哪，别躲在里面不出声，我知道你在里面！

等到第六天天亮，毫无所觉的乔晚终于把无垢真晶给啃完了。

在这种情况下，乔晚决定开始冲击金丹修为。

乔晚心里还是有点儿忐忑，不知道能不能度过这金丹心魔雷劫。

看了一眼随手搁在旁边的小册子，乔晚面无表情地咬紧了牙。

不过，既然她下定了决心走上这条路，就算再痛苦，也只能硬着头皮上了。

她想要变强！

乔晚抿紧了唇，目光灼灼，乌黑的眼亮得惊人。

昆山同修会快到了，她想要和沧浪剑孟沧浪、孤剑谢行止、照海仙子白珊湖他们一起同台竞技。

心魔和雷劫如期而至。

这次的心魔和之前的都不太一样。

乔晚看见了一条山道，还有漫天的落雨和躺在泥泞山路上像条死狗一样的自己。少年沉默地跪在她的身侧，与她十指交握，喊她辛夷。

乔晚眨了眨眼，恍然大悟。

她明白了！她知道她现在这心魔是什么了！

"她"想去拉住离开的少年，却只能看着岑清猷在大雨中逐渐模糊的身影。

然后场景一变，是血色的夕阳，这似乎是个古战场，腥风摧折劲草，岑清猷被一群修士围攻，浑身浴血，碧莹莹的眼里，眼神看上去似乎有点儿悲伤？

数十道血柱喷涌而出，少年浑身上下几乎被捅成了筛子。

旁边还有修士在冷声怒喝："今天总算逮到你了，这上千条人命你还打算狡辩吗？"

鲜血顺着修士服往下落，岑清猷往前摇摇晃晃地走了几步，嗓音沙哑仿佛带着血，露出了一个苦涩的微笑，说："辛夷，救救我。"

乔晚下意识地往前走了两步，却悚然发现，自己胸口不知道什么时候破了个血洞。她进退不得，只能眼睁睁地看着岑清兽被一刀砍下了头，这颗眉眼温和的头颅滚落到她的脚边，眼神悲伤，还在向她求救。

这心魔幻境看起来有点儿弱啊，低估了岑清兽的能耐。

乔晚面无表情地想着。

就她之前和岑清兽接触的情况来看，岑清兽的修为至少已经蹿上了金丹，他用不着她来救。而且，她相信前辈也绝不会对此坐视不理。

她心念一转间，眼前的场景又改变了。

目光一凝，乔晚顿时呼吸急促。

失策了。

不愧是心魔，乔晚默默咬牙。

眨眼间，碧眼的少年修士消失了，战场还是那个战场，但她面前多了道男人瘦骨嶙峋的背影。

他摇摇欲坠地半跪着，身上的血染红了脚下的沙土，全身上下每一寸肌肤都已经溃烂得不成人形。

男人侧目，散落的长发垂落在瘦得脱相的颊侧，脸几乎也烂光了，但那炯炯的眼神宛如寒夜中的灯火，明亮寂寞，照得人心悸。

在他身后是无数身形狼狈、穿着破破烂烂的修士，穆笑笑眼含热泪，狼狈地跌坐在地上："大……大师兄……"

乔晚喉口一紧，是大师兄。

而她身前，暗沉沉的血色晚霞间不断有魔兽撕裂云层，咆哮着挣脱空间裂缝，几乎牢牢占据了半边天空。

男人决绝地一剑挡住了席卷天地的兽潮，磅礴的剑意犹如转瞬即逝的流星，一如他顽强不屈的生命，将身后数万修士护得牢牢的。

"笑笑，快。"陆辟寒嗓音沙哑，虽然形容狼狈，但依然冷傲镇定，冷冷地说道，"快带其他兄弟撤出去！"

这心魔比她想象中的会玩多了。

目睹这一切，乔晚闭眼，惊天动地的爆炸声响起，耳畔掠过了带有腥气的血风。

她再睁眼的时候，只看到了漫天的血雾和纷纷扬扬落下的碎肉。

在这之前，她想象过心魔幻境里会有什么，或许还会有周衍，甚至会有前辈。

但她想错了。

这的确是埋藏在她内心中最深重的恐惧场景。

她害怕自己软弱无能，想要变强；她还是害怕冥冥之中的剧情影响，害怕自己救不了任何人，大师兄会像原著里那样，为了掩护穆笑笑和其他弟子撤退，以身殉道，自爆而亡。

而这一切都是因为她软弱无能。

一股莫名其妙的怯意猛然席卷心上，好像有个声音在不断地告诉她：你不行，你做不到的，认输吧，你就是这么软弱无能。你看，从头到尾你靠着自己赢了几次？杀萧宗源也是因为有他人帮忙，你救不了任何人。就算你保得下陆辟寒和岑清猷又能怎么样？总有一天，他们会被天命牢牢地牵引到一起。难道你要劝陆辟寒放下这灭门之仇？你有什么立场去劝解陆辟寒放下这灭门之仇？

乔晚默默攥紧手指，深吸了一口气。

她明白了。

但正因为如此，她才要变强。

只要她比之前强上一分，救下大师兄的把握就多上一分！

她之前也自嘲过自己就是条咸鱼，在"鱼生"中跌倒了，但"咸鱼"本来就是弱者的遮羞布，只有弱小的人才会想一千种、一万种方法逃避现实，不思进取，还为自己的逃避行为找借口，借自嘲来缓解这种心底油然而生的焦虑情绪。

所谓焦虑，就是一个人对自己的现状不满，却又没有勇气、没有决心、没有毅力去改变！

所以她要去努力，哪怕只能强一分，那也是强。

定了定心神，乔晚紧紧握拳，乌黑的眼里熠熠生辉。

拳头裹着滔天的怒气爆发出耀眼的电光，乔晚一拳砸碎了面前这心魔幻境。没人能阻挡她变强啦！

乔晚在这洞府里待了几天，萧博扬就恨恨地在这洞府门口守了几天。

昆山上空，"轰隆隆"的雷霆随之炸响。

层层雷云遮蔽天日，咆哮翻滚不休。

一脸生无可恋表情、手里端着个碗，蹲在洞府门口吃饭的萧博扬猛然一惊，瞪大了眼，握紧了筷子："金丹……雷劫？"

乔晚……到金丹修为了！

闭关的这几天工夫，她就到金丹修为了？

天边沉沉的乌云吐出了耀眼的火光，闪电如金蛇般穿越天地。

萧博扬呆了呆，狠狠地踹了洞壁一脚，咬牙从怀里摸出了一个法器。

多宝阁出品的上品乾坤护法罩，花了他三百颗四品的灵石。

乔晚今天这是欠他的了。

雷劫凶猛，他总不能坐视这货被雷劫劈死。

乾坤护法罩"呼啦"一声盘旋而上，淡金色的光膜将整个洞府都牢牢罩住了。

萧博扬屏住呼吸，神情难得严肃，眼睛一眨不眨地盯紧了天上的雷云。

"轰隆！"

第一道雷霆劈落！电蛇倏地没入了护法罩之中。

光罩震了震，光膜上荡开一圈儿淡蓝色的电光，将第一道雷霆吞噬了。

萧博扬扶住了墙，心里略微松了一口气。

光罩挡住了雷劫。

但这后面还有八道雷劫，就是不知道这护法罩能不能扛住。

与此同时，修炼的、摸鱼的、谈恋爱的一众昆山弟子也都有点儿蒙，茫然地眨了眨眼，看了一眼天空中那一块雷云。

"金丹雷劫？是哪个师兄师姐结丹了吗？"

虽说昆山是修真界第一大宗门，但也不是元婴多如狗、金丹遍地走的地步，这雷劫看上去……怪恐怖的啊，究竟是哪位师兄师姐在此度劫？

"等等，这好像是玉清峰的方向！"

"玉清峰的方向……陆师兄早就结丹，那就是穆师姐和乔晚？"

"是穆师姐结丹了吗？"

穆师姐天资聪颖，五十岁结丹也说得过去。

某昆山师弟惊愕："但这好像是……乔晚洞府的方向啊……"

那就是说……

其他昆山弟子都惊了。

结丹的是乔晚！

乔晚四十多岁结丹，那岂不是比翁回师兄还厉害得多！说好的她是走后门的关系户呢！

昆山客舍里，青年"啊"地惊呼了一声。

"是晚儿妹子？"

君采薇斜眼："怎么了？"

甘南面色通红地指着面前这昆山玉简："君大哥！你看，牛兄是晚儿妹子啊！"

男人伸头看了一眼。

"狠心师妹，有意凌辱柔弱师姐"。

这留影像上的就是乔铁牛没错。

嗯……厉害。

青年急得团团转，羞愧地说道："原来晚儿妹子吃了易颜丹，我竟然没认出晚儿妹子，明明进昆山前晚儿妹子就递交了玉牌，我竟然不曾留意。"

"放心啦。"君采薇拍了拍青年的肩膀，安慰道，"当时你一门心思都在裴姑娘身上，怎么会留意到这玉牌上写的是'乔晚'呢？

"不过我若是乔晚，肯定伤心死了，唉。结义大哥被一个男人欺骗感情，竟然都没看自己一眼，啧啧，难过啊。"

甘南："呜……"

他看上去快羞愧哭了。

"没关系，没关系，现在还有机会拯救。"君采薇理了理衣服，"来，就现在，我陪你去找晚儿妹子赔礼道歉。"

洞府前，萧家小少爷有点儿忧心地看了一眼这护法罩子，只能求这玩意儿给点儿力。但比较郁闷的是，第二道雷劫劈下来的时候，护法罩好像就有点儿扛不住了。

青年的脸色有点儿黑。

这是什么假冒伪劣的玩意儿！

但就在下一秒，一道粉色的身影突然火烧屁股般一路脚踩风火轮，从洞府里蹿了出来，以一种大无畏的姿势站到了雷云之下！

萧博扬手一个哆嗦，手里捧着的碗差点儿摔个稀巴烂！

那人是乔晚？

她不在护法罩子里躲着跑外面来挨劈吗？

乔晚确实是来挨劈的。

天雷锻体之后，她没在怕的，这雷劫正好是锻体的好机会。

少女顶天立地站着，伸出手指着天空。

"没人能阻挡我变强啦！

"我要让苍天知道我不认输！"

第二道雷劈下。

乔晚伸出手，竟然一把攥住了这惊雷，硬生生地将这一道惊雷徒手撕开了。少女眼神坚定，乌黑的眼里映着电光，显得有点儿幽蓝，攥住惊雷猛地往旁边甩去。

萧博扬端着碗，彻底愣住了。

也正在这时，一道红火的身影突然落地。

男人乌发长到脚踝，甩了一下袖摆。

凤妄言面色难看："那个废物在哪儿？"

在凤妄言身后，穆笑笑跌跌撞撞地跟着，跑得上气不接下气："小凤凰，等等！这事与晚儿师妹无关。"

这人来得正好。

雷劫之中，乔晚默默转身，手里握着个电球，咧嘴一笑："凤道友，看哪。"她伸手指向天，"你的死兆星在天上闪耀。"

凤妄言微微一愣，随即变了脸色，勃然大怒道："你敢！"

乔晚握着个电球，咧嘴往前走了几步："我有什么不敢的？"

她可是很记仇的。

乔晚眼神微沉。

她等了这么久，总算等到报仇的机会了。不用伽婴帮她，报仇她要自己来，她要自己干翻这只凤凰！

乔晚在原地站定。

紧跟而来的甘南和昆山弟子们随即看到了让自己永生难忘的一幕。

少女纤弱的身躯直通雷霆，借天威，手中爆发出无与伦比的耀眼电光，淡蓝色的电光几乎照亮了整片天空！

"轰！"

第三道天雷当空劈下，乔晚攥紧了拳头，狠狠朝着面前的男人砸了过去！

"砰！"

雷劫这玩意儿，自古以来就是修士们的死穴，就连出身比较好的丹穴山凰族也不例外。

看着这迫近的天雷，凤妄言往后退了两步，冷笑道："废物就是废物，还想借老天爷的势？"

萧博扬捧着个碗，愣愣地围观着这场决战：这不是之前还在栖泽府的时候，乔晚用过的那一招吗？

跟着甘南急匆匆地赶来的君采薇目睹这一幕，也有点儿不淡定了。

"肉身直通天雷，哇，厉害，够狠。"

不论对自己，还是对别人，乔晚都够狠。

甘南也有点儿不淡定了："晚儿妹子！君大哥！晚儿妹子要被劈焦了！"

乔晚确实闻到了一股焦味儿，有她自己的，也有凤妄言的。

毕竟这金丹雷劫不像在栖泽府那会儿的普通天雷，金丹雷劫比较凶猛，就算她天雷锻体，被这么劈感觉也有点儿酸爽。

君采薇这把年纪了，什么大风大浪没见过？他稍微惊讶了一会儿之后，淡定地用扇子拦住了甘南："别急，相信你义妹，这段仇怨必须在今天给了结。"

洞府前，乔晚和凤妄言打了个难解难分。

虽然凤妄言修为高，但乔晚有天雷加持啊！

瞥见一旁惊呆了的穆笑笑，凤妄言冷笑道："还不快退下！"

随即他狂妄地浮上了半空，袍袖翩翩，身旁火凤环绕，身后劫云滚滚，凤眸冷冽，美得那叫一个惊心动魄。他抬起袖摆，一个席卷半空的火球喷吐而出。

"废物！竟敢在这儿和我叫嚣！你既然敢伤笑笑一根汗毛，今日就要做好承受我的怒火的准备。"

"你们之前伤笑笑甚深。"美目一瞥，凤妄言居高临下地扫了一眼下方的围观群众，"从今往后，但凡你们再让笑笑受委屈，我就屠了你们昆山！"

萧博扬嘴角抽搐，也有点儿受不了这样的发言。

下面的一帮昆山弟子的脸也黑了。

揍他！

他们给乔晚撑腰！

乔晚面无表情地拨开自己身上这一层黑色的焦灰："可惜了，古早言情片场才适合你，你走错场子了。

"这什么为爱杀天下人的言论，我忍你很久了！"

"给我闭嘴！"

乔晚助跑几步，奋力一跃，把浮在半空中的男人给生生拽了下来。

凤妄言一脸震惊的表情："你敢？"

下一秒，第四道天雷"轰隆隆"地滚过，转眼凤妄言就被劈得一个踉跄。

乔晚也被劈得有点儿头晕，摇了摇头，努力稳定了一下思绪，反手一把摁住男人，乌黑的眼里映出灼灼的电光，拳头如雨点般狠狠地砸了下去。

凤妄言姣好的面容扭曲："废物！快放开我——"

话还没说完，他又被一拳砸倒在地。

乔晚眼神凶残，拳头挥舞如飞，恶狠狠地逮着男人一顿"哐哐哐"地砸，砸得下面的昆山弟子们纷纷倒吸了一口凉气，牙根也有点儿发酸。

活这么大，他们还没见过这种用雷劫来对付仇人的情况。

单论修为和根基，她刚刚结丹，不一定打得过凤妄言，但有天雷加持之后，这一切都说不准了。

不得不说，乔晚的确是个人才。

"给我闭嘴，听见了吗？"

体修的拳头够硬，眨眼之间，少女如玉树堆雪般的脸上就已经飞溅上不少血渍。

这都是凤妄言的血。

"废物，尔敢。"

凤妄言怒目圆睁，趁着雷劫降下的空隙，摇摇晃晃地费力站起身，一边吐着血，一边使出手头的绝招。

甘南惊呼："这是……凰火！"

而且这明显是比之前更愤怒、威力也更大的凰火。

"晚儿妹子！"

结义妹子身处危机之中，青年不管不顾地立刻冲了上去！

"哎呀。"察觉手上一空，君采薇叹了一口气，看向了前方那道白色的身影，"慢了一步。"

在这风雷之中，目光瞥见熟悉的身影，乔晚微微一愣。

青年迎风站着，白皙如玉的脸似乎成熟了不少。

甘南？

不过这明显不是认亲的场合，乔晚略一思索，果断下了命令，伸手指向凤妄言："给我滋他！"

青年硬生生地刹住了脚步，眼神有点儿困惑。

滋他？

再看了一眼勃然大怒、气到面目狰狞的凤妄言，甘南顿时闭上眼，抛开了这些乱七八糟的想法，将心一横，张开嘴，吐出了一道——涓涓细流。

这大团凰火中的小火苗摇曳了两下，灭了。

目睹这一幕，凤妄言冷笑："哼。"

可恶，被鄙视了。

乔晚大恨。

不过甘南好歹还是浇灭了一点儿火苗不是？

"算了！"她大手一挥，"继续滋！追着他滋！"

乔晚指挥着青年废物龙，追着凤火一顿滋水。

滋了半天，眼看收效甚微，乔晚干脆拦腰一把抱起地上的青年。

还在努力鼓起脸，"呸呸呸"地吐口水的青年惊慌失措："啊啊啊！小妹冷静！"

乔晚："变身！"

"砰！"

一阵烟雾散去，乔晚怀里的青年顿时变成了一条白白胖胖的"白蛇"，惊恐绝望地睁着豆豆眼。

乔晚嘴角抽搐：因为太废，所以变蛇你是专业的吗？

"白蛇"胖乎乎的狗狗脸上一副忐忑表情：该不会……该不会又要来了吧！

果然就像上次那样，少女果断地抡起了手里的"白蛇"。

白蛇：啊啊啊！

不过这一次，乔晚没有把手里的白蛇当鞭子用，而是捏紧了"蛇"下巴，嚣张地将其当成了水枪用："给我滋！"

手里拎着"水枪"，乔晚在火球的攻势下上蹿下跳的。

"白蛇"费力地扭动了一下胖乎乎的身躯，敢怒不敢言。

呜呜呜。

乔晚按一下，"白蛇"滋一下，按一下，滋一下。

凤妄言眼里映着火红的火焰，扯动脸皮，冷笑道："就这雕虫小技，你也想赢过我？"

或许是为了报仇，男人垂袖冷冷地站着，火球直往少女的头上丢。

又是一股煳味儿冒出，乔晚悲痛地抹了把头发。

先被雷劫劈，后被凤火烧，她的头发好像焦了。

乔晚不慌不忙地抬头看了看天。

快了，第六道天雷就要来了。

天边劫云滚滚，伴随着"轰隆隆"的雷声，第六道天雷如期而至。

乔晚抹了把脸，攥起这一道天雷，朝着凤妄言冲了过去！

众所周知，雷劫这玩意儿只劈度劫的人。

乔晚跑到哪儿，这雷劫就追到哪儿，逮着乔晚一顿"噼里啪啦"地狂劈。

准备工作就绪，乔晚"化骨为盾"地挡住了面前咆哮着怒卷而来的火舌，一只手抄起甘南，另一只手裹着天雷。

这是她用尽全力的最后一击！

在萧博扬呆滞的视线中，伴随着"轰隆隆"的滔天巨响，电光交织间，气势逼人、通身火红的凤妄言顿时变成了一只——烤鸡。

是什么东西煳掉的味道？

乔晚收回甘南，面无表情地看着倒在地上的凤妄言："水能导电，傻了吧？"

凤妄言的模样不可谓不凄惨，他倒在地上，通体焦黑，嘴里吐出一口黑烟，头发都被雷劈成了一团一团的，被风一吹，自由地飘散在空中，越飞越远。

"你……你……废物……"饶是如此,他还没忘记咬牙怒骂乔晚,眼里是恨极的神色。

乔晚上前两步,蹲下身提起男人的衣领,"啪啪"给了两个大耳刮子。

"谁是废物?"

凤妄言咬牙:"废物尔敢!"

"再说一遍,谁是废物?"

"啪啪!"

又是两个大耳刮子,凤妄言被打得口涌鲜血,面目狰狞:"你……你……"

"啪啪啪啪啪!"

几个连环大耳刮子打来,凤妄言俊脸高高肿起,齿染鲜血,咬着牙。

他……他生平还没受过这等奇耻大辱!

"告诉你一个道理,学如逆水行舟,不进则退。"乔晚冷冷地说道,"大脑通直肠,连排便都控制不了的家伙。"

"啪啪啪啪。"

这下凤妄言吐出一口血,终于被扇晕了。

甘南默默打了一个哆嗦:小妹……小妹好恐怖哇。

乔晚一把丢开手上的"烤鸡",转过身,刚走出一步,身体突然微妙地僵住。

好像有哪里不太对的样子,还有股焦煳味儿是来自她身上的。

就在这时,一阵山风吹来,风掠过乔晚的发顶,卷起焦黑的飞灰。

她感觉头皮一凉,不经意间,正好和下面仰头围观的昆山弟子们的视线撞个正着。

众昆山弟子:"……"

君采薇偏头:"哇!乔道友,你的头在发光啊。"

乔晚条件发射地摸上了自己的脑门,触手光溜溜的一片。

她秃了?

救命,她的头发被雷劫和凤火弄没了。

她秃了!

她真的秃了!

虽然身为体修,但依然喜欢闪闪发亮的粉色蝴蝶结,拥有一颗永不衰老的少女心的乔晚僵了,哭了。

她不要做个秃头!这让她还怎么愉快地戴上琳琅阁新出品的小蝴蝶?

君采薇突然出声,指了指乔晚身后:"那个……牛兄。"

乔晚:嗯?

君采薇以扇遮眼:"退后两步,你的头太亮,刺到我的眼睛了。"

乔晚也想哭了。

她还从来没听说过有谁度劫会把头给度秃的,呜呜呜——她不要金丹修为了,能退货吗?

与此同时,跌坐在一边儿的穆笑笑,目光落在躺在地上不省人事的凤妄言脸上,心里也有点儿复杂。

小凤凰……

但奈何刚刚凤妄言的话羞耻度确实有点儿高，置身于其他昆山弟子的视线之下，穆笑笑脸涨得通红，却也不能不管他。

她忙走上前，小心翼翼地将地上的男人给扶了起来。

小凤凰救过她的命。

穆笑笑的眼神有点儿黯然。

如果不是当初在碎骨深渊里碰到了凤妄言，她恐怕早就死在这里面，所以就算……有些羞耻，她也得把凤妄言给扶起来。

乔晚穿着件粉色纱裙，顶着个闪闪发亮的光头，表情萧瑟地伫立在洞府门口。

匆匆忙忙赶来的萧博扬愣了愣，手里的碗彻底摔了。

洞府内，乔晚面无表情地端坐在床上，也没心思去问南自寒是怎么变成甘南的。

她面前围了三个大男人，像煞有介事地摸了摸少女光溜溜的脑门。

"晚儿妹子，你看，这光头……"心里有鬼的甘南结结巴巴地劝说，"这光头，其实也挺可爱的不是吗？"

针对乔晚"英年早秃"这件事，甘南、君采薇、萧博扬三人开了个临时的会。

君采薇表示同意："对啊，牛兄，你想开点儿，虽然你的脑袋上的头发没了，但只要心里有头发，哪里都是头发。"

"头发……"男人虔诚地合上眼，感叹了一声，"就在你的心中。"

萧博扬摸了一把乔晚的头，手感还挺不错的，又摸了一把。

和这不靠谱的两个人相比，萧家小少爷收回手，提出了一个最靠谱的提议："要不，先戴假发凑合一下？"

萧博扬不愧是萧家小少爷，第二天就搞来了一顶乌黑亮丽的假发，罩到了乔晚的脑门上！

于是，接下来这几天，乔晚就顶着假发出行了。

她首先要去的地方是白塔，毕竟头发虽然没了，但赤火金胎还是必须刷的！

乔晚急急忙忙地来到碧空岛之后，围着白塔转了一圈儿。

由于她当初是叛出师门的，所以爬塔层数直接清零，想拿到赤火金胎，得从第一层开始打，一路打到第二百二十层。

稍微合计了一下，乔晚拎着剑，义无反顾地冲向了白塔，化悲愤为力量，开始了自己这爬塔历程。

乔晚站上了第一层的擂台，恶狠狠地挥剑："来吧！"

是，她秃了，但她更强了！

在这悲愤情绪的催动之下，一下午的时间，乔晚就"哼哧哼哧"地一路爬上了第五十层。如果说前五十层基本被外门弟子给包圆儿了的话，五十层往后那就是内门弟子的天下了。

看了一眼站在擂台上，身上像燃烧着熊熊怒火，遇神杀神，遇佛杀佛的乔晚，坐在地上休息的一干外门弟子惊了。

毕竟这前五十层擂台嫌少有内门弟子过来打。

"这不是乔晚吗？"

这就是那个之前靠着筑基期的修为，自废双臂从泥岩秘境里杀出来，一跃成为外门弟子的偶像的乔晚啊！

某壮汉弟子伸了伸胳膊肘，捣了捣身旁眉眼英挺的青年："喂，霍拜星，这不是你的心上人吗？"

被唤作霍拜星的青年穿着一身外门弟子的粗布衣，刚刚才打完一场，鼻尖和额头上都挂了层薄汗，听到这话脸颊微红。

霍拜星也忍不住抬头看了一眼擂台上的少女。

少女宛如一道粉色的旋风，所过之处哀鸿遍野，根本无人能对付。

她将剑往地上一插，龇牙咧嘴地问："还有谁？"

壮汉弟子摸了摸下巴："我要是没记错的话，接下来这第六十层擂台是你坐擂吧？"

霍拜星的脸更红了："是。"

作为第六十层的擂主，能在五十层往后占据一席之地，霍拜星无疑是外门弟子中的骄傲。毕竟外门弟子都是些资质粗劣的人，霍拜星也不例外，虽然出身于某个小宗族，但奈何母亲是普通人，被霍家家主看上之后，成了霍家的妾，生出的霍拜星，资质也不如修士结合生出的孩子，或者换个时髦点儿的词来说，霍拜星是"混血"。

在十五岁之前，霍拜星一直感应不到灵气，直到二十岁才引气入体，险些成为霍家的"哑炮"，二十一岁拜入昆仑，终于在八年之后成功打上了第六十层塔。

而在这期间，靠着平庸的资质，从泥岩秘境里杀出来的乔晚就是霍拜星的精神支柱。

青年定了定心神，红着脸，摸出一把锈迹斑驳的铁剑上了："在下霍拜星，前来应战。"

乔晚抬头看了一眼面前身着粗布衣的青年，青年一头乌黑靓丽的秀发。

在忌妒心作祟之下，乔晚恶狠狠地出剑："来！"

乔晚金丹期的修为对付一个刚到筑基期修为的人，其结果就是，青年被毫无悬念地揍了一脸血，像条死鱼一样躺在了擂台上。

深吸了一口含着粗砺沙土和鲜血气息的空气，霍拜星眼神茫然地看向了天空。

他还是不行。

乔晚收起剑，利落地跳下了擂台。

霍拜星猛然回神："乔师姐……"

等等。

少女已经走远了。

青年眼神微微一黯。

浑然未觉自己打碎了一颗少男心的乔晚继续"哼哧哼哧"地往上爬。

与此同时，昆山山门前，守门弟子惊喜地看向了面前的男人："大师兄！你回来啦！"

男人瘦骨嶙峋，算不上多英俊，容貌平庸，拥着厚实的狐裘，垂着眼淡淡地"嗯"了一声。

"乔晚回来了，她在哪儿？"

守门弟子想了想，伸手一指："乔师姐好像在白塔那儿爬塔呢，大师兄你要过去吗？"

第六十六层塔，这次乔晚对面站着的是个肌肉结实的汉子，壮汉咧嘴，轻蔑一笑："来。"

乔晚丢出一个雷球，壮汉卒。

乔晚收回手，抬头看了一眼碧蓝的天空。

第二百二十层塔，快了！

就在这时，一道身影猝不及防地跃上了擂台，挡在了她面前。

男人眼神幽深，犹如寒冰，鼻梁又高又挺，满脸病容，眼下青黑，冷冷地垂袖站着。

乔晚定睛一看，顿时一喜："大师兄！"

来人是大师兄！

不过陆辟寒这表情明显不大高兴。

想到她贸贸然地下山，乔晚后知后觉地后脑勺一凉，刚刚的一腔怒火和豪气顿时消失得一干二净。

陆辟寒面色平静地看了一眼这哀鸿遍野、明显遭受过摧残的白塔擂台，和少女周身这微妙的灵力和气息变化。

乔晚结丹了。

令人窒息的凝滞气氛之中，男人眼睫微微一动，幽深的眼里露出了点儿淡淡的笑意。

"怎么？还知道回来？"

他一开口，乔晚顿时就感觉眼眶酸了。

"大……大师兄……"

大师兄没怪她。

"大师兄，"乔晚抽了抽鼻子，结结巴巴地说，"我……我好想你。"

毕竟是被大师兄一手带大的，对陆辟寒的性格，乔晚还算有点儿了解。大师兄外冷内热，其实是喜欢笑的，不过因为受病痛折磨，脸上嫌少有笑意，再加上性格冷傲，就更少笑了。

陆辟寒目光深沉，看着乔晚这一身打扮。

少女一身粉色短打，一脸的泥灰混着血渍，和他之前想教育成的淑女样子简直有天壤之别。

"走吧。"笑完之后，男人咳了两声，收敛了笑意，率先转身，"回去。"

乔晚忙不迭地跟上。

没想到昏倒在擂台上的壮汉根本没昏透，睁开肿胀的眼皮，隐约看见了两道身影。

乔晚还搬救兵？

壮汉顿时怒了，用尽最后的力气怒吼一声，发出了最后一击："风刃！"

一阵如刀飓风刮来，乔晚瞪大了眼，一蹦三尺高地摁上了她的脑袋上的假发。

她的假发！

还站在擂台下面围观的霍拜星急了："乔道友！"

可惜乔晚慢了一步，被狂风一掀，假发伴随着风刃悠悠地飘到空中，奔向了未知的远方，露出了乔晚锃光瓦亮的光溜溜大脑门。

陆辟寒脚步一顿，看着面前这闪亮的光头，和台下的霍拜星一齐默了。

"这是怎么回事？"

陆辟寒的嗓音冷得吓人。

霍拜星：他好像失恋了。

第十九章 风云始动，天地为棋

而在这令人窒息的尴尬气氛之中，狂风卷着假发越飞越远。

乔晚瞪圆了眼，连陆辟寒也顾不上了，追着假发就跳下了擂台。

由于昆仑是座山，山势还比较高，这碧空岛实际上又是座悬浮在天上的岛，这导致假发被风一吹，摇摇晃晃地就飞上了青天。

陆辟寒沉默地看着乔晚顶着锃光瓦亮的脑门追着假发，撒丫子蹿出三里地，一路狂奔而去。

乔晚一边跑，一变泪流满面：呜呜呜——好尴尬。

她有预感，明天在昆山论坛上屠版的可能又是她了。

费了九牛二虎之力，乔晚终于奋力追回了假发，还没来得及往头上戴，衣领突然被人给一把揪住了。

乔晚回头："大……大师兄！"

陆辟寒冷冷地说道："跟我回去。"

乔晚："等等！我的假发！大师兄！我的假发还没戴！"

回到洞府里之后，乔晚一脸悲痛表情地端坐在陆辟寒面前。

"事情大概就是这样了，毕竟谁会想到锻体要锻头发啊。"乔晚吐槽。

面前瘦骨嶙峋的男人毫无形象地对天翻了个大白眼，冷冷地开口道："你还有脸说？"

可能他觉得打算把她教导成一个淑女，是自己做的最严重的错误决定。

"可是因为自己的喜好就要把我培养成淑女，大师兄你不觉得你这样很不正常吗？"乔晚面无表情地吐槽。

"从今天起，待在玉清峰，不准出去。"

乔晚立刻认错："对不起大师兄！我错了！"

"晚了，"陆辟寒斜睨了她一眼，"我会让小松看住你。"

陆辟寒眼神冷冽地甩出了一摞书："不把这些看完，就不准外出。"

乔晚："但我的赤火金胎……"

"你以为我去干什么？"陆辟寒脸色不太好，"还不是替你去收拾烂摊子。"

"当初你叛出师门，知不知道昆山如今有多少人对你心怀不满？"陆辟寒头也没回，淡淡地说道，"我已经帮你报名参加了同修会，同修会之前，你就在洞府中静心反思。"

抛下这一摞书，陆辟寒头也没回，甩袖转身就走。

他说是去收拾烂摊子，对上面其实是虚伪奉承，对下面就是干净利落地直接打。

相处了这么长时间，知道大师兄是说一不二的性格，看着这一桌子的书，乔晚挠了挠头，只能翻面前这一摞书。

翻开一看，她微微愣住。

这些都是适合她的体质的功法秘籍，还有几本介绍了各门各派的精英弟子，像孟沧浪几个人的功法特点、优点、弱点几乎全都记录在了这里面。

很明显，这都是大师兄闲暇时候自己收集摘录出来的。

陆辟寒这一手字也如其人，笔力遒劲，透着股料峭的寒意。

孟沧浪，剑招大开大合，处事冷静，弱点是比较死板，不太容易变通。

于是，乔晚扶正了脑袋上的假发，真正静下心来开始努力啃桌子上这厚厚的一摞书。

直男大师兄不止丢给了她这一摞书，还按照自己的直男审美，叫小松特地送来了一摞端庄大方上档次的白色衣裙和一堆琳琅首饰，大有下定决心把她按在桌前，重新打扮成一个高贵冷艳、上档次的世家淑女的意思。

而在不平书院里，就又是另一番景象了。

虽然大号被关了紧闭，但不代表她的小号就不能活动！

赶回不平书院之后，花了几天时间，乔晚和绿腰一干人等才把不平书院旧址里里外外给打扫干净了。

乔晚刚坐下来歇了一口气，就看见楚娇娇穿着一身小号版的不平弟子服饰，软软糯糯地站在了门口："山长，李长老叫你。"

"这是……"

看着李判推过来的一张请帖，乔晚微微一愣，拿起来翻来覆去地看了一番，有点儿蒙。

这是昆山同修会的请帖？

男人沉静地端坐在桌案前，桌子上搁着乌鞘长剑和白鞘小剑。

以法入道的李判处事其实和马怀真有点儿类似，都讲究利益和实用，不过和马怀真这从战场里摸爬滚打冲出来的，身上一股匪气和痞气、性子死不要脸、小心眼儿不同，马怀真接地气点儿，看谁都平等，李判做事比较一丝不苟，讲究"精英主义"，所以生活习惯也带着点儿退不去的格调。

李判复述了一遍："这是昆山请帖。"他说完抬眼，"众所周知，不平书院实际上就你一个能打的人。"

少年嘴角一抽："所以前辈你的意思是让我去昆山吗？那我的原身怎么办？"

李判果断地说道："一起去。"

"难道你打算放弃这个机会？"李判淡定地喝了一口茶，神色淡淡地说道，"这是书院扬名最好的时机，就算你不去也得去。"

嗯，两个人为达目的不择手段的作风几乎是一模一样的。

乔晚捧着请帖走了，独留李判端坐在桌前，平静地看着窗外不平书院的旧址。

多少年了……男人捏紧了指节，一丝不苟的脸上难得露出了点儿动容之色。

不平书院也该重见天日了。

不只不平书院已经开始着手准备昆山同修会的事，各门各派，不论大小也都开始动作。

这可是昆山同修会啊！

要是谁能在这里面打出点儿名声，相当于在修真界都能闯出点儿名堂了。

据说这次陆家、萧家和岑家都派了不少人，四大宗门里面，一直围观其他三家死掐的云烟仙府也派了人。

这回同修会，昆山请到的医务资源也十分丰富，除了昆山这边的栖霞仙子高兰芝、专攻神识的素霓仙子，还有之前差点儿被灭门的岑夫人，在岑向南的陪同之下，也开始动身赶往昆山。

而在另一边，提着刀掠过灌木丛，伽婴脸上看不出喜怒，淡淡地看了一眼面前蹲在地上的青年。

这一路在妖族地界里，遇神杀神，遇佛杀佛，收拢了不少地盘之后，主仆两个人终于停下来歇了一口气。

伽婴："想去？"

青年不好意思蹲在地上，以一个高难度的姿势抬腿挠了挠下巴，诚恳地点了点头，狗眼亮晶晶的："想，陛下，我想去昆山。"

他想明白了。

他还是想去见岑夫人！

对自家下属对别人家妻子念念不忘这事，正直的好上司沉默了一瞬，最终做出了一个有违自己道德准则的决定："那就去，我和你一起去。"

他们披着马甲一块儿去。

就在乔晚苦读的时候，其他人开始陆陆续续地赶往昆山，而在鸠月山耽搁了一段时间的昆山问世堂堂主马怀真也收拾收拾，准备赶回去了。

想到陆辞仙，马怀真略一挑眉。

昆山同修会，陆辞仙这小子十有八九会过去。

当初看陆辞仙在"鬼市"的表现，精明干练的马堂主本来还想着怎么把对方给忽悠到昆山替问世堂跑腿来着，没想到被谢行止打了一顿，少年就拍拍屁股走了个干脆利落。

· 132 ·

一想到这儿，马堂主就露出个阴恻恻的笑容，微妙地感到有点儿不爽。

不过比起马堂主这微妙的一点点不爽情绪，大光明殿里的那位尊者就是彻底脸黑了。

毕竟不告而别这事，深深地受到伤害的可不止方凌青和齐非道一干人等。

与此同时的崇德古苑，也在安排去昆山同修会的弟子。

这回论法会，照例是谢行止把得了头筹，白珊湖居后，孟沧浪居最末。

由于论法会这一战白珊湖和孟沧浪都受伤不轻，崇德古苑决定安排齐非道领着一队弟子先过去熟悉环境，顺便打听消息，之后孟沧浪几个人再带着剩下来的弟子跟上。

决定好了之后，众人就准备出发。

脚蹬草鞋，踏出崇德古苑的大门后，齐非道站在门口定定地想，休息了十多天，是时候出发去昆山了！

听说这回玉清真人把那乔晚给逮了回去，说实话，齐非道自己也挺想见见那位所谓的魔域帝姬。

不平书院是个小宗门，他们的人肯定会提前过去，到时候自己要是见到了陆辞仙……男人默默咬牙，微笑。

这回自己要是见到陆辞仙，就联合小方一块儿逮住陆辞仙，扒了他的裤子，让他在昆山上挂个几天几夜再说！

让他欺骗他们这些朋友的感情！

远在洞府里闷头看书的乔晚打了个喷嚏，心里突然冒出了点儿不祥的预感。

乔晚在自己的洞府里待了整整三天，努力地把桌上这一摞功法秘籍给啃完了，也没盼到大师兄来把她带出去。

待上几天没问题，但是赤火金胎还在白塔里呢，要是被人抢先拿走了怎么办？

一想到这儿，乔晚就默默挠墙。

"小松，我们打个商量，能不能放我出去？灵石什么的管够啊！"

门外的小道童嗓音脆生生地说："师姐，别想了，放你出去之后，大师兄肯定得找我的麻烦。师姐你难道忍心牵连我？"

一听这话，门内默默挠墙的乔晚卒。

不找人麻烦，一向是她的行事准则。

于是她只能回去继续打坐入定。

但是她废了这么多年，好不容易突破了金丹期，也好想出去炫耀一下啊。

虽然她在小松那儿碰了壁，但没想到到了半夜之后，洞府外面突然传来了点儿鬼鬼祟祟、窸窸窣窣的动静。

一把眼熟的折扇轻轻拨开洞府门口的禁制，伸了进来，随着折扇伸进来的还有一张熟悉的脸。

来人剑眉星目，顾盼神飞。君采薇顶着张大大的笑脸，笑得一脸亲和："哟，牛兄，好久不见。"

他身后还跟了个白净怯弱的少年，少年哆哆嗦嗦地道："小……小妹。"

再往后，还跟着一个一脸不爽表情的萧家小少爷。

鉴于他们是偷偷摸摸来的，这一场谈话在无声的静默之中进行的。

一进门，君采薇回头看了一眼被放倒的小松，打了个手势，使了个眼色，问：出去不？

甘南：晚儿妹子，听说你被陆道友关禁闭了，我们来救你了。

乔晚问：小松呢？

萧博扬：弄晕了，没事，他修为低微，你家大师兄是个明事理的人，怪不到他头上去。

萧家小少爷不耐烦了：救了你一次就算了，还得救第二次，少说废话，去不去？

乔晚回答：去！

她义无反顾地甩下了手里的书，跟着君采薇一行人悄悄地顺着洞府溜了出去。

一出门，乔晚差点儿泪流满面。

她终于出来了！

结果乔晚还没感叹完，萧家小少爷就丢了个瓷瓶过来。

乔晚愣了愣："这是……"

萧博扬有点儿得意："昆山夜游必备，化形丹，你下山之后，栖霞峰那帮医修弟子搞出来的，能隐藏身形，专门用来对付那帮巡夜弟子的。"

第一次做"偷人"这种事，甘南有点儿忐忑地四下看了一眼："那我们现在要去哪儿？"

君采薇拍了拍甘南的肩膀，突然从怀里摸出一壶酒，哈哈大笑道："当然是上屋顶喝酒了！为了庆祝牛兄成功结丹！"

乔晚愣了愣，鼻子一酸，随即有点儿感动。

花了这么长时间，她终于也是厉害的金丹修士了！

这还是第一次有人愿意和她一块儿庆祝她结丹呢。

想到这儿，乔晚十分诚恳地敛容鞠了一躬，结结巴巴地蹦出了几个字："多……多谢你们！"

她是认真说谢的。

"哎呀，这个时候说什么谢？这个时候就该去喝酒。"君采薇笑眯眯地晃了晃酒壶，"听说昆山栖霞峰的风景不错，去吗？"

少女平常总面无表情的，这个时候眼眶微红，看得萧博扬心里有点儿不自在。

和乔晚死磕了这么多年，他才没这么轻易就……就和她做朋友呢。他只是想喝酒了，才不是特地庆祝乔晚你现在才结了个什么破金丹呢！

"少废话，还不嗑了化形丹快去！"

喝酒必须选个最佳的喝酒地点，纵观整个昆山，栖霞峰是昆山最高的山峰，能俯瞰昆山整个山势，之所以得名栖霞，也是因为每天一早，一轮红日挣脱天际，栖霞峰最先染上淡淡的红霞。

一路避过巡夜弟子，"哼哧哼哧"地爬上栖霞峰最高的山头后，四个人一屁股坐下。

君采薇这酒据说是他自己带过来的，是南部十三洲的特产，百年陈酿，一般人喝一口就醉。

峰顶上，四个人喝得有点儿醉醺醺的。

"啊！月亮好大啊！"

"好像个蛋黄！"

四个人喝一壶酒明显不够，没一会儿酒壶就见了底。

君采薇拿起酒壶倒了倒，遗憾地"啧"了一声，像是想到了什么，像煞有介事地招呼左右有点儿醉醺醺的三个人凑过来，压低了嗓音，鬼鬼祟祟地说："诸位你们看，我这酒壶已经空了。"

人傻钱多、一向习惯用灵石解决问题的萧家小少爷明显没喝尽兴，皱眉问："要不我再买点儿回来？"

人傻钱多二号选手甘南酒量一向不大好，才喝了两口酒，脸已经红成了一个大番茄，醉醺醺地"啪"一声甩出一把灵石："在下……在下这儿还有灵石，用在下的！"

君采薇摇头："这买的多没意思。"

乔晚顿时脑洞大开。

买的没意思……

"你的意思是……"乔晚微蒙，"偷？"

"嘘——"男人浑身一凛，一甩马尾，手疾眼快地一把捂住了乔晚的脑袋，"这能叫偷吗？这叫借啊。"

"听说整个昆山最好喝的酒，当属问世堂堂主马怀真私藏的佳酿。"

甘南愣了愣："君大哥，偷……偷东西是不好的。"

男人无耻地眨了眨眼："鳝鳝这你就不懂了，我们借了马堂主的酒，喝完了再去问世堂门口的树下放一下水，这就叫借了。"

"听说马堂主的私藏佳酿浓郁香醇，十里飘香，是整个昆山最好喝的酒。"君采薇循循善诱，"怎么样，想不想喝？干不干？"

"牛兄啊你们听我说，人嘛，总有轻狂的时候，人不轻狂枉少年。今天高兴，我们去问世堂借几坛酒喝喝又没多大问题，到时候把酒钱压在下面就行了。"

俗话说，酒壮怂人胆。

穿过巡夜弟子们的层层守卫，去问世堂马怀真屋里喝酒，在死亡的边缘反复试探，这种事得多刺激！

光喝酒还不够，他们必须玩个大的！

喝到上头的乔晚也有点儿热血沸腾了。

她想打架，想在作死的边缘试探！

萧博扬醉得神志不清，也有点儿动心。

"没事。"君采薇拍了拍怀里的瓷瓶，"我们还有这个。"

化形丹。

有这玩意儿，他们就不用担心被巡夜弟子逮住摁在地上摩擦了。

君采薇："干不干？"

乔晚默默思索了一会儿，果断豪气冲天地拍板："干！"

这在巡夜弟子暴怒捶人的边缘试探的事，基本上已经成了昆山弟子们的传统项目。没被巡夜弟子捶过的人，就不算昆山弟子。甚至有熊到爆的昆山弟子统计比拼自个儿在巡夜弟子的眼皮子底下成功偷跑过多少次。

她之前好歹也算根老油条了，躲避巡夜弟子的追捕，一直都是手到擒来的事，更何况她还以筑基期的修为带着甘南从袁六的眼皮子底下溜出去过。

虽然跑到马怀真的屋里头去偷酒这事没干过，但她现在是金丹之身，乔晚骄傲地想，没在怕的！

马怀真总共有两个窝，一个在青环峰，一个在问世堂方便值班。

乔晚醉醺醺地拍胸保证，马怀真的屋子，她熟！两个都熟！

萧博扬也咬牙："干！"

他都戒了几十年了，怎么？偷个酒还不敢了！

默默将最后一滴酒灌入喉咙里，君采薇握着酒壶，看了一眼栖霞峰下的昆山山势，目光微微一动。

深夜的昆山，大多数弟子选择了窝在洞府里打坐入定修炼，还有少数来自西方的蝙蝠精、狼精选择在这个时间，在巡夜弟子的眼皮子底下偷偷试探。

而在山门前，一副轮椅缓缓驶入了昆山。

马怀真懒散地靠在轮椅上，乌黑的眼里映出昆山黝黑昏暗的山峰轮廓。

身为问世堂的堂主，大晚上回来了，闲着也是闲着，干脆就四处转转，看看有哪几个倒霉催的熊崽子不睡觉，在这儿夜游。

不过先不急，马怀真打了个手势，示意身后的袁六："先推我回问世堂的屋里头。"

夜很长，漫漫长夜里会发生很多事，比如说偷情的弟子们缠缠绵绵啦，比如说风尘仆仆的旅人终于赶到了目的地。

"这就是昆山？"

紧随其后的是一脸疲惫表情的崇德古苑弟子。

齐非道精神抖擞地揣着手，仰头看了一眼昆山山门。

嗯，他们先进去再说。

方凌青一脸疲倦的样子："这个点儿，迎客弟子早就睡了吧。"

齐非道摸了摸下巴："昆山巡夜弟子好像还在，先去趟问世堂吧，刚到人家的地盘，必须打个招呼不是？"

满脸病容的男人拥着一身厚裘，目光幽深地叫醒之前被扶到床上呼呼大睡的小道童。

道童揣着脑袋悠悠转醒，一看这架势顿时就蒙了："大师兄？"他左看右看，惊恐地问，"乔……乔晚师姐呢？"

陆辟寒转身。

小松心里"咯噔"一声，赶紧跟上："大师兄，你去哪儿？"

"去问世堂。"陆辟寒嗓音冷冷的，"通知巡夜弟子。"

深更半夜，几道身影悄悄地迅速闪入了问世堂。

"到了，到了，"在某间毫不起眼的屋子门口，乔晚一个急刹车，回头打了个手势，"就是这儿了。"

她抬眼一看，屋里杂乱无章，墙上挂着把锈刀，靠墙的柜门大敞着，柜子里塞了几件衣服，还有一只袖子垂了下来。

替马怀真做过这么多次跑腿小妹兼家政保姆，乔晚心里一定。

这一股铁血直男的邋遢味儿，这里的确就是那个大龄单身中年老男人马堂主的住处没错了！

甘南还有点儿忐忑和纠结："这……这不大好吧。"

然而，面前的乔晚、萧博扬和君采薇已经头也不回地果断摸了进去。

三好青年呆滞了半秒，内心挣扎了片刻，也咬牙跟了上去。

马怀真稳稳地坐在轮椅上，穿过问世堂，在即将进门前突然伸出手示意身后的袁六停下来。

里面有动静。

饶是马怀真也不由得目光微微一沉，心里也有点儿震惊。

他不动声色地数了数：一，二，三，四，一共四只老鼠。

问世堂堂主的屋子，一向是没哪个贼敢摸进去的，除非是昆山自家弟子。

马怀真露出个微笑。

看来他这么久没回昆山，这昆山的崽子们胆子见长，竟然有人敢摸进他的屋里了？

马怀真抬手示意袁六退后，从袖子里摸出一颗化形丹，牙齿微微用力"嘎吱"将其咬开，吞了进去。

上有政策，下有对策，下面的对策一变，上面的政策也得适时地做出调整。作为问世堂堂主、昆山教导处主任，他虽然是个单身多年的大龄老男人，但和昆山"中二少年"们斗智斗勇了这么多年，十分跟得上年轻人的时尚潮流。

听了马怀真的吩咐，退了一步的袁六一看这架势哪里还有不明白的？脸微微一绿，他心里顿时气得有点儿想骂娘。

有人能摸进马怀真这屋里，就说明暗部巡夜弟子的安保工作没做到位，这也就代表着他这工作没做到位。

这是哪里来的混账坑货玩意儿？

在顶头上司面前出了错，手扶着轮椅，袁六微感郁闷，立刻企图亡羊补牢，压低了嗓音问："堂主，要不要我……"

已然换了个模样的马怀真镇定地抬眼："不用。"

虽说被毁了半张脸，但马怀真另外半张脸还是十分英俊的，唇锋锋锐，吞了化形丹之后，变成了一个眉眼健全，就是脸稍微有点儿长，额头上带疤的鞋拔子脸"大侠"。

他一拍轮椅，启动机关，摸出一副拐杖，撑着拐杖头也不回地进了屋。

还在屋里翻箱倒柜的乔晚立刻察觉不对劲儿，回身拔剑，乌黑的眼被月色一照变得透亮："谁？"

淡淡的月芒流泄下来，映照出男人一张瘦长的鞋拔子脸，男人神色深沉地站在门口。

乔晚握着剑，愣了半秒。

这是谁？

这人不是巡夜弟子的打扮，问世堂什么时候多出这号人物了？

同时震惊的还有马怀真。

乔晚？

马怀真何等人也？那是之前从"寒"字旗下的北境战场上硬生生冲杀出来的铁血狠角色。

乔晚"死"了之后，他尽力去找她，没找到，也迅速调整好情绪，回到了当初那副冷酷无情的缺德模样。

被不小地震惊了一下之后，马怀真迅速回神，也没多生气，只是笑容和蔼了不少，目光微微一动，嘴角立刻勾出了点儿笑意。

就在这时，身后突然响起一个微哑的男声："这位道友好生面善，我们是不是在哪儿见过？"

马怀真抬眼，目光微微一动，盯紧了面前的男人。

嗯？生面孔？

"在哪儿见过不重要，"马怀真定定地说道："只要目的一样，就是同路人。"

他的目光落在了君采薇腰间的酒壶上。

君采薇恍然大悟："道友也是来偷——"他一个急刹车，眼也不眨，面色不改地换了个说法，"借酒喝的？"

行啊。

马怀真盯着乔晚挑眉。

这人长进了啊，一身酒气，都带着人偷到他屋里来了。

面前的男人偏头，十分哥儿俩好地搭上了马怀真的肩膀："来，来，来，既然是同路人，那咱们就是同伴了。兄弟，你这是第几次来了？知不知道马堂主把他那酒放在哪儿？"

马怀真撒谎也不带眨眼的，面色不改地稳稳回答："实不相瞒，我也是第一次来。"他还顺便厚着脸皮问了一句，"你们也是第一次来，就不怕被巡夜弟子逮到吗？"

"怕什么？"君采薇拍胸，把乔晚往马怀真面前推，"我们这儿有个金丹期修士呢！有金丹期修士在，还怕什么巡夜弟子？"

已经喝蒙了的乔晚知道面前这人没恶意之后，晕乎乎地放下了剑，转头就听见君采薇把她推出去夸她。

虽然有点儿不好意思，但她已经是金丹期修士了，也是能出去走跳的存在了。

乔晚自豪地挺胸："兄弟，别担心，我罩着你。"

男人意味深长地盯紧了面前一脸酒气的少女，微微一笑："原来是金丹期修士，失敬，失敬。道友年纪不大，修为竟然已臻至金丹，当真是英雄出少年。"

喝蒙了的乔晚立刻又被一个马屁吹上了天，神情肃穆地说："放心，跟着我，我肯定能找到马怀真把酒藏哪儿的！"

马怀真微笑："道友对马堂主的住处很熟？"

"熟，这屋里头，我熟得不能再熟了。看见没？"乔晚伸手指向柜门里那摞旧衣服，"之前这儿的衣服都是我洗的。"

"告诉你一个秘密，"乔晚一本正经地说，"马堂主喜欢穿带花的亵裤。"

马怀真腿脚不方便，换下来的衣服都是乔晚抱着个盆，堆成一堆，宛如照顾自家糟老头子那样拿过去洗的。

对，昆山的煞神，问世堂堂主，铁血真男人，亵裤是花色的。

为了震慑昆山弟子，问世堂的服饰也都是酷炫的黑色劲装，窄袖，配上一双修长的黑色长靴，十分干净利落，很有男子汉的气息。

但在这修身利落的黑色劲装里面，马怀真穿的亵裤是带花的，第一次瞥见盆里的亵裤的时候，乔晚也着实被雷得不轻。

在昆山待了这么久，还没听说过马怀真的亵裤是带花的，萧博扬也被雷到了："带花的？"

男人脸上的笑容更亲切了点儿："道友来这儿偷酒就不怕被马堂主责罚吗？"

甘南弱弱地表示："是啊，听说那位马堂主很凶的。晚儿妹子，我们还是走吧。"

"放心，放心。"君采薇好奇地围着屋子转了一圈儿，"马堂主这会儿还在山下呢。"

在门口守着的袁六想想实在有点儿不放心，伸头往里面一看，顿时惊了。

少女那标志性的一身粉色装扮，和那清丽的脸蛋儿，这是乔晚！

他刚伸头，突然斜刺里飞来了一个眼刀。

马怀真不动声色地斜睨了袁六一眼。

替马怀真打了几十年的工，袁六内心顿时敲响了警钟。

马堂主这眼神，有杀气。

袁六默默缩了回去，靠着墙根蹲下，听着屋里的动静。

越听袁六就越心惊，听到花亵裤的时候，有些崩溃了。

马堂主这花亵裤的事在暗部其实不算个秘密，而且这花色堪比老床单上的牡丹花，不少弟子曾经暗暗猜测，这是马堂主的老情人绣给他的。

袁六嘴角抽搐，头皮一阵发麻，忍不住在心里怒吼：乔晚，你给老子清醒一点儿！堂主那点儿老底兜不住了，全让你给掀了！之前的事堂主还没找你算账呢，你上赶着就来这儿找虐呢！

偏偏就在这时，另一个冷冷的低沉嗓音响起。

"袁六，乔晚在这儿吗？"

"陆……"袁六怔怔地抬头，看着面前这骨瘦如柴的男人，愣了半秒才出声，"师兄？"

陆辟寒入门早，辈分高，昆山上大部分人见到陆辟寒得恭恭敬敬地喊一声"大师兄"。

屋里，一通翻箱倒柜之后，乔晚总算摸到了放在柜子顶的几坛酒。

"这儿呢，这儿呢！"

她轻巧地往柜子顶上一蹦，顺了几坛酒下来，还没忘丢一坛给面前这鞋拔子脸的道友。

"道友，给，这是你的。我说过，这地方我熟。"

"鞋拔子脸"道友瘦长的脸上突然扯出了一丝古怪的笑意，抬手一抹，露出了一张能止小儿夜啼的毁容脸。

马怀真和蔼可亲地微微一笑，嗓音像是带着点儿笑意，话语像是从舌尖儿上转了三转才吐出来的："乔晚，好久不见了。"

乔晚、萧博扬和见过马怀真的甘南齐齐愣住，酒意顿时清醒了大半。

"马……马堂主？"

"嗯？"刚揭开封泥还在闻酒香的君采薇抬头问，"马堂主？爱穿花裹裤的那个？"

这是马怀真吧。

愣了半秒之后，乔晚脚一蹬，迅速掉头狂奔，怒吼道："快溜！风紧扯呼！快溜！"

结果她没想到还没跑出两步，就被马怀真给"吸"了过来。他将怀里的少女倒拎了起来，嗓音含着点儿笑意，目光阴恻恻的："行啊，兔崽子，长进了啊。跑什么啊？"

乔晚吓得魂都快飞了，酒意一散，心里"咯噔"了一声。

她都干了什么？

乔晚迅速压下眉眼，企图冷静地解释："前辈！你听我解释！"

"嗯，我听着呢，带花的？"马怀真抬起眼皮。

乔晚打了一个哆嗦，默默朝齐刷刷呆愣在原地的萧博扬和甘南使了个眼色，比着口型：化——形——丹。

对，对，对，还有化形丹，甘南手忙脚乱地开始翻储物袋。

萧博扬眉心跳了跳，难以置信地瞪圆了眼，内心冒出了一个大胆的想法，拼命使眼色：乔晚……你该不会……想从马怀真的眼皮子底下跑出去吧？

这可是马怀真！

乔晚：我数三二一！

三……

乔晚悄悄扭身

二……

乔晚抬脚

一……

预备起！

乔晚使尽全身力气用力往后一蹬，瞬间就犹如一枚炮弹般直冲了出去！

她突破金丹期之后，带来的收益是巨大的，不只修为上了一级台阶，身体的敏捷度也比之前更灵活，反应更快，至少在欺负一个残疾人方面，她这体修是不虚的。

不过马怀真好像没多拦的意思，就这么老神在在地坐着，好像有十足的把握他们跑不出去一样。

萧博扬几个手疾眼快地立刻跟上，争先恐后地冲出了房门，还没忘抱紧怀里那坛酒。

乔晚定了定心神，接过君采薇丢过来的装着化形丹的瓷瓶，忍不住喜笑颜开："看到没！我到金丹期了！强不强！"

蹲在墙根的衰六默默看了一眼眼前神色看不出喜怒的陆辟寒，眼皮一跳。

我看你找死的本领倒是挺强的。

结果下一秒，乔晚就被人给打飞了回来。

她被一掌轰回了屋里，手里的瓷片"当啷"一声落在地上碎了个干干净净。

门口站着个满面病容的男人，孤僻冷傲，拥着厚裘，淡淡地垂手站着，冷冷地问："强？有多强？"

乔晚握着手里仅剩下来的半颗化形丹，呆了。

这是大师兄！

她差点儿忘了这里还有个和孤剑谢行止并称的开挂的人。

不管了，她先吃了！

半颗化形丹一下肚，面前的少女顿时凭空消失在了空气中，刚回昆山的陆辟寒和马怀真都微微一愣。

这是什么新品种？

不过半颗化形丹的功效有限，虽然身体成功隐形了，但乔晚万万没想到的是，还漏了点儿东西没藏住。

半空中多了一顶假发，悠悠地飘浮在半空中。

乔晚明显呆滞了一秒，紧跟着，突然扭头急匆匆地拔腿就跑！

为啥只剩下了一顶假发啊！

刚踏入问世堂门口，突然撞见一顶狂奔的假发的齐非道微微一愣。

这是啥玩意儿？

为啥半夜会有一顶假发在夺命狂奔啊！

虽说昆山办学理念比较开放，刚刚这一路走来，他们也看到了打西方来的金发碧眼的蝙蝠精，但这顶假发是什么妖怪？

这玩意儿是妖族搞出来的新品种假发精吗？

同行的崇德古苑弟子连同齐非道、方凌青在内，都忍不住心神一凛。

昆山不愧是修真界第一大派，宗门内果真卧虎藏龙，不容小觑，看来此行他们必须打起精神好好应对。

同一时间的昆山山门处，守门弟子面带疑惑地看着面前同行的两个人。

"两位道友是……"

其中一个青年脑袋上长了对尖尖的猫耳，猫耳动了动，笑眯眯地回答："啊，道友你好，这是我和我的同门，我俩都是猫修，汪——啊呸，喵。"

瞥了一眼身旁不动如山，从刚刚起就没出声的妖皇陛下，修犬赶紧递了个眼色。

陛下！陛下！要进入昆山，必须做点儿伪装，快喵！不然要露馅了！

伽婴淡淡地瞥了一眼身旁的青年，袖中的手指动了动，眼皮低垂，吐字冷淡如冰："喵。"

成功递交了请帖，通过了山门之后伽婴淡淡瞥了一眼身旁的属下。

青年若无其事地移开了视线，目光不经意间一瞥，顿时"欸"了一声，忙笑着拉上了自家陛下："陛下！你看！那边有人！好像有人在打架。"

伽婴目光略微一动。

不得不说，跟在自家陛下后面打了这么久的工，对自家陛下喜欢啥，修犬还是能拍着胸保证的。

一顶假发在夜空中狂奔，实在有点儿招人注意。

萧博扬跑到一半，突然看见身旁的"假发"气势汹汹地说道："分头行动！"

分头行动，跑得快点儿，萧博扬和君采薇收回目光，无声地同意了这个提议。四个人分了四个方向，抱着酒坛子一溜烟地跑了。

乔晚却在跑出问世堂范围内没多久之后，突然一个急刹车。

她不是不想跑，是跑不掉了。

乔晚被围住了。

一队队巡夜弟子手里提着个灯笼，堵住了路，为首的那个人一眼就认出了这狂奔的假发精究竟是谁。

"对！对！就是这个假发精！"为首壮汉悲愤地怒吼，"给我逮住她！"

为首的铁塔似的壮汉咬牙："乔晚，好久不见了。"

乔晚微微一愣，盯着面前的男人"神识回溯"了一下，心念一转，突然想起来了。

"王五？"她惊讶地问。

这是当初和她一块儿进泥岩秘境的那个暗部弟子！

面前这眉眼粗犷的壮汉，也就是王五领着一帮巡夜弟子一脸郁闷的表情。

"我说你回来就回来，能别给咱们暗部增添工作量行不？"

好歹他们当初也是一块儿从泥岩秘境里杀出来的，这战友情还在的，虽说是奉命来捉人，王五还没打算把气氛弄得这么僵硬。

乔晚回头看了一眼，捂住了脑袋上的假发："打个商量，能赏我个薄面，先让我过去不？"

王五面露为难之色："这不行，我们奉命行事。"

"马前辈和大师兄一早就算到了？"乔晚惊了。

"马堂主？"王五更震惊，手一哆嗦，灯笼落在了地上，"你又惹上马堂主了？"

男人看上去快疯了，也不管地上的灯笼了，踢了一脚，急得破口大骂："乔晚，你疯了吧？"

乔晚面部神经再度僵死了，问："所以，要捉我的人不止一个是吗？"

王五指着她，看上去比乔晚还生无可恋："所以，要捉你的人，为啥不止一个？"

乔晚："那另一个是谁？"

王五的表情突然变得有点儿复杂，他看着她，不知道在想什么，眼神有同情，似乎也有点儿小心翼翼的呵护之意？

"你自己看吧。"

话音刚落，乔晚面前的巡夜弟子们突然分出了一条可供人通行的路。

手上的灯笼汇聚成了一条浅浅的灯河，而在灯河尽头，白发如雪的真君披着一身微黄的暖光走了过来。

"晚儿。"

来人风姿高洁、眉眼如霜雪般冰冷，是周衍。

乔晚抿唇，重新幻化出了身形。

玉清真人将目光落在她身上，蹙着眉说道："闹够了，就和我回玉清峰。"

乔晚心里一紧，迅速平复了表情，反问："玉清前辈怎么在这儿？"

这陌生的称呼，让周衍沉默了一瞬，

"我来找你。"隔着这暖光，他看向了灯下的少女，"凤道友是不是你伤的？"

乔晚没否认。

周衍低叹："你师姐如今还在玉清峰上照顾他。"

他知道，违背乔晚的意愿把她带到了玉清峰上，她心里多多少少有点儿不平。但听到乔晚的洞府那儿传来的消息之后，他还是微微一愣，没想到乔晚的戾气竟然变得这么重。

他愧对乔晚，但也仅此而已。

他这么想对乔晚的确有点儿不公平，但感情这事一向不受人控制，这两个徒弟，穆笑笑对他来说更为重要，他多多少少也更偏爱笑笑一点儿。

一想到这儿，高高在上的玉清真人眉头皱得更紧了点儿。

"回去。

"凤妄言不过是个开了灵智的畜生，你何必跟他计较？他也不过是太过重视你师姐。"

"他受伤之后，笑笑一直寸步不离地照顾着他。"

乔晚顿了一下，问："所以我要跟他道歉吗？"

周衍微微一愣，冷冷清清的眼看了过来："是他冒犯你在先，你没必要向他道歉。"

一想到凤妄言，周衍心里虽然不悦，但也不至于和他计较。

"那就是要向穆道友道歉。"

周衍顿了顿，才开口："她是你师姐。你知不知道，你回山之后，笑笑暗中为你做了多少事？"

就在这个时候，乔晚余光一瞥，突然瞥见了站在不远处的，刚追上来的陆辟寒。

"大师兄，你也是这么想的？"

陆辟寒静静地看着面前自己这个师妹，然后垂下眼，一言未发。

他一向不乐意说假话、空话和大话。当然，要是碰上了必须寒暄的场合，那就不一样了，甚至能笑容可掬地打官腔。

对同门，对朋友，陆辟寒一向重视。

他重情。

这也意味着，他对穆笑笑同样如此。

毕竟穆笑笑是他的第一个师妹。

乔晚突然有点儿慌了，手有点儿冰，喉咙里也有点儿堵。她好像忘了，穆笑笑也是大师兄的师妹，还是第一个师妹。

陆辟寒咳了一声，说："笑笑这事与你无关。"

过了很久，他才平复了喘息，盯紧了乔晚慢慢地说："但你必须同我回去。"

这是不容置喙的肯定句。

乔晚抱紧了怀里的酒坛，眼神虽然依然平静，但心里也说不上来是什么感受。

这种感觉，真的特别挫败。

乔晚突然意识到，保护穆笑笑几乎已经成了他们的本能。

眼前突然浮现尊者凌厉美艳的眉眼，乔晚忍不住挫败地想：前辈，我错了，修心这步太难了，虽说我已经尝试去看开了，但当这真相血淋淋地在眼前被剖开的时候，这简直就是戳心。

"我不回去。"乔晚摇摇头，被夜风一吹，彻底酒醒了。

她默默数了一下面前的人数：一二三四五……有十多个人。

她要硬闯出去好像有点儿不现实。

周衍看她不愿意回去，冷峻的面容微动："我答应过你会为你找到比赤火金胎更合适的剑胎。"

"我知道你为什么不愿意同我回玉清峰。"周衍垂眼，"但塔上这二百二十多层上的弟子何止一个金丹修为？你打不上去的。"

"我会证明给你看，三天时间。"乔晚面无表情地说，"三天时间，我就能自己打上去。我在山下经历了很多事。"

周衍皱眉。

"我遇到了很多困难，但不是跟你抱怨的。"乔晚退开了半步，"我是说，我在山下经历的事情，要比你想象的更多。"

"我认识了很多朋友。"

昆山常年下雪，这个时候雪又开始下了，洋洋洒洒地落在了石砌的山道和浮空的栈道上，山崖上风雪肃杀，风吹动纸糊的灯笼，几点灯火摇摇晃晃，洒下金红色的光。

然后在这风雪之中，乔晚突然发难，打算直冲过去！

松上积雪被振得落下，王五睁大了眼，忍不住打了个寒战，立刻扯开嗓子怒吼：

"拦住她！"

他心里没忘和乔晚说了声对不住，毕竟人在暗部上班，就在这不远处还有个玉清真人也惹不起，要礼让三分的贵人看着呢。

巡夜弟子浑身一凛，赶紧也跟着动了。

这还是乔晚回到昆山之后第一次真正意义上出手！

和之前对付凤妄言的时候完全不一样，她身形如风雷乍动，破空飞雪地直射了出去！

松雪"簌簌"落下。

少女落了一肩的松雪，眉眼冷冽，身形灵动。

她认识了很多朋友，也学到了妖皇伽婴的无相诀！

王五愣了半秒，蒙了。

这……这……

这招式怎么有点儿妖皇伽婴的味道在里面？

还有乔晚这身手是怎么回事？

对上这十多个人，乔晚沉着脸，还带着一身酒气，来一个打一个，一股子悍狠和洒脱劲儿。

一时间，其他巡夜弟子看着这纷纷扬扬的夜雪，也忍不住傻了。

这还是当初那个乔晚吗？

在这惊鸿一瞥间，乔晚已经顺着浮空的吊桥翻了出去。

"妖皇伽婴？"某个天真的暗部师妹悄悄地问。

王五默默一胳膊肘捅了过去。

"你缺不缺心眼儿啊！现在是说这个的时候吗？"

虽说之前山下有传言，说乔晚和妖皇伽婴私交甚密，但事实上这传闻根本就没多少人相信。

妖皇伽婴那是什么人？那是个普普通通的筑基期修士能接触的吗？

遥遥地站在某处山峰上的人，将下面的动静尽收眼底。

山峰上，青年伪装成猫耳的狗耳朵动了动，笑容十分亲和。

这还是他家老板第一次主动邀请对方来妖族上班呢，这可是陛下点名的好员工。

"陛下，我们要下去？"修犬挠了挠后脑勺。

他挺想去帮乔姑娘的，但总感觉他们一下去，就有点儿不好收场了。

"不用。"伽婴平静地垂手站着，"她做得到，这是我看上的部属。

"更何况，有外人。"

有外人？修犬丈二弟子摸不着头脑，什么外人？

十多个巡夜弟子，愣是没拦住乔晚一个人。

陆辟寒缓缓垂下了眼，没出手的意思。

这气氛看得王五有点儿忐忑。这到底是什么情况？

就在这当口，一顶装饰华贵的轿子突然驶入了人群中，打破了这僵局。

车子上是淡金色的车幔，轮毂上包了金饰，铺着点儿白色的狐裘，铃音泠泠作响，车旁还跟着三五个貌美的侍女。

突然，从车里伸出了一只肌肤如雪的手，手指骨节分明，修长如美玉，手腕上垂着一粒琥珀色的美玉。

"真人，这就是……乔道友？"

含笑的嗓音十分优雅沉着。

在场巡夜弟子纷纷一惊，都认出来了，这马车上绣着的是萧家的家徽。

这车上面坐着的肯定不是普通人。

轿帘被掀开了一条缝，隐约露出了点儿坐在轿子里的贵人的身影。

乌发金环，抬眼间笑意温润，眉眼细长，脸上笑意盈盈，眼里仿佛盛满了琥珀色的光。

"难为真人为了我这晚辈特地多跑了一趟。"

轿旁的侍女纤纤玉手上捧着盏素纱绢灯，绢面映照着飞雪落下。

青年的嗓音带了点儿慵懒的惊奇之意："这就是……对我这娇娇软软的未婚妻下手的乔道友？"

这话里面却听不出多余的愤怒和对未婚妻的怜爱之意。

周衍的脸色终于又有了点儿变化。

来人是萧焕，穆笑笑的未婚夫，出自萧家嫡系，地位崇高，整个萧家最出类拔萃的英才。如今萧家内部正在争权，萧焕也是最有潜力继任萧家家主的人选。

萧焕此人，年纪轻轻修为就已臻金丹，提起萧焕，那但凡见过他的人都不得不提一句，此人性格温润有礼，聪敏沉着，心思细腻，颇有日后萧家家主的风范。

总而言之，这萧家家主的位子，基本上就是这位稳坐了。

而这人也是穆笑笑的未婚夫，两个人打小就定下了娃娃亲。

青年嘴角含着点儿慵懒的笑意，偏偏这笑意又不会让人觉得轻慢，只因为萧焕的嗓音如碎玉鸣冰，优雅有礼。

"没想到这位乔道友倒是这样的性子。想来我那单纯无辜的笑笑，受了不少委屈。"

萧焕轻叹了一声，笑意入眼。

飞雪漫天，青年乌发金环，拥着狐裘，笑意盈盈，眉眼间似落了点儿灯火。

周衍皱眉："看也看过了，萧少爷还有什么要求，不如一并提出来吧。"

萧焕抬眼，看了一眼面前这风姿高彻的剑仙，略一低眉，吩咐左右的侍女上前倒了杯酒。

"今日劳烦真人特地为我这小辈跑上一趟，风急雪大，真人和陆道友喝杯酒暖暖身子。"

立刻就有两个娇美的白衣侍女捧着金樽款款地去了。

这奢华风流的作态，周衍看得眉心一跳，蹙紧了眉。

"请陆公子饮酒。"娴静柔美的白衣侍女，嗓音也温温软软的。

陆辟寒眼神一沉,却没伸手。

一直留意着面前的人的神色变化的萧焕,忍不住又笑了。

"师妹不听话,可是让陆道友头疼了?

"陆道友一心想将师妹护在自己触手可及之处,看来令师妹倒是不买账,这性格倒和我那弟弟绥儿有些相似之处。我倒是能允诺陆道友不对令师妹动手。"

盼咐侍女给自己又倒了杯酒,萧焕有点儿头疼地揉了揉额角:"但是我那性子急躁的弟弟如果知道了他那穆姐姐被人如此对待,会做出什么事那就不定了。"

他说的是他幼弟萧绥,萧绥和穆笑笑关系一直不错。

陆辟寒看也没有面前的金樽一眼,似乎也压根没被青年温和的压迫话语给刺到,容色依然孤傲,淡淡地说道:"我去看看笑笑。"

陆辟寒推了金樽,抵着唇低咳了一声,毫不犹豫地转身走了。

萧焕微微一笑,倒也没生气,叫捧着金樽的侍女回来,自己把里面的酒给喝了。

这厢,周衍已经将酒一饮而尽。

萧焕将手里空了的酒杯往后一丢,酒杯正好落入了侍女怀中,飞溅出的酒液洇湿了侍女胸前的衣襟,透出了隐约起伏的丰满胸脯。

周衍目光微动,皱眉移开了视线。

"不说这个了。"青年恍若未觉,慢条斯理地揩了揩手指上的酒液,笑道,"真人剑术卓绝,震烁八荒,这回前来,晚辈就想着和真人品评剑谱,请真人指点一二,就是不知道真人愿不愿意了。"

眼看着周衍和萧焕一同离开,留在原地的王五愣了愣,也皱起了眉。

来者不善,倒是玉清真人好歹也是昆山玉清长老,明明不大高兴,怎么偏偏还对这个晚辈这么唯命是从的?

就算传言这萧家晚辈将来要继承家主之位,但这事还说不定呢,毕竟萧家老家主似乎更偏爱萧绥。

"老五,"围观的暗部弟子猛然回神,扭头问,"现在怎么办?追不追乔晚?"

王五不满地瞪眼:"追什么追?差不多做做样子就得了。你还真想去追?你打得过她吗?"

陆辟寒在玉清峰的偏殿前停下了脚步。

自从凤妄言被乔晚打伤之后,穆笑笑就把他带到了偏殿里医治,日夜不离地照顾。不是每个人都能有乔晚这般强悍的身体素质,天雷这玩意儿让凤妄言吃了不少苦头,到现在他一直都没醒。

穆笑笑趴在床沿已经睡了,几缕乌黑的发丝垂落在额前,显得娇俏动人。

脚步微微一顿,陆辟寒却没进门。

但少女本来就是半眯着的,听到动静,困倦地抬起头揉了揉眼。

眼里映出廊下冷而瘦的身影之后,顿时漾开了一丝惊喜的笑意,穆笑笑软软地拖长了声音:"大师兄!"

陆辟寒脸上露出了淡淡的微笑："笑笑。"

但笑容也就出现一瞬，旋即就消失了。

穆笑笑赶紧站起身，腾出了空位："大师兄你怎么来了？"

"他还没醒？"陆辟寒瞥了一眼床上的男人，问。

穆笑笑看了一眼床上的男人，失落地摇了摇头："还没呢。"

她已经很久没和大师兄坐在一起说话了。

想到这儿，穆笑笑有点儿忐忑，忍不住抬眼看了一眼面前的男人。

男人容貌平庸，被疾病折磨得有点儿脱了相，眼下青黑，越发衬得鼻梁高而挺直，唇瓣毫无血色，身体被笼在狐裘中，眼神如寒冰般冷厉。

这毕竟也是一手带大自己的兄长，穆笑笑有点儿出神。

少女嘴角忍不住浮现浅浅的笑意："大师兄，你还记得我们刚见面的场景吗？"

刚刚在山峰上受了点儿凉，陆辟寒又咳嗽了几声，慢慢地问："你又想到了什么？"

她还记得她第一次见到大师兄的情形。

大师兄出身陆家分支，当初他那一支遭了灾，被碧眼邪佛灭了门，陆家本宗没及时赶到，最后只活了大师兄一个。从小大师兄就是多病之躯，被身上的金蝉印折磨得伤痕累累。少年冷漠而阴郁，只有眼里的两团火仿佛提醒着别人，提醒着自己，他还活着。

那时候她刚到昆山，整天缠着陆辟寒，陪着陆辟寒一道度过了最艰难的那段岁月。

而那段岁月里，没有乔晚。

"我想到那个时候大师兄就和现在一样了，"穆笑笑笑道，"和现在一样，沉稳得让人安心。"

陆辟寒显然对此不大感兴趣，问："怎么还不去休息？"

少女不好意思地垂下眼，轻声说道："因为我想和大师兄多说会儿话呀。"

陆辟寒又咳嗽了一声，眼里含着点儿笑意："别打岔。"

她好像做错了。

乔晚有点儿僵硬地躲在草丛里，忍不住抱紧了怀里的酒坛。

她有点儿郁闷，也有点儿内疚。

其实，翻下吊桥之后她就后悔了。

她不该迁怒于大师兄。

乔晚垂着眼，有点儿纠结。

如今她抱着个酒坛，躲在草丛中，听着偏殿里传来的动静，脊背挺得笔直，简直就像个傻子。

本来她暗暗追着大师兄过来是想赔罪，没想到现在进也不得，退也不得。

大师兄对她的好，是不计回报，实打实的。

她和大师兄没有血缘关系，算不上血脉相连的亲人。

她也不像穆笑笑一样，曾经陪他度过最艰难的岁月。

她不是大师兄的责任。

该感激大师兄的人是她。

乔晚抱着酒坛，靠着长廊缓缓地坐了下来。

怀里的酒还是温的，酒香很浓，但是没人和她一块儿喝了。

乔晚忍不住踮起脚，悄悄地看了一眼偏殿里面的动静。

少女似乎有点儿失落，绞紧了手指："不知不觉间，晚儿师妹已经结丹啦，而我……修为一直寸步不前。"

男人眼神微微一变，过了一会儿，眼里露出了少许暖意："你若想学，我也能教你。"

被穆笑笑一提醒，乔晚猛然又想起来，她已经结丹了啊。

真好。

乔晚默默揭开酒坛的封泥，喝了一口酒。

她翻下浮空的吊桥后，被崖风吹得冰冷的手脚顿时温暖了不少。

甘南、萧博扬和君采薇这时候估计已经顺利离开了。

乔晚看了一眼天上的圆月，也想找个人抒发一下自己晋升金丹修为的喜悦之情。

想了半天，乔晚又默默地灌了一口酒，嘟囔了一声："大师兄，我结丹啦。"

她怎么……怎么也比穆笑笑厉害点儿了吧。

"二少爷，我结丹了！"

"前辈，我结丹了！"

自言自语有点儿尴尬，乔晚有点儿脸红，但还是灌了口酒，抱着酒坛，遥遥地对着月亮敬了一口酒："干杯！"

就在这时，她手上突然一空。

有人？

神色一冷，乔晚正准备出招之际，一道傲岸的身影突然出现在月色前。

乔晚打了一个哆嗦，无言地看向这以一大轮月亮为背景，逆光站在高高的屋顶上，一身玄色长袍的男人。

皎洁的月色淡淡流泻在这银色妖纹上，长袍上似乎游动着点点银辉。

乔晚顿时既惊又窘。

伽婴！

他怎么在这儿？

男人腰间斜别着一把古怪的弯刀，黑白色的麻花小辫被夜风吹得微微扬起，眉眼上落了月色，脸色平静，居高临下地看着她："乔晚。"他一手提起手里的酒坛，"当初在栖泽府，你还欠我一坛酒。"

他说罢仰头灌了一口酒。

男人身后探出另一个熟悉的脑袋，青年爽朗一笑："妹子，一个人喝酒啊。

"不如带我和陛下一个？"

乔晚惊了："你……你们怎么会在这儿？"

青年爽朗地伸出手："上来不上来？"

"上！"

伽婴淡淡一瞥，目睹修犬把乔晚给拉上了屋顶。

乔晚扭头看了一眼伽婴，拘谨地找了个地方，靠着男人坐了下来。

她和伽婴还算不上太熟，也不大明白这人为什么会在昆山出现，不过对方来昆山肯定有他的原因，保险起见，乔晚明智地选择什么也不问。

比起问什么，她现在更愿意喝酒。

倒是修犬蹲在她面前，狗狗眼好奇地看着她："妹子，你就不好奇我和陛下怎么会在昆山？"

"喝酒。"

还没等乔晚开口，一个冰凉低沉的嗓音横插了一脚。

伽婴递了酒坛过来，神色不变，八风不动。

乔晚抱住酒坛，盯着修犬看了一会儿，突然恍然大悟："是因为……岑夫人？"

她没记错的话，这次同修会岑夫人似乎也会到场。

修犬本来看见小姑娘抱着酒坛，对着月亮自言自语怪可怜的，想着调戏落魄姑娘，没想到反倒被落魄小姑娘调戏。

他僵了半秒，无奈地叹了一口气，抬起狗爪"啪"一下打了乔晚一巴掌："我说妹子，你也太实诚了。"

乔晚抱着酒坛灌了口酒，仰头看着天上的月亮，抿紧了唇，没吭声。

她也想有人是特地为自己而来的。

乔晚猜出了修犬是专门为岑夫人到的昆山，喊她一块儿上来喝酒不过是顺道，想到这儿，不禁有点儿郁闷和失落，默不吭声地又灌了一大口酒。

不过伤春悲秋不符合她的性格，大家都是萍水相逢，谁也没必要对谁负责，又不欠谁的。

只是想想还是有点儿郁闷，乔晚悄悄地缓缓摸上了脑袋上那只"狗爪"。

青年顿时激灵了一下，惊讶地问："乔道友，你在干什么？"

乔晚僵了。

脑袋上这只狗爪似乎手感很舒服，她一时间就没把持住。

"那啥，"乔晚微微红着脸，小声询问，"我能摸摸你的爪子吗？"

她本来想说肉垫的，但这好像有点儿过分。

伽婴往他们这边瞥了一眼。

乔晚有点儿忐忑，这个要求是不是过分了点儿？虽说修犬是狗没错，但好歹也修成人形了，她直接开口要摸人家的爪子肯定很失礼吧——

"砰！"

下一秒，蹲在屋顶的青年突然凭空变成了一条健硕的大黄狗。

乔晚看了一眼自己手心里的胖嘟嘟的狗爪子，心里一颤，面瘫脸顿时有点儿绷不住了。

没有哪个女孩子抗拒得了肉垫的杀伤力！乔晚也不例外！

"不是要摸吗?"大黄狗神情严肃地用肉垫拍了拍她的掌心,"摸啊。"

刚刚吓他一跳,他还以为乔晚想干啥,没想到就是想摸摸他而已。早被人摸习惯了的修犬果断化成了狗形,往乔晚的手心里搭上了自己的狗爪。

乔晚虔诚地捧着手心里这狗爪,同面前的大黄狗对视,一人一狗一时无语凝噎。

过了一两秒,想撸狗的冲动暂时性地压倒了"失礼"这个想法,乔晚试探性地在狗头上摸了一把。

听说狗很喜欢被人类摸头!

乔晚悄悄地观察了一眼大黄狗的反应,没什么其他反应。

于是,乔晚放心大胆地开始继续撸。别的不说,她撸狗的技术可是一流的。一边撸狗,乔晚一边观察了一眼蹲在自己面前的大黄狗。这有点儿像本土的黄狗,胸前大片的白毛,四个爪子也都白花花的。

就在乔晚撸得有点儿情不自禁地露出笑容的时候,身旁的男人突然开口:"喜欢?"

意识到自己撸得忘形了,乔晚有点儿尴尬地收回手,用灵力凝出了碗,给面前的大黄狗倒了一碗酒:"还……还好吧!也不是非常喜欢。"

伽婴淡淡地收回了视线,明显没有再交谈的欲望。

一人、一獾、一狗,静静地坐了一会儿。

伽婴出现在这儿好像真的就是为了喝那一坛酒的,喝完叫上了修犬转身就走,走得毫不犹豫,干脆利落。

看着男人颀长傲岸的背影,乔晚顿了一下。

其实,她还是想让他们多陪自己一会儿的。

昆山客舍偏殿里,博山香炉里香烟袅袅,暗香浮动。

容貌英俊的少年,肩上搭着件外衫,衣冠不整,懒懒地靠着软榻。

身边服侍的护卫一个个小心翼翼地留意着青年的神情变化,没一个敢吭声。

这青年的眉眼竟然和萧焕有五六分相似。

这是萧绥,萧焕同父异母的兄弟,也出身萧家嫡系。不过和萧焕不一样,他是继室程夫人所生。萧绥的生母程夫人是萧家老家主青梅竹马的"白月光",年少时迫于压力,老家主娶了萧焕的生母齐夫人。齐夫人命薄,生下萧焕之后就撒手人寰,老家主这才又把当初的"白月光"娶回了家里。

据说,比起萧焕,老家主更想让萧绥继承萧家家业。

萧绥交叉着手指撑着下巴,脸色有点儿阴郁地看着桌上这一张纸。

和自己这兄弟相比,萧焕风流散漫温润,论性格,的确是萧绥阴狠毒辣,心机深沉,更像老家主几分,又是"白月光"所生,老家主偏爱萧绥那也是人之常情。不过出乎意料的是,萧焕和萧绥两兄弟虽然不是一母所生,关系却极好。

而萧绥和穆笑笑关系也极好。

"没逮到?"萧绥神情有点儿不耐烦,"穆姐姐日后就是我萧家的人,谁落了她的面子,就是落了我们萧家的面子。"

护卫有点儿畏惧地看着面前这阴狠的小少爷，也不敢冒犯，小心翼翼地回道："毕竟有玉清真人和陆家的人在场。"

"玉清真人？"萧绥漫不经心地笑了，"要是真人当真重视乔晚，当初在行刑台上就没必要为了顾忌我们萧家，对他这徒弟那么狠心。"

护卫："但我听说……真人似乎后悔了，想保住乔晚。"

萧焕嗤笑了一声："后悔能怎么样？乔晚能和穆姐姐比吗？为了穆姐姐日后嫁过来能过得舒服点儿，真人也不会得罪我们萧家，更不会驳大哥的要求。你没看大哥说要去看乔晚，真人就领着大哥去把乔晚叫回来了吗？"

就算这事本来是那凤凰理亏又怎么样？玉清真人不敢得罪他们萧家。

提到"嫁"这个字，萧焕眼神微沉。

"不说这个，听说乔晚要三天打上白塔？"

跟在萧绥身边伺候久了，护卫十分上道地跟着问："那少爷打算……"

青年抬眼，眼里掠过了一丝阴沉和轻蔑之色，嗤笑一声，合上了手里的卷轴："先去看看穆姐姐，再看看要不要对付这乔晚。"

"穆姐姐太纯善，我却没这么好对付。"

第二天，乔晚是在屋顶上醒来的，醒来的时候屋顶上就她一个人，还有一个空酒坛子。

她扒拉扒拉积雪，抖落了一肩的寒意，立刻又马不停蹄地赶到了碧空岛。

她还没忘，她可是夸下海口要三天打上白塔的。

白塔还没开放，如今叫号也叫不到她，乔晚盘腿坐着等了一会儿，切回了陆辞仙的小号，刚一睁眼就看见一干外门弟子，神情有点儿纠结。

"听说了没？穆道友也来爬塔了。"

"穆笑笑，穆道友？"

不平书院里，陆辞仙，或者说乔晚跟着李判穿梭在不平书院旧址中破旧的长廊下。

在拿了请帖决定上昆山之后，李判特地在今天抽了空，带她一路往前。

不平书院地处南部十三洲，气候有点儿类似于前世的江南，烟雨蒙蒙，风吹帘动，杏花明艳，斜风细雨惊了朦朦胧胧的新绿景致。

长廊下石毁砖坏，断壁残垣。

这一路走来，他们终于来到一个静室前。

男人修长有礼的手收了漆黑的伞，伞内的竹骨收拢。

李判淡淡地说道："在你去昆山前，我先带你去一个地方。"

乔晚看了一眼静室，这段时间由于将大部分精力分在了大号上，虽说在不平书院待了也有一两个月，但不平书院这旧址里面许多东西她还没见过。

"前辈，这是什么？"

李判整了整衣袖抬手推开了门："进去。"

等进去一看，乔晚忍不住呆了。

这虽然是个静室，但别有洞天。

地面为棋盘，十九路纵横交错，屋顶为天，漫天星辰倒悬，玉衡参差。

李判沉稳坚定的嗓音从背后传来。

男人随手拈了点儿门口的雨雾，在这棋盘上淡淡地勾勒出了一笔山峦，一笔江泽，山脉巍峨，千里凝碧。

"这是当初孟山长研究出来的，专门用来排兵布阵的地方。"

乔晚蒙了半秒，被眼前这一幕震惊到话都有点儿说不利索了："孟广泽……前辈？"

"这也是我今后要教你的东西。

"不平书院一向以谋定天下，我不平书院子弟也都是善筹划之辈，修为固然重要，但有勇无谋，不过都是莽夫。

"这是在你去昆山之前，我要教你的东西。"

乔晚愣怔了好一会儿，才重新找回自己的语言功能，思索了片刻，不确定地缓缓问道："前辈要……教我排兵布阵？但是这棋盘上面怎么排兵布阵？"

虽然这很震撼，乔晚伸出手，看了一眼天幕，又看了看落在掌心里的淡淡星辉，疑惑地问。

"不是教你排兵布阵，是教你下棋。"李判斜睨了她一眼，再一伸手，又拈了颗天上的星辰，落在了棋盘上，"兵法云，兵法五事，'道''天''地''将''法'。"

乔晚还是听说过《孙子兵法》的。这是决定战争的五大要素。

道，就是指政令符合民心的政治。

天，就是指天气情况。

地，就是指地形条件。

将，就是指将领。

法，就是指军事制度。

男人目光沉静，星光落了一肩，徐徐道："在这方天地间，你能学到'天''地''将'三事。"

乔晚猛然明白过来，看向了这间静室。

这间静室是仿照修真界天地来安排的，这里的天和地能模拟出昼夜、寒暑、晴雨的情况和有高低、远近、险易、广狭、死生之别的地形条件。

所以说这是个棋盘。

星辰入局，天地尽被收于方寸间，这位不平书院的孟广泽山长好……好帅！

乔晚眼睛微亮。

不知道这位孟广泽山长是个怎么惊才绝艳的豪气人物。

李判瞥了她一眼："你在想什么？"

"我在想孟山长。"乔晚忍不住说道，"如果孟山长还在的话……是怎么一个惊才绝艳的人物。"

"你想见他吗？"李判突然反问。

乔晚愣了一下。

她虽然看到过不平书院的汗青卷，但上面的孟山长基本上都是模糊不清的侧脸或者背影。

李判："此地有当初他的留影。"

话音刚落，十九路棋盘间突然浮现一个笼罩着淡淡星芒的男人的身影。

这是个看上去三十岁上下的中年男人，穿着一身落拓的青衣，眼角生着点儿淡淡的细纹，眉眼温和俊秀，乌发拢成了一个松松垮垮的低马尾，垂在脑后，颔下生了点儿淡青色的胡楂，却不显得邋遢，鼻梁上还挂了个单片的眼镜，垂落在耳根上的白金链子，衬得面前的男人气质温和细腻又疏懒。

这只是个留影像。

男人眉眼弯弯地笑着，头上悬着星光，脚下踩着山河。

好像有股莫名其妙的感受涌上了心头，乔晚结结巴巴地问："这就是……孟山长？"

但还没等她问清楚，下一秒，这留影像突然熄灭了。

李判转身往前走去："骁勇善战，不如智者善谋。"

"善谋者，一人可当百万兵。"

"以力取胜，不如以计图谋。"

男人站到了棋盘对面，拈了颗星辰，从容落子："你知不知道这回同修会要如何比拼？"

乔晚审慎地回答："听到了些风声。"

比试似乎是和什么秘境仙宫有关。

"这回上昆山，"李判抬眼，嘴角勾出点儿冷笑，"你还想光靠力气取胜，靠肉搏同那些精英弟子较量吗？"

前辈这意思是，她处事太莽了，他打算给她刷智力点。

乔晚忍不住坐直了点儿，低下了眉眼："请前辈指教。"

"你但凡用些计谋，这回上昆山也不至于落得这个地步。从今天起，你就在这儿与我下棋。"

穆笑笑一来白塔，顿时引起了不小的骚动。

白塔虽说是昆山专门为弟子们切磋试炼设的一个地方，但说实话，内门精英弟子常去的不多，尤其是穆笑笑这种周衍座下最疼爱的十二峰弟子。

这得归结于白塔机制问题，爬塔的人每往上爬一层，问世堂就会安排点儿资源作为奖励，比如灵丹妙药和法器之类的，而每守住一层，擂主每隔一段时间也能领取到不少奖励。

内门精英弟子不缺资源，懒得刷。至于切磋试炼，他们去问世堂接个任务，还能"公费报销"下山试炼兼旅游。

至于刷到200多层往上的那些精英弟子，大部分也不常待在碧空岛守擂，毕竟200层往上这地位也不是随便谁就能动摇的。

所以久而久之，碧空岛白塔上聚集着的大多数是外门和内门低阶弟子。

少女这画风就和白塔下面的情形有点儿不相符。

穆笑笑乌发如缎，鬓发间斜簪着的玉钗镶着两颗明珠，交相辉映，如玉的肌肤上透着点儿羞怯的红晕，所过之处，衣袂飘香。

一帮外门弟子看得都有点儿震惊："穆笑笑也来爬塔？"

"玉清峰是倒闭了吗？"

但他们看这姑娘的架势，好像她确实是来爬塔的，先是去领取了玉牌，接着就跳上了擂台，手持一柄凛凛长剑，笑容温软。

等着"叫号"的昆山弟子们面面相觑，一个个不由得悄悄多看了还在打坐入定的乔晚一眼。

不平书院里，切成了"陆辞仙"的乔晚看着面前的男人，想到刚刚李判的话，忍不住睁大了眼："前……前辈，你让我对付穆笑笑？"

李判面色不改地落下一子："这不是对付她，如今这是个教你如何学习谋略的最好时机。"

乔晚有点儿迟疑。

她在昆山那边的动静一直是实时播报给李判听的，穆笑笑去了白塔这件事，李判也第一时间获取了消息。

"穆笑笑去了白塔？"

"是。"乔晚分出神识看了一眼。

少女这一战的对手，是之前由于乔晚，悲催地摔下第六十层，沦落到第五十九层的霍拜星。

这一战赢的是穆笑笑。

显而易见，霍拜星又往下掉了一层。

少女摸出一张手绢，轻轻塞到了少年怀里，柔声说道："拿去擦擦吧。"

霍拜星攥着手帕，看着穆笑笑柔和的笑容微微一愣。

乔晚收回视线："已经在比赛了。"

李判看样子不甚感兴趣："穆笑笑很受昆山喜爱？"

乔晚顿了一下，回道："是。"

"看来，她似乎还从你那儿赢得了不少'民心'，你这追求者也被她收入囊中了？"

乔晚有些惭愧。

之前没下山之前，她就经常来这白塔刷资源，刷战技什么的，和这白塔里的不少人混了个眼熟。这回重回碧空岛，她的目标是赤火金胎，刷下来的资源用不到，基本全都还给了其他外门弟子，久而久之，和他们关系也还算不错。

昆山那边，穆笑笑笑容羞怯地说："是，我想试试看。师妹已经结丹啦，我这个做师姐的也不能止步不前。"

本来以为这天之娇女性格飞扬跋扈，如今这么一看，白塔下面的外门弟子们倒有点儿惊了。

眼前的人看上去挺好相处的啊。

不平书院里，李判淡淡地扫了她一眼，一抬手，面前的雨雾立刻凝聚成了一座浮空碧岛和岛上笼罩在蒙蒙烟雨中的白玉高塔，他指着这片山水棋盘，淡淡地下了个命令："正好你和她如今都在白塔里，我要你从穆笑笑手里抢到他们的支持。"

乔晚嘴角一抽，感觉自己整张脸都有点儿木了，面无表情地问："前辈你是认真的吗？"

李判淡定依旧："你是不信我还是不信你？"

乔晚有点儿克制不住自己崩坏的面部表情了。

她当然是不信她自己了！

难道她要和穆笑笑一块儿争宠吗？！原著《登仙路》的女主角就是人人都爱天道之女，是一路躺赢的福气小锦鲤啊！

李判目光锐利如刀："不信你自己？"

乔晚纠结了一会儿，虽然说出来很不好意思，但这毕竟是事实："我的名声……在昆山，前辈也是知道的。"

乔晚含蓄地回答。

李判："这也是我今日要教你的东西。见微知著，你要做的第一件事是明察。"

"我给你一炷香的时间，你去查清楚你和穆笑笑之间的差异，再来告诉我，倘若你要从她手里抢过那些人的支持，有几成的胜率。"

"做不到……"男人正襟危坐，抬眼的刹那，清冷锐利的眼里落了点点星辉，"你就不配为书院山长！"

下一秒，乔晚就感觉自己的神识被一股外力给轰飞了。

昆山这边，乔晚睁开眼，愣愣地看着还在擂台上的穆笑笑。

明察？

和穆笑笑"争宠"，这毕竟也不算毁人机缘、夺人气机的事，不管怎么样，自己修个双学位，点个技能点也挺好的。

乔晚默默地攥紧了手，蹲在擂台下，炯炯有神地看着擂台上的人。

她先试试吧？

就在这时，头顶传来了一个熟悉的男声。

"乔道友？"

霍拜星犹豫地看着她，目光落在她的脑袋上，眼神有点儿躲闪，手里还攥着穆笑笑给的那块手帕。

乔晚平静地打了个招呼，继续盘腿去看擂台上的动静。

少年犹豫了两秒，干脆撩起衣摆，也在她身边坐下了，顿了顿，问："乔道友是在看穆道友吗？"

乔晚："嗯。"

她继续看。

穆笑笑的对手是外门弟子，第六十二层的擂主。这个时候，两个人正在擂台上打得难解难分。

明察……

从一开始，的确就有股异样的气氛环绕着整个擂台。

等等！

乔晚猛然惊醒。她明白了！

穆笑笑动作很快，毕竟是周衍座下的弟子，一来到白塔，轻而易举地就一路刷上了第六十二层，直到碰见了第六十二层的擂主杜芳妮。杜芳妮虽然是外门弟子，但修为已经是筑基期，明眼人都能看出来这场比试是单方面放水，杜芳妮压根就没对穆笑笑下重手。

乔晚抬头环顾塔下围观的一众昆山弟子的神情变化。

这些弟子见着穆笑笑大多觉得新奇，但还有不少人沉着张脸，像在默默盘算什么，脸色有点儿不好看。

恍若醍醐灌顶，乔晚瞬间愣在了原地。

她和穆笑笑之间的差距？

不平书院。

"你明白了？"

面前跽坐着的男人嘴角勾出了点儿浅淡的笑意。

"少年"神色镇静，星光落在如玉般白皙细腻的肌肤上，攥紧了手里的白棋："我明白了。"

她知道了自己和穆笑笑之间的差异。

李判："你明白了什么？"

乔晚："穆笑笑与这些人之间有天然的无法跨越的嫌隙。

"白塔是外门弟子们为数不多能竞争资源的地方，而穆笑笑本就深得周衍喜爱，又是萧家未过门的媳妇，坐拥玉清峰无数资源。或许穆笑笑只是想到这儿来历练，但每往上爬一层，无形之间就挤压了其他人获取资源的机会。"

她和穆笑笑的不同之处也就在这儿了。

她走后门的废物形象早在十多年前就已经钉死，不受周衍喜爱这事，基本上也是昆山尽人皆知的。

其他修成人精的内门弟子不常来，也是有这一层缘故在，外门弟子修炼本就艰难，内门弟子何苦在这儿挤压别人为数不多的机缘？

乔晚沉声说："第二，穆笑笑到底是打好还是不打好？若是打了，她是玉清真人最疼爱的弟子，到时候要如何收场？若是不打，那她岂不是将这资源拱手让人？"

昆山，擂台上，杜芳妮终于忍无可忍地丢了手里的大刀："去他妈的！老子不打了！"

穆笑笑惊愕地看了一眼面前同龄的女修，有点儿不知所措："杜道友？"

看着对面这神色慌乱的少女，杜芳妮冷笑："这还打什么？"

整天被那一帮内门弟子压着已经够憋屈了，杜芳妮面色铁青："内门弟子就这德

157

行？就这点儿修为？之前整天被一帮内门弟子压着也就算了，现在还要玩什么陪练游戏？"

"没那修为，你就别整天学人家爬塔。我们虽然卑贱，但没这义务牺牲自己的时间，陪你们这些内门天之骄子玩。"

穆笑笑明显被说蒙了，眼圈微微一红："杜道友……我……我不是这个意思。"

"不是这个意思？"杜芳妮抱胸，冷笑道，"那你说我是打你还是不打？"

穆笑笑："杜道友尽管向我出手，不必顾忌师父与大师兄。"

"我向你出手……"杜芳妮往擂台下看了一眼，"乔晚，这是你师妹，你又不是不知道？不过是劈了你养的鸡，听说昨晚玉清真人就领着暗部的人来抓了，我要是伤了你的一根头发丝，到时候被玉清真人教训，我去哪儿说理？"

不平书院——
李判："这就是势。"

"把握住'势'，趁势而起，顺势而为，势强则起，势弱则避。形势，时时刻刻在变化，你必须从多方面看待。"

乔晚乖乖举手："所以，要辩证地看待问题？"

李判抬眼："辩证是什么意思？"

"前辈的意思是，优势可逆转成劣势，劣势也可逆转成优势。周衍对穆笑笑的偏爱，是她的优势，也是她的劣势，而周衍和我之间的关系，虽然是我的劣势，有时候也能转化成优势？"

这就是为什么她去爬塔，其他弟子没什么怨怼和不满情绪，但穆笑笑来爬塔，造成的结果就不一样了。

"万事万物，都处在一个微妙的平衡关系之中，失衡会带来祸患。"李判说道，"这是穆笑笑的疏漏之处。天然而不可弥合的矛盾早就被埋下了，就看你要怎么引爆它。

"告诉我，你有几成的胜率？"

乔晚思索了半秒，回道："六成。"

李判："那你想想以这仅剩的六成胜率，该做什么？"

昆山——
穆笑笑："抱……抱歉，我没想这么多，只是想找个历练的地方。"

杜芳妮似乎更不耐烦了，柳眉倒竖："没想这么多？你有这么多陪练，你不去找他们，来这白塔做什么？那你要来的不是白塔，也不是磨炼你的战技，该去的是藏书楼磨炼你的脑子。"

不平书院——
李判："为了资源？玉清峰难道还愁没有灵丹妙药，天材地宝？为了变强？她人缘素来不错，何愁找不到陪练？

"你无须多做什么，只要因势利导，稍加点拨，这桶炸药到时候就会爆炸。"
…………

昆山这边叫号终于叫到了乔晚，她收敛了思绪，拎着买来凑合用的剑站上了擂台，顺便抬头看了一眼光滑巨大的留影石。

在她之后，下一场是穆笑笑对韩嵩。

不过目前，她的对手是杜天一。

由于穆笑笑的到来，这一场擂台还是吸引了不少人关注，更何况，昨天大家都听暗部的兄弟说了，乔晚说她要三天打上二百二十层！

穆笑笑站在人群下面，眼神变得有点儿复杂。

这是晚儿师妹……

杜天一是个打着赤膊、朗声大笑的汉子，也是个体修，之前在她手下屡战屡败，屡败屡战，输了十多次，依然坚强地往上爬，其韧劲简直和她有的一拼。

杜天一也是问世堂暗部弟子，之前他们一块儿跑过任务。

看了一眼她手里的剑，杜天一笑道："乔晚，我也不欺负你，你这剑不好用吧？不如丢了剑，我俩来一场光明正大的战技较量怎么样？不用法术，也不用那些花里胡哨的东西。"

大家都是老熟人了，也没必要客气，乔晚干脆利落地丢了剑，活动了一下手腕："来。"

她一边留神对付着杜天一，一边在脑内默默思索。

片刻之后，杜天一被摔下了擂台。

第六十七层擂台，给的东西是聚灵液，主要是筑基期的弟子用得多，能方便炼化灵液结丹。

因势利导，稍加点拨？

乔晚看了一眼手里的聚灵液。她已经成功迈入金丹的队列，用不上聚灵液了。

"这东西给你。我用不上这个。"

杜天一笑得一脸灿烂，伸手捞住聚灵液，龇牙笑道："行啊，谢了。"

下一场，又是穆笑笑。

乔晚跳下擂台，目光正好和穆笑笑撞了个正着。

少女扯紧了衣摆，神情有点儿忐忑。

她似乎察觉到了，自己贸然跑这儿来有点儿犯了众怒。这回放倒了面前这个低阶弟子之后，少女抬起脸，怯怯地露出了点儿笑容："这个我不要，请你留着吧。"

不平书院——

"当着穆笑笑的面，将这聚灵液丢给了杜天一？"

"是，她下一场的对手是韩嵩。"

对韩嵩，乔晚也有印象，心高气傲，人不好相处。

乔晚斟酌着慢慢说道:"小人重利,对小人施利无妨,但要是穆笑笑在这个时候对心高气傲的人施利,这无异于折辱对方。"

不论对付何人,攻心为上。

穆笑笑在周衍的庇护下生活日久,性格怯弱,习惯于结交讨好别人。

乔晚记得当初穆笑笑想过要攻略马怀真来着。

这时候,眼见众人不站自己这边了,穆笑笑难免不会自乱阵脚,而一旦自乱阵脚,必定又会重新讨好其他人。

李判:"只可惜,先前她就已经埋下了隐忧,这时讨好,不像讨好,反倒像是高高在上地施舍他人。"

话音刚落,韩嵩脸色顿变,俊俏的脸上青一阵白一阵的。

"你赢了就赢了!这东西你自己拿走!何必要这么侮辱我!"

韩嵩指的是这场擂台赛的奖励,一瓶养心丹。

侮辱他?

穆笑笑愣了。

面前的青年咬紧了牙,眼里闪烁着阵阵恨意。

穆笑笑:"我……我没这个意思。我只是看到晚儿师妹……"

她只是看到乔晚这么做了,才想这么做的……

青年摇摇晃晃地站起身,喘着粗气一剑将面前这瓶外门弟子们求之不得的养心丹扫下了擂台:"拿走,我不接受你的施舍。"

穆笑笑情不自禁地往前走了两步:"韩……道友?"

擂台下一片死寂。

这养心丹就落在众人面前,但没一个人有上去捡的打算。

这各异的目光落在自己脸上,穆笑笑愣怔在原地,仓皇地绞紧了手指。

她的确是存了点儿模仿乔晚的心思,没承想落了这么个结果。

明明乔晚这么做,这些人都笑着受了。

这么一想,穆笑笑更觉得委屈,眼泪又忍不住往下掉,啜嚅道:"我……我并无他意,只是看韩道友你艰辛,这才想着把这瓶养心丹相让。"

"如果你真打算相让,就别到这儿来瞎掺和,收起你的眼泪。"韩嵩冷笑,"白塔这儿不稀罕。"

青年拄着剑一瘸一拐地下去了。

见韩嵩不买账,穆笑笑脸上一阵血气翻涌,一双眼泪盈盈的,目光不经意间和擂台下的乔晚撞了个正着。

乔晚抿着唇,抱着剑没吭声。

虽说这方法的确奏效了,但她心里算不上轻松,反倒有点儿沉重。

不平书院——

乔晚面前的男人一眼就看出了她脸上那微妙的神情变化。

"你不高兴？"

乔晚摸了摸手里的白棋，安静地思索了一会儿，给了个自己内心的诚恳回答："我觉得可悲。"

当初她看书的时候不觉得，但后来脱离了原著再看，就琢磨出不对劲儿了。网络小说这东西，说白了就是给读者解压放松用的，所以让读者不爽，就是让作者不爽，为了吃饭，作者编织了一个美好易碎的幻梦。

而抽离了《登仙路》原著，穆笑笑一直在追寻其他人的目光，活在其他人名为"爱"的桎梏之中。

李判倒也没多问，瞥了她一眼，沉声说："这才是第一步。"

"周衍对她太过宠溺，就养成了她的这个性子，遇事不知道从自己身上找错误，害怕承担责任，她并无大恶，却有小心眼。"

作为不平书院唯一一个呕心沥血的"人民教师"，看人的眼光不可谓不精准，李判从容落子，下了个评语。

"遇事不决，只知推诿，这种姑娘，旁人是点不醒的，总归要哪天自己幡然醒悟。"

说完话，李判看向乔晚："你这是什么表情？"

乔晚："前辈很有感悟？"

李判："你这位前师姐恐怕还不甘心，会有些小动作。连她都对付不了，你就不配当书院山长了。"

她只是想和乔晚一样而已。

少女攥紧了手指，乔晚能做到的事，她为什么做不到？明明乔晚只是她的一个替身啊。

在韩嵩这里跌了个跟头，接下来的爬塔赛，穆笑笑不知道是想通了什么，没再多吭一声，受了伤就一个人坐在地上老老实实地包扎。

这世上哪有无缘无故的深仇大恨呢？

少女身形娇弱，原本一头缎子似的长发现在凌乱地散落在颊侧，脸上灰扑扑的，带着点儿血污，咬着牙一声不吭地给自己包扎着伤口，狼狈又惹人怜惜，也有不少昆山弟子有点儿心软了。

杜芳妮刚下擂台，擦了把脸上的汗，往这方向一看，冷笑道："这地方人多，想爬塔的人必须从这儿路过，没多少修为，地方倒是选得鬼精呢。"

这隐秘的小心思被戳破，穆笑笑咬紧了唇，眼里冒出了点儿眼泪："我与师妹无冤无仇，师妹何苦一直针对我？"

两人对峙的工夫，身边已经围了不少人，一拨是事不关己高高挂起，还有一拨是看不惯穆笑笑这副德行的，再有一拨，想得就比较多了。

这些外门弟子，个个都是摸爬滚打出来的老油条。

穆笑笑来白塔这件事，一看就缺心眼。缺心眼的姑娘好糊弄，要是他们能和穆笑笑

下册

161

搞好关系，玉清真人就不想了，说不定他们能攀上内门的交情。
立刻就有个外门弟子按住了杜芳妮的剑："杜道友，你这话说得就有点儿过分了。"
"是啊，这白塔毕竟谁都能上，我看穆道友也没想那么多。"
杜芳妮的脸色顿时黑如锅底："没想那么多？她不是蠢，那就是坏。"
穆笑笑："笑笑不知道是哪里惹怒了师妹？倘若是笑笑错了，我在这儿给师妹赔不是，还请师妹不要再苦苦纠缠。"
少女敛衽缓缓行了一个礼，微红的鲜血从绷带上透了出来，越发映衬得少女像只仓皇无措的仓鼠。

不平书院——
"第二步，你打算怎么做？"
乔晚默默思索了一会儿，回道："不知不觉间，外门弟子和内门弟子已经变成了泾渭分明的两个不同群体，群体一旦形成，大家不知不觉间就会受这种集体心理支配。"
其实穆笑笑和白塔这些外门弟子之间，算是阶级矛盾冲突。
"继续。"
乔晚顿了顿，继续口若悬河地讲："受这种集体心理支配，人们往往会出于集体的'荣誉'感，做出一些偏激的行为。"
"群体？"李判沉思了片刻，有点儿讶然地打量了她一眼，"这倒是个新奇的想法。"
末了，他又补充了一句："但是如果没人站出来引导，恐怕没人敢踏出这一步。"
面前的"少年"正襟危坐，神色冷静。
眼前的人一点就通，竟然还能有新奇的见解。
饶是李判也不由得挑了挑眉，有点儿好奇，在周衍不闻不问的情况之下，乔晚究竟是怎么被养成这样的了。
看得透的人，其实不是她。
不过李判说得对，想要激化这矛盾，需要有个人在里面推波助澜。内门势大，恐怕没有哪个外门弟子愿意轻易地做这个出头鸟。
而她……
乔晚挠了挠头，暂时还不想挑起内门弟子和外门弟子之间的纷争。
"看你的样子是不打算这么做了。"李判摩挲着手里的黑棋，淡淡地说道，"你要是不愿意做，我再教你一招——构人以短，莫毁其长。"
话音刚落，棋盘上的黑棋一手飞枷，凶残地吃了白棋三子。
构人以短，莫毁其长吗？
乔晚默默沉思。
李判："你知道该怎么做。"
乔晚顿了顿，说道："一句话就够了。"
其实她若要化解穆笑笑这小心思，只要一句话就够了。

162

杜芳妮脸色一黑。

男人们或许看不出来这里面的弯弯绕绕，或许更多是看出来了也在装聋作哑，但同为女人的杜芳妮就不大一样了。

"杜道友，你未免欺人太甚了！"

"穆道友估计也没这个意思，你就别和她计较了。"

少女以退为进，怯弱可怜，反倒让杜芳妮有点儿下不来台了。

就在这时，一个冷冷的声音猝不及防地在头顶响起。

乔晚面无表情地抱着剑，从树上一跃而下，定定地落在了穆笑笑面前。

穆笑笑惊讶地抬眼，怯生生地往后退了几步，明显有点儿害怕："乔……师妹。"

少女干脆也不戴假发了，光着脑袋，表情凶神恶煞的，胳膊上还在滴血，鲜血顺着指尖缓缓地淌了下来。

四周顿时变得一片死寂。

不得不说，和这凶残的一幕相比，师出同门，穆笑笑委实娇气了点儿。

在场的不论男女，哪个人没断过胳膊断过腿？也就这内门弟子，被捧得高高的。

乔晚一跃而下，只说了一句话："穆道友在白塔里多练练也无妨，免得日后再像当初那样拖累泥岩秘境里的外门弟子。"

这话一出，整个碧空岛白塔上上下下一片哗然。

穆笑笑偷偷进秘境这事在昆山几乎尽人皆知，但就内门那包庇的态度，虽然私底下非议的人不少，但也没人敢将此事摆在明面上说。

戒律堂说好当初穆笑笑被罚闭关三年，但不久后她就以失忆为名被拎出来只闭门思过，再后来，为了替穆笑笑求医，这道法令形同虚设。

这也是穆笑笑最为心虚的命门。

七条人命，活生生成了她的垫脚石，而她丝毫未被惩罚。

穆笑笑一张俏脸顿时血色全无，她不自觉地往前走了几步："师……师妹？"

杜芳妮心念一转，立刻笑眯眯地说道："是啊，刚刚是我冒失了，穆师姐你多练练也无妨，当初那些被你拖累死的兄弟若是泉下有知，自己这不值钱的命竟然能换来内门弟子锐意进取，想来也会含笑九泉。"

在场一众命不值钱的外门弟子感觉好像被针对了。

外门弟子命贱，就连争口气混进了暗部的，死后也没能得个好处置。别说暗部弟子了，就说站着的乔晚，穆笑笑的同门师妹，还不是被判了三十年的重刑？

这就是内门，这就是世家，他们心里不清楚？这些人心里门儿清，不过是默认了下面的人基本都是能随意牺牲的猪狗牛羊一般的存在，牺牲几个也没关系，只要事情不闹得太大，大家睁一只眼闭一只眼也就过去了。

想要借穆笑笑的东风攀上内门的人，也不掂量掂量自己几斤几两。

纤长的指节翻开了面前这裹得窄窄的字条，乌发金环的青年合上字条，笑意盈盈的眼里目光微动。

他身边立刻有个白衣的护卫察觉出不对劲儿:"少爷?"

"我这位未过门的小妻子……"萧焕无奈地丢了手里传回来的消息,扶着额头叹了一口气,语气亲昵含情:"真是蠢得令人发指,蠢得和我弟弟是天造地设的一对。"

白衣护卫闻言,当即有点儿蒙:"少爷这话是什么意思?"

"构人以短,莫毁其长。人一定会犯错,只要犯了错,就会受制于当初所犯的错事,立正挨打。真人为其避罚的保护行为反倒害了我这未过门的小妻子。"萧焕笑道,"三郎你跟着我这么久,怎么还没长进?再说,若我们萧家人不在这儿,随便她去白塔也好不去也好,由外人看来,不过是昆山自家的事。但她现在这一去,将我们萧家置于何地?"

萧焕漫不经心地笑了笑:"这是我们萧家亏待了她?让我娶我这位娇娇软软的未婚妻,是娶回家立个长生牌位供起来,每日早、中、晚烧三炷香吗?那我还不如当真娶个牌位回来。"

"至少娶个牌位,"萧焕含笑点了点自己的脑门,"不会给我头顶再加点儿颜色。"

萧焕说完问道:"阿绥去了吗?"

萧三郎这才低声应答:"还没。"

萧焕笑了一下:"少年心性,冲动些倒也正常。你这就去找他,叫他不要轻举妄动,免得做出些鲁莽之事,回头在家主那儿,我这做哥哥的也不好交代。"

萧三郎得了命令,立即转身出了客舍,没想到刚走出门,迎面撞上了个人。

他抬起眼,顿时有点儿惊讶:"萧博扬道友?"

他面前站着的娃娃脸青年,正是萧博扬。

萧博扬犹豫了两秒,问道:"萧焕少爷在里面吗?"

还没等萧三郎回答,里面就传来了青年温和亲昵的嗓音:"是六郎?进来吧。正好我也好久没见着你了。"

昆山这边,穆笑笑绞紧了手指,脸有点儿红,喉口也有点儿干涩,看着眼前面无表情的乔晚。

乔晚不是不知道自己这隐秘的心思,但乔晚她……一直没表现出来。

一想到这儿,穆笑笑顿时感觉就好像被架在火上烤一样,烤得她口舌发干。

有没有人来帮帮她?

脑海中突然掠过水凤教中少女沉声的一句"走",穆笑笑顿时有些恍惚。

人群中,终于有个昆山弟子皱眉开口:"穆师姐,我说句实话,白塔不适合师姐过来,师姐要是想修行,不如直接回玉清峰。"

穆笑笑面如死灰:"我……我不是这个意思。"

她霎时间又红了眼圈。

乔晚看了穆笑笑一眼,心里叹了一口气,转身就走。

偏偏就在这时,斜刺里突然杀出一道剑光,紧跟着就传来了微哑低沉的嗓音:

"走？这就想走？你走得了吗？"

乔晚抬眼，面前突然多出一个锦衣华服世家打扮模样的青年，青年生得俊美，脸色却有点儿阴沉。

这突如其来的变故，镇得其他昆山弟子下意识地后退了几步。

面前这青年虽然看着面生，但袖口上绣着的萧家家徽立刻就暴露了其萧家人的身份。

乔晚偏头，正好避开了耳畔的剑刃，心念急转，迅速在识海里搜罗了一圈。

这是萧焕？

不对，她记得原著里的萧焕"待人接物温和有礼，好像从来不会和人生气"，既然来人是萧焕的可能性被排除了，那面前这个人就是……

穆笑笑眼睛一亮，立刻叫了出来："阿绥！"

执剑的少年，也就是萧绥，瞥了一眼眼眶红红的少女，收了剑。

目光落在乔晚的脸上，视线一阵游移，在她光秃秃的脑门上停留了半秒，萧焕嗤笑了一声："脑门倒挺亮。"他这才看向穆笑笑："穆姐姐。"

面前这个人就是萧绥，萧焕那同父异母的弟弟，也是女主角穆笑笑庞大后宫里的一员。

乔晚平静地收回了视线，扯了扯嘴角："还行，凉快。"

萧绥顿时愣了半秒，被眼前这少女的淡定样子给镇住了。

凉快？

他碰到的女修哪个不都是爱美的？他还没见过这种没了头发，还能一脸淡定表情的人。

就在这时，袖口好像被人轻轻地拽了一下，少女惊讶地瞪大了红红的眼眶："阿……阿绥，你怎么来了？"

"我来看看你，"目光触及少女身上的伤痕后，萧绥脸色微微一变，"免得穆姐姐你又被谁给欺负了，还傻傻地替人家数钱。"

虽说和萧焕之间有婚约，但穆笑笑还是和萧绥关系最好，一看到萧绥，她就忍不住想到萧焕——她那个温柔似水、多情风流的未婚夫。明明萧焕对她也温柔，但她不知道为什么，看着萧焕就觉得害怕。

穆笑笑摇了摇头，露出明亮的笑容："阿绥，我没事，你不用担心。"

萧绥定定地看了一眼面前伤痕累累的少女，又转头看向乔晚："乔道友现在就想走？"

青年拎着剑拦在面前，虽然言语还算平静，但明显一个不如意就要暴起动手伤人。

乔晚目光一转，平静地回望着萧绥，心里立刻盘算了一下。

虽说她之前一剑捅了萧宗源，但萧绥不一样，原著里，萧绥是老家主捧在手心里的宝贝，不过后期死在了一个秘境里。萧绥虽然现在还好好地站在这儿，但对知道剧本的她而言，面前这青年无异于是一个"死人"，她这个时候和萧绥起冲突，其实不大划算。

"杜道友，"打定主意之后，乔晚立刻悄悄用传音入密，密聊杜芳妮，"能帮我个忙吗？"

杜芳妮微微一愣，不自觉地看了这神情镇定的少女一眼。

说实话刚刚萧绥过来的时候，她心里确实也有点儿忐忑，毕竟这可是萧家人。她没想到的是，乔晚竟然面色不改地和萧绥交锋。

"你说，只要我能做到的事，我一定帮忙。"

乔晚说道："接下来发生的事，烦请你用留影球记录下来。"

不就是"小白花"吗？

乔晚抄起怀里的假发给自己戴上，做好准备工作之后，默默握拳。

她也行！

她要玩阴的！

不过在这之前她必须把假发戴上，毕竟没哪个"小白花"是光头的。

萧绥挑唇笑了笑："乔道友怎么不说话了？嗯？"

她怕了？这就怕了？

本来他还以为这人是多有傲骨的，原来也不过尔尔。

对自己的地位，萧绥心里还是十分清楚的，这人之前捅了萧宗源，萧家不和她计较已经是天大的恩惠，谅面前这人嘴里也不敢多蹦出几个字。

"实话实说，从始至终我都没有伤害穆道友的意思。"

"我的确也是因为沾了这张脸的光，被玉清真人带上了山。这一点，多谢穆道友。"

"至于之后发生的事……"乔晚顿了顿，才接着说，"当初在泥岩秘境里，是穆道友签了血契的灵兽想杀我在前，我为了自保，这才不得已对那灵兽出手，入魔，也是当时情况危急，不得已之举。"

穆笑笑的灵兽想杀了乔晚？

顿时，四周的昆山弟子纷纷皱起了眉。

他们怎么没听过还有这事的？

毕竟当初素霓仙子抽出来的那段留影像，一直保留在昆山戒律堂里，除了当初参与审判的几个长老看到过之外，就没再公布出来过。

说起来，当初在泥岩秘境里究竟发生了什么事，绝大部分昆山弟子听到的是传言，无非是乔晚入魔想杀了自己的同门师姐，这才被戒律堂判下了思过三十年的重刑。

大家说不好奇那是假的。

穆笑笑微微一愣："小狐狸……"

说完这些，乔晚默默弯腰行了一礼："我无意与穆道友敌对，还请萧道友不要再苦苦相逼。"

这其实也是她的肺腑之言。

萧绥拎着剑，勾唇笑道："你以为光这样说，我就会让这一步？

"穆姐姐是我大哥未过门的妻子，也是我日后的大嫂。你得罪了穆姐姐，就是得罪了我们萧家，以为光凭这几句话就能全身而退吗？那我萧家的脸该往哪儿搁？"

说出这话的时候，萧绥倒没多担心魔域那边的问题。

魔都是反复无常之辈，尤其是梅康平，更是反复无常，心思难测。

萧家的人追杀了乔晚这么长时间，也没见魔域的人出来替这位所谓的帝姬撑腰，乔晚这魔域帝姬究竟是真是假还得打个问号，就算是真的，以梅康平狠毒的性子，恐怕乔晚这魔域帝姬早就成弃子了。

乔晚沉默了一瞬，开口道："我修为的确粗劣，但倘若萧道友再苦苦相逼，我也会尽力一搏。"

萧绥勃然大怒："你敢！"

他手中长剑一振，狠辣地朝着乔晚的心口直捅了过去。

就在这时，乔晚身后突然伸出一把折扇，折扇上蹿出了一条龙影。

来人手握折扇，笑容满面，两眼顾盼生辉："哇，是哪家少爷戾气这么重？"君采薇笑眯眯地说道，"记得喝点儿菊花茶清清火。"

而龙影的主人甘南琉璃似的眼睛里难得蕴着点儿怒火和冷意："萧道友有话好好说，晚儿是我的义妹，这魔域帝姬的身份既然不作数了，那我这敖氏龙族的身份，不知道算不算数？"

乔晚眼睛一亮："甘兄！"

甘南侧过头看了乔晚一眼，眼里的冷意一秒消失，眼神微亮："晚儿妹子你别怕，为兄护着你！昨天我和君大哥、萧道友回去找你一直没找着，今天这才找到了白塔这边，对不住，是我来晚了。"

面前这少年是龙族的？

萧绥愣了愣。

这白得恍如透明的肌肤和这眼角的龙鳞看上去的确是龙族的妖修具有的特质。

君采薇笑吟吟地说："道友息怒，我旁边这位可是龙族敖氏的子孙，这位乔道友是他的结义妹子，萧道友赏个面子？"

萧绥眉心一跳，心里一惊，不动声色地又看了乔晚一眼。

面前这秃头姑娘竟然是龙族子孙的结义妹子。

这还没完，就在双方对峙之中，陆陆续续地又站出了四五个外门弟子。

"萧家虽然势大，但萧道友别忘了，你脚下踩着的毕竟还是我们昆山的地盘。"为首的其中一个外门师兄笑道，"在这儿打起来，估计不好吧。"

穆笑笑愣住。

这些外门弟子里，明显有那个之前收了她的手帕的少年。

少年，也就是霍拜星往前走了一步，一直走到了穆笑笑面前。

他拱手行了一礼，脸上浮现了点儿犹豫之色："多谢道友的帕子，但男女授受不亲，穆道友日后也别随意给人赠帕了，免得惹人非议。"

他果断地将手帕往穆笑笑手里一塞，转身走了。

萧绥沉下脸来："你们这是在替乔晚说话？"

"先给萧道友赔个不是，我们兄弟几个不是在替乔晚说话，"外门师兄笑道，"是在替我们自己说话。我们这些外门弟子身份卑贱，资质也低劣，当初听了乔道友自废双臂杀出秘境的事，心里激动，一直惦念着她。乔道友对我们这些暗部弟子而言不一样，我们自然就站出来替乔晚说两句公道话了，还请萧道友大人有大量，放乔道友一马。"

面子里子他都给了，端看这位萧家小少爷知不知趣，愿不愿意顺坡下驴。

萧绥的脸色有点儿难看，阴沉的眼神扫过面前这一溜人。

本来他只想给这个秃头女人一个下马威，没想到反倒踢到块铁板，但这毕竟是昆山的地盘，他真要闹起来，传出去也不好听，大哥知道了保不齐是什么反应。

穆笑笑小心翼翼地扯了扯萧绥的衣角："阿绥，这事师妹也并无恶意，是我思虑不周，贸然跑来了白塔，叫你们担心了。你别生气了好不好！"

正在这时，一个萧家护卫急忙走了过来："少爷，大少爷请您过去呢。"

萧绥沉吟："大哥。"

虽然不乐意承认，自觉心虚的萧绥这个时候不想去见萧焕，但对方来得正好。

将穆笑笑往身后一护，萧绥抬眼冷笑道："今天就算了，若有下次，我绝不轻饶。"

萧绥和穆笑笑一走，在场这严肃到有点儿凝滞的气氛顿时有所缓和。

君采薇扭头问："在爬塔？"

乔晚把刚刚包伤口的麻布重新绑好了点儿，打个了蝴蝶结，"嗯"了一声："多谢。"

君采薇问："还有多少层？"

乔晚肃然回道："一百多层吧。"

回答完，她走到了杜芳妮面前："杜道友，留影球借我用一下。"

杜芳妮也爽快："给。"

刚刚处在风暴中心的几个人已经聊起天来，一众白塔弟子就没这么淡定了。

之前听乔晚提到泥岩秘境里的暗部弟子，后来又提到了那灵兽妖狐，一个疑问不约而同地盘旋在一众弟子心里，众人纷纷皱眉沉思。

当初在泥岩秘境里究竟发生了什么？

萧绥和穆笑笑虽然走了，但爬塔的事还是要继续。

乔晚简单收拾了一下，立刻奔赴下一场战斗。至于君采薇，则拉着甘南坐了下来，给她加油。

打完一场，乔晚下去休息，甘南有点儿忧心忡忡地说："君大哥，我总有点儿不祥的预感。"

君采薇举起手里的玉简，笑眯眯地说道："恭喜这位道友，你不祥的预感成真了。"

一行墨色大字赫然出现在玉简上，牢牢地占据了榜首之位：刚刚在白塔，诸位道友猜我看到了什么？——穆道友和乔晚又在白塔撞上了！这回还有萧家的萧绥！

同修会还没召开，眼下又不能下山，一众修士正处于闲得抠脚的状态。

当初乔晚下山的事闹得那么大，还有前几天那前无古人后无来者的度劫场景，如今正是吸引了各方关注的时候，"帖子"刚被发出来，立刻就有人"跟帖"。

"白塔？穆道友去那儿干什么？"

"估计她想来白塔历练吧。"

"到白塔历练？穆道友好端端地干吗去白塔历练？"

"穆道友哪里知道这些？倒是乔晚，对自己的同门师姐未免也太过苛刻。"

"这么一看，乔道友和穆道友之间嫌隙的确不小。"

玉简上讨论得热火朝天，不过风向基本上还是一边倒地偏向了穆笑笑。甘南一看，呆了。

呆了半秒之后，她顿时慌了神，琉璃似的眼里泛出了点儿盈盈泪光，六神无主地哭了："啊啊啊——君大哥，怎么会如此？那现在该如何是好？

不行！他要帮小妹！

甘南立刻挽起袖子，开始干活。

"在下觉得，穆道友此举看起来倒好像是在碰瓷（挠头）？"

这话很快就吸引了一干昆山弟子的注意力。

"这位道友，碰瓷是何意？"

"啊，这是小妹曾经告诉我的，其实在下也不甚了解。大概就是指人故意在马车前停下来，假装摔倒，趁机讹人。诸位道友，乔道友之前也没对穆道友做什么，反倒是穆道友那些……那些……道侣，一个个贴上去，招惹是非在前。"

"道侣？穆道友不是和萧家的人有婚约吗？一个裴道友，一个凤凰，一个萧绥，还有那外门弟子的手绢又是怎么回事？"

"说起来，乔晚好像真的也没对穆师妹做过什么，倒是穆师妹身边那些人一个个缠上去。"

下了擂台，找了块清静无人的地方，乔晚默默地掏出了怀里的留影球。

小乔要努力变强："［留影像］［留影像］。"

这第一手的留影像迅速吸引了昆山一众弟子的注意力。

"乔道友怎么不说话了？嗯？"

"当初在泥岩秘境里，是穆道友签了血契的灵兽想杀我在前，我为了自保，这才不得已对那灵兽出手，入魔，也是当时情况危急，不得已之举。"

"你得罪了穆姐姐，就是得罪了我们萧家，以为光凭这几句话就能全身而退吗？那我萧家的脸该往哪儿搁？"

画面中，锦衣华服的青年眼神阴沉，胜券在握地挑唇微笑。

而少女容色冷静不卑不亢，手臂上还在"嗒嗒"地滴着血。

玉简上安静了一秒，随后一众昆山弟子纷纷炸了。

这看上去真的像在碰瓷吧！

虽说他们不大喜欢乔晚，但大家好歹同为昆山弟子，碰上这么个在昆山闹事的人，其他昆山弟子都有点儿同仇敌忾的意思。

"萧家这是什么意思？真当我昆山无人了不成！"

"穆道友怎么也不说几句？光躲在后面哭是怎么回事？她这伤怎么看都没这么严重，就这小伤怎么还一副坚韧不屈的模样？"

当然还有其他宗门势力暗暗浑水摸鱼。

"萧绥此人未免欺人太甚,这就是萧家世家大族的气派?"

"难怪萧家最近风头日渐衰微,大有被陆家赶超的趋势。"

还有乔晚说的"泥岩秘境"、血契灵兽是什么意思?还有那几个暗部弟子是怎么回事?

答案就藏在当初那段留影像里面了。

一众昆山弟子狐疑不已:戒律堂保存着的那段留影像里到底记录了什么?

——这就是萧家世家大族的气派?

"瞎说。"

搁下手中的玉简,乌发金环的青年懒懒地靠在榻上,突然不疾不徐地爆了句粗口。

萧三郎心里"咯噔"了一声:"大少爷?"

萧博扬也皱眉:"堂哥。"

"世家,什么是世家?"萧焕脸上倒没多少怒意,反而笑意不减,慢条斯理地勾唇,"狗屁玩意儿。"

"怎么了?"一抬眼,瞥见傻眼的萧博扬和萧三郎,萧焕笑道,"不信我也会说粗话?"

何止不信,这美人慢条斯理地爆粗口的画风根本就不对好吗!

"这所谓的世家涵养与风仪,六郎,"萧焕问萧博扬,"你也是萧家人,你说这里面有几分真,几分假?

"这不过就是区分世家和平民的一种手段,让世家脱胎于平民,显得比普通人高贵,从而驯服、奴化这些平民。

"但世家之所以能立足,就凭那几条破规矩?那什么所谓的涵养和风度?就高门大族背地里干的阴私事,比普通人不知下贱了多少。

"所谓世家子,不过是学的东西多了点儿,懂得如何处理人脉,如何左右逢源,如何踩高捧低,如何……像豺狼一样贪婪护食,牢牢把持住世家的资源,半点儿也不漏给下面的人。

"这世上从来就没有什么所谓的世家涵养,说什么世家气派?都是些穿上了衣服、贪得无厌的禽兽。"萧焕支着脑袋笑了笑,"可惜我这蠢弟弟,直接挑破了这层皮。

"同修会在即,陆家、岑家,还有藏在暗处的不知多少宗门势力,想趁机把我们萧家拉下马来,阿绥倒好,平白无故地送了把柄给人家。"

萧焕意味不明地嗤笑了一声:乔晚是吗?倒是比他那个未过门的未婚妻聪明不少。

不平书院里,乔晚神情严肃地说:"这就是舆论战。"

这舆论战是冲着萧绥去的。

她现在对付不了他,就先借萧家或其他人的手对付他,至少也得让他吃个暗亏。还有就是当初戒律堂保存的那段留影像,这个时候昆山其他人肯定十分好奇。

李判:"……"

他倒是有点儿好奇，乔晚能带给他多少新奇的东西。

这事姑且不提，李判看向面前的少女："我以为你不会说出这句话。"

乔晚抿紧了唇。

她确实不想利用当初牺牲的那几个暗部兄弟。

"是什么让你改变了主意？是那个姓杜的女修？"

乔晚摇了摇头："也不全是。"

就像李判说的，昆山是她的心魔，或许现在未显，但在日后的修行途中必成大患。

其实一直以来她想要的都是别人的肯定，不只是周衍，还有……大师兄。

之前换上陆辞仙的马甲的时候，她就下定过决心，以后要以"乔晚"的身份堂堂正正地回到修真界。放着不管不会有任何改变，没有多少人会平白无故地帮陌生人说话，所以，她要去澄清，去面对，大大方方、光明正大地坦然给自己争取利益，这是她一个人的战斗。

李判随手丢了手里的黑棋："你比我想象中的醒悟得快了不少，让我省下了不少功夫。既然如此，过几天你就收拾收拾去昆山吧。"

乔晚愕然："这么快？"

李判沉声说道："够了。"

话音未落，窗户外突然悠悠飘下了一道大红的身影，王如意倒立着鼓掌："干得好！"

李判看也没看王如意，波澜不惊地拈起了一颗黑棋，直中王如意的脑门。

王如意捂着额头，嗲声嗲气地抱怨："李师叔，你这也太不近人情了。"

"乔乔，这回去昆山带我一个成吗？"王如意捋了捋头发，严肃地坐直了点儿。

自打离开鸠月山之后，王如意就跟着"陆辞仙"一道来了不平书院，暂且在不平书院里住了下来。

李判笑了一下："跟着去，你能做什么？"

"这李师叔你就不懂了，"王如意神情严肃地说，"楚道友曾经告诉过我，对付不要脸的女人最好的办法，就是要比她更不要脸。"

自从泡了一回温泉之后，王如意就和楚桐微建立起了神奇的友谊，并且保持联系到现在。

李判："……"

"带上我嘛。"王如意眨了眨眼，嗓音娇娇软软的，"辞仙哥哥？"

少年冷若冰霜的脸微微泛红。

没见识的钢铁直男李判眉心一跳，肃容低咳了两声："你这一去，我还有件事要嘱咐你。"

乔晚立刻整身行礼："前辈请说。"

"为了你自己打算，你如今不可和周衍起冲突。"李判容色淡淡地说，"周衍是你的师尊，他是什么性格，想必你自己心里也清楚，此人优柔寡断，要对付他，还是那四个字——攻心为上。我需要你假意与他和好,帮我找一样东西。"

第一百二十层。

快了。

乔晚喘着粗气,把手里的剑靠在树上,再度摸出了怀里的玉牌,渗血的手指哆哆嗦嗦地点开了昆山"论坛",看了一眼。

萧家的动作比她想象的快了不少。

虽说他们没见识过微博舆论那一套,但深谙人言可畏、三人成虎的道理,无师自通地迅速玩起了"控评"这一套,表现为:从申时三刻开始,这玉牌上的舆论风向开始一边倒,明显是有人参与的结果。

"虽说穆道友在'碰瓷',但在秘境里,乔晚想要杀了自己的同门师姐那也是不可辩驳的事实,穆道友的朋友担心她的安危,在下认为这也是人之常情。"

诸如此类理中客的言论,硬是让舆论转了风向。

从来没经历过这种人间险恶场景的甘南捧着玉简,荷包蛋泪眼。

这该如何是好!

不过大家讨论来讨论去,在有心人的引导之下,最后大家的关注度歪到了"乔晚究竟能不能顺利在三天内打上二百二十层白塔"上。

"不说这个,乔晚能打上二百二十层去吗?"

"内门弟子虽然不常去白塔,但这两百层往后都是内门弟子的天下,这些内门师兄师姐也没这么好对付的,每一层打起来都难于上青天。"

"二百二十层?在下估计乔晚到一百八十多层时就得打道回府。"

嗯……

乔晚沉思了一会儿,暂时没打算轻举妄动,决定先去食堂打饭。

还没到昆山人人关注这事的地步,总之,她先让舆论发酵一阵子吧。

乔晚在白塔里打了整整一天,深知自己的体力和精神已经到了极限,随便将伤口重新包扎了一下,便叫上君采薇和甘南,马不停蹄地往饭堂赶去。

结果他们刚到食堂迎面就撞上了齐非道和方凌青。

"欸,那不是……"方凌青捧着个饭盘子,愣了一下,下意识地停下了脚步。

齐非道:"那不是什么?"

方凌青:"那不是……那个乔晚吗?"

齐非道也脚步一顿,顺着方凌青看的方向看了一眼。

少女已经走远了,脑袋锃光瓦亮,脸上飞溅着点儿还没来得及擦干净的血沫子,穿着件粉色纱裙,一脸凶悍的表情。

男人脚蹬着草鞋,翘起了嘴角。

这位魔域帝姬还真是有点儿个性哪。

正在吃饭的乔晚浑然不知,无师自通,玩会了"控评"这一套手段的萧焕此刻正靠在软榻上，含笑地问："都处理干净了？"

君采薇不吃饭，光喝酒，仰头灌了一口酒，眼角微挑，点了点饭桌上的玉简："你留意点儿，我看萧家的人或许会在这一块儿下手。"

乔晚面无表情地扒拉了一碗饭，努力嚼嚼嚼，比了个手势。

在绝对实力面前，阴谋诡计都是纸老虎。

还有两天，现在她必须将精力都放在怎么打到二百二十层白塔上面。

二百二十层再难，能有孟沧浪、谢行止和白珊湖凶残吗？这三个人的战力都能排到二百二十层往后，更何况连战力已经突破白塔天花板的妖皇她都交过手，她根本不怕的！

乔晚搁下饭碗，抄起桌上的剑，又风风火火地去了。

甘南一脸担忧的表情："小妹没事吧？我总有点儿不放心。"

君采薇摆了摆手："放心，放心。"

梅元白，苏不惑的女儿。

君采薇内心冷笑了一声，这还有什么不放心的？

接下来的两天时间里，乔晚背后如有火焰熊熊燃烧，小号日夜赶路，大号气势汹汹地开足马力一路碾压了过去，没掉下来过一局。

"诸位道友，乔晚二十连胜了！"

"三十连胜了！"

"四十连胜了！"

受这激昂的斗志影响，甘南犹豫了片刻，也撸起袖子投入了爬塔的艰苦斗争之中。

昆山众人铆足了劲儿，伸长了脖子，都在等着乔晚什么时候从白塔上面掉下来，而与之形成鲜明对比的就是她的同门师姐穆笑笑了，止步于六十多层，再难往前进一步。

静室内，玄中真人面带微笑地看了一眼坐在身旁的剑仙："真人觉得乔晚能打上二百二十层吗？"

周衍低眉："晚儿是我的徒弟，能打上两百层已经尽力，再往后，更有真人弟子官远帆、玄通长老门下弟子温啸威和妙行长老门下弟子等一干内门精英坐镇，晚儿年纪轻，历练少。"

乔晚她……

玉清真人蹙眉，面上没多少表情。

和笑笑比，乔晚还是太过偏激了。

"听真人的意思，就是乔晚打不上这二百二十层了？"玄中真人笑眯眯地说，"这可难说啊，毕竟少年嘛，一腔热血爱拼，拼一拼说不定就上二百二十层了。"

玄中真人喝了一口茶，递出了邀请："不知道真人愿不愿意和我一道去白塔看看？"

周衍沉默了一瞬，站起身来："也可。"

说实话，他不信乔晚能打上二百二十层。

这一场关键性的擂台赛，现场来了不少人，一众闲得抠脚的昆山弟子自发地聚集到了碧空岛上，就等着这场比赛的结果。

来的人除了周衍，还有穆笑笑。

一见到周衍，少女便躬身行礼，软软地喊了一声："师父。"看见了周衍身旁的玄中真人之后，她又唤了一声，"真人。"

玄中真人笑容和蔼："笑笑，几日不见，倒是长得比之前更漂亮了点儿，修为怎么样了？可有遇到什么不懂的地方？"

穆笑笑摇了摇头。

玄中真人颔首："你师妹如今四十几个春秋就已结丹，同出一门，笑笑你也要多学学你师妹才是。"

老者揶揄地笑道："还有，过了明年，你就五十五岁了吧？已经是个大姑娘了，怎么还跟个小姑娘一样，爱缠着你师父呢？"

穆笑笑顿了半秒，这才意识到面前的玄中真人的意思，是说她将精力全都放在了梳妆打扮上。

她不由得有点儿不安，下意识地看向了周衍的方向。

周衍目光直视着前方，没往这边看，只是微微抬手："笑笑，到我这儿来。"

穆笑笑这才忐忑地轻轻走了过去，裙摆掠过地面，宛如一朵绽放的新桃："师父，晚儿师妹她……"

玄中真人微笑："怎么？担心你师妹？"

"我只是担心晚儿师妹的安危。"穆笑笑愣了愣，下意识地嗫嚅了两声，"倘若晚儿师妹赢了倒还好，倘若输了……"

玄中真人抚须，意味深长地笑了笑，眨了眨眼："别担心，且好好看看你这师妹的表现吧。"

察觉到身后的轮椅动静，玄中真人头也没回地笑道："马堂主，你也来了。"

回答他的是个低沉的男声："见过玄中真人。"

马怀真落座后，便将目光投向了场内。

这一场，乔晚的对手好巧不巧正是翁回。

青年师兄笑意温润地行了个礼："乔道友，我们又见面了。"

目光落在面前的少女身上，翁回心里还有些感慨。

当初在长虹崖下，这姑娘一脸血地死磕济慈的画面还历历在目，没想到几个月的工夫下来，竟然已经结丹了，光明正大地站在了他面前。

少女身形结实，双眼清亮，全身上下没一丝多余的赘肉，这明显是个蓄势待发的武者。

君采薇站在擂台下面看着："这是牛兄重回昆山真正意义上的第一战，牛兄必须得赢得漂亮点儿，打个漂亮的翻身仗。"

甘南还是有点儿不放心。

先出招的是翁回，青年低声说了一句："得罪了。"然后率先发难！

乔晚立刻面无惧色地迎上！

别看翁回温润如玉，实际上用的也是一把大刀，刀势雄浑沉稳，不疾不徐，直直地压了下来。

至于乔晚，空手。

空手？

昆山弟子们皆愣了愣。

在对上翁回前，乔晚心里就有数，她那把凑合用着的剑对上翁回的刀，结局不用想也十分凄惨。

所以这一次，她打算用手。

乔晚脑袋瓜开始飞速转动，之前在三教论法会上，她和谢行止打的那一场，帮她建立了一个评估单位——1谢。

保守估计，假设1个谢行止等同于3个翁回，她一掌能打退谢行止半丈远，那么一掌能打退翁回1.5丈远，约等于5米。

嗯，这够用了。

大刀锋锐无比，而少女往后退开半步，竟然赤手空拳地去接那大刀！

"砰"一声闷响，少女竟然毫发无伤，一双肉掌四两拨千斤地就拨开了锋锐的刀锋，手腕一转，反手定定地就将刀背攥在了手心里。

甫一交手，翁回心里暗叫了一声不好。

不知道乔晚用的是什么路数，身形飘移，掌法奇诡，刀气如泥牛入海，掀不起半点儿浪花。这个时候刀背被乔晚握住，一柄大刀突然重若千钧，他拉也拉不出来，劈也劈不下去，一时间竟然陷入了进退不得的窘境。

乔晚她……保留了实力？

一个大胆的猜测缓缓浮上心头，一时间，翁回为这猜测瞠目结舌，略微失神。

乔晚从第一层一路打到了第二百二十层，短短三天时间，其间要付出的体力和精力，旁人难以想象。

要是在这么高强度的对战之下，还能保留实力来对付他，那乔晚这是开挂了吗？

大家都是修士，这一点，台下的昆山弟子明显也都想到了，脑子里同时浮现一个疑问。

乔晚……是铁打的吧？！

很明显，不是。虽然乔晚是个体修，将自己的身体锻造到了极致，但少女还是一副血肉之躯，撑着这副血肉之躯硬是打上了第二百二十层，这毅力看得玄中真人惊叹连连。

"真人，你有个好徒弟。"

周衍怔了怔。

他从来没想过乔晚能打上二百二十层，但现在擂台上的少女和金丹期修为的翁回竟然打得不相上下。

擂台下，众人看得舌拆不下。

这还是乔晚吗？

这还是当初那个走后门的废物乔晚吗？

和当初长虹崖下那一战的狼狈险胜情况相比，少女如今出手明显更加利落，招式大开大合，多了点儿波澜不惊的沉稳气度。

台上的两个人快成了两道交织的残影。

顶着四周时不时投来的异样目光，穆笑笑绞紧了裙摆，眼神复杂地看向了乔晚。

事到如今，她也不知道她对乔晚究竟是什么感受了。

少女无措地想。

她羡慕乔晚，渴望成为乔晚，又忌妒乔晚，内心暗暗鄙薄乔晚。

逮住了翁回那一刹那失神的工夫，乔晚立刻顺势往前几步。

少女虽然身形窈窕，但这几步如同泰山倾覆，压得翁回直冒冷汗，只能连连后退。

就在这一瞬间，乔晚又动了，反手往刀背上拍去！

"当！"

气力顺着刀背一路渗入刀柄，再到肌肤，翁回只觉得身子突然间麻了大半，一股雄浑的气力夹杂着点儿雷电之意翻江倒海般扑来，震得他转动不得，手腕一酸，原本僵持不下的这柄大刀顿时落地。

乔晚手疾眼快地顺势一捞，旋身，出刀！

剑一·速杀！

金刀破空的动静响起！

大刀紧贴着青年俊俏的脸蛋，深深地插入了背后的擂台漆柱之中。

整个白塔死一般沉寂了一秒，下一瞬一片哗然，因为这一局根本没到一刻钟。

"怎么样？"看台上，玄中真人调整了一个舒服点儿的姿势，稳稳坐着，朝穆笑笑笑了笑，"现在你还担心你这师妹的安危吗？"

穆笑笑瞬间面如死灰。

不过没有众人想象中的胜利的喜悦之情，虽然赢了，但乔晚内心还在想另一件事。

乔晚收回刀，看向了擂台上愣怔出神的白衣如雪的男人，目光触及周衍冷淡的双眼，微微一顿，心里有些迟疑和摇摆。

难道……她真要像李前辈说的那样，去假意和周衍和好，欺骗他的感情？

她看见男人神色淡淡，眼里却含着点儿化不开的执着之意："此物牵连甚广，关系甚重，不只关系到不平书院，还关系到几百年前其他战死的英魂，所以我需要你帮我找到它。"

乔晚斟酌着问："这究竟是什么东西？"

李判看向她，说道："一本剑谱。"

想到这儿，乔晚猛然回神。

一本剑谱？

如果出于她自己的意愿，她其实不太想去找周衍，但李判说这话的时候，眼神显而易见地冷了不少。

那双饱经风霜的眼盯着她……她还……还真不知道怎么拒绝。

和李判相处的时间不长也不短,但她能看出男人估计经历过不少事,看起来一丝不苟,总让她想到妙法前辈,性格也像,言出必行,做事丝毫不拖泥带水,严谨利落。

之前和绿腰、郑温良在一起的时候,乔晚也问过。

"李师叔呀,"绿衣姑娘笑道,"山长你别看李师叔平常一本正经、不近人情,但他人可好啦,当初要不是前辈救了我,我恐怕现在……现在也站不到这儿了。"

绿腰告诉她,很久之前,有个小姑娘,这修真界打起架来总是地动山摇的,和乔晚一样,这小姑娘的爹娘也悲惨地做了炮灰。小姑娘年幼丧父丧母,一路辗转,慢慢地长大了,也有了几分姿色,结果被村里不要脸的老头儿盯上了。

这些单身老头儿,人虽然老了但色心不改,一开始是把小姑娘叫出来好好关心两句,还时不时地塞个晒干的甜枣给她。

但后来,老头儿把自己枯瘦的手伸入了小姑娘的裙摆。

乔晚微微一顿,没有问她为什么不反抗。

在没上昆山之前,她住过的村里也有这种人,不过虽然差点儿被猥亵,但她经过艰苦奋斗,日夜不停地反抗,拼着一身要和对方同归于尽的悍狠劲儿,总算把这种单身汉给折腾得消停了。

但绿腰不一样。

这老头儿有妻有子,这个年代的村妇一般都是非不分,不是哪个小姑娘都能有勇气反抗,接着再承受有可能来自对方的妻子和四周村民的羞辱。

"那后来呢?"

后来,绿腰蹲在土堆上尿尿的时候,提起裤子后又看到了那老头儿。

那老头儿笑眯眯地招了招手:"妮妮,在这儿撒尿啊,来,到爷爷这儿来。"

她不敢,更涨红了脸,觉得害怕、恶心。

但老头儿硬是把她扯了过去,手又伸进了她的衣襟里面。

天上明晃晃的太阳照得她头脑发昏,鼻子里好像也全是黄土被晒裂后让人窒息的气味儿,她听见蝉在叫,看见了远处被太阳晒得耷拉着脑袋的蔫蔫的草叶。

她觉得不舒服,扭着身子想要跑开,但被老头儿给拽住了。

她挣扎,老头儿生气了,往她脸上吐了一口唾沫,又粗暴地把她拽了回来。

她躺在地上,看着天上的太阳,觉得这太阳好亮好亮,照得她眼睛又干又疼,但这光好像怎么也照不到自己的身上来。

下一秒,她突然听见了一阵很好听的清音,是什么东西相振的动静,有点儿像村前化冻的溪水,后来她才知道这是剑鸣。

有什么红红的、湿润的东西,点点滴滴地落在了她的脸上,蝉似乎也不叫了。

她睁开眼看去,看到太阳底下,黄土地上下了一场纷纷扬扬的红雨。

紧接着,她看到那老头儿缓缓地倒了下去,右手还放在裤腰带上,露出了干瘪的东西。他苍老扭曲的头和脖子分开了,头"咕噜噜"地滚出了老远。

她愣愣地眨了眨眼,又看到了一双白色的沾了点儿泥和血的布履,和一身青布衣。

一个领生短须，眉眼清俊的中年修士，站在她面前，背后背着把白鞘小剑，手里提着把乌鞘的巨剑，手里那把乌鞘巨剑还在滴滴答答地往下流血。

"后来，"绿腰郑重地说，"李师叔将那老头儿一剑斩杀。"

中年修士走到了小姑娘面前，蹲下身替小姑娘穿好了衣服，牵着小姑娘的手离开了。

"这是我第一次看到'不赦死'出鞘。"绿腰微微笑了笑。

郑温良的回答几乎和绿腰如出一辙，青年郑重地看着乔晚："山长，李师叔曾经救过我的命。这不平书院的大大小小十多个弟子，也都是前辈救下来的。"

当初李判从善道书院的人手下救了她，之后又耐心地教她怎么压制魔气。

乔晚回过神来，默了很久，神情肃穆地收了剑。

那……她就试试吧？

面前，翁回苦笑着拱了拱手："乔师妹，是我输了。"

乔晚礼貌地鞠了个躬："多谢师兄指点。"

这个时候，乔晚还不知道玉简上又翻天了。

"乔晚打上二百二十层了？"

"别说穆笑笑不穆笑笑的了，乔晚能打上二百二十层，这还有可比性吗？"

不只穆笑笑比不了，乔晚四十多岁冲金丹期，三天打上白塔第二百二十层，这昆山一大票弟子也比不了啊。

欺骗周衍的感情这件事，真实施起来不大好操作，乔晚下了擂台之后，没着急去找周衍。

她刚下擂台，君采薇就拎着甘南过来了，笑着解下了腰上挂着的酒壶："恭喜，来，干杯。"

"多谢。"乔晚接过酒壶，一边喝，一边和两个人往下走去。

甘南眨了眨眼，发自内心地赞叹："小妹！你真厉害！"

同时他又有点儿忧伤，当初的废物已经只剩下他一条了。

君采薇的酒壶里的酒有点儿少，乔晚还没喝上两口，就基本上见底了。

就在这时，乔晚根本没有留意到一道熟悉的身影从容地拿过了她手里的酒壶。

伽婴仰头喝了一口酒，然后将酒壶丢给她，抬眼定定地看着她，问："方才你在擂台上用的是无相诀？"

乔晚呆了一秒，迟疑地唤道："陛……道友？"

她差点儿忘了，这人是披了马甲的。

面前的青年换了一身黑色的长袍，顺便换了张平平无奇、有点儿方的脸，就是这酷炫的黑白色辫子依然顽强地没有解开，眼神冷淡霸气，脑袋上还顶着一对猫耳。

乔晚顿时惊了："猫……猫耳？"

乔晚几乎快控制不住自己的吐槽欲了。炮灰方脸顶着猫耳根本就不萌好吗？而且这冷淡霸气的眼神，让他看上去好像威严的藏狐啊！

又一张笑脸从背后探了出来，修犬笑容灿烂地说道："好看不好看？是我给陛……

碧霞道友换的！"

君采薇惊叹："哇，碧霞，好名字，这位道友从哪个村子里出来的，交个朋友？"

"我来介绍一下。"青年笑眯眯地说道，"我姓泉，叫我泉道友就好，这位是桓碧霞。"

男人淡淡地瞥了乔晚一眼，攥着酒壶，没出声阻止。

修犬顿了顿，立刻蹬鼻子上脸："碧霞他很平易近人的，你们叫他霞儿就好。不知道这两位道友怎么称呼？"

乔晚被这一眼看得有点儿心虚地垂下了眼。

她偷偷用别人的招数，被正主当场抓获了。

君采薇笑眯眯地伸出手："我姓君，君采薇。"

"甘……甘南，"甘南略带羞怯地打招呼，"泉道友、霞道友，你们好。"

自我介绍完毕，修犬又笑问："妹子你打算去哪儿？"

"我？"乔晚嘴角抽搐，"我打算去问世堂。"

虽说她成功打上了白塔第二百二十层，但这不过是得到了争夺赤火金胎的资格，她还得再跑一趟问世堂。

伽婴冷淡的目光看得乔晚心里还是有点儿七上八下的，她想了想，还是忍不住硬着头皮乖乖地说道："抱歉，没经过陛……碧霞道友同意，就擅自用了道友的招数。"

顿了顿，男人终于淡淡地开口了："没过问，既已擅用，你说要怎么处置？"

虽说如今面前这人看上去就像只搞笑的威严藏狐，但好歹也是正儿八经的万妖共主。

乔晚也不傻，这话明显是看她的态度怎么样、表现如何了。不过她现在一没钱，二没权，怎么看也没有利用价值啊。

乔晚沉默了一瞬，立刻敛衽肃容，表达了自己的态度："日后道友如果有用得上我的地方，尽管开口，我一定会尽力去办。"

伽婴终于正眼看向了她："乔晚，这就是你的诚意吗？"

"这就是我的诚意，"想了想她补充了一句，"一言既出，驷马难追。"

这边气氛姑且还算和睦，另一边气氛就有点儿暴躁了。

"穆姐姐水性杨花？"萧绥丢了手里的玉简，脸色十分阴沉。

看看这里面都传成什么样子了？穆姐姐没将心思放在修炼上，朝三暮四，水性杨花？

他们也不看看乔晚身边有多少汉子。

暴躁的萧家少爷往软榻上一坐，沉思了一会儿，还是没憋住，招了招手，示意护卫过来。

"去，准备点儿灵石，把这几条消息压下去，顺便再放出点儿乔晚的消息。"

而在看台上，马怀真抬了抬眼皮，斜看了一眼身后骨瘦如柴的"病美人"："你不去道声恭喜？"

"病美人"垂下眼，有些恹恹的，咳嗽了两声："免了。"

乔晚打到了白塔第二百二十层之后，问世堂的弟子让她先登了个记。

乔晚问："然后呢？"

问世堂的师姐抬眼："然后就等通知吧。"

乔晚："……"

看来她还是不能高兴得太早。

既然这边的事暂且解决了，那就得去办周衍那边的事了，想到周衍，乔晚又顿了一下，转头对伽婴说道："陛下……我还有点儿事要去做，请陛下容情。"

伽婴倒是很大方，也没追究是什么事。

和那些谨慎多疑的皇帝不一样，每个人都有点儿秘密，他不欲去探究，也一向不好奇。

乔晚原地站定，朝伽婴、甘南一干人鞠了个躬，立刻转身往外面走去。

结果她刚走到一半，就撞见了一个熟悉的人影。

少女站在问世堂前，目光正好落在了人群中的乔晚身上，犹豫了两秒，少女上前一步唤道："师妹。"

穆笑笑说道："师尊……想请你去玉清峰上一趟。"说着她就垂下了眼。

面前的少女身上的血渍基本都已经干涸凝结成了一块一块的，但周身那股凌厉肃杀的果敢之气让她心里有些不是滋味。

本来穆笑笑都已经做好了被乔晚拒绝的准备，没想到乔晚看了她一会儿，突然开口道："烦请穆道友转告真人，晚辈稍后就到。"

周衍叫乔晚过来，倒不是为了白塔或者萧家之类的事。

乔晚进来的时候，他手边正摆着两匹布。

似乎也没想到乔晚真的愿意过来，周衍微微一愣："你来了？"

是他看低了他的这个徒弟，不知不觉间，他这个存在于阴影或角落中的徒弟突然挣脱了樊笼、傲骨铮铮、堂堂正正地站在了他面前，眼里奕奕的光彩让他有些失神。

周衍身为修真界剑道巅峰，也身为昆山玉清真人，鲜少低头。

"这是昨日云琅阁送上来的，"周衍见她过来，蹙眉解释道，"这于我无用，你和笑笑一人挑一匹拿回去穿吧。"

云琅阁也算是修真界一家比较知名的布庄，周衍昔日对云琅阁有恩，每年云琅阁总会送点儿东西上山。

周衍对吃穿一向不怎么在意，云琅阁送上这两匹布，也实在有点儿出乎他的意料。他座下也只有穆笑笑和乔晚两个女弟子，他干脆就将两个人都叫了过来。

穆笑笑漾开甜甜的笑容，就像什么事都没发生过一样，亲切地说道："我是师姐，晚儿你是师妹，师妹先挑。"

欺骗感情这种事，乔晚之前还从来没做过。

乔晚微微一窘，虽然心里多少有些抗拒，但也知道这或许是个缓和她和周衍的关系的最好时机。

她想了想，说道："我已经不是玉清峰的弟子，理应穆道友先挑。"

她倒是没有拒绝挑布料这件事。

穆笑笑小脸上微露苦恼之色："师妹之前舍血救我，我还不知道该怎么谢师妹呢，还是师妹先挑吧。"

周衍的一句话结束了她俩之间的推让："晚儿，你先挑吧。"

乔晚抬头看向周衍。

她已经释放出了点儿和好的信号，周衍不至于接收不到。

周衍也的确接收到了，但是那双冷淡的眼里，还是看不出多余的神情变化。

周衍既然已经发话，乔晚也不好再推辞，走到桌前看了一眼桌上这两匹布。

其中一匹绯色的如云霞般轻柔绮丽，另一匹是淡蓝色纹路，如水波一般，好似漾出了粼粼的波光，瓣瓣重莲漂浮在水光中。

刚巧这两匹布乔晚都认得，一匹是烟霞锦，一匹是裁冰绡，送给周衍穿确实有点儿不合适。

乔晚的目光从烟霞锦上掠过，落在了裁冰绡上。

穆笑笑喜欢蓝色，这是昆山派众所周知的事。

在昆山派待了这么多年，就算乔晚没费心思打听过，也从旁人口中得到了不少和穆笑笑有关的事。穆笑笑喜欢什么、讨厌什么、害怕什么，乔晚曾经苦中作乐地想，她可能比裴春争知道得还清楚。

而这裁冰绡不仅仅是穆笑笑喜欢的天蓝色，而且论起珍贵程度，要比烟霞锦更胜一筹。

周衍和穆笑笑都在等着她挑。

乔晚的目光从这两匹布上掠过，随后她垂着眼说道："晚辈想要这一匹。"

她指的正是那匹潋滟动人的裁冰绡。

周衍的两道墨眉微不可察地蹙了起来。

穆笑笑愣了愣，好像有些惊讶。

乔晚选这匹布也不是没有理由的，她想借此机会摸清楚她在周衍心目中究竟有多少分量，这决定着她要……四周的空气好像一瞬间陷入了凝涩之中。

"那我便要这匹烟霞锦吧。"穆笑笑脚步轻快地走到她面前，抬起小脸，"我刚刚就看中了这匹烟霞锦，还担心师妹要是挑中了该怎么办，多谢师妹将这烟霞锦让给我。"

说完，她又转头看向周衍笑道："我现在就好想穿上这烟霞锦做的裙子啊。"

周衍看着面前这两个徒弟。

少女眼睛晶亮，笑容中毫无责怪或是失落的意思。

而站在少女身旁的乔晚半垂着眼，他看不清她脸上的表情。

周衍没有异议，等两个人各拿了布料之后，突然对乔晚说道："晚儿，你和我过来一趟。"

"我知道你还在怨我。"周衍沉默了一瞬，说道，"但笑笑是无辜的。你们是同门师姐妹，若有什么怨气你向为师发泄即可，为师不会有任何怨言。"

周衍这是……以为她故意和穆笑笑争裁冰绡的意思？

突然间,乔晚悟了。

虽然对她觉得愧疚,但周衍无疑更偏爱穆笑笑。

虽说心里十分清楚自己在这前师尊大人心目中的地位,但这赤裸裸的现实摆在自己面前的时候,乔晚忍不住苦笑,的确有点儿尴尬和戳心肺。

她抱紧了怀里这匹淡蓝色的裁冰绡,看向面前的男人。

男人一张脸如同高山化不开的冰雪,神色冷淡。

不过这天平上的分量,她已经称出来了,接下来她要做的,就是怎么往这天平上一点点地加砝码,然后想办法拿到剑谱。

想到这儿,乔晚没有辩驳,面色平静地说了声:"好。"

周衍紧皱的眉头稍稍松开了点儿:"晚儿,抱歉。天色已晚,今天就留在玉清峰上歇息吧。"

乔晚面色依然冷静,还是说了声:"好。"

周衍突然顿了顿,问:"你还在怪我?"

乔晚摇了摇头,又抬眼看向周衍:"我想通了。真人……你毕竟是我师尊,一日为师终身为父,这几天是我不懂事,给师父您添麻烦了,今后我会好好待在玉清峰上。"

周衍明显不相信,但还是问:"你当真这么想的?"

乔晚挠了挠头:"弟子……尽量这么做。"

这话的可信度明显比之前的高了不少。

周衍看向面前容色沉静的少女,心突然漏跳了一拍,有点儿慌神,好像有什么东西彻底改变了,但究竟是什么东西,他又说不上来,最后唇间只能溢出一声叹息。

"你想明白就好。"

接着他就吩咐小鹤给她整理出一个房间。

乔晚提出要先回洞府一趟,拿点儿东西上来。

周衍也没有反对。

乔晚刚出偏殿,就再度摸出了怀里的传讯玉简。

拿东西是假的,她真正的目的是去接陆辞仙。

经过这几天,紧赶慢赶,陆辞仙总算带着不平书院的几个人及时赶到了昆山山门前。

这一路走得比乔晚想象中的还要艰辛,主要是因为"他"身上还带着"闻斯行诸",曾经的儒门五大名剑。

虽说不平书院没落了,连带着"闻斯行诸"也成功地被踹出了儒门五大名剑之列,但这不代表没有其他人对这把剑动心思。

这再怎么说也是儒门五大名剑啊!

乔晚脚步飞快,手里的传讯玉简"当当当"地响个不停。她匆匆地瞥了一眼上面的内容,大致是说她身边的男的太多,她水性杨花的。这大有"围乔救穆"的意思,毕竟就算她修为再高,打到了白塔的第二百二十层,大家最关心的还是那点儿"黑料"。

乔晚的反应很淡定。

她现在这所谓的"男人多""水性杨花"都是假象。

而"陆辞仙"一来，成功地帮她转移了不少视线。

鸠月山同修会一战扬名之后，关于陆辞仙，如今在修真界，包括昆山都有了很多猜测。

这少年样貌俊俏，又和孟沧浪、白珊湖等人交好，虽说惜败于谢行止，但当初在"鬼市"干净利落地斩断拇指，为同修争取了活下来的机会。

最让人津津乐道的是陆辞仙的身份，据说他来自海外，是龙的传人，机缘巧合之下，年纪轻轻就成了一所书院的山长。有的人钦佩他，有的人忌妒他，也有不少女修暗恋他。

如今他带着没落的昔日儒门五大名剑之一的"闻斯行诸"上了昆山。

陆辞仙一动，不少昆山弟子也跟着动了。

不管如何，陆辞仙无疑是这次昆山同修会上风头正劲的天选之子，以一己之力搅乱了这姑且还算平衡的昆山同修会。

而乔晚面无表情地收了玉简，将其揣进了袖子里。

既然如此，那她就把这"水性杨花"的名声给坐实！

这一次陆辞仙上昆山，和之前有点儿不一样，那时候他寂寂无名，参加论法会，一是为了历练，二是为了扬名。

但这一次，不知道有多少人在暗地里盯着这新冒出来的不平书院的修士，等着看看他有多少能耐，盯着他手里那把昔日的儒门五大名剑之一的"闻斯行诸"。

傍晚，天际蓄积着滚滚的雷云，开始下雨，绵延的山峰映着淡红色的天，狂风大作，金蛇蜿蜒，犹如天公一剑劈向了渺小如蝼蚁的苍生，撕开了一道巨大的豁口，豆大的雷雨"啪嗒嗒"地落了下来。

在这雨夜里，陆辞仙上了山，还没进山门，就受到了招待。

这儿白天是昆山山脚一条长街，叫作"定九街"，有点儿类似于集市，有酒楼，有店铺，也有客栈，不少弟子在这儿交易，算是要上昆山的必经之路。

萧三郎正一脸晦气地站在屋檐下躲雨，身边还站着几个误了门禁时间，同样在躲雨的昆山弟子，有男有女，在小声地说话。

萧三郎面无表情地抱着胸。

他自小就跟在萧焕身边服侍，今天白天，不知道是突然转了性子还是怎么的，一向能躺着就不坐着，能坐着就不站着，每每出行必乘轿子的萧焕，突然主动迈着那尊贵的两条腿，带着他下了昆山，到定九街上买东西。

结果他没想到，就在刚刚自家少爷让自己在这儿等会儿，少爷转眼就走了个没影。

他都等了快两个时辰了！

想到这儿，萧三郎有点儿忧伤，只能蹲在屋檐下，百无聊赖地刷着这玉简上的八卦。

比如说……玉清峰上的乔晚"水性杨花"啦。

刷着刷着，萧三郎就忍不住嫌弃地皱眉。

这些人一天天的不好好修炼，在这玉简上八卦乔晚干什么？乔晚的名声他也听说过，反正也没什么值得八卦的地方。

不过身边的昆山弟子好像不这么想，一个个也都在讨论乔晚究竟有几个好哥哥这事。

萧三郎烦躁地抬头看了看天，就是不知道这雨什么时候能停，要是停了他还能到处逛逛，消磨消磨时间。

就在这时，他好像听到了一阵脚步声，下意识地收了玉简，抬眼看去。

在这泼墨似的雨夜中，突然走来了十多个人。

这十多个人都是修士，为首的是个少年。

为首的少年手上撑着把乌墨色的伞，径直走到了屋檐下，怀里还抱着把黑金色的锈剑。

看来这些人也是来躲雨的。

萍水相逢，萧三郎没有兴趣去探听别人的事。

不过少年这怀里的锈剑倒是带着一股硝烟血气，他忍不住多看了一眼，又收回了视线，继续看向下个不停的夜雨。

但他刚抬头，这雨夜中又传来了点儿动静。

有个浑身上下裹得破破烂烂，挎着个篮子的老婆子，像是冷得受不了了，跌跌撞撞地闯进了屋檐下面。

本来就不大的屋檐下面站了十多个人，顿时变得拥挤不少。

萧三郎微不可察地皱了皱眉，往边上挪了一步。

老婆子冻得直哆嗦，被屋檐下面的石阶绊了一下，一个趔趄，一头撞到了少年身前。察觉到自己撞到了人，老婆子扶着少年的胳膊，止不住地哆嗦着道歉。

"抱歉……抱歉，是老奴没看路，惊扰了仙长，求仙长饶命。"

这嗓音粗哑可怜。

少年身旁的"少女"愣了一下："这雨天怎么还会有老人家在外面走？"

而且这还是昆山。

萧三郎愣了愣。

是啊。

下雨天怎么还会有老人家在这儿走？

没想到话音刚落，面前这雨势陡然转急，挎着个竹篮子的老婆子一把掀开了盖着篮子的布幔，布幔下面，几道耀眼的清光瞬间朝着面前这少年飞射而出！

檐下的昆山弟子们纷纷惊叫："道友小心！"

这个时候想往后退已经来不及了，少年也没有退，反倒是稳稳地站定了，定睛一看，这布幔下面射出的是几柄锋锐的暗器。

暗器刚近身，就像是被什么东西隔绝在了身前。

少年平静地反手运动灵力，下一秒，身前这十多柄暗器又原封不动地弹了回去。

提着竹篮子的老婆子大叫一声,往后急退了几步,突然伸出手将裹身的破麻布一卷,再一眨眼,已变成了一个罩着黑袍子的成年男人。

几道剑光如惊起的月光,忽起忽落。

萧三郎和少年一道抬头看向了屋顶。

不知什么时候,屋顶上已经多出了十多个"黑袍子",一行人并排着站在屋顶上,拦住了去路。

这些"黑袍子"也都撑着一把伞,造型各不相同,有的黑,有的白,有的青,有的黄,有的红,一柄柄伞也一字排开,给这暗沉沉的雨夜增添了不少艳色。

水滴顺着伞面滴滴答答地往下落,氤氲开了模糊的水汽。

"在下不知是犯了什么事,诸位道友为何在这儿拦路?"少年面色平静,嗓音低沉而冷厉。

其实不用问,他也知道,对方在这儿拦路,为的就是他手里这柄"闻斯行诸",这一路走来,这阵仗他不是没见识过。

毕竟他们上了山,进了山门,就是昆山的势力范围,有暗部弟子来回巡逻,不好动手,对方也不敢动手。

屋顶上这一众"黑袍子"惊讶好奇地看着面前这少年。

"老婆子"猝然发难,但这转瞬之间的工夫,少年怀里的剑就没出过鞘,手上撑着的那把乌黑的伞也稳稳地被握着,肩头没有落下一滴雨水。

少年就伫立在狂风暴雨中,肌白如玉,生就一副仙姿玉骨。

这容貌难免让人觉得有点儿瘦弱,但"黑袍子"们仔细一看,看见了少年袖中的左手小拇指缺了一截。

这就是当初在"鬼市"被砍下的?

屋顶上的人心里略微一动。

虽然身材颀长清瘦,但见到这少年的第一眼,谁都不会觉得这少年好欺辱。

那双眼,在暗沉沉的雨夜中明亮幽深冷厉,犹如朔风带雪,明月藏锋。

少年身上带着点儿锐意和锋芒,却又多了点儿老人的稳重和冷静,两种奇特的气质奇异地交融在了一起,让人打心眼里生不出轻视之感。

而在少年身后,还跟着个女修。

英雄少年有佳人相伴这一向都是江湖上的套路。

但这女修的容貌和"佳人"两个字远远沾不上边,女修穿着件大红色的嫁衣,一张脸干瘪,站在雨夜中,宛如一道艳红凄丽的怨鬼鬼影。

察觉到身边的王如意正准备动作,少年直接拦住了:"如意你退下。"

陆辞仙,也就是乔晚,默默思索了片刻。

不平书院这个时候刚冒出点儿头,正是吸引各方关注的时候,她这回是真正意义上代表了书院的脸面,不能退让,甚至要适当地展露点儿锋芒和戾气,若是退了,到时候在各宗门教派面前就会低人一等。

这种教派之间的争锋,她不能谦虚。

身为一院山长，她也必须拿得住手下，镇得住场子，掌握这场谈话的主动权。

就在这时候，屋顶上的"黑袍子"也发话了，隔着重重雨帘传来了带笑的粗哑嗓音。

"陆道友见谅，我们兄弟一早就听说了陆道友的名声，仰慕已久，特地赶过来，就是为了见陆道友一面。"

少年冷冷地说道："如今你已经见过了。"

那人大笑了两声："果然英雄出少年，确实没辜负我心中的期望。"

说着说着，对方突然收敛了笑声："不过我们兄弟几个还有个愿望，就是不知道陆道友能不能答应了。"

"我们兄弟几个，想见识见识陆道友这修为究竟是不是也像传言中那般厉害。"

少年淡淡地开口道："说出你的打算。"

"哗哗"的夜雨之中，为首的"黑袍子"突然动了。

"只要陆道友能闯过我们兄弟这一关，我们兄弟几个就算是真正服了道友。"

说完，长街两旁的窗子突然整齐划一地打开了，从这里面兔起鹘落般滚出了十多道人影，一个个手中都拿着法器，神情肃杀，犹如漆黑的夜色中的一柄柄利器。

而在屋顶上，"黑袍子"动手将手里的伞一丢，黑的、白的、青的、黄的、红的，犹如雨夜中盛开的艳花飞旋着落下，破空之声宛如金刃齐鸣，"扑簌簌"地刷开一阵雨花。

飞溅的雨滴迸射而出，萧三郎避让不及，只觉得身上一痛，低头一看，已经被打出了十多个血印子。

十多把艳丽的伞飘浮在半空中，拥挤着长街，遮住了泼墨的夜。

少年却突然翻身一跃，稳稳地落在了伞面上，毫发无伤。

雨下得更大了。

廊下的灯火摇摇摆摆个不停，经久不灭。

"你……"萧三郎捂着胳膊，愣愣地问，"你是……"

"陆辞仙。"少年抬头，沉沉的目光扫了一圈儿这街上的十多条人影，"你们或许听说过我，不平书院的山长，陆辞仙。"

陆辞仙？

萧三郎和屋檐下站着的昆山弟子们浑身一震，舌挢不下。

这就是陆辞仙！

夜雨倾盆而下，远处雷声轰鸣。

"这么大阵仗？"少年轻笑了一声，笑声沉而冷，"就是为了迎接我？"

第二十章 夜雨

"黑袍子"也冷笑:"陆道友少年英杰,曾在论法会上胜过了谢行止,以一己之力带领其他三教精英从"鬼市"死里逃生,我们兄弟几个修为低微,自然不敢轻忽。道友远道而来,我们总要让道友看到我们的诚意才是。"

他所谓的诚意,就是更加凶猛的反扑攻势!

长街上风雨大作,而读书人有一口浩然正气。

陆辞仙动作很快,飞快地将手里的锈剑往后一别,倒退了几步,一偏头的工夫,只见一柄长刀贴着耳畔擦过。陆辞仙面色依旧沉静,淡淡地说道:"蒙头遮面,我看不到所谓的诚意。"

在这激战之中,黑袍人还能逮住空隙回复一句:"好说。"

只见少年凌空而起,稳稳扣住其中一把描梅花纹的桐油伞,借着气劲盘旋而上,执伞稳稳地踩在了另一柄伞面上。

黑袍人皮笑肉不笑地抬手运气,气劲牵引着这数十把桐油伞,刹那间,半空中的桐油伞发出"砰砰砰"的几声急促响声,纷纷合拢,伞尖化作夺命利器,一把把穿过雨幕,旋转着破空而来。

少年高举着这把梅花伞不疾不徐,借着风身形翻转腾挪,扬起一片晶莹的水花。

电光闪耀之间,照亮了水流急促的青石板路,反射出黝黑微亮的路面,少年身形飘忽,步法难测,赤手空拳地翻越穿梭在十多柄伞下。

这十多柄黑的、白的、青的、黄的、红的伞,飞旋间掀起一阵似能摧折肌骨的疾风,犹如一朵朵凄艳而满含杀气的花。

少年乘着手中的桐油伞,反手挥出一掌,这一股冲天的浩然正气,在天公愤怒的霹雳之下,充塞沧溟。少年一掌劈开沉沉的长夜,长街上的伞面竟然沦为了落英缤纷的陪衬,缓缓从半空中飘落。

战斗一打响,萧三郎和其他昆山弟子立刻退到几丈之外,生怕战火烧到自己身上。

如今他们都忍不住抬头看向悬浮在半空中的那一柄柄伞，和手握黄色桐油伞，足踏夜风，稳稳地站在风中的少年。

但这些人的目标只有一个，陆辞仙，或者说陆辞仙手里的剑，根本无暇留意他们这几个人，这才让他们有了机会旁观这场战斗。

十多个人围攻这一个少年，竟然也没拿下来？！听说陆辞仙是体修，现在看来果然不假。

萧三郎看在眼里，捂着自己身上还在往下滴血的伤口，只觉得心里一沉，后脑勺一凛。

这么多人围攻他一人，竟然也没见红，可见陆辞仙修体已经修到了什么地步。

至于其他几个昆山弟子，已经彻底看蒙了，愣了半秒，之后突然意识到：这是在昆山门口打架啊！他们得问世堂暗部的人过来！

"这是陆辞仙？"某个女修磕磕巴巴地问。

"不知道，得先找问世堂。"另一个昆山弟子回答，匆匆忙忙地翻出了手上的玉简。

虽说他们没见过陆辞仙，但用脚想想也知道陆辞仙这是被算计了！这人还是在昆山门口被围堵，他们必须得找问世堂的人！昆山送的帖子请的客人，在昆山门口被围堵，那昆山的颜面都往哪儿搁？！

"主谋不是你们，"反手扼住其中一人的手腕，将这人推了出去，陆辞仙神色沉静地问，"你们背后肯定还有其他人指使，是谁？"

黑袍人没答话，额上已经冒出了点儿冷汗。

这陆辞仙，比他们，比"那个大人"想象的还要难缠一点儿。

而陆辞仙心里也说不上有多轻松，人太多，他看上去虽然游刃有余，但实际上多是虚张声势，只能躲，不能反攻，这些人是冲着"闻斯行诸"去的，投鼠忌器，生怕会击碎他怀里的剑，下手自然有所顾忌。

现在只能寄希望于……少年抬头看了一眼幽暗的天际。

他只能寄希望于"她"了。

"有人在定九街上械斗？"袁六震惊地看了一眼手上的玉简。

暗部弟子："老六，去不去？"

还没等袁六回答，另一个低沉的、带着点儿笑意的磁性嗓音顿时横插了进来。

袁六扭头一看，忍不住嘴角抽搐，八尺男儿硬是有点儿冒冷汗："堂主。"

马怀真窝在轮椅上，扬着嘴角微笑："去，怎么不去？昆山门口打架？这是把我们昆山的脸面搁地上踩啊。"

"乔晚呢？顺便叫上她。"

照陆辟寒前脚所说的，乔晚不乐意待在玉清峰上，自己倒不如趁着这个机会把她给调出来。

暗部弟子赶紧低头去联系乔晚和其他巡夜弟子。

半分钟之后，暗部弟子瞪大了眼："堂……堂主……乔晚联系不上？"

"黑袍子"惊疑不定间，目光一扫，正好瞥见了正手忙脚乱地发信息的昆山弟子，眼神顿时染上了点儿凶悍的狠意，扬手又招来一把桐油伞，伞尖朝着那昆山弟子胸口直射而去。

"拿来！"

捧着玉简的昆山师妹登时睁大了眼，木木地愣住了。

这柄桐油伞速度极快，眼看这昆山弟子即将被洞穿之际，萧三郎心里暗叫了一声不好，下意识地拔剑迈出一步，挡在了小姑娘前面。

"锵！"

萧三郎心惊肉跳地看着眼前这一幕。

那柄红面的桐油伞，伞尖正距离自己的咽喉不过寸远。

而陆辞仙不知道什么时候及时赶了过来，一脚踩在了这把红伞上，摁死了这伞继续往前的动作。

少年侧目："走。"一个翻身，又从红伞下翻下，抬脚踹向伞柄。

只听"砰"和"唰"两声短暂急促的响声，红伞飞旋着撑开伞面，荡破了急促的风雨声，横扫向追击过来的几个黑袍人。

萧三郎看得呆了，但也深知现在不是说话的时候，立即护着身后的昆山小姑娘往后退了几步。

身后传来了姑娘惊讶好奇的惊呼声："这……这就是陆辞仙！"

"陆……陆道友你不用怕！"其中一个昆山弟子高呼，"我们已经通知问世堂的人了！"

陆辞仙瞥了这昆山弟子一眼，心里一沉。

这事牵扯到了问世堂，面前这些人非但不会放过他，估计这些昆山弟子和这个萧家的人，都要中枪。

果然，话音刚落，面前这些黑袍人的气息顿时就变了，为首的人怒喝："拦住他们！"

这下谁都走不掉了，陆辞仙转身看了一眼王如意和这一众昆山弟子。

这一众昆山弟子也察觉出不对劲儿了，面色纷纷一变，下意识地看向面前这少年——陆辞仙。

少年沉声喝道："走。"

刚出"鬼市"，鲜少看见"杀人夺宝"这种"人间疾苦"事的王如意懵懵懂懂地问："去哪儿？"

"先冲出去。"陆辞仙的回答十分干净利落，"和问世堂的人会合。"

黑袍人："拦住他！"

话音刚落，手下立刻分出了队形，悍然迎上，将陆辞仙和萧三郎等人牢牢地困在了包围圈之中！

陆辞仙面色依旧沉静。

萧三郎没吭声，忍不住多看了瓢泼夜雨中的少年一眼。

跟在萧焕身边的时间长了，心知自家少主是个好客养士的"小孟尝"，之前也不是没帮着萧焕拉拢些青年才俊，如今看到这样的陆辞仙，萧三郎心里微微一动，下意识地脱口而出："陆道友，我是萧家少主萧焕身边的侍从，我家少主就在这定九街上，倘若你信得过我，我这就带你们去找少主求援。"

他本来想着萧焕这名声，说出去总能有点儿影响力吧。

没想到陆辞仙脸上神情还是没多大变化，对方只说了一句："你们先走，我断后。"

这两三句话的工夫，包围圈已经渐渐合拢。

萧三郎有点儿摸不准陆辞仙是怎么想的。

对方没说好，也没说不好，他姑且就当作是同意了，当下也不敢再耽搁，赶紧带着一帮昆山弟子和不平书院的弟子冲出了包围圈，一路狂奔而去。

虽说在这儿等了两个时辰都没等到自家少主，但他知道萧焕在哪儿。

萧焕只会在一个地方，那就是定九街上的聚宝阁。穆姑娘生辰将近，自家少主十有八九是去替穆姑娘挑选生日礼物了。

黑袍人当即下令："追！"眼前却突然一花，他定睛一看，少年握着那柄桐油伞，微微一笑："你们的对手，是我。"

少年这一笑，看不出多少喜怒。

不知道为什么，黑袍人心生怯意，突然就有点儿胆寒，不过这紧要关头也无暇多想，只能硬着头皮，冷下脸来，迅速将手下的人分成了两队。

"老二、老四你们去追他们。"

"老三和我留在这儿对付陆辞仙。"

黑袍人目光灼灼地看着面前这少年，就不信他"火伞御灵"四人中的老大华彦明，和老三张冰灿，还拿不下面前这个陆辞仙了！

聚宝阁二楼。

夜雨下得尤为急促。

伙计心惊胆战地看着面前这位贵客，舌根一阵发麻。

全聚宝阁最名贵的东西都搁这儿了，这位贵客都在这儿挑了两个多时辰了，到底行不行倒是给个准话啊。

这贵客从进门开始到现在，整整两个时辰的时间，硬是兴致不减，挑得兴致勃勃。

面前的青年乌发金环，雍容华贵，举手投足间风度翩翩，怎么看都是个不好得罪的主。

又等了一炷香的工夫，眼看青年还是没给个准信，伙计终于忍不住了，小心翼翼地问："这位道友，本店最好的首饰都在这儿了，您看……"

话音未落，突然传来一声惊天巨响，临街的几扇窗子被人凌空震碎，四分五裂。

这动静惊得伙计和萧焕齐齐抬眼看去。

窗外"哗啦啦"的夜雨中，突然钻出一道熟悉的人影。

萧三郎一个翻身，跪倒在地："少主！"

他身后还跟着一串"尾巴"。

目光落在一脸狼狈样子的萧三郎身上，萧焕抬头看了一眼萧三郎身后那一片光景，将手里的凤簪搁下，忍不住苦笑："三郎啊，你真是会给我添麻烦。"

倾盆夜雨还在下，屋檐下的灯笼那几点寒光照亮了暗沉沉的夜。

少年手上撑着把桐油伞，犹如步天阶一般，脚蹬着半空中层叠飘浮的桐油伞，稳稳地立在最高点，平静地看着这一街的血色。

伞面半低遮身，血水次第落下，汇入青石板上急促的水流中，渐渐洇开，化为无形。

修真界有不少人肯定听说过"火伞御灵"的名号，"火伞御灵"总共有四个人，老大华彦明，老二翁翌，老三张冰灿，老四姚贵昌。这四个人里面，有三个是筑基期的修士，其中老二翁翌最强，有金丹期修为。这四个人常做买凶杀人的勾当，擅长用"伞阵"，虽说修为等级在修真界不算多高，但这一手伞阵使得出神入化，手下倒是死过不少金丹期的修士。

这么多人，再加上这四兄弟，用来对付一个陆辞仙本来应该是绰绰有余的。

但现在一出手，华彦明心中一沉，知道自己疏忽了。

他们当初就不该接下这活。

天际乌云翻滚，紧接着华彦明就看到了让自己震惊的一幕。

少年肉身直通天雷，覆手间，一团耀眼的电光从少年的手心中高高蹿起！

这是什么邪门功法？！

华彦明悚然一惊，他们接下这活的时候，对方可没告诉他们这陆辞仙还会这一招！

肉身直通天雷，哪有修士不怕天雷的？这还是人吗？华彦明和张冰灿心中陡生一股寒意，来不及多想，"砰砰"张开两柄桐油伞，在伞面的掩护下，快拳快腿地抢攻！

陆辞仙的动作比他们更快。

张冰灿伸手去抓，华彦明紧跟其上，伸脚去绊，两个人一上一下，配合得十分默契。

少年眼神平静，瞳仁黝黑，或屈臂，或握拳，手上拳掌相接，脚下恍若长了眼睛一样，躲过了华彦明步步锁腿的攻势，急急后退。

"砰砰砰！砰砰砰！"

肉体相接之声不绝于耳，少年扬手抬腿间，衣摆甩开一圈晶莹的水花！

虽然没和这些人接触过，但多年来跑腿的经验告诉陆辞仙，这些人都是杀手，拿人钱财，替人消灾的，背后还有主谋。

究竟是谁想要杀她？想要她怀里的"闻斯行诸"？

带着"闻斯行诸"出了不平书院后，她根本就没想到这是带了个"祸害"，一路上不知道碰上了多少想动手抢夺的人，在昆山门口被拦下来似乎没什么奇怪的。

但他们这一路上行程还算保密，除了昆山迎客的弟子，没人知道他们会在这个时间点到，也没人知道他们这一行人会经过定九街这段路，而从这几个人刚刚出手的情况来看，明显这是一早就安排好的行动。

陆辞仙默默盘算，是昆山走漏了消息，这下令下杀手的主谋人在昆山？但昆山这么大，自己要怎么去找？

左右想不出个所以然来，陆辞仙果断地选择了一个最简单粗暴，也是最有效的方式。

少年把手里的那柄梅花伞合上，伞尖映出凛凛的寒光，交手间，趁对方不注意，右手顺着男人的胳膊一拐，还没等张冰灿反应过来，伞尖就已经停在了咽喉前。

"火伞御灵"第一次尝到了被自己的伞抵在喉咙前的滋味。

少年附耳沉声问："谁派你们来的？"

张冰灿咬紧了牙，夜雨在脸上滚过，一声未吭。

少年淡淡地说："我可以现在就杀了你。"

张冰灿知道这不是糊弄他的，陆辞仙说的都是真的，对方在这儿杀了他和华彦明，还可以掉头去追剩下来的那两个人。

但他们这些拿人钱财替人消灾的修士，最重视的就是一个"诺"字，就算死也不愿意说出主顾的名字，更何况这主顾他们就算死也得罪不起。

眼看张冰灿这边走不通，陆辞仙又看向了华彦明："谁派你们来的？你不说，我就杀了他。"

华彦明死死地盯紧了张冰灿，脸色难看，却还是说道："你就算在这儿杀了我和老三，我们也不会说的，做生意，凭的就是一个'信'字。"

话音刚落，只见伞尖微微一斜，划开了张冰灿的脖颈，张冰灿瞪大了眼，喉咙里发出"嗬嗬"的声音，随后立刻就断了气。

华彦明浑身巨震，悲愤地怒吼了一声："老三！"

就在他心神激荡之时，他只觉得心口一凉，一柄黑金色的长剑趁隙洞穿了他的胸口。

华彦明难以置信地瞪大了眼，似乎没想到面前这少年下手竟然这么利落。

"砰"一声闷响，少年重新撑起了染血的桐油伞，悬立在伞面上，沉默地看了地上的尸体几秒，抬脚踹下几把伞，盖住了对方的尸身，微不可察地说了声"抱歉"。

这些游走在生死边缘的人，今天已经结了仇，就算自己放过了他们，改天他们还是要回来报仇。

抬头看了一眼天际翻滚的乌云，少年收起伞，转眼间消失在了长街上。

等袁六带着人抄密道赶到的时候，看到的只有一地横尸，还有这足以遮蔽天空的桐油伞。

暗部弟子甲惊讶地问："这是……"

袁六心里微微一沉。他经验丰富，一眼就看出了这是专门做赏金任务这行当的修士。

这是陆辞仙干的？

他之前跟着马怀真去同修会的时候，只远远地看到过陆辞仙一眼。

袁六蹲下身，翻了翻地上的尸体，有点儿咋舌。

这人下手干脆利落，看得他这个身经百战的暗部弟子都有点儿发寒。

男人面容冷肃。

陆辞仙或许比他想象中的还要冷静果决。

他们来晚了一步，战斗已经结束。

袁六叹了一口气，脸色有点儿黑，转身整队："继续去追，他们应该还没走远。"

"他们"指的当然是那帮昆山弟子。

这些人大晚上不睡觉修炼，跑来定九街，尽给他们巡夜弟子增加工作量。还有乔晚，她怎么偏偏在这个时候联系不上？乔晚回来没多久，他甚至都没来得及和她说上几句话。

她一回来，当数戒律堂闹得最凶，还有不少昆山高层、宗门长老也有异议，这些都是陆辟寒去调停、周旋。如今眼见乔晚刚消停了，转头又不见了踪影，袁六摸向怀里的玉简，这事还是要通知陆辟寒把自家的崽子给拎回去，幸好他此前已经发了消息。

问题在于，他现在就担心乔晚误打误撞地闯到这儿来。

收了"闻斯行诸"，陆辞仙一路飞掠。

萧三郎离去前，沿途做了不少记号，方便陆辞仙能循着记号及时追上。

陆辞仙不怀疑萧焕的能力，有资格角逐萧家下任家主的人修为肯定在他之上，他现在最担心的是，萧三郎把这批人引到了萧焕面前之后，没给他留下一个活口。要真是这样，那他想查清楚背后主使就有点儿困难了。

能摸清楚昆山的消息，又能在这地方及时埋伏布置，还能调动"火伞御灵"这批人马，背后的主使和这一路上他们遇到的对"闻斯行诸"打主意的人都不同，这主谋必定是有权有势的人物。

有这么个人物在背后盯着，不揪出来……

少年抿紧了唇。

他不放心。

到了。

脚步一顿，陆辞仙抬头看了一眼面前的招牌。

夜雨中静静伫立着一座二层的阁楼，还没打烊，楼内灯火通明，门前的灯光映照在湿漉漉的石面上，晕出微黄的光。

临街的二楼窗户大开着，断断续续地传来了点儿打斗的动静。

不及多想，陆辞仙立刻飞身而上，刚翻进二楼，就听到了一个优雅从容，含着笑意的嗓音。

"客人来了。这位想必就是大名鼎鼎的陆辞仙了？"

乌发金环的青年临窗而立，笑意盈盈地看着来客。

就算萧焕也不能免俗地有些好奇。

这就是……陆辞仙？

陆辞仙定了定心神，往萧焕身后看去。

萧焕身后横七竖八地倒了不少尸体，客栈伙计一脸惊魂未定的表情，崩溃地看着这一地狼藉。萧三郎和那几个昆山弟子在处理伤势，大红嫁衣的"少女"和不平书院的弟子站在一块儿，看见他来，纷纷抬起头低呼了一声："山长。"

陆辞仙心里"咯噔"一声，立刻察觉出了点儿不对劲儿。

"少女"那干瘪的脸上多了道深可见骨的刀口，从眉弓横贯唇瓣，显得有些狰狞。

看见少年，王如意顿时委屈地扁起了嘴，指着脸上的刀口撒娇："辞仙哥哥……我疼。"

这丑陋的"女尸"嗲声嗲气撒娇的画面，让萧三郎一干人被吓得有点儿不轻，不由得多看了少年一眼。

这……

没想到少年竟然真的动怒了，面无表情地攥紧了手指，抬头扫了二楼的人一圈："谁干的？"

萧焕眼含探究之意地看着这一身潮气和血气的少年，拱了拱手，上前一步："激战之中，这位女道友不慎中了道刀气。"

"发刀气的人呢？"

"已经逃走了。"萧焕叹了一口气，表情微含愧疚之意，"抱歉，是在下无能，没能拦下所有人，还是逃出去了一部分。"

陆辞仙看了他一眼："多谢萧道友援庇，他们人多势众，道友要护着这么多人，已经实属不易。"

萧焕："陆道友太客气了。"

陆辞仙："对方往哪个方向走了？"

萧焕微微挑眉："道友你孤身一人要去追？"

青年摩挲着自己白皙如玉的手指，淡淡地说道："兵法有云，归师勿遏，围师遗阙，穷寇勿迫。道友孤身去追，就不怕对方破釜沉舟，狗急跳墙，以命相逼吗？"

不只萧焕，身后其他人明显也不大赞同陆辞仙去追那些人。

"我们已经通知了问世堂的人，暗部的人现在估计就要来了。"

而且人家是冲冠一怒为红颜，虽然大家不知道这"女尸"鬼修为什么会和陆辞仙同行，但这长相看上去实在有点儿抱歉。

其中有个昆山弟子忍不住开口道："陆道友，就这……"

就这丑东西……

他还没说完，只见剑光骤然一亮。

少年突然出剑，手中的"闻斯行诸"擦着对方的耳畔掠过，将昆山弟子身后还没死透，正摇摇晃晃地站起来的"黑袍子"一剑枭首。

刚刚开口说话的昆山弟子吓得差点儿跪倒在地。

室内陡然安静了下来，十多双眼睛全都震惊地看向了窗前的少年。

"'闻斯行诸'，虽然不能用来对战但还能用来杀人。"

少年走上前，将地上那颗人头拎在了手上，看向了王如意："等着。"
说完，少年翻身跳下了窗。
萧三郎往前走了几步。
青年拥着狐裘，手扶着窗框，静静地看着黑漆漆的夜色，听着窗外夜雨敲窗的声音。
"少主？"
萧焕意味不明地轻笑了一声："这位陆辞仙，陆道友，倒是出乎意料地风流多情、怜香惜玉啊。"

就在少年翻身跳下窗后的下一秒，二楼雅间内门板四散。
袁六一脚踹开了门板，扛着大刀，表情凶恶地四下扫了一眼："人呢？"
萧焕的目光落在了萧三郎身上。
萧三郎顿感压力山大地默默低下了头。
萧焕苦笑："才走了一个，又来一个，三郎你看看你，到底是给我添了多少麻烦？"
"倘若道友你想找陆辞仙的话，"萧焕好心提醒，"陆道友刚走没多久，道友现在去追兴许还追得上。"
看着面前这雍容华贵的青年，袁六微微愣了愣。
这人是萧焕，他倒是认得的，似乎是萧家某个备受尊崇的角色。
袁六转头和身后暗部同僚们交换了一个眼神，上前一步行了一礼："敢问萧少主，陆道友是往哪儿去了？"
萧焕伸手指了指窗子。
袁六又愣了愣。
陆辞仙跳窗跑了？
不过现在这情况袁六也无暇多想，看了一眼一脸激动的昆山弟子们，偏头点出了几个兄弟，下了个命令："老三、老四你们带几个兄弟在这儿守着，其他人跟我去追。"
夜雨如注，一拨暗部弟子急匆匆地来，又马不停蹄地立刻翻窗跳了下去，追着大雨中隐约的踪迹一路狂奔而去。
袁六抹了把脸上的夜雨，心里有点儿着急。
陆辞仙是受邀来昆山参加同修会的，让他在昆山门口受到伏击，已经是他们暗部失职，陆辞仙绝对不能出一点儿问题，否则昆山的脸该往哪儿搁？
倘若有人这个时候推开临街的窗子，就能听见一阵急促的脚步声，一队神情肃杀的修士在雨夜中穿行，黑色的长靴踩在水洼中，扬起纷乱的雨花，湍急的水流在低处交汇。
萧博扬端着个酒杯扭头看了一眼窗外的夜雨。
这是整个定九街上最著名的酒楼，是昆山弟子常去填饱肚子休息的地方。
作为一个纨绔子弟，萧博扬有事没事就来这地方，不过他做梦也没想到会在定九街上碰上裴春争，然后鬼使神差地请对方上来喝一杯。

想到这儿，萧博扬有点儿郁闷地看了一眼坐在自己对面的少年，十分想给自己一巴掌。

少年眉眼艳丽，偏偏生着如远山新雪般干净的肌肤，背后背着一柄惊雪剑，剑藏在鞘中，多了几分少年游侠的飞扬意气。

说实话，他和裴春争虽然之前也出过几次任务，但好歹有情敌这一层关系在，所以他们并不熟。他萧家小少爷的骄傲，不允许他和情敌虚与委蛇！

偏偏裴春争不爱说话，这就导致了现在这个僵局——没人开口。

萧博扬皱眉。他叫裴春争上来也不是没原因的，主要是想问清楚，对穆笑笑和乔晚，裴春争究竟是怎么想的。

一直这么僵持着也不是个事儿，总得有人来打破僵局，萧博扬酝酿了一会儿，尝试着主动开口，皱眉道："裴春争，你……"

只是话还没说完，就被这突如其来的动静硬生生地给打回了嗓子眼里。

这是……杀气！

萧博扬眉心一跳，立刻站起身推开了临街的窗子。

街上有人在打架！

萧博扬朝街上看去，只能看见泼墨似的夜色和这急促的夜雨。

突然间，天际响起一阵咆哮的轰鸣声，紫色的电蛇撕裂了苍穹，在这耀眼的淡紫色电光之下，萧博扬清楚地看见了巷尾聚集着几个人。这几个人都身披黑袍子，撑着伞，虽然他看不清几个人的脸，但能明显感觉到这些人身上如临大敌的气息。

他们都看着巷口的方向。

萧博扬扭头一看，顿时皱起了眉。借着电光，他看见了一个少年，一个陌生的少年。

这少年手上也撑着把伞，黄色的桐油梅花伞，身负一把锈剑，虽然孤身一人，但身上散发出的沉冷气势完全不输对面那几个人，尤其是这少年手上还提着个面色苍白、往下渗血的人头。

萧博扬攥紧了窗框，突然有些恍惚，转瞬之间又回过神来，立刻紧张起来。

这些人是谁？

这些人不是昆山弟子？不是昆山弟子怎么敢在定九街上闹事？

还有这个少年……

看到这少年的第一眼，萧博扬内心就不由自主地冒出了点儿寒意，眉头皱得更紧点儿，不只是因为这少年潋滟冰濯雪般的容貌，更为他这奇妙的气质。

夜雨如飞珠溅玉般落在了地上，四下迸射。

雨雾转浓，被摇曳的昏黄灯影一照，眼前模糊一片，连说话声仿佛也变模糊了，巷尾的黑袍人们沉默了一瞬，最终有一个人冷笑了两声："没想到陆道友竟然还是追上来了。"

既然陆辞仙追上来了，那就意味着老大和老三都死在了他的手上。

翁翌心里恨极。

他刚刚受了萧焕一击，深知他如今对上陆辞仙是逃不出去了。

少年突然将手上的人头一丢，踢到了翁翌面前，淡淡地问："你们背后的主顾是谁？"

地上的人头滚了滚，落在了翁翌脚下。见惯了杀人场景，自己就是干这行的翁翌，看着地上的人头，脊背上却陡然攀升起一股寒意。主要是因为杀了这么多人，如今他明白，过不了多久，这颗人头的下场就是他们的下场。

陆辞仙，翁翌默念了一声，心里有些冷，有些惧怕，也有些绝望。

这个时候，他忍不住回头看了姚贵昌一眼，老四还年轻。

姚贵昌立刻察觉翁翌想做什么，失声叫道："二哥！"

翁翌叹了一口气："我留下来，你走，往南走，有接应。"

他们既然敢接下这个活，也料到了失败的可能性，不过他们都以为失败的可能性微乎其微，却没想到这陆辞仙这么难缠。

姚贵昌咬了咬牙。

论修为，他是他们这几个人里面最低微的，心知翁翌说的是最佳办法，他留在这儿非但无力回天，甚至会多折损几个兄弟，不如听翁翌的话往南跑，说不定还有一线生机。

翁翌不再看姚贵昌了，将目光收回，冷笑了两声，也不说话，丢出了手上那把火红的"伞"，重新布阵。

没有问出想要的答案，少年也不急，又淡淡地换了一个问题。

"她脸上的伤，是你们干的？"

不用陆辞仙说，翁翌立刻就明白过来他指的是谁。

"你指的是那个女鬼？"翁翌笑道，"没想到陆道友倒是个怜香惜玉的人，不过这女鬼本来长得就丑，如今不过多添了一道疤而已，也值得陆道友大发雷霆？"

看着楼下对峙的两个人，萧博扬心里有点儿摇摆不定。

这些黑袍人明显是专门干杀人这行当的杀手，但眼下这情况，这些人反倒成了猎物，这少年如同逼命的鬼魅一般，踏着冷冷的夜雨为复仇而来。

就在这时，裴春争也走到窗户边，看向了夜雨中对峙的双方。

翁翌的话似乎触怒了少年，少年脸上微微动容。

翻飞的桐油伞之中扬起了一阵浩然剑意，这剑意破开急劲的风雨声，如同摘花一样，一剑摘下了翁翌的人头。

谁都没想到战斗会结束得这么快，这变故几乎惊呆了剩下来的其他人，也包括临窗旁观的萧博扬和裴春争。

萧博扬和裴春争齐齐愣住，然后就听见了姚贵昌一声撕心裂肺的怒吼："二哥！"

下一秒，姚贵昌就看到那柄剑突然对准了他，剑尖上还往下滴着血，被倾盆的夜雨一浇，雨水、血水汇入了脚下的青石板内。

为了速战速决，陆辞仙用上了神识。

如果搁在平常陆辞仙或许做不到这么快就取下翁翌的人头，但翁翌被萧焕打伤在前，得知华彦明和张冰灿身死，心神巨震，又在这夜雨中连番奔波，心神俱疲，这才让陆辞仙乘虚而入，一击就摘下了他的人头。

姚贵昌目眦欲裂地看着面前这少年，步步后退，悲鸣了一声，转身就跑。

他要往南跑！南边会有人接应！

少年脚踩桐油伞，立刻紧随而上！

只剩下萧博扬睁大了眼："这是……"

一个"谁"字还没出口，他就听见身后又传来了一声怒吼。

"萧博扬！给老子追！别让他们跑了！"

这声音是袁六的？！

远远地萧博扬就看见袁六领着一队暗部弟子，急急怒吼。

一看见萧博扬和裴春争，袁六就知道这些小崽子半夜不睡觉，又翻出去浪，但现在情况紧急，他也分不出心神来对付他们，只能怒吼一声，让还在窗户边探头探脑的萧博扬麻利地下来帮忙。

"这是谁？"

袁六咬牙："这是陆辞仙！"

陆辞仙？

裴春争心神微微一震。

这就是陆辞仙？

就算是裴春争，也听过陆辞仙的名声，不由得看向了那条长街。

少年提着"闻斯行诸"紧追不舍，这一路上，剑光摘下了一个又一个人头。

姚贵昌几乎快咬碎一口牙，在这迫近的死亡压力之下，一阵无名的恐惧感摄住了他的心魂。

快点儿，只要再快一点儿，他就能——

他就能——

突然间！斜刺里飞来了一片剑光！

一个粉色的身影面无表情地拦在了他面前。

这是个少女，面容清秀，眼神明亮，可惜脑袋上"寸草不生"。

终于赶到了，看向不远处的"陆辞仙"，乔晚微不可察地松了一口气。

而后面刚追上来的萧博扬立刻就蒙了。

这是……乔晚？

乔晚怎么会在这儿？

乔晚眼神沉静：面前这个人要抓活的。

姚贵昌怒吼一声，四周的桐油伞"砰""砰""砰"地皆收拢，伞尖对准了面前这少女，打算拼死一搏。

蒙了的不只萧博扬，还有袁六。

一看这光景，袁六急得差点儿瞪眼跳脚。

踏破铁鞋无觅处，得来全不费工夫。

眼下这情况也不是责问的时候，袁六急得跳脚，拼命给乔晚传音入密：你怎么在这儿？快过来！

光头少女面无表情地转头：啥？

袁六：快给老子过来！这不是你能掺和的事！

这陆辞仙明显是杀红了眼，要是误伤了乔晚……袁六感觉心有点儿累。

乔晚恍然大悟：没事，他不会伤我的。

这都什么时候了？袁六气得脑瓜子疼，差点儿想撬开乔晚这光溜溜的脑门看个清楚：玉简上传你风流多情，你还真当自己占尽风情，就连这修真界新出头的精英陆辞仙都要为你神魂颠倒了。这场架是你能掺和的吗？你没看到陆辞仙一剑一个人头有多凶残吗？

话还没说完，乔晚却突然掐断了传音入密，看向了提着剑、冷冷沉沉地披着夜雨的少年。

少年也看了她一眼，嘴角竟然勾出了点儿笑意。

下一秒，长剑出鞘。

夜雨更急，摧折檐下灯笼，摇落一地微光，少年手握桐油伞，足踏夜风，长剑饮血，一起一落，又一刀砍下了一颗人头，提着剑步步紧逼。

姚贵昌肝胆欲裂地怒吼。

他跑不掉了！

既然跑不掉，他也不能落入这人手中！

姚贵昌看着陆辞仙，内心恐惧。

他若落在这人手中，只怕比死了还不如。

姚贵昌大吼一声，用尽全身气力，突然自爆了丹田！

乔晚愣了愣，迅速变了脸色。

拦住他！

可惜慢了一步！

姚贵昌全身上下如同一柄张开了的红伞，"砰"地从里向外寸寸炸开，鲜血洒落，纷乱如雨。

姚贵昌自爆掀起了惊天气流，乔晚往后急退的瞬间，"砰"——少年撑开了手里的桐油伞，一把揽过她的腰，伞面将两个人牢牢护住了。

风急雨烈，灯光勾出朦胧的人影，血水顺着青石板流去，瞬间被冲刷得一干二净，就像一场电闪雷鸣的夜雨中，一场凄艳的绯红色轻梦。

袁六瞳孔骤缩，眼里映出少年怀抱乔晚，淡淡地收了剑的身影。

就在这时，乔晚的嗓音猝不及防地滑过耳畔。

传音入密！

乔晚：你看，他真的不会伤害我吧。

第二十一章 辞仙哥哥

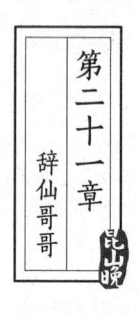

袁六有点儿震惊，脸色有点儿僵硬，在听到乔晚这传音入密的话之后，更是气不打一处来。

没人会相信陆辞仙是真看上了乔晚，才替她撑伞。

唯一的答案就是，陆辞仙没杀红眼，还保持着冷静，而且看上去的确是个怜香惜玉的家伙。他身边本来就带了个容貌丑陋的"少女"，这意味着陆辞仙是个不看脸的好男人，就连看到光头的乔晚也没嫌弃，对第一次见面的人都这么温柔有耐心……

少年松开乔晚，收拢了黄色的梅花桐油伞。

这个场面似乎要说点儿什么话才合适，否则也不好解释她为什么好端端地突然从玉清峰跑到了这儿来。于是，乔晚挠了挠头，说出了一句让在场所有人都大跌眼镜的话："你来了？"

陆辞仙淡淡地"嗯"了一声，仅仅瞥了她一眼，就看向了袁六："劳烦道友收拾残局。"

这感觉有点儿奇怪，乔晚皱了皱眉，努力压下心头这奇异的错觉。

而这时候的袁六还在想：对第一次见面的人都这么温柔有耐心……等等？！是不是有哪里不太对？！

袁六浑身一麻，手里的刀差点儿"哐啷"一声掉在地上。他惊恐地睁大了眼：你们……你们认识？

临窗的二楼，裴春争不言不语地抿紧了唇，紧紧地攥着窗棂，目光落在了陆辞仙身上。

短短三言两语之间，两个人极具默契。

裴春争垂眼，心中惊疑不定，乔晚怎么会认识不平书院的陆辞仙？

这两个人之间似乎涌动着一股非比寻常的气息，恍若浑然一体般默契亲密。

还没等乔晚回答，地面突然传来一阵震动，石板上的雨水也被溅起，随之而来的一阵惊天动地的脚步声，在天际雷鸣的映衬下显得厚重而肃杀。

首先映入人眼帘的是一团团拳头大的昏黄的灯光，映照着渐渐转小的蒙蒙细雨，两队身着黑色劲装的暗部弟子沉默无声地穿梭在雨夜中，雨水在他们脸上横流，但没一人伸手去擦拭。

他们每一个人都像是一把出鞘的利剑，而为首的是个拥着厚重狐裘的病弱男人。男人形容枯槁，淡淡地垂手站立在巷口，周身的气势非但没有被身后神情肃杀的暗部弟子压倒，反倒压了这些武士一头。

袁六又是一惊，皱着眉差点儿叫出来："陆辟寒？"

男人，也就是陆辟寒，看了袁六一眼，随后目光落在了少年身后护着的乔晚身上。

少年却不着痕迹地又往乔晚身前走了一步，挡在了乔晚面前。

接到暗部传来的消息之后，陆辟寒立刻出发去找乔晚，从巡夜弟子和守门弟子口中得知乔晚往定九街的方向去了，又听问世堂那儿来信，说是不平书院的陆辞仙在定九街上遭到了伏击，这才向马怀真借了两队暗部弟子赶来收拾残局，没想到会看到眼前这一幕。

面前这少年看来就是陆辞仙，这段时间以来风头正盛的不平书院山长。

他来得正好，将少年挡在乔晚面前的动作尽收眼底。

陆辟寒曾经从马怀真那里听闻过一点儿陆辞仙的消息。

陆辞仙或许是个可结交的人物，如果放在以前他一定会放下架子与这人结交，但现在，他非但不想和对方结交，甚至连客套话都懒得说。

自小罹患重疾，陆辟寒看人的眼神一向都是冷的，他冷冷地看了不远处的少年一眼，却一言未发，又淡淡地移开视线，看向了袁六："看来这儿的事你已经解决了。"

听说过乔晚和陆辟寒之间闹了点儿别扭，摸不清楚这师兄妹两个人是怎么想的，袁六在两个人之间瞟了一眼，把大砍刀往肩膀上一扛："差不多吧。"

回答完陆辟寒的问题，他还没忘继续问没问完的问题："乔晚，你俩……认识？"

秉持着精分就要精分到底的信念，乔晚把目光从陆辟寒身上收回，咧嘴一笑："是啊，这位是辞仙哥哥。"

比陆辞仙竟然认识乔晚更惊悚的事是"辞仙哥哥"这个称呼，一听这称呼，袁六呆了半秒，觉得自己这八尺好汉子都忍不住裂开了，麻了半截身子："你……你叫他什么？"

陆辟寒那幽深寒冷的眼神微微一闪。

一并裂开的还有扶着窗框的萧博扬，他差点儿一个倒栽葱从楼上摔下去，立刻感受到了什么叫五雷轰顶。

萧博扬来不及去看身边的少年的眼神，从窗户上翻了下去。

辞仙哥哥是什么鬼称呼！

刚落地，萧家小少爷瞬间又觉得有点儿丢脸，几乎不敢去看陆辞仙的表情。

乔晚这坑货，这个时候发什么疯？哥哥长、哥哥短的，"辞仙哥哥"这种称呼是能乱叫的吗？他怎么没听说过陆辞仙和乔晚这么熟稔了？

然而在萧博扬惊悚的视线之下，乔晚却往少年结实的胸膛上靠去，揪着少年的衣摆，娇娇软软地喊了一声："辞仙哥哥啊。"

萧博扬和袁六的表情瞬间都变了，那眼神仿佛在说：你被穆笑笑夺舍了吧！

少年却好像一点儿都没受这石破天惊的一声"辞仙哥哥"的影响，处变不惊地收拢了桐油伞，看向了乔晚。

两个人在夜雨中沉默地对视，少年轻笑了一声，笑声依旧沉而冷，却"嗯"了一声。

远处的电闪雷鸣，几乎也敌不过萧博扬心里的电闪雷鸣，萧博扬愣了半天，突然像是想到了什么，磕磕巴巴地问："这……这该不会就是你那个心……"

他还是顾及乔晚毕竟是个姑娘，没当着陆辞仙的面将"上人"两个字说出口。

没想到乔晚似乎没这个自觉，又扯了扯少年的袖摆，"含羞带怯"地说道："辞仙哥哥的确就是我那个心上人。"

少年脸上落了点儿雨水，鼻梁高而挺直，寡言少语地任由乔晚扯着衣服，但没人会觉得这是个不善言辞的人，这人身上幽冷的气质，竟然和面前这拥着狐裘的陆辟寒有几分相似之处。

袁六彻底惊了：心上人又是什么玩意儿？

但是看到刚刚还一刀一个小朋友，冷酷桀骜的陆辞仙目光沉静地任由乔晚胡闹，袁六打了一个哆嗦，全身都麻了，瞥了一眼这一地横尸。

姑且不提乔晚这让人觉得五雷轰顶的称呼，单看这少年刚刚出手之干净利落，几起几落间，长剑饮血，快而狠厉地就摘下了这一行人的人头，袁六就知道陆辞仙必定是个不好对付的人，日后保不准还能成长为一个枭雄之类的狠角色。

就在这关键时刻，陆辟寒终于又开了口，干脆利落地在乔晚和陆辞仙之间划出了距离，顺便表明了乔晚的归属："师妹顽劣，望道友勿怪。"

四目相对之间，少年的嘴角突然勾出了点儿毫不相让的笑意。

"我与乔道友关系超出旁人，大师兄太过见外了。"

少年这一笑，周身沉而冷的戾气顿时烟消云散，眼神明亮，脸带笑意，话却十分不客气。

关系超出旁人，光这一句话就足够让人浮想联翩，更别提陆辞仙竟然直接称呼陆辟寒为大师兄！

袁六心里"咯噔"一声，下意识地去看陆辟寒的反应。

男人的脸"唰"的一下冷了下来，眼里那团火苗却烧得更旺。

这……这真是乔晚的心上人？

萧博扬瞠目结舌。

乔晚什么时候和陆辞仙有了瓜葛？

而这个时候陆辟寒的脸色已经称不上难看了，完全可以说是十分五彩缤纷。

将面前众人惊恐的目光尽收眼底，向来暗恋别人不成的乔晚内心一阵泪流。

这感觉……好……好爽！

就在这时，乔晚顶着个光头，突然又娇娇软软、好死不死地补充了一句："我与辞仙哥哥……关系确实不比常人，我们虽是两个人，却早已浑然一体，不分你我。你说是不是呀，辞仙哥哥？"

然后，她又往少年结实的胸膛靠去，正好被少年稳稳地接住。

瞧见这一幕，暗部众人纷纷表示眼睛都被亮瞎了。

这话更让人浮想联翩啊！

萧博扬顿时表情崩坏：浑然一体，不分你我？是怎么个浑然一体、不分你我法？

偏偏就在这时，一道艳丽的剑光翩然而至。

伴随着这道剑光一同落下的，是一身明黄衣服的少年。裴春争站在原地，面无表情，死死地盯着眼前的陆辞仙。

问题是这还没完。

雷鸣之中，突然又传来一声轻笑声。

萧焕带着萧三郎和那剩下的昆山弟子及时地赶了过来。一看这架势，萧焕微微一愣，目光从对峙的各方脸上扫过，声音含笑道："气氛怎么这么僵硬，是我来得不是时候？"

而萧焕身后的红衣"女尸"目光在乔晚和陆辞仙身上游移了两秒之后，突然捂着脸一阵"嘤嘤嘤"地失声痛哭："辞仙哥哥，你……你身边的女人是谁？"

现场瞬间一片死寂。

这又是什么操作？陆辞仙这是脚踏两条船了？

迎接着来自众人的注目礼，乔晚面无表情地想着：还演上了是不是？

饶是萧焕也忍不住古怪地低咳了一声，看着陆辞仙，眼里的探究之色更浓了点儿。

想不到这位不平书院的山长，如今风头正盛的少年英才，口味竟然如此独特。他特地赶到这儿，也是对陆辞仙抱有一点儿好奇之意，故而不愿放弃接触这位陆道友的机会，就是没想到会撞见这种场面，看来陆辞仙是脚踩两条船一不小心翻船了。

同为男人，萧焕自认为自己一直很俗气，嘴角勾着点儿笑意，好奇地等着陆辞仙要怎么挽救这后宫失火的局面。

置身于风暴中心的袁六内心无限悲催。

这不关他的事啊！

少年突然微微一笑，依然是一副处变不惊的稳重样子，嗓音温柔而低沉："如意，别胡闹了。"

就是嗓音里面含了点儿淡淡的威慑之意，让人绝不敢反驳他这话的意思。

王如意虽然又娇又呆，但毕竟也不是傻的，知道乔晚这么个态度肯定有她的用意在里面，立刻噤声。

无论如何，她坚决不做拖辞仙哥哥的后腿的猪队友。

不过众人这么一看，倒像是陆辞仙无意中流露出来的那点儿威严震慑了自己的情人。

但同时，少年又扶起了怀中的乔晚的肩头，掌心里蕴了点儿灵力，帮乔晚烘干了身上的衣服，极其温柔，这才整整衣袖，微笑着看向了面前这一干人等。

"初来贵派未曾想到给贵派带来了这么大的麻烦，失礼之处，还望贵派海涵。不过在下不过一介小宗门的山长，倒是担不起贵派这么大阵仗前来迎接。"

这里面除了袁六，当属陆辟寒最年长，萧焕次之，陆辞仙年纪最小。

但陆辞仙这行为处事，不卑不亢，就算身处在这一干某种程度上"位高权重"的人面前，依然不落下风，甚至不痛不痒地刺了两句昆山这守备情况。

躺着也中枪的袁老六默默地捂住了自己的膝盖。

没办法，这事的确是昆山没做好，他们只能立正挨打。

陆辟寒显然也听出了少年嗓音里那淡淡的嘲讽之意，但陆辟寒是什么角色？他盯着乔晚的目光微暗，但就这么一眨眼的工夫，他又把这翻涌的情绪给全压了下去，眸色未动，淡淡地回敬了一句："陆道友客气，不平书院人才济济，这阵仗不平书院担得起。"

这话听上去倒像是在暗指不平书院的人太弱，前来昆山的这么多宗门里面，也就只有不平书院需要这么大阵仗护着。

萧博扬眼里也含了点儿探究之意，不八卦是不可能的。

但看这陆辞仙行为处事极为冷傲，对乔晚倒是十分爱护，这么一想，萧家小少爷顿时有点儿怀疑人生了。乔晚这是从哪儿找来的冤大头？

最终还是袁六有点儿受不住这诡异的气氛，主动提议："这儿毕竟不是个说话的地方，陆道友你确定要在这儿说话？"

"来者是客，陆道友是我昆山贵客，雨下得这么大，不如先回门内喝杯热茶休息休息，其余的事，之后慢慢再谈？"

陆辞仙却莞尔一笑："你怎么看？"

这话问的竟然是乔晚！

于是所有人一时间又都炯炯有神地看向了乔晚。

这陆辞仙对乔晚还当真爱护？

萧焕不动声色。

一个男人，尤其是像陆辞仙这样的男人，身边总有几个美人相伴，虽说他口味独特了点儿，但好歹也没超出男人的范畴，就不知道这陆辞仙究竟是当真对乔晚情有独钟，还是三心二意之辈了。

陆辞仙，或者说是乔晚，冷笑了一声："怎么？我脸上有东西？萧公子看够了吗？"

萧焕何等厚脸皮，也不恼怒，短促地笑了一声："陆道友英姿勃勃，姿容俊美，在下一时间便忍不住多看了两眼。"

不平书院势力薄弱，但陆辞仙这人在他和陆辟寒面前竟然也毫无自卑怯弱之意，已见了一点儿枭雄的影子，或许有朝一日，这少年能成为盘踞一方的宗门首领。

前脚还游刃有余地和陆辟寒、萧焕这一干心狠手辣的人物过招的乔晚，后脚已经轻车熟路，游刃有余地给自己的大号撑场子了。

少女面不改色，一板一眼地回答："回去再说。"

余光落在地上死无全尸的姚贵昌身上，乔晚心里微微一沉。

她没想到姚贵昌竟然这么烈性，宁死也不肯说出背后的主使是谁。事到如今，线索已经断了，她唯一能知道的就是，对方在昆山肯定有眼线，就是不知道在场这么多人里面，有没有人也是对方的眼线。

她刚刚下手这么雷厉风行，也有震慑和威胁之意。

对方有什么招数尽管冲她来，她没怕的，但是不能动她的人，动了她的人，就要做好被找上门寻仇的准备。

不过她还得做两手准备，要是这人没被恐吓到，在见证了她为"情人""暴怒"之后，反倒用"情人"做饵就麻烦了。如意是娇傻的性格，保险起见，她得把矛头全引到自己的大号身上。

乔晚面瘫着脸麻木地想，秀恩爱谁不会？信不信她还能秀出新高度来？

由暗部弟子在前面开路，陆辟寒在前，走得很慢，也很稳，夜雨淋身，寒气入体，他时不时咳嗽几声，但余光一直落在队伍后面的乔晚和陆辞仙身上，枯瘦如柴的手攥紧了剑柄，面皮绷得紧紧的。

而往后，是秀丽的脸上落了蒙蒙细雨的裴春争，乌墨的发丝柔顺地贴在额前，眼睫低垂，脸色极为难看。

但在这诡异的气氛之下，愣是没一个昆山弟子敢吱声，就算他们内心快被小猫爪挠死了！

这陆辞仙是怎么和乔晚勾搭上的？！

但偏偏陆辞仙和乔晚恍若无人般偶尔交谈两声，像是根本没意识到这诡异的气氛。

乔晚："你受伤了？"

陆辞仙露出了很浅的笑容："无妨，我先送你回去。"

暗部弟子开道，众人走进了昆山山门，这就苦了一干翻墙夜游的昆山弟子了。

他们刚翻墙出去，打算见一下道侣，喝个酒什么的，一看黑漆漆的雨夜里，这一队队神情肃穆，冷厉肃杀的暗部弟子，一众夜游弟子打了一个哆嗦，撒丫子一路蹿出去三里远。

暗部这是大晚上全出来抓人了。

不过幸好这一干杀气腾腾的暗部弟子不是来抓夜游的人的。

玉清峰离山门最近，到了玉清殿殿门前，陆辟寒刚刚站稳脚步，下一秒，就看见一个窈窕的身影迎了出来。

"大师兄！"

前面的动静闹得有点儿大，就连穆笑笑也听到了点儿，这才急急忙忙地迎了出来。

目光落在这一行人身上的时候，穆笑笑微微一怔。

萧焕神态自若，莞尔招呼："笑笑。"

穆笑笑顿时红了脸，垂下了白皙柔软的脖颈。

她和萧焕虽然有婚约，但实际上也没见过几次面，还不如她与萧绥来得熟悉。不知道为什么，对萧焕这人，她总觉得有些琢磨不透。

"天冷雨大，"少女提着盏灯笼，声音软软糯糯地说道，"大家先进殿再说吧。"

袁六摆手："不用了，我还要先回问世堂复命。"他说完转身带着一队暗部弟子，脚底抹油地开溜了。

眼看这一队暗部弟子脚步整齐划一地又冒着夜雨离开了，穆笑笑忍不住将目光落在了乔晚身边的少年身上，脸上露出点儿好奇之意，却是想到了什么，眼神又从少年身上移开了，落到了乔晚的脸上。

穆笑笑上前一步，眨着卷翘的眼睫，嗓音软软地说："师妹你也真是的。"

少女板着小脸一本正经，似娇似嗔地教训道："你今天擅作主张地偷溜出了玉清峰，可知道大师兄有多担心？"

陆辟寒咳嗽了一声，目光淡淡一瞥："进去再说。"

进了玉清殿之后，陆辟寒才冷冷地问："师尊呢？"

话音未落，殿前突然传来了一个冷清如雪的嗓音，周衍一身单衣，白发如瀑地冷不防出现在长廊拐角处："我在。"

萧焕立刻上前行礼："真人。"

外面下着夜雨，周衍却只穿了件薄薄的单衣，打扮颇为闲适。

定九街上的这些动静，在进山门前，陆辟寒就已经提前通知过周衍，不过却没说乔晚和陆辟仙的关系，只是说乔晚与陆辟仙颇为熟稔。

少年也微笑，上前行礼："真人。"

姿态从容平静中又显得有几分莫测，虽说是行礼，少年却半点儿没露出居于人下的卑弱感。

气氛突然变得僵硬。

在这僵硬的气氛之下，乔晚又一本正经地开始精分："正好，我有东西给你，你稍等片刻。"

像是压根没察觉这古怪的气氛，她快步离开了偏殿，过了一会儿，怀里又抱着一匹淡蓝色的布回来了。

周衍浑身一震。

这是……裁冰绡！

"给。"像是未察觉周衍的目光，乔晚将裁冰绡往少年怀里一塞，面色平静地说，"我第一眼看到就觉得这布称你。"

她自始至终就没打算和穆笑笑抢这匹裁冰绡。

周衍神情巨震，脸色也有点儿难看。

或者说，乔晚根本就没把这匹布放在眼里过，他送她的这匹布，对她而言不过是随便送人的玩意儿。

周衍垂下眼。

这所谓的"争夺"和穆笑笑的"谦让"一时间都在这动作下，变得分外可笑了。

陆辟仙没在玉清殿里多待，含笑收了布，像是没察觉周衍和陆辟寒脸上的神色变化。

"我已送你到此，今日就此别过，你我明日再见。"

乔晚立即说道："我送你出去。"

少年长腿一跨，径直转身走出了玉清殿。

乔晚和陆辞仙离开后，长廊里又陷入了沉默状态，墙上嵌着的灯台，光辉融融，摇曳出模糊的光影，同殿外这雨打回廊的清音相互衬着，倍显温暖。

这气氛让穆笑笑心里有点儿不安："师父……大师兄……"

没想到周衍又开了口，却是让她先退下："笑笑，你先下去休息。"

穆笑笑愣了愣，虽然有点儿犹豫，但也看出了这气氛有点不对劲儿，乖乖地"嗯"了一声，踩着一双翘头的云履下去了。

于是，这殿里就真正只剩下了周衍和陆辟寒两个人。

周衍问："这就是陆辞仙？你怎么看？"

陆辟寒也没藏着掖着，目光幽深地淡淡下了评论："此人性格桀骜难驯，但看上去倒不像本性如此。"

周衍皱眉："你是说他虚张声势？"

陆辟寒冷冷地说道："我没这么想。"

虚张声势不算什么好词，比起虚张声势，陆辟寒更愿意说陆辞仙是心机深沉。

陆辞仙年纪轻，修为高，有骄傲的资本。试问修真界哪个少年英才没点儿傲气？但陆辞仙不像是个性使然，更像是有意为之，虽然行为表现得冷傲了点儿，但和人相处时，礼节上面没有多少疏漏，叫人挑不出错误。

"年纪尚浅，但为人处事滴水不漏。"话说得有点儿多了，陆辟寒又咳嗽了两声，这才缓缓喘匀了一口气，继续说，"此人心机深沉，似乎又对昆山抱有莫名其妙的敌意。"

周衍又问："他和乔晚交好？"

"弟子不这么想。"陆辟寒的眼神更冷了点儿，"如果他真在乎乔晚，就不该当着众人的面让矛头全对准她一人。"

这不像是爱护和宠爱的表现，更像是陆辞仙特地拿乔晚来挡箭。

陆辟寒和周衍商讨的同时，萧焕也刚回到客房歇息。

他刚解开身上的蓑衣，就瞥见了屋里的灯下坐着的人影。萧绥正一脸阴沉的表情。

萧焕脸上立刻带了点儿笑容，他随手把身上的蓑衣往衣架上一搭："脸色怎么这么差？是谁欺负你了不成？"

萧绥脸色阴沉："大哥，乔晚……"

"乔晚欺负你了？"萧焕惊讶，"这乔晚看上去不像是能欺负你的人啊。"

他能说什么？

萧绥心中一哽，微感心塞。

他总不能说他是去找乔晚的麻烦，结果反倒灰溜溜地被赶回来了吧？

萧焕端详了一番自己弟弟的表情，最终确认，自家弟弟这是在外面受了委屈，跑他这儿来让他给撑腰的。

对萧绥这惹事的能力，萧焕只能苦笑："可惜了，阿绥你来晚了一步。"

萧绥愣了愣，立刻问道："怎么说？"

"陆辞仙来了。"萧焕微微一笑，在萧绥身边坐了下来，抬手揉了揉自家弟弟乌黑的脑袋，"看阿绥你这副表情，想来你还不知道。"

萧绥的脸色更阴沉了："大哥！"

萧焕笑道："哎呀，我差点儿忘了，阿绥已经长大了，不是当初的小孩子了。抱歉，抱歉，是大哥失礼了。"

萧绥不爽地默默捋平了自己脑袋上的毛，倒也谈不上有多生气，毕竟眼前的人是自家大哥。

虽然两个人并非一母同胞，萧绥对自己这大哥倒是十分信赖。萧焕自小就对他好，他小时候不懂事，觉得萧焕虚伪得要死，仗着受爹爹宠爱老是变着法地折腾萧焕，非要揭下对方那虚伪的面具，萧焕非但不生气，反倒对他一如既往地好。

每回他犯了错，也是大哥替他在爹那儿打掩护，大哥甚至不惜自己背黑锅，久而久之，萧绥就顺利被萧焕给攻略了，从此之后，唯大哥马首是瞻。

陆辞仙？

把这三个字放在嘴里慢慢地咀嚼了一下，萧绥迟疑地问："这是不平书院的人？"

虽说他为人暴躁，缺心眼了一点儿，但也不傻，这回来昆山为的就是能在同修会上好好表现一番，提前把这些热门人选给打听清楚了。

陆辞仙上昆山？这人怎么会和乔晚牵扯到一起？

听完萧焕的复述，萧绥心里"咯噔"一声，脸色有点儿泛绿。

萧焕拢了拢微湿的乌黑发丝，看着自家弟弟这精彩缤纷的脸色，扬唇笑道："陆辞仙一来，的确搅乱了昆山的风风雨雨。"

"他……"萧绥迟疑地问，"人怎么样？好不好对付？"

"比阿绥你有心眼得多。"

萧绥的脸更绿了。

萧焕那总是没心没肺、优雅风流的贵公子模样突然正经了不少，他淡淡地给了个和陆辞寒如出一辙的评价："陆辞仙此人心机深沉，阿绥你少去招惹他。"

"他提剑追杀黑袍人，威慑的何止是背后主使，还有暗处对'闻斯行诸'打主意的不少人，立起来的又是不平书院这么个小书院的威风，至少今天这事传出去之后，那些对不平书院尚存一点儿鄙薄之心的人，此后恐怕多少会有所改观。"

不过今天这事，倒是帮他确定了一个信息。

这些小宗门的人与人交际，讲究的都是明哲保身、低调做人，既然陆辞仙一来就敢这么张扬，说明他有底气、有野心，想借这机会打响不平书院的名声，也代表着他想要让不平书院日后位列诸多宗门之中。

有野心、有手腕的人，他这弟弟可对付不了。

"那乔晚……"萧绥犹不死心，面色阴沉。

他这脸面都丢在乔晚那儿了，他好歹也得讨回来才是。

"乔晚？"萧焕笑意盈盈地问，"你打算怎么对付她？"

萧绥惊了一瞬，错愕地问道："大哥，你不是说陆辞仙和乔晚……"

"你受欺负了，难道我这做大哥的还能看着你被欺负？"萧焕换了个舒服点儿的姿势，无奈地叹了一口气，"陆辞仙虽然与乔晚关系匪浅，但我又不是让你与乔晚正面硬碰硬，这点儿道理你难道还不懂吗，阿绥？"

"更何况，"萧焕笑道，"他看上去不像对乔晚有多看重。倘若他真看重乔晚，就不会推她出来当靶子。"

萧焕眼角堆着优雅的笑意，弯了弯嘴角："若我对付乔晚，必定毁其名声，坏其根基，间其亲，夺其友。"

萧绥看着萧焕这张白皙如玉的脸，默了。

自家大哥这种外表和善，内里黑到淌芝麻馅的人，果真恐怖如斯。

"还请大哥指教。"

萧焕温和地说道："乔晚是魔域帝姬这身份，阿绥你难道忘了？"

"但当初乔晚跳下太虚峰，与魔域决裂这事，所有人都是看在眼里的。"萧绥皱眉，"再说，她回昆山之后，前脚有真人在前面拦着，后面有陆辟寒和马怀真周旋，我担心这件事不能伤她根基。"

萧焕："真人昔日与我萧家有约，他那边你倒不必担心。决裂也分真决裂还是假决裂。"萧焕微笑，"就算是真决裂，你难不成还不会使些手段让它成为假的？"

而这个时候的乔晚，还不知道即将到来的腥风血雨。不过她披着陆辞仙的马甲这么招摇行事，她猜肯定有不少人在暗中揣度他们的事。

乔晚心态还算稳，反正那些人再怎么揣度，也揣度不出来那是她的马甲。

现在摆在她面前的一个难题就是，她来昆山已经有这么多天了，是时候去上课了。

她已经落下不少课业，如今算是"新学期"，她还得重新选课。

这回她要去的是公共大课，教室设在真武峰上，足够宽敞。

一大早，乔晚就面无表情地闪进了"教室"里面，趁着人少，迅速占了个座，忽略了零星飘来的诡异视线，皱眉陷入了沉思之中。

前辈要她拿到剑谱这事必须得提上议程了，她要怎么攻略周衍是个难题。

像穆笑笑那样走娇软贴心小棉袄的路线明显已经行不通了，自己若这样做难免还有点儿东施效颦的嫌疑。

如果是李前辈会怎么做？

她正思索间，头顶突然罩下了一片阴影。

乔晚抬头。

少年有着一双桃花眼，脸蛋秀丽，眼神漠然，脑后的高马尾十分具有辨识度，手上还拿着昆山饭堂从蝙蝠精弟子那儿学来的家乡特产——"面包"。

少年一手面包，一手课本，就差肩膀上面斜搭个棒球包了，十分具有学生气息。

"给你。"裴春争垂眼，将手里的面包"啪"地拍到了乔晚面前。

还没等乔晚回过神来，前后左右又坐下了几道人影。

前面，齐非道打扮得有点儿邋遢，嘴里叼着个"面包"，蹬着草鞋，拽着方凌青，大大咧咧地往座位上一坐,眼里闪烁着点儿好奇之色。

后面,修犬笑眯眯地招了招手:"哟,妹子,早啊。"

修犬身后还跟着宛如黑道老大般和这公选课气氛格格不入,袖摆上绣着大银龙的伽婴。

乔晚脸上表情僵了一瞬,吐槽之魂熊熊燃烧:你们为什么都在这儿啊!有哪里不对吧!

第二十二章 切磋比试

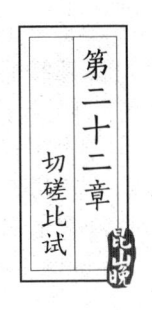

活了这么多年，鲜少享受这待遇的乔晚，第一次体会到了什么叫被包围的危机。

修犬和伽婴十分娴熟地在她后面坐了下来。

齐非道叼着个面包，趴在桌子上，心里那叫一个好奇，表情带笑，目光一直在乔晚的脑门上打转。

他们从玉简上得到了消息，大早上就赶过来上大课了，没看见陆辞仙的人影，倒是看到了陆辞仙这名义上的"绯闻女友"。

少女穿着件粉裙子，脑袋光溜溜的，一本正经地坐在桌前。

陆辞仙看上的就是这姑娘？

乔晚容貌倒称得上一句秀美，尤其是在顶着个光头的情况下还能无损颜值，已经算很牛了，一双眼睛清明，神情沉稳坚毅。

乔晚也不是没察觉方凌青和齐非道，从他们进门开始，她心里就有点儿慌了。

想到自己还在赶来的路上的小号，乔晚默了。

方凌青忽悠起来比较容易，但问题就在于齐非道，虽然看着懒散邋遢了点儿，但实际上十分敏锐细心。

她现在回去还来得及吗？要是她这两个马甲都被扒了……

一瞬间，乔晚的表情有点儿龟裂。

那她这恩爱秀得多尴尬。

不，不行！

反正她也没……没什么好怕的！

只要她捂紧她的马甲，谁都不能脱下来！

在心底默默给自己加了一下油，打了一下气，顶着众人炯炯有神的目光，乔晚努力挺直了腰板，尽量忽略齐非道和方凌青的视线，一本正经地继续研究攻略周衍的二三事。

结果左边突然坐下来一个人影。

甘南笑容羞怯，眼睛明亮，旁边还站着个君采薇。

"晚儿妹子早啊。"

君采薇一进门，就眼神有点儿复杂地看了她一眼，然后指了指她右边的座位："道友，在下能坐这儿吗？"

乔晚十分冷静地回答："这儿有人。"

出来吧！我的小号！

下一秒，从昨晚开始就一直饱受各种议论的少年，终于出现在门口。

陆辞仙甫一现身，教室里微妙地安静了一瞬。

主要是因为陆辞仙生得实在是仙姿玉骨，但联系到昨天他摘下那一颗颗人头的画面，没人会觉得这少年"娘"。他身上的气势沉稳冷傲，人笑起来时双眼明亮，似乎还有点儿和善。

他一进门就径直走到乔晚面前坐了下来。

至此，乔晚终于被团团包围住。

这个时候还没开始上课，周围传来了点儿小小的议论声。

"这是陆辞仙吧？这绝对是陆辞仙吧？"

"欸，你们听说了吗？陆辞仙和乔晚……"

"陆辞仙和乔晚？他们什么时候勾搭上的？"

"玉简上都写了呢。"

其他人点开玉简一看，目睹雨夜追凶，十步之内一剑枭首的血色凶残画面后，心中纷纷惊讶不已。

陆辞仙这人行事竟然这么凶残？乔晚这是在哪儿傍上的这么个"大杀器"？

"这陆辞仙对乔晚不错啊。"

"道友你瞎吗？你没看见这陆辞仙亲手替乔晚烘干了衣服吗？"

目睹陆辞仙坐下来，齐非道翘起嘴角笑了一下："陆小道友，好久不见了。"

没想到少年十分镇定，宛如从来没分别过："齐道友、小方。"

见这人如此厚脸皮，齐非道嘴角一抽。

这节"公选课"乔晚选的是"武技"。

没一会儿，负责教授武技的玄中长老走上了台，至此这段八卦才算暂且告一段落。

昨天这事闹得这么大，玄中长老明显也有点儿耳闻，目光在台下一扫，笑眯眯地就锁定了乔晚。

和其他对乔晚或多或少有点儿意见的长老不同，玄中长老一直挺喜欢面前这姑娘的，乔晚不骄不躁，脚踏实地，在泥岩秘境里以神识绞杀数万人面蝎尾蛛，干净果决，心性坚韧。

"来，乔道友上来给大家做个示范。"

武技对打的示范需要两个人，至于这另外一个……

玄中长老又扫了一圈儿，笑着招了招手："那裴道友上来吧。"

少年半垂着眼，慢慢地站了起来。

没想到在裴春争之后，乔晚身边的陆辞仙跟着站了起来："长老，能不能让我代晚儿上去？"

玄中："你？"

他年纪大了，不懂这些年轻人之间的曲折，既然有人愿意主动请缨，当下倍感欣慰。

看看，面前这晚辈多爱学习啊。

出身戒律堂的玄中长老，行为处事也是讲究实用原则，看见裴春争和陆辞仙上来，脚下挪开了半步，看向台下说道："他们先打，你们留意看着，看完我再问你们。"

论武技，裴春争在同龄人之中也算佼佼者，但和他对阵的是陆辞仙。

先出手的是陆辞仙。

就算在留影像上见了陆辞仙雨夜寻仇的凶残画面，但毕竟没有亲临现场，如今有个现场见识的机会，台下的所有人都打起了精神，目光牢牢锁住这场"切磋示范"。

少年反手击出了一拳，这一拳快若迅雷，拳威赫赫，犹如昨夜响彻昆山的轰隆雷霆。

在这雷霆万钧的气势逼迫之下，裴春争脸色微变，只能抽身急退。陆辞仙步步不让，紧追不舍。

没过一会儿的工夫，两个人就从台上一路打到了台下，四周桌椅受气劲震荡，纷纷裂成了碎块。

陆辞仙攻势疾若狂风，咆哮怒吼，摧折天地万物，掀起的气劲震得桌上课本乱飞，其他昆山弟子默默从椅子上一蹦而下，生怕被祸及池鱼。

和陆辞仙这极猛极劲的武技相比，裴春争的武技轻盈缥缈，幽微难测，犹如流风活雪，趁风势而起，伺机反击。

这一场"切磋示范"竟然打出了点儿死斗的感觉。

玄中长老看在眼里，却没拦着，左右还没闹出人命，在他们闹出人命之前，他完全有这余力拦住他俩。

陆辞仙步步紧逼之际，台下所有人看得忍不住绷紧了脸，心里那点儿八卦劲顿时消散了个无影无踪，心头萦绕的只剩下一阵几欲让人窒息的沉闷和肃穆感。

这纯熟的战技让其他人心惊胆战，不自觉地就臣服在这精纯的武技之下。

这就是陆辞仙？

怪不得……怪不得当初能和孟沧浪一行人闯出"鬼市"。

在这精纯的武技之下，台下昆山弟子纷纷哑然，没人再关注那些所谓的风月之事，这是对这场切磋的侮辱。

只是乔晚她……她怎么"收服"这么个凶残"大杀器"的？

心情紧张之下，众人还是忍不住将目光投向了正襟危坐的乔晚。

她这个时候几乎将全部精神力集中在了陆辞仙身上，神情肃穆，看上去倒像是在替陆辞仙紧张。

比武技裴春争虽然拼不过她,但她毕竟披了个马甲,有许多诸如无相诀在内的技能不能用,拖得越久,战局对她就越不利。

无相诀虽然攻守兼备,但最实用的还是守式,她眼下用不了无相诀,只能彻底放弃防守,空门大开,全力进攻。

就在这时,众人看见陆辞仙随手捞起了一本散落的册子,将内劲灌注其中,只听见"铮铮"几声破空的清音,书页纷纷如飞镖利箭般朝着裴春争爆射而去!

裴春争一个不察,被锐利如箭的书页划伤了脸,如玉般俊俏的脸蛋上留下了一道鲜红的血痕。

他面无表情地抹了把脸上的血,缓缓地抿紧了唇,有些晃神。

这不对劲儿。

他从和陆辞仙交手开始,就一直有股淡淡的违和感萦绕在心头。

他很确信,陆辞仙和他是第一次见面,但陆辞仙怎么会对他的出招这么熟悉?他接下来的每一步、每一拳,似乎都在陆辞仙的预料之内。

就算陆辞仙战技再精纯,在从未和他交过手的情况下,也不该如此。

除非……

只是这个猜测让裴春争秀丽的脸上蒙上了点儿寒霜,一想到这点,心口就不自觉地窒闷。

除非是乔晚提前将他的路数、他的弱点,尽数告知给了面前这男人。

突然之间,一直坐在乔晚身后没出声的伽婴开了口:"此人是谁?"

察觉伽婴的语气里微不可察的跃跃欲试之意,知道顶头老板喜欢卸下一身修为单纯和人酣畅淋漓地拼战技,修犬无奈地叹了一口气:"这是陆辞仙。陛下还不知道吧,这似乎是乔晚妹子的道侣。"

"乔晚的道侣?"男人无动于衷,脸上没露出任何惊讶的表情,淡淡地说道,"他的路数,和她甚为相像。"

乔晚忽然哆嗦了一下,觉得后脑勺有点儿凉。

单凭这交手时细微的出招习惯,就能觉察出不对来,伽婴不愧是"不是在打架,就是奔波在打架路上"的妖界扛把子!

稳……稳住!她不能慌!

乔晚努力忽略后脑勺的视线,继续聚精会神地对付裴春争。

裴春争当初为了穆笑笑自封金丹魔身,重新入道,和纯魔之体的裴春争打,她不一定拿得下他,但现在他俩修为差不多,加上少年打着打着突然面色遽变,那双桃花眼里微露出茫然之色,乔晚当即乘人之危,将内劲灌注进书页,手指拈着这片书页抵在了少年白皙的脖颈前。

差一步,她就能让书页深入少年的肌肤,割断少年的气管。

气劲掀起他颊侧的发丝,裴春争猛然回神,喉结上下滚了滚,看着陆辞仙的眼神隐隐有点儿复杂。

少年袖手微笑："裴道友，你输了。"

裴春争的脸色瞬间黑如炭。

他盯着陆辞仙冷冷地看了半天，面无表情地将脖子前的书页给拍了出去。

陆辞仙偏头。

书页正好贴着他的颈侧滑过，他险险地避过了血溅三尺的割喉惨剧。

猜错了……裴春争将薄唇抿得紧紧的，冷着俊脸抬手揩去了脸上的血痕。

不是岑清猷，也不是妖皇伽婴，竟然是陆辞仙。

陆辞仙倒也不生气，似乎自始至终就有种游刃有余、宽容稳重的枭雄气度。

这场切磋结束后，台下的昆山弟子还停留在这精纯的武技带来的震撼和惊愕感之中，久久无法回神。

少年却牵着唇，走到了乔晚边上，哂笑道："不替我擦擦吗？"

刚从震撼感中回过神来的众昆山弟子又整齐划一地呆了。

这两个人……当真是道侣！

齐非道探出身子，笑得一脸微妙："一段时日没见，小陆道友修为见长啊。"

接下来基本就没他们的事了，乔晚摸出了玉简开始摸鱼。

他几天没管玉简上的帖子，还不知道这玉简上又传成什么样了。甘南也在下面偷偷刷玉简，不过和老油条乔晚不同，青年刷得那叫一个面红耳赤，提心吊胆，饶是如此，还是悄悄地在下面给她传消息。

听甘南说，这几天玉简上面传了不少有关她的风言风语。

小乔要努力变强："什么风言风语？"

不是废物："大致是说，小妹你与魔域实际上还有牵扯，当初跳下太虚峰不过是做给世人看的一场戏，实际上……"

说到这儿，甘南顾及乔晚的心情，顿了顿，悄悄地抬眼打量了一眼自家小妹的反应，确定乔晚没什么太大的情绪起伏之后，才磕磕巴巴地继续说。

"实际上，是受魔域……受魔域指示……有意潜伏在昆山里，伺机窃取昆山的情报给魔域。"

"还说小妹你修为跃升得这么快，也是因为修炼了魔域秘法。"

目睹小辈们不好好上课偷偷摸鱼这一幕，身后的君采薇十分没风度地默默朝天翻了个大白眼，对修真界这批青年的脑补能力叹为观止。魔域指示乔晚来做卧底，他怎么不知道这事？

单纯无辜的小白龙再次着急了："那现在……现在该怎么办？"

"一句话。"乔晚十分平静。

还是只用一句话，她就能暂且缓解这危机。

甘南呆了呆："什……什么？"

君采薇摇着折扇的手微微一顿，他多瞥了乔晚一眼：嗯？

乔晚眯起眼笑起来像只狐狸："我会发个帖子，说我知道怎么能快速提升修为，只要谁来找我，我就一定会知无不言言无不尽。"

君子重义，小人重利。吃人嘴软，拿人手短，她用这办法澄清自己的修为提升与魔域无关，或许能堵住悠悠众口，这倒不失为一个好办法。

但几乎眼睛都没眨一下，君采薇立刻敏锐地看出了这里面的纰漏之处。

君采薇果断指出："牛兄，你这不失为一个办法，但漏洞也明显。"

乔晚思索了一下，回道："这也是我想做的。"

君采薇用折扇轻叩掌心，眼神虽然漫不经心，眼里却隐隐映出一个人影。

百年前，那男人眉眼冷峻，铠甲束发，为魔域征战四方。

后来，那男人戴了个单片眼镜，眼神锐利而沧桑，颌下的胡楂都没剃干净。

乔晚笑了笑："君道友你等着吧。"

一向看不上人的君采薇，突然间生出了股微妙和复杂的情绪，心里竟然隐隐有点儿动摇。

看着面前这姑娘，他微不可察地冷哼了一声。

他倒有点儿好奇乔晚究竟能做出什么事来。

眼看着第一节课下课，乔晚立刻抄起书本，单手撑窗翻了下去，一边快步往前走，一边"啪啪啪"地在玉简上打字。

"我，乔晚，是如何做到在四十年内速成金丹的。

"尊敬的长老们，亲爱的同修们，大家上午好。

"同修们，你们可还记得当初背着包袱踏入昆山山门时喜悦激动的心情？从那一刻起，人生的小船就此起航，带着我们驶向了无边无际的知识的海洋！

"同修们，每当沐浴着昆山的朝阳，你们可否想过这么个问题？

"人生如白驹过隙，转瞬即逝，就连修士也逃不过百年之后化为一抔黄土的命运，你们可想过要过什么样的生活，要成为什么样的人？

"高尔基道友曾经说过'天才出于勤奋'。"

接着，乔晚回忆了一番自己艰苦奋斗的历程，从一开始被贬低、被看轻，到最后四十年成功结丹，把这段经历写得热血沸腾。

最后她得出结论，四十多年结丹，并非全无可能！

"生活不只有眼前的苟且，还有诗与远方。

"我的学习方法或许不适合所有人，但我希望能给还在挣扎的道友们带来一点儿帮助。

"还等什么？我就在云烟崖下面等着你们！不要998，也不要888，只要28颗下品灵石，修炼诀窍带回家！"

云烟崖属于昆山弟子们进行二手交易的"跳蚤市场"，人流量一直都挺大的。

打完这一篇声情并茂的满分作文之后，乔晚选择发送，然后在云烟崖下转了几圈，找了个地方坐下，安心等着玉简上的反应。

君子重义，小人重利。

她没办法保证是不是能在利益驱使之下堵住悠悠众口，至于君采薇提出的漏洞嘛，目前还在她的掌控范围之内。

当然她也不是单纯做慈善的。

少女默默握拳。

她还有个伟大的目标！

乔晚流量在身，这一篇帖子一经发出，立刻就高居榜首。

这几天玉简上面谣言甚嚣尘上。

乔晚一直没开口，昆山弟子都还等着正主表态呢。

这篇声情并茂的小作文一出现，立刻就把其他昆山弟子给砸蒙了。

四十年速成金丹？修炼窍门大公开！

修炼这事乃关切到自身正儿八经的利益，甚至寿命的，不得不说，这篇小作文写得十分抓人眼球。

"四十年内速成金丹？乔道友这是认真的？"

"修炼哪有捷径可言？荒谬。"

"有没有道友去云烟崖下探探风啊，蹲。"

"同蹲。"

眼看持怀疑和观望态度的人不在少数，乔晚如老僧入定，丝毫不急。

果然没过一会儿，就有几个外门弟子犹犹豫豫地过来了。

"道……道友，这修炼法门你真愿意卖吗？"

外门弟子表情紧张地看了一眼这一脸正经高冷的少女。

这修炼法门非师门之间，一般秘不外传，他们鲜少听说有拿出来卖的情况。

乔晚立刻露出商业化的礼貌微笑："道友放心，我这资质道友们也清楚，当初我也是一步步爬上来的，才有了今天这金丹修为。修行路上，在下有感于修行之艰辛、人情之冷暖，既然同为一门，更要互相扶持。在下不愿目睹同门多走弯路，这才想着分享自己修炼中的诀窍，还望道友不要嫌弃才是。"

这一套一套的说辞，彻底把面前的外门弟子给说傻了："修炼法门还能拿出来卖？"

乔晚继续公式化微笑："这多宝阁里面还有留影球卖呢，我这修炼法门当然也能拿出来卖了。"

少女微笑着倾情推荐道："怎么样？不要998，不要888，只要28颗下品灵石，道友？你要不要试试看？"

刚从萧三郎那儿得知萧绥散播下的那一批谣言，萧焕慵懒地笑了笑："乔晚呢？她是什么反应？"

"她……"萧三郎沉默了一瞬，掏出了玉简，"她刚刚发了篇帖子。"

想到玉简上声情并茂的小作文，萧三郎无语。

少主啊！我们这谣言好像没什么用啊！乔晚抓住时机，在众人的目光都聚焦在她身上的时候开始卖货了！

萧焕庸懒地靠在榻上，牵着唇悠悠地笑了一声："三郎，念给我听。"

萧三郎捧着玉简，嘴角抽搐。

这……他实在是念不出来啊！这是什么奇奇怪怪的文体！不过他仔细看了看，似乎……还有那么点儿激动人心？

从来没见识过啥叫鸡汤文学的萧三郎，翻来覆去地看着面前这玉简，竟然也有点儿热血沸腾，甚至现在就想去买个法门回来跟着练练。

看着萧三郎面无表情地念完了这一篇声情并茂的小作文之后，萧焕脸上那副八百年不变的优雅笑容破天荒地僵了。

"乔晚她这是……"

萧三郎终于没忍住，苦兮兮地问："少爷你对乔晚有兴趣？"

说实话，他出身分家，从小就被选到了萧焕身边服侍，这么多年下来，萧三郎不说自己有多了解萧焕，但对萧焕的认识也远超旁人。

和别人以为的萧焕喜欢穆笑笑不同，萧三郎心里明白，萧焕这是打心眼里看不上穆笑笑。

别看青年总是这么一副雍容优雅的样子，萧三郎心想，少爷心里藏着个人呢。

那人同样出身高贵，和萧焕自小青梅竹马，端的是明月般皎洁，一身披帛绕身，鬓发间那珍珠珊瑚更是将人装点得犹如天宫上的仙子。

可惜那是个天生冷淡傲气的人，一门心思扑在了修炼上，唯有胜利是她必不可少的目标。这就导致萧焕陷入了爱在心中，有口难开的暗恋状态。

其实，萧三郎觉得对方未必对萧焕也没有情，只是对方是出了名的厌恶世家大族里那些束缚，害怕失去自由和独立生活，甚至不惜和家里闹掰到现在。

生命诚可贵，爱情价更高，若为自由故，两者皆可抛。

大概就是这么个状态。

萧三郎经常有一种错觉，那就是自家少主其实还没那位干净利落，果断勇敢。

你说喜欢人家都好几十年了，有这么难表白吗？

萧焕何其人精，几乎一眼就看出了自家小护卫不对劲儿，挑着唇笑："三郎，你这是在想什么呢？"

八卦自己的少主明显不是能拿出来讲的事，萧三郎沉着声音说道："我在想，乔晚这么做，小少爷会有什么反应？"

"阿绥？"萧焕似乎仔细地琢磨了一下。

萧三郎正等着他反应的时候，萧焕却露出个微笑的表情，微偏着脑袋沉思了半秒，说道："这事就交给阿绥他自己处理。这么大的人了，总不至于连这点儿小事也处理不好。"

突然被乔晚勾起了吐槽欲之后，萧三郎也不忍了：不，我觉得小少爷很有可能连这点儿小事也处理不好。

毕竟和自家哥哥这满肚子心眼相比，萧绥完全称得上一句缺心眼。

而被萧三郎默默下了个"缺心眼"评判的萧绥，看着手上的玉简面沉如水。

思索片刻之后，缺心眼的萧绥选择了一个简单粗暴的方式——控评！

"砸，给我继续砸。"萧绥黑着张脸吩咐左右，"不用在乎灵石，给我继续砸。看小爷我不砸死她。"

这个时候，乔晚之前对穆笑笑怎么样已经不重要了，这人竟然敢跟他对着干！含着金汤匙出生、被老家主和萧焕等萧家一干人"娇宠"着长大的萧绥，哪里经得起被这样违逆？

给他砸！他就不信了！

在乔晚诚恳真挚地进行推销之下，外门弟子一脸高兴地递出了灵石，拿着修炼法诀走了。

有一就有二，在第一个敢吃螃蟹的人的带动之下，乔晚这摊位陆陆续续地又来了几个面色迟疑的外门弟子。

到现在为止，她还没有看见过内门弟子的影子。

不过乔晚也不着急，平静地端坐在自己的摊位前，继续卖自己的货。

就在这时，摊位前突然来了个一瘸一拐的少女。

少女涨红了脸，手里紧紧攥着一堆下品灵石，睁着大大的眼，嗓音细细地问道："乔……乔晚师姐，你这儿能赊账吗？我……我只有 26 块灵石，还差 2 块。"

乔晚问："你叫什么？"

"我叫……曹英兰。"

曹英兰惴惴不安地看着面前的少女，说实话心里也没抱多大希望，但……但她还是想试一试。

曹英兰眼神微黯。

毕竟乔晚是他们这些外门弟子的偶像呢，就是乔晚激励着他们继续在修炼这条路上奋斗不息的。

她没想到，面前这身穿粉衣服的姑娘竟然点了点头："不用，这 2 块灵石我给你打个折，不过我还有个要求。"

曹英兰愣了一秒之后，惊讶地涨红了脸，露出了不好意思的笑容："多……多谢乔晚师姐！那……是什么要求？"

乔晚抿了抿唇，将手里写好的法诀递到了曹英兰手里，抬起眼，严肃地说："回去好好修炼，如果法诀有用的话，记得在玉简上帮我写个使用心得。"

小姑娘点头，笑得一脸欢欣："好，师姐，我懂！"

所以她才不怎么喜欢这个世界。

看着小姑娘一瘸一拐地离去的背影，乔晚心里沉甸甸的。这个世界，资源倾斜的情况太严重了，世家大族牢牢把持着这个社会绝大部分的资源，留给下面的人的那一点儿还要让人们抢得头破血流。

曹英兰走后，之前乔晚在白塔碰到过的霍拜星、杜芳妮等一批外门弟子突然也来了。

霍拜星一脸紧张的表情："乔道友……"

少年舔了舔干涩的唇，垂着眼问："你那修炼法诀怎么卖的？"

将修炼法诀交给杜芳妮之后，乔晚继续淡定地叮嘱："都是熟人，给大家打个折，26块灵石就行，不过还请诸位道友回头在玉简上帮我写个使用心得。"

等霍拜星一干人走了之后，玉简上突然又投下了一片阴影。

乔晚面前站着一个样貌十分平庸的青年汉子。

"道友，你这法诀怎么卖的？"

乔晚立刻收了玉简，抬头看了一眼面前的青年："28颗下品灵石，概不还价。"

青年看了她一眼，倒也没说什么，一手交钱一手交法诀，转身离开。

青年走了之后，乔晚又将注意力转移到了玉简上，玉简上面质疑声不少。

"众人皆知，这功法对一个人适用，但不一定对其他人都适用，谁知道乔晚这功法能不能适合自己？"

但很快，这些言论就被反驳了。

玉简上有一批外门弟子贴出了自己的使用心得。

"乔道友人很好，不管是不是体修，看了这修炼法诀都能有所收获。"

说这话的人还贴出了一小段修炼窍门。

其他人看到这一小段内容，纷纷愣了愣，单看这一段内容好像确实没什么问题啊。

不过还没等其他人琢磨出个所以然来，玉简上面突然又多了一堆"帖子"。

发帖的也是昆山弟子，大意是说自己买了乔晚的功法，实际上没多少用，乔晚这是真假法诀混卖，是骗子。还有人说乔晚性格恶劣，趾高气扬的。

瞬间，舆论风向再度扭转。

在这压倒性的负面评论之中，一个叫"曹英兰"的弟子发"帖子"弱弱地辩解，可惜无人理会。

突然，玉简上又飘来了一篇帖子，发帖人：乔晚。

内容十分抓人眼球。

众人一点进去看到的就是个占据整个玉简的留影像。

留影像中的少女微微笑道："各位道友大家好，欢迎来到我的直播间，我是乔晚。"

此时，昆山各地捧着玉简的弟子们纷纷默了。

"直播"是个什么玩意儿？

但不可否认的是，他们感觉好像……还挺新奇的？

毕竟昆山这么大，只要不常常往问世堂跑，谁也不能天天看见乔晚。前脚乔晚勾结魔域这事还在玉简上闹得沸沸扬扬呢，后脚乔晚突然放出了个留影像，任谁都会有点儿好奇。

第一次"直播"，这感觉十分羞耻，虽然做好了准备，但乔晚还是忍不住红了脸，十分不好意思地继续露出公式化的商业微笑："诸位道友有什么想问我的问题，都能在玉简上面问。"

众人沉默了一瞬，之后，终于有胆子大点儿的昆山弟子好奇地问出了第一个问题。

"乔道友，你这卖的都是什么啊？"

有打头阵的人之后，玉简上的问题终于渐渐地多了起来，也开始有人好奇地提问修炼中碰到的困难。

"乔师姐，我听说你睡觉的时候也在修炼，这是真的吗？有没有什么窍门？"

乔晚微微点头："神不外驰，炁自泰然。收神下藏丹田，二炁和合成丹。"

大多数时候，乔晚回答问题虽然还是一副没多少表情的"木头脸"，但众人明显能看出来，她都是经过思索之后，认真回答的。和她那位师姐穆笑笑不大一样，留影像里的少女无端地给人一种值得信任的冷静和沉稳感。

而且，其他昆山弟子猛然察觉，乔晚这些回答似乎真的都有点儿用！

这些昆山弟子碰到的大大小小的问题，说实话，她之前都碰到过。

她在修炼之路上本来就走得比其他人艰辛不少，给出的回答也十分具有参考价值，完全没遮掩的意思。

要知道功法这种东西，一般人都是捂得严严实实的，生怕别人知道，像乔晚这么乐于分享的人还是第一个。

大多数人是靠听传言来判定一个人品行优劣，如今一接触真人，就有昆山弟子忍不住想：他们是不是误会了什么？乔晚看上去挺好的啊，虽然是"走后门"拜入玉清峰的，但没架子，一言一行也彬彬有礼，让人挑不出什么错处。听这回答，她明显在修行路上吃过不少苦，心性坚韧，一步一个脚印，脚踏实地地走上来的。

在这其乐融融的氛围之下，终于有昆山弟子没憋住，小心翼翼地问："那乔道友，当初在泥岩秘境里究竟发生了什么事呢？"

"这个啊……"乔晚想了一下，平静地回答："留影像在戒律堂，大家如果想知道，去戒律堂申请吧。"

而另一厢，砸了一堆灵石下去的萧家小少爷气得差点儿呕血，摔了手里的玉简。

这直播又是个什么东西？

身边服侍的护卫赶紧将玉简捡起来，又递了上去。

萧绥接过玉简，坐到软榻上，眼神阴郁。

他算是明白乔晚想干什么了。她这是在混淆视线，完全把节奏给带偏了！这个时候谁还在关注乔晚和魔域勾结的事？

只要昆山高层没出面，照这么下去，"乔晚和魔域勾结"这事，没有证据，迟早会这么轻飘飘地被揭过。

是他小瞧乔晚了，这人比他想象中的还聪明冷静不少。

但萧绥也不是吃素的，在萧家这种吃人不吐骨头的大家族里，虽然有萧焕护着，但他怎么也是有点儿心眼和真本领的。

这个时候他必须得想办法把风向给掰回来。

"直播？"

问世堂里面，窝在轮椅上的老男人马怀真，新奇地看着手里的玉简。

"这又是个什么玩意儿？"

留影像还能这么玩的？

乔晚捧着玉简，颇感压力巨大地稍微深吸了一口气。

钩子已经布下，就看对方愿不愿意上钩了。

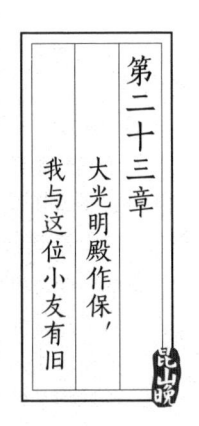

第二十三章 大光明殿作保，我与这位小友有旧

对乔晚"直播"一事，一众昆山弟子纷纷表现出了高度热情和好奇心。

就是大家问的问题逐渐跑偏。

"欸，乔道友，听说马堂主经常夜半时和人飙轮椅是吗？"

"听说大师兄喜欢的是端庄大方的姑娘？"

到后来，看乔晚态度诚恳，有胆子大的弟子干脆将"乔道友"这称呼换成了"小乔"。

被包围在这一堆问题之中，乔晚默默望天。

你们倒是认真一点儿啊！

可惜这直播没能持续多久，就在乔晚坐在树下继续卖货的时候，前面突然出现了几个暗部弟子的身影。

"乔晚在吗？"

"乔晚在哪儿呢？"

这几个暗部弟子神情严肃，气势汹汹，所到之处鸡飞狗跳，乱成一片。

在其他昆山弟子颤巍巍地指引之下，这几个暗部弟子走到了乔晚面前，沉声问道："乔晚是吗？跟我们走一趟。"

"兄弟，发生什么事了？"

其中一个暗部弟子，之前他们一块儿跑过几次任务，和她有点儿交情，看了她一眼，脸色沉重："你卖的功法出事了。"

果然。

乔晚不动声色地将手上的玉简塞到袖子里。

一众昆山弟子齐齐愣住了。

功法出事了？

大家不是说这功法挺有用的吗？

那暗部弟子说："你先和我们去一趟问世堂，马堂主正找你呢，具体的事，到时候再说。"

这一路上，乔晚企图旁侧敲击套出点儿话来。

可惜这几个暗部弟子都顶着一张如出一辙的"苦大仇深"脸，紧紧闭着嘴，只说等到了问世堂就知道了。这还是暗部那个弟子看在和乔晚有这么多年战友情谊的面子上透露的，这要是搁在普通弟子身上，那就是二话不说，直接押走！

乔晚一踏入问世堂，就看见了大堂中央那一张轮椅。

马怀真窝在轮椅上，手支着头，淡淡地看着被几个医修搬来的某个弟子。

见乔晚进来，他连眉毛都没动一下："自己看。"

乔晚顺着马怀真的视线看去，那青年弟子正躺在地上翻滚哀号，神色极其痛苦，肌肤下面好像也有什么东西在叫嚣着几欲冲破皮肤。

那青年弟子旁边还有两三个同伴一样的人守着，一见乔晚进来，全都对她怒目而视，不过忌惮轮椅上的马怀真的威压，没敢咋咋呼呼地造次。

乔晚只不过看了那青年弟子一眼，立刻下了判定。

这是魔气。

君采薇之前说过，她这卖货的想法虽然不错，但有个很明显的漏洞，漏洞就体现在这儿——容易被有心人利用。

乔晚拘谨地站在原地，沉思了一会儿。

玉简上面那些她跟魔域合作的传言，明显是在某个时间段特地人为刷出来的。她仔细想了想，自己上昆山之后，得罪过的人不少，但唯一有这财力和势力做这种事的，也只有萧家的萧绥了。

凤妄言不可能这么做，乔晚面无表情地想，他的智商太低。

"有想法没？"马怀真问。

"有。"乔晚抬起头，平静地行了一礼，"有人陷害我。"

这话一出口，那几个同伴顿时不淡定了，扶着担架咬牙切齿地说："乔晚！你这是什么意思？"

"阿真是练了你的功法后才变成这样的！你这话是说我们陷害你了？"

"你看看阿真的样子！"

乔晚看了那阿真一眼，收回了视线。

马怀真一个眼神扫过去，这一眼警示意味十分浓厚，那几个同伴脸色微变，到底没敢在这尊煞神面前上演械斗场景。

马怀真示意乔晚："继续说。"

乔晚点了点头，行了一礼，一板一眼地继续说道："堂主，我卖的都是正经功法，假一赔十那种。"

那几个同伴中，腰间的昆山玉牌上刻了个"闵国飞"的人站出来一步，咬牙说道："你说是正经功法，那你倒解释解释为什么阿真练了你这功法之后会变成这样！"

乔晚没看他，严肃地看着马怀真："我卖的都是大光明殿的炼体功法。"

众所周知，乔晚走的是剑体双修，而此门派的炼体术在修真界尤为著名。

"你说你卖的是大光明殿的炼体功法，那你怎么证明？"马怀真丝毫没被这句话惊动，甚至也没问她是怎么弄到大光明殿的炼体功法的，毕竟机缘这事是比较莫测的，乔晚知晓大光明殿的炼体功法，十有八九也是下山之后的奇缘。

闵国飞瞪她："大光明殿的炼体功法能把人练成这样？我看最近玉简上传的那些话没错。"

"借卖功法的名头，将这些邪魔外道的东西渗到弟子内部，道友好深沉的心思。"闵国飞说着说着急急忙忙地朝着马怀真就跪了下来："堂主，我知道乔晚曾经替您做事，但您向来公正严明，这在整个昆山也是众所周知的事，请您一定要明察啊！"

乔晚默默打量着面前这些修士，心神微微一凛。

敌方来势汹汹，就是脑子似乎……有那么点儿不好使啊。

对方先是把和魔域勾结这么大的罪名给她扣上，接着又指出马怀真曾经和她有私情，再给马怀真扣上了一顶高帽子。

面前这些弟子这点儿小心思，一向心狠手辣、缺德世故的马怀真怎么会看不出来？他当下笑了笑："你放心，这事我一定会秉公处理。"

乔晚看了一眼地上哀号不止的青年，转过身再次看向了马怀真，斟酌着开口："堂主，这事不对。"

"怎么不对？"

"我要是当初就和魔域勾结，那必定是从一开始就布局，这么长时间地布局，肯定是想搞件大事。"乔晚攥紧了袖子里的玉简，不疾不徐地说道，"就如同闵道友说的，我要是真打算借此将这些魔功渗到昆山内部，那肯定要徐徐图之，何必为了这么个……"看了一眼地上那青年的玉简，乔晚顿了顿，才接着说，"为了这么个筑基期的修士，就暴露自己，让我这么长时间的布局毁于一旦呢？这不划算。"

马怀真挑眉微笑，新奇地看着面前落落大方的姑娘。

她下山一趟，看来也会玩心机了。

"说得也有道理，闵国飞，你怎么看？"

闵国飞微微一愣，和同伴互看了一眼，心里"咯噔"一声。

这事干起来不容易，要不是对方给的钱多，他们几个也不乐意干。

躺在地上哀号的青年默默闭上了眼，暗叫不好。替小少爷做事他是下了血本的，用了乔晚卖的功法和魔域的功法混着练，身上的魔气也是真魔气，痛苦也是实打实的，就是不知道马怀真能不能看出他身上这细微的不对劲儿之处。

"这……"闵国飞黑着脸说道，"这必定是其中出了差错。"

乔晚开口道："闵道友，做人做事都要严谨。"

说完她不顾闵国飞骤然变化的神色，恭恭敬敬地从袖子里掏出玉简，递了上去："马堂主，我觉得是有人要陷害我。"

马怀真问："这是什么？"

乔晚答道："这是个统计数据。"

这是她披着陆辞仙的马甲请齐非道统计出来，再发给她的数据。

"堂主你看，"乔晚指着玉简上的内容解释，"在这个时间点，到这个时间点的这一时间段内，关于我和魔域勾结的言论突然呈几何级激增。

"还有这个，发帖的这些昵称，此前根本就没在玉简上出现过，这就表明有人刻意雇了一大批帮手，换了昵称，在背后操控言论。"

还在目睹这场直播的昆山其他弟子顿时被说傻了。

有人……要陷害乔晚，还把他们当枪使唤？

没想到乔晚竟然会有这套手段，闵国飞有些手忙脚乱："那……那你也得证明，这功法的确是大光明殿的，与魔域无关。谁又能替你证明？"

"我来替这位道友证明。"话音刚落，从问世堂外面突然大步走进来一个膀大腰圆的莽修。

这莽修一走进问世堂，立刻挡住了殿里绝大多数的视线。

不只闵国飞那边的一干人等蒙了，乔晚也蒙了。

愣了半秒之后，乔晚眼神一亮，忍不住脱口而出："济慈！"

莽修，也就是济慈，朗声大笑："小乔，好久不见了。"

乔晚愣愣地问："你怎么在这儿？"

她……她这计划里面好像没大光明殿的认证这回事吧？

"我？"济慈笑道，"我当然是替师父来传话了。"

"师……师父？"

阔别已久的莽修一笑起来脸上横肉都堆在了一起："尊者如今正同贵派诸位长老说话呢。"

乔晚大脑"轰隆"一声，惊讶地睁大了眼。

前……前辈也来了？

闵国飞的脸色立刻有了点儿微妙的变化。

毕竟谁也没想到，竟然真的冒出个大光明殿的弟子，还是妙法尊者的弟子。

乔晚愣愣地问："前……前辈？"

自从同修会之后，她就再也没见过妙法尊者了，这几天忙着爬塔，连眼睛都没闭上过，更别提入梦。

更何况，有了上次那么尴尬的经历，一想到这儿，乔晚就有点儿脸发烫。她一时半会儿是绝对不会再尝试着入梦了！

马怀真倒是完全没被惊动到。

济慈和乔晚不打不相识这事，在昆山算不上秘密。

男人毕竟还没忘记正事，抬眼笑问："你说乔晚用的是大光明殿的功法，你怎么证明？"

就在这时，乔晚猛然想起来，自己还在做正事呢。

济慈哈哈大笑了两声，走到还在地上哀号的青年身前，伸手一摸，抬眼笑道："小乔卖出去的，的确是我大光明殿的功法，不过这位道友用的功法里面混了点儿别的东西。"

马怀真问："什么东西？"

济慈收了手："魔气。"

马怀真脸色微寒，盯着济慈看了一眼，慢条斯理地笑道："这可不是开玩笑的事。"

莽修不为所动。

降妖除魔，他们弟子是专业的。

马怀真抬手，示意身边的暗部弟子给济慈搬张凳子过来，让他继续说下去。

"我看小乔说得没错。"济慈沉吟了一声，咧嘴笑道，"堂主，件事有古怪，肯定是有心人从中作梗。我想，堂主也不是个鲁莽武断的人，不如就先将这几个人交给问世堂盘问清楚怎么样？"

"至于小乔……"济慈顿了顿，笑着说了句震惊全场的话，"有我们大光明殿作保。堂主，你看如何？"

马怀真愣了愣，脸上露出了点儿惊讶之色。

大光明殿，为乔晚作保？

这弟子是认真的？

一并震惊的还有正在旁听的一干昆山弟子。

大光明殿怎么还被牵扯进来了？要知道大光明殿地位崇高，这可和实力决定的地位不太一样。大光明殿不仅有实力，还贯彻着与人为善的信念，门下弟子鲜少与人起冲突，就算上次善道书院、梵心寺带着一帮人把大光明殿给围了，大光明殿的人也是做到了一个"礼"字。

打从济慈进门开始，马怀真就没惊讶，那是因为问世堂全在他的掌控之下，济慈来问世堂的消息，他比乔晚他们几个更先一步知道，人还是他特地用传音入密吩咐暗部弟子别拦，尽管放进来的。

但马怀真没想到的是，面前这大悲崖的弟子竟然敢把整个大光明殿拉下水。

如今，昆山弟子中了魔气，替乔晚担保这事可大也可小，但济慈敢把大光明殿拉过来替乔晚背书，马怀真敬对方是条汉子，倒是没想到面前这叫济慈的弟子竟然有这能耐。

马怀真不动声色地打量了济慈一眼。

就他在同修会上和那位大光明殿的主事者短暂接触的情形看来，妙法尊者虽然是个正儿八经的，连他都想供起来上香的人物，但实际上从来就不是那种，每个门派都有几个的，修为顶尖，脚踩祥云，一身仙气不接地气的"吉祥物"。

这位尊者脾气暴躁，官腔打得溜，完美诠释了什么叫度世先入世的概念。在这位妙法尊者的威压之下，估计没人敢架空他，也没人敢越过他做什么事。

济慈既然敢说这话，就表明这是受了妙法尊者的示意。

只是妙法尊者这么个人物，凭什么要替乔晚作保？

眼看马怀真一直没表态，济慈笑眯眯地说道："堂主，就给我大光明殿一个面子，您看怎么样？"

马怀真盯着济慈看了一眼，收敛了一肚子心思，脸上终于露出了官方的笑容："济慈道友客气了。"

这些大光明殿的弟子，一个赛一个地世故，微笑着打着官腔的马堂主，嘴角微不可察地抽了两下。

闵国飞和其他同伴立刻慌了神，"堂主……你……你是认真的？"

"那她呢？"闵国飞伸手指向乔晚，"堂主叫我们几个留在问世堂没问题，但真相还没被查清楚，就这么放她离开？"

"谁说就这么放她离开的？"马怀真看了闵国飞一眼，亲切和善地笑道，"放心，有暗部弟子全天跟着她。"

这明显的心偏到没边的态度，让闵国飞气得差点儿喷血。

凭什么把他们几个关押起来，乔晚却还能自由活动？而且这所谓的"监视"可操作空间大了去了，他就不信，凭着乔晚和暗部弟子这么熟的交情，这些暗部弟子真的会全天候地密切监视她。

走出问世堂的大门后，乔晚还有点儿茫然。

想她在昆山待了这么多年，这还是第一次体会到什么叫有靠山的感觉。乔晚默默泪流，虽然很爽，但感觉……压力好像有点儿大啊。

玉简上的消息"叮叮叮"地响个不停，无一例外全是被大光明殿骤然为这事下场而震惊的发言。

总感觉自己的马甲有点儿岌岌可危，压下重逢的喜悦之情，乔晚按着剑，十分有礼貌地试探性问道："济……济慈，你知道前辈在哪儿吗？"

莽修笑眯眯地回道："前辈说了，解决了这事，就让我带你去找他。"

忽略了玉简上如有实质的数百道目光，乔晚果断地掐了直播，思索了半秒，开口道："那走吧。"

据济慈说，妙法尊者上了昆山之后，先代表大光明殿去见了昆山掌门，带去了大光明殿亲切的问候，紧跟着又去见了几位高层长老。

"那现在呢？"乔晚愣愣地问。

"还在上清峰上呢。"

上清峰！

乔晚后脑勺一凛。

这是昆山主峰，昆山各类大事都在这座主峰上的紫微仙宫里由诸位长老投票裁决。紫微仙宫，平常普通的昆山弟子是进不去的，能进去的怎么也得是陆辟寒这个级别的内门精英中的精英弟子，但这种精英中的精英弟子在整个昆山都屈指可数。

乔晚在昆山生活了几十年，还是头一遭上紫微仙宫。

她抬头看着面前这浩渺云烟中峻拔的山峰，嵯峨的回廊、楼阁、台榭，鳞次栉比，高低起伏，如凭空而建，琉璃瓦映着漫天的云霞，泛出绚烂的颜色，顿时感觉压力好像更大了。

怀揣着忐忑、好奇的心情，乔晚推开了面前这扇大门。

入目的是白玉砌成的地砖，宝光灿灿，殿内四壁彩绘绚丽，映着白玉地砖，竟然交织出一片灿烂的烟霞盛景。大殿十分宽敞，她甚至能听到脚步的回音，而在正中，模糊的光影下摆了十多把椅子。

这些椅子没被坐满，乔晚余光一瞥，微不可察地松了一口气。

或许是因为妙法尊者之前已经见过了掌门和其他长老，如今殿里坐着的长老不多，一个是周衍，一个是玄中长老，还有比较陌生，鲜少与人接触的妙行真人以及怜真长老。

周衍端坐在右侧的椅子上，白袍垂地，脸上看不出多少情绪。

乔晚推门后，殿里明显好像安静了一瞬，紧跟着，她就听到了一声提神醒脑、美妙威严的音。

"上来。"

迫于这压力，乔晚没敢抬头，按紧了剑，埋头看着地面。

好在地面足够光洁，清楚地映出个人影。

尊者长眉微蹙，端坐在上座，就算地砖倒影略显模糊，她也辨得出那颠倒红尘俗世、倾国倾城的美艳容貌。

就是那藏蓝色的头发……

乔晚沉默了一瞬，思绪不合时宜地跑偏了。

为什么这些出家人，头发一个赛一个地长啊！这尘心未尽啊！

想着自己光秃秃的头顶，乔晚感觉自己快要忌妒到扭曲了。

就在这时，妙行真人突然开了口："尊者认识乔晚？"

在众人的目光之下，这位此门巨擘淡淡地说道："长老见笑了，我与这位小友有旧。"

"下山之后，她曾入我门下，伴我身侧，修习过一段时间的功法。"不知道是不是想起了什么不愉快的回忆，妙法皱眉，冷声说道，"我们也算有几分师徒情谊。"

这话一出口，殿里几个长老不由得看了坐在右边的玉清真人一眼。

师徒……情谊？

其实，妙法一开口，震惊的不只是乔晚，还有守在殿里两侧负责守卫的暗部弟子。

他们是受过良好训练的，一般情况下不会震惊，除非忍不住。

这位大光明殿地位崇高的尊者，气势凛然，不苟言笑，眼如潋潋碧水，身形如山岳耸峙，单单是合眼沉思这几个动作都让人心里有点儿发怵。

虽然他是来做客的，但和这几位长老坐在一块儿，气势硬生生地压了长老们一头。

尊者这哪里是坐在紫微仙宫里。

众暗部弟子眼角一抽。

这是坐在？

不过说妙法尊者这气势压过了这几位长老也不是没道理，天下门派中人尽归大悲涯，而大光明殿是独立于大悲涯，又与大悲涯息息相关的一个组织。

大悲涯的住持早不管事，不在人前露面，以妙法尊者这地位，就算是大悲涯如今的首座也得对妙法恭敬三分。

所以，论地位，在场的确无人比得上这尊大佛。

而这尊大佛竟然认识乔晚。

试问如今整个修真界的小辈们哪个担得起妙法尊者的"小友"这个殊荣？

守在殿侧的暗部弟子暗自咋舌。

听闻这话的周衍脸色也微微一变。

就连乔晚也有点儿惊讶。说实话她真没想过尊者竟然当着昆山众人的面认下了她这个徒弟。

周衍缓缓地看了一眼面前这位气势威压的此门巨擘，搁下了手中的茶杯，目光冷冷淡淡的："我这徒弟何时成了尊者的徒弟，我怎么不知？"

妙法尊者这名号，周衍自然也是听说过的，不过心里诧异，乔晚什么时候和这位大光明殿的尊者扯上了关系？

而这位尊者，气势和神色丝毫没变，平静地说道："就在真人将乔晚赶下山之后。"

守在两侧的暗部弟子一听这话不约而同地眉头一跳，心里打了一个哆嗦。

插刀快准狠，这大光明殿的尊者是一点儿情面都没留，还真是十分世故接地气的存在。

周衍明显也听出了妙法这话里的意思，闭上了眼："尊者见笑了，这是我们师徒之间的误会，不过，晚儿在山下的日子还多谢尊者照顾。"

他这一句话，就将妙法和乔晚的关系撇了个干干净净。

尊者沉声道："我与乔小友有故友之情，便是真人不说，我也要多加照拂。倒是照真人所说的，你与她之前不过只是误会，那她下山之后，真人这个师父又在何处？"

话音刚落，满座皆惊。

乔晚心里一跳，压力山大地攥紧了剑，冷汗都跟着掉了下来。

周衍紧紧地攥住了手里的茶杯："尊者这是什么意思？"

尊者秀眉微蹙："自然是问真人这个做师父的人，乔晚下山之后，真人何在？"

乔晚下山之后，他受困于心魔，一直在玉清峰上闭关，但这事能说吗？

周衍沉默了良久，终于给出了个回答："彼时我正在玉清峰上闭关，尚不知晓晚儿身上发生的事。"

"嗯？"尊者闭目沉思，"我本以为世间传言大多是人云亦云，三人成虎，作不得真。"

目睹这一幕的妙行真人看了周衍一眼，又看了看妙法，适时地插了一句："尊者指的是……"

"自然是玉清真人偏宠两个先入门的弟子，鲜少过问这小徒弟。"

周衍捏紧了指节，心中如翻山倒海般惊愕万分。

乔晚她……什么时候与妙法尊者相识的?

察觉大殿里这肃杀的气氛,暗部弟子全都眼观鼻,鼻观心地低下了头,生怕一个不慎引火烧身。

济慈笑眯眯地站在殿外。

这紫微仙宫他就进不去了,不过不妨碍他在门口等着。

得知乔晚竟然就是自家师父梦里相识的小姑娘之后,他顿时就惊了。

不过他仔细琢磨了一会儿,尊者曾经对乔晚多有指点,那乔晚怎么也算是他的一个小师妹。

小师妹被欺负了,那他不得帮着撑一下腰?

莽修骄傲地挺起了胸膛。

小师妹是干吗的?小师妹是拿来宠的啊!小师妹撒个娇,就该有师父、师兄帮着教训坏蛋,无条件护短,就算小师妹皮上天,那师父、师兄也得苦笑着将人放在掌心里供着。

在这步步紧逼之下,周衍嗓音微哑,眼里流露出了点儿疲态。他想否认,但尊者说的的确是事实,在这之前,他确实没对乔晚上过心,一时半会儿竟说不出否认的话。

"我对晚儿……"周衍面色微白地狠狠攥紧了手指,"的确有所亏欠,如今也在想方设法地补偿她。"

"但观真人言行,我看不出有半分歉疚之意。"妙法话锋一转,突然收敛了几分锐光,"吾愚钝,但也知晓我此门派弟子若想要涅槃,空想作不得数,不知真人想要补偿这位弟子,可曾付诸行动呢?"

这个时候,围观的其他暗部弟子总算悟了。

妙法尊者这是在给乔晚撑腰啊!

不得不说,妙法尊者这气势,不愧是能一掌拍死无数妖魔鬼怪的尊者。

比一声"小友"更让人惊恐的是,大光明殿的尊者地位如此崇高,却愿意纡尊降贵地替乔晚撑腰!

妙法微微合目,凝神不语。

他逼到这一步就够了,毕竟是在别人的地盘上,总该给对方留点儿面子。

其实,在乔晚没来到大光明殿之前,妙法也没想过梦里这晚辈竟然就是玉清真人新收的那小徒弟,找替身这事,在他看来既痴且愚,至于偏宠其他弟子,这师父更是不称职。

虽说他与乔晚接触不算多,但她心性坚韧,性子冷静,极为难得,即使修炼比旁人慢上一步,但数年来风雨无阻,在脚踏实地的努力之下,根基倒比其他同辈更为深厚扎实。

他虽说常常厉声怒斥她,但实则内心暗暗赞赏她。

气氛一时有些尴尬。

终于,妙行真人有点儿看不下去自家面子被人这么下,哪怕这人是令人忌惮的光明殿尊者。

就算妙法尊者地位崇高，妙行真人还是皱起了眉："依我看，乔晚这事也有她……"

结果他还没说完，尊者凌厉的神色在台下一扫，定定地落在了乔晚身上，他突然厉声说道："你在这儿做什么？这是你待的地方吗？还不快下去？"

乔晚一时无言。

不是前辈你让我过来的吗？

妙行真人还没说完的话顿时噎住，卡在嗓子眼里上不去下不来。

这声厉喝，骂是假，护短倒是真。

乔晚不傻，明显能察觉到这威严怒喝之下的回护之意，顺坡下驴地微微颔首，在妙行真人开口之前，转身退下了。

至于妙行真人，脸上一片铁青之色，主要是憋气憋的。

出了大殿之后，乔晚一眼就看见了守在门口的济慈。

"怎么样？"莽修伸出宽厚的手掌拍她光秃秃的脑门，"师尊为难你了没？"

乔晚若有所思地摇了摇头："前辈未曾为难我。"

本来她还以为妙法尊者会因为自己失礼地不告而别动怒，现在看来……

乔晚挠了挠头，看来是她以小人之心度君子之腹了。

前辈虽然脾气暴了点儿，但都是对事、对魔，不对人，倒不是很计较这些虚头巴脑的东西。

"不说这个，"济慈笑道，"要是刚刚我和师父没出现，你打算怎么办？"

乔晚沉思了一瞬，说道："我总觉得，萧绥背后还有人在指点他。"

济慈虽然长得人高马大，但脑子灵光，旋即面露沉思之色："小乔是说……"

萧焕。

乔晚接着说道："我想借这个机会钓他出面。"

没想到萧焕把自己掩藏得十分完美，她总觉得，这两兄弟不像传言那么和谐，至少不是全无嫌隙。

乔晚走后，紫微仙宫里一时寂静无声。

而另一厢，昆山大课里，坐在教室里的一众弟子也看向了门口站着的少女和少女身后那身着红嫁衣的……"女尸"。

虽说昆山弟子物种丰富，既有蝙蝠精，也有狼妖，还有拿着木棍当法器前来进修的修士，但这活蹦乱跳、不用尸修操纵的行尸，着实有点儿刷新昆山弟子的下限。

穆笑笑气喘吁吁，眉眼弯弯地偏头不好意思地笑道："长老，抱歉，笑笑因事所困，来晚了点儿。"

她当初中的热毒到现在都没好全，周衍特地免了她这段时间以来的课程，只让她休养。而这些大课，照穆笑笑的身份她其实也没必要去，剑术或是战技有周衍和陆辟寒帮忙教着，已经绰绰有余。

昆山这大课，也不大讲究课堂纪律，愿意听的人就坐着听，不愿意听的人就出去。

弟子来迟或者来晚了，授课长老也不在意，修行主要在个人，不乐意学的人，日后就死得早点儿。

像穆笑笑这种口称有事来晚了的情况，昆山弟子心知肚明。

毕竟只要是学生，谁没干过迟到这种事？

但偏偏少女身后的"女尸"缺心眼，娇娇地扯着穆笑笑的衣袖，怯生生地小声说道："穆道友你怎么能骗人？我看你刚刚还坐在镜子前梳妆呢。"

当着昆山一众弟子的面，穆笑笑微微一愣，脸色瞬间有点儿僵硬。

纵横昆山五十多年，这是穆笑笑首次碰上敌手。

说真的，纵横昆山这么多年，大家说话都是说半分，藏着半分，互相奉承打着机锋，哪里有这么明明白白地拆台的？

穆笑笑一下就涨红了脸，长长的眼睫扑闪了一下，轻声说道："如意姑娘你在说什么呀？"

王如意眨了眨眼："穆姑娘你梳了妆真好看，不像我，都不会化妆，只能素颜出门。"

台下众昆山弟子被呛了一下。

你清醒一点儿！

你这样子就算化了妆也好看不到哪儿去！

不等王如意开口，穆笑笑赶紧快步找了个位子坐下来。

然后少女又开口了："哎呀，穆姑娘，你怎么往辞仙哥哥边上坐呢？"

这声音不大也不小，但正好落在了其他弟子的耳朵里。

教室里的众人愣了一下。修士凡是活了这几十年的，哪个不是人精？一个个纷纷琢磨出了点儿不对劲儿的味道。

不是说陆辞仙是乔晚的道侣吗？

穆笑笑和陆辞仙认识？

众人下意识地看向了陆辞仙。

穆笑笑有些紧张地揪紧了裙摆，忐忑不安地看着面前的少年。

少年沉稳地坐在桌前，垂着眼，但单单坐在这儿就无法让人将目光从他身上移开，也让人不敢生出任何轻视之心。

"陆道友，"少女抬起眼，星眸里水光潋滟，怯怯地开口问道，"我能坐在这儿吗？"

结果话音刚落，她身后又响起了少女娇软的嗓音，红衣女鬼小姑娘费解地问："你都坐下来了，还问什么问呀？"

正坐在前面，背对着陆辞仙，眼观鼻，鼻观心，留意着这边的动静的齐非道，一下没憋住，"扑哧"一声差点儿喷了。

这"扑哧"一声轻笑，在这寂静的大课堂里显得尤为清晰，目睹这一幕的昆山弟子也没忍住，笑出了声。

霎时之间，整个大课上众人笑成了一片。

穆笑笑身体一僵，脸色有点儿勉强地站起身来："抱……抱歉，我没想这么多。"

没想到她刚挪窝，红衣的女鬼就一屁股坐了下来，娇滴滴地朝着陆辞仙喊了一声：

"辞仙哥哥。"

从刚才起一直没出声的少年，眼里含了淡淡的笑意："如意。"

王如意把穆笑笑挤到了边上，穆笑笑笑容勉强地站在桌子前，一时间进退不得。

而偏偏做完这一切的红衣女鬼还十分优雅地从储物袋里摸出了纸和笔。在没被人砌进墙里之前，她好歹也是出身大族，一举一动都十分优雅从容。

一抬眼，瞥见穆笑笑脸色不对，王如意终于意识到好像哪里不对，眨了眨眼，一脸蒙地问："穆姑娘，你的脸色怎么这么差呀？难道你想坐在辞仙哥哥身边？"

"我明白了。"王如意突然击掌，一副恍然大悟的样子，"穆姑娘，你之前梳妆打扮是为了打扮给辞仙哥哥看呢？"

王如意深沉地觉得，从这简单的信息就能推测出真相，还原出全貌的自己，真是个天才！

穆笑笑："……"

王如意自豪地赶紧拿着书站了起来："你想坐辞仙哥哥身边直说不就行了？喏，你坐吧。"

她完全没看见其他昆山弟子震惊的脸色。

穆笑笑想坐在陆辞仙身边，这得是多劲爆的一个消息？

陆辞仙可是乔晚的道侣啊，照这红衣女鬼说的，穆笑笑出门前特地梳妆打扮了一番，然后一进门就冲着陆辞仙去了，这不是有意勾搭自家师妹的道侣吗？

"道友误会了。"穆笑笑的眼里掠过一丝微不可察的慌乱之色，她怯怯地说道，"我只是看……看晚儿师妹与陆道友走得有点儿近，这才想着帮忙问问。"

所谓忙中出错，差不多就是这个道理了。

自家师妹的道侣，她们关系也没多好，哪里用得着她过问？

昆山弟子微妙地看了穆笑笑一眼，总感觉有点儿越描越黑是怎么回事？

"抱歉，王姑娘，"穆笑笑面色苍白如雪，"这位子我不坐了。"

王如意毫无所觉，开开心心地一屁股坐了下来："那我继续坐了。"

穆笑笑："……"

众人刚坐下来还没一炷香的工夫，玄中长老突然捋着胡子，一挥袍袖说道："行了，开始吧。"

众人就见玄中长老的袖子里飞出了一道光，这道光停在了第一排左边第一个昆山弟子面前，聚成了筒的形状。

穆笑笑微感讶异："这是……"

身后有好心的昆山小师妹提醒："穆师姐你来得正好，长老叫我们抽签分组切磋呢。"

前脚陆辞仙和裴春争刚做过示范，玄中长老简单地讲了一下陆辞仙和裴春争切磋的时候用的战技，紧跟着，就让台下一众昆山弟子抽签现场活学活用。

抽签……分组……切磋？

等到这"签筒"终于停在自己面前的时候，穆笑笑忐忑地展开手里的签板看了一眼。

壹号。

这是要寻找另一个和她签文相同的弟子。

穆笑笑握着签板找了一圈，目光突然在自己身后顿住了。

她身后坐着个平庸无奇的国字脸青年，狭长的眼里透着看透世事的威严和漠然之色。

穆笑笑："这位道友？"

她……要和这位道友对战？

伽婴面无表情地看了一眼自己手上的签板，又看了一眼面前的少女。

少女睁着水光潋滟的杏眼，怯生生地朝他抿唇笑了笑。

感觉这容貌有些眼熟，妖皇伽婴瞥了一眼，就是想不起来在哪儿见过了。

妖皇行为处事一向比较简单粗暴，脑子里除了"值得记得的对手"，就是"太弱了的路人甲"。

他应该见过面前这少女，不过既然不记得了，就表示对方不是什么重要的人。

这人太弱了。

伽婴淡淡地移开了视线。

玄中长老开口："嗯，那请抽中'壹号'的人上来。"

穆笑笑握着签板站了起来。

伽婴坐着没动。

玄中纳闷："这位道友……"

青年虽然容貌长得有点儿喜感，眼神却暗沉沉的，这是身经百战的目光。

过了一会儿，这面容平平无奇的青年终于开了口："太弱了。"

伽婴闭上眼，言简意赅地给了个解释："不值得我出手。"

修犬嘴角一抽，有点儿不忍直视。

陛下啊，我虽然知道你这是好心耐着性子解释，但请你搞清楚现在这状况啊！你清醒一点儿啊！

此话一出，王如意、齐非道等人立刻被这霸气的气场给镇住了。

但青年淡定的样子、幽深的目光，竟然让人一时间觉得好像没有哪里不对。

台上的少女认真地看着他说："道友此举是不是太过轻视人了？"

伽婴终于睁开了眼，平静的目光落在穆笑笑身上。

一条气势凛然的黑色巨龙瞬间呼啸而出，直接掀翻了屋顶。

刹那间，瓦片共木块齐飞，荡开一股磅礴的气劲，黑龙直入云霄，龙鳞光彩绚丽，龙吟悠长。盘旋一阵之后，黑龙突然化为了点点荧光，纷纷扬扬地落了下来。

但这气劲也仅仅是掀翻了屋顶，没伤着在场任何一人。

他们……从来没看过这么霸道的龙气。

黑龙跃入云霄时，仿佛盘踞了整片天空，龙爪雄劲，硕大的龙头沉默地俯视着昆山群峰。

众昆山弟子眨了眨眼,从这气势磅礴的龙气中猛然回神。

刚刚……刚刚发生了什么?

这一击惊艳了整个昆山的男人淡淡垂袖,目光冷淡地看向面前的一干昆山弟子,抛下了一句十分拉仇恨的话:"你们当中,只有乔晚或可与我一战。"

这是实话。

第二十四章 大家的幻境

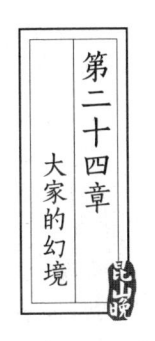

一众昆山弟子："……"

这虽然是实话，但他就这么说出来，也太不给人面子了！这让他们的脸往哪儿搁？！

这一击这么凶残，乔晚什么时候有这么凶残的能力了？

而修犬委委屈屈地呜咽了一声，耳朵耷拉了下来。

陛下，我知道你赏识乔晚妹子没错，但是这屋顶咱们修不起啊！

这一击震撼了在场所有昆山弟子，等散了大课后，还有人在讨论昆山多出了个自带龙气的家伙，不知道是哪家的皇族，实力超群。

穆笑笑抬起头愣愣地看着点点落下的荧光，还停留在这震撼感觉之中，久久无法自拔。

这一招只有乔晚挡得下来？

不知伽婴替自己刷了一次存在感的乔晚，此刻正蹲在自己的洞府门口。

从大殿离开之后，乔晚就有点儿想去找妙法尊者。

据说妙法尊者被安排在昆山客房住。

乔晚蹲在门口默默地抱着剑，开始扯花，一边扯，一边久违地感受到了一股少女情怀总是诗的惆怅情绪。

去……不去……去……不去……

乔晚摸了摸自己光秃秃的脑袋，抿紧了唇。

对前辈这种人，情情爱爱之类的事，感觉更像是会耽误他。

她现在这造型也太辣人眼睛了，她得抓紧时间想办法让头发长起来才行。结果还没等她做好心理准备，又一件事打乱了她的行程安排。

下一节大课安排成了围猎，要求有意向参加同修会的弟子都来参加，集合地点就设在问世堂门口，由暗部弟子开传送法阵，带领大家一块儿去停云山。

暂时将这少女心思抛在了脑后，乔晚匆匆忙忙地整理了一下思绪，赶了过去。

　　她一赶过去，就察觉气氛有些微妙，心里微感惊讶。

　　是错觉吗？她总感觉这些昆山弟子好像在看自己。

　　大概是错觉吧，这么想着，乔晚淡定地走到了陆辞仙身边。

　　出乎意料的是齐非道多看了她一眼，笑吟吟地问："听说乔道友之前一直在帮问世堂做事？"

　　乔晚回答得很谨慎："偶尔来问世堂接点儿任务。"

　　照例来说，战技这节大课后面跟着的应该是法术这节大课，但这回改成了停云山围猎，不少弟子心里略感纳闷。

　　齐非道保持着个"农民揣"的姿势，笑道："道友怎么看这次围猎？"

　　乔晚想了一下，回道："同修会？"

　　这次停云山围猎或许和同修会有关。昆山并没有遮掩同修会考核试题的意思，从一开始就有传言，这次同修会考核是和前段时间才出现身于修真界的一座仙宫有关。

　　听说这座仙宫里面灵气浓郁，灵兽到处跑，天材地宝更是多得遍地都是。

　　这么一座仙宫，之前都没人听说过它的存在，却在某一天突然出现了，地点就是昆山往东两百里处。

　　仙宫出现得突然，宛如一个从天而降的馅饼把修真界的人给砸蒙了。于是，昆山联合其他三家和一些宗门势力，派出一批精锐弟子进去探了探路，最后得出结论，这座仙宫应该是几千年前的什么古老遗迹，不知道是受什么影响突然现世。

　　虽然仙宫离昆山近，但昆山迫于压力也不能私吞这座仙宫，最后几家一合计，干脆就把它定作同修会考核试题之一吧，各家都派弟子进去，谁家弟子拿到了里面的天材地宝就归谁家。

　　而这次停云山围猎课程，明显就是根据仙宫里面的灵兽设计的。

　　毕竟这座仙宫里面最重要、最珍贵的宝物就是妖丹。

　　这就要提到各族的特点了，人族虽然自称万物灵长，也确实悟性高，靠脑瓜子取胜，但人族寿命短。

　　妖修一般比较蠢，开窍比较晚，总要修炼个百八十年才能开灵智，但寿命长，能耗下去。

　　至于魔修，在三个种族里面算是综合实力最强的，但魔修数量比较少，而且好战，容易自相残杀，一不小心就会走火入魔，陷入疯魔状态。

　　至于鬼修，由于数量太少，修行艰难，暂时不被列入统计范围之内。

　　而妖兽、魔兽、灵兽三百年可结成内丹，这内丹是个吃下去能长人寿元的东西。

　　妖靠吃人增进修为，人靠吞食妖丹增长寿元，在这任妖皇上任之前，双方多年积怨，一直厮杀得比较激烈。妖族这任妖皇伽婴上任之后，以雷霆手段整治了妖族上下，阻止妖族继续吃人，教育众妖要做有道德、有修养的好妖，同时又领着手下军队和人类修士打了一场，把企图对妖丹下手的人类修士彻底给打怕了，再也不敢对妖丹动心思。

　　明面上结束了妖修和人类修士死磕多年的乱象，再也没有爆出过死伤惨重的战斗，不过私底下还是有不少大大小小的摩擦，但这些事，伽婴都睁一只眼闭一只眼，只要事情不闹大，就不多加阻拦。

如今突然多出个仙宫，这里面的灵兽都是几百年的老妖精，这可是游戏里面象征寿命的红色小桃心啊！而这内丹不受妖族管辖，修真界没哪个势力愿意放过。

停云山这个地方距离昆山不远，妖兽、魔兽和灵兽都挺多，一直是昆山弟子们刷经验的地方。

而这次停云山围猎既是堂大课，也是个预热活动，先让有意向参加同修会的昆山弟子们适应适应。

乔晚看了一眼，齐非道、方凌青等崇德古苑弟子，穆笑笑、裴春争、萧博扬等昆山弟子，甘南、君采薇等都在其中，甚至有披着马甲的妖皇陛下和某条大黄狗。

这次活动是由昆山某个修为不算拔尖，但经验丰富的师兄领队。

"都到齐了吗？"师兄笑眯眯地挥舞着一面小旗子，"先点个名啊，点到谁谁就答一声'到'，然后我们就出发。

"这次围猎的得分就记在玉简上面，一阶灵兽咱们记2分，二阶灵兽记4分，三阶……至于五阶灵兽，那相当于元婴期修为了，停云山没五阶灵兽，你们悠着点儿。"

确认人都到齐之后，由暗部弟子开启了传送法阵，大家一个一个乖乖排着队，一脚踩进了传送法阵里面。

眼前一花，等到站稳，乔晚一行人就出现在了停云山上。

接下来的路程，大家分开行走，带队的几位师兄师姐嘱咐了几句，让大家带好传讯玉简随时保持联络之后，就分别散开了。

虽然说这是预热活动，各门派弟子还是存着点儿暗暗攀比的心思，崇德古苑、青阳书院的人分别抱团走在一块儿。

拒绝了萧博扬、甘南等人继继提出的组队邀请之后，乔晚决定一个人走走，顺便让自己这颗躁动的少女心冷静冷静。

于是，最后分组情况是萧博扬、裴春争、穆笑笑等人抱团一起走，乔晚这个昆山弟子落单。

"那个……陛下，"刚交完罚金，仿佛身体被掏空的修犬犹豫地问，"我们要跟上乔晚妹子吗？"

男人长腿一迈，潇洒地率先走进停云山，沉声说道："不用。"

看到乔晚落单，有胆子大点儿的昆山小师弟小师妹推出了个人，那人不好意思地走到了乔晚面前，期期艾艾地问："乔……乔师姐，你要和我们一起行动吗？"

之前的"直播"他们也看了，虽然之前传言总说乔晚走后门，和自家师姐关系不好，忌妒诋毁穆笑笑，但现在他们看来……这根本就是无稽之谈嘛！

小师妹好奇地瞪圆了眼，看着面前的少女。

在"直播"里面，乔晚师姐挺平易近人的啊。

"多谢。"乔晚礼貌地扯了扯嘴角，露出个僵硬的笑容，"我一个人就行。"

眼看着小师妹失落地离开之后，乔晚摸了摸自己的脸，不确定地想：应该……没吓到人吧？

其他人动作很快，还没走多久，玉简上就响起"叮叮叮"的计分声音。

但乔晚运气比较差，停云山里虽然各种兽比较丰富，但是她带着剑一路走来，竟然都没看到妖兽或灵兽的影子。

不过乔晚不知道的是，这次停云山围猎活动，有不少人在暗暗关注她，等着看她能猎到什么东西。

不过等了半天，玉简上面都没传来乔晚的消息，众人心里不免有点儿失望和怀疑。

乔晚就这实力？

但随着时间推移，"叮叮叮"的计分声就越来越少，到最后只剩下了稀疏的两三声。

这不对劲儿。

乔晚心里一沉。

按理说这停云山里面的妖兽或灵兽不至于这么难猎啊，难不成其他人的运气和她一样差？

怀揣着这样的疑惑，乔晚一路往前走着，

她拨开面前的灌木丛，往前是一片浓厚的雾气。

在这片浓厚的雾气中，隐隐地站着个让她熟悉的身影。

是萧博扬？

乔晚立刻惊讶地快步走了上去。

青年背对着她，一动也不动，犹如一座僵硬的石雕。

乔晚绕过去一看，就见萧博扬娃娃脸上神色严肃，眼睛看向雾气深处，而那双眼里微含恐慌之色。

他这是……中了幻术还是怎么的？

乔晚略一思索，干脆利落地侵入了萧博扬的识海，顿时恍然大悟。

还真是幻术！

那计分声逐渐减少，难不成是因为大家都陆续中了幻术？

这幻术，乔晚估计着，得有元婴期的功力。

这些弟子里面，修为最高的也不过是金丹期，碰上元婴期的幻术肯定中招。

她神识本来就比其他人要坚韧不少，修炼速度也快，经过这段时间每天艰苦修炼，修为基本上已经冲到了元婴中。

稳定心神后，乔晚在萧博扬的识海里走了几圈。

这还是当初那个古宅，天上一轮弦月，银辉洒落院内，青年提着盏灯笼表情僵硬，嘴里念叨个不停。

"别过来，别过来，别过来……"

乔晚一板一眼地喊道："萧师兄？"

听到这熟悉的声音，萧博扬猛然回神，瞪大了眼："乔晚，你……你怎么在这儿？"

顿了一秒之后，他瞬间意识到不对劲儿了。

"这是幻术？"萧博扬皱眉问道。

他刚刚就觉得有点不对劲儿，结果还没反应过来就中招了，一看到乔晚，有过前车之鉴，萧博扬立刻回神。

乔晚面无表情地说："一直被鬼吓到，师兄你还真是挺没用的。"

话音刚落，青年顿时反驳："你瞎说！"

乔晚顺着他的目光又看了过去。

上次是美女蛇，这次是什么？

顺着萧博扬的视线，她依稀看见廊下吊着个白色的鬼影。

被这种鬼困在幻境里，乔晚淡定地想，萧师兄你这想象力太匮乏了啊，这鬼影算什么？

前面说过，她的神识是很强大的，强大到能感受她所想，随心所欲地改变幻境的内容。

眨眼之间，乔晚心念电转。

萧博扬瞬间麻了，僵硬地戳在原地，看着从窗户里爬出来的长发覆面的女人。

"乔……乔晚……"萧博扬嗓音有点儿打战，颤巍巍地伸出手，"你看……"

"快……跑……"青年怒吼一声，两条腿如风火轮般迈开，一步蹿到了门口，"跑！快跑！"

乔晚内心突然感到有点儿抱歉。

又一眨眼的工夫，脚下这座宅院门口突然多出了一排脑瓜崩裂的青绿色僵尸，僵尸正慢悠悠地朝着这边晃了过来。

乔晚："……"

刚蹿到门口的萧博扬又撕心裂肺地怒吼了一声，火烧屁股地弹了回来。

这都是什么跟什么？

就在这时，萧博扬脚下突然蹿出几排朝阳花，嘴巴一吐，天空中突然又降下了几个金灿灿的小光团。

肩膀上一沉，突然被人拍了一下，萧博扬回过头，乔晚正一脸严肃地看着他，往他手里塞了一把种子。

"那个师兄……加油，你先玩会儿《植物大战僵尸》，我先去看看其他人的情况。"

萧博扬：植物大战僵尸是什么东西？

弹出萧博扬的幻境之后，乔晚四处转了转。

停云山怎么会出现五阶妖兽？

保险起见，她顺便又切回了陆辞仙的视角，赶紧去找王如意。

对，陆辞仙的号也是和其他人分开走的。

乔晚一边往玉牌上发送信息，一边留意着浓雾中传来的"叮叮"声，没走几步，就顺利看到了少女红通通的身影。

实在是这身嫁衣在浓雾中十分引人注目。

乔晚绕过去一看，红衣女鬼明显也陷入了幻境里面，怔怔的。

踌躇了一下,乔晚侵入了王如意的识海,结果刚进去就愣住了。

这是……还活着的如意?

这幻境明显是一座客栈的客房。

有个穿着嫁衣的姑娘端坐在床上,手里忐忑地握着根金步摇,笑容很甜蜜,那张脸上肌肤丰盈,吹弹可破,泛着点儿胭脂般的粉,五官秀美动人。

她在等她的心上人。

乔晚,或者说陆辞仙,往后退开半步,暂时没打扰这幻境。

紧跟着没多久,客栈的门被推开,一个样貌俊秀的青年走了进来,一进门就喊:"如意。"

女人立刻瞪大了眼,娇羞地扑了上去,含情脉脉地往青年怀里一倒:"永郎。"

乔晚立刻瞪大了眼,就像是被人抡了一闷棍,彻底被砸晕了。

她知道如意之前碰上个骗她的嫁妆的"渣男",这"渣男"岳永长得像郁行之,但除了郁行之,她怎么觉得这"渣男"长得还有点儿像另外一个人?

乔晚大脑迅速运转,喉口顿时一紧。

这人像酆昭,当初在扶风谷坑了阎老板他们数万同袍的酆昭。

乔晚一走神的工夫,面前的王如意突然捧着脸"嘤嘤嘤"地哭了起来。

乔晚收回思绪,皱着眉继续定睛往下看。

就这么眨眼之间,面前这两个人已经从甜甜蜜蜜的情侣重逢现场,成功发展到了分手现场。

岳永说:如意,我不爱你了,我们分手吧。

当然,几百年前,人说话还比较文绉绉的,但翻译过来大致是这么个意思。

王如意当然不肯。

"你以为我为什么会和你在一起?"青年淡淡地看着女人哭得梨花带雨的样子,连眉毛都没动一下,好一个郎心如铁。

"就因为你是王钦的女儿。否则,你以为我看得上你个傻子?"

女人愣愣地睁大了眼,红红的眼眶下面还挂着没干的泪。

她想不明白之前一直对她温柔呵护的永郎怎么成这个样子了。她……她是为了他,才不惜和当官的爹爹决裂,和他私奔的啊,结果他竟然说,要不是因为她是王钦的女儿,他才不会娶她,如今她和家里决裂了,也就没利用价值了。

"那私奔呢?"王如意着急地问,"你不是答应了和我一块儿私奔吗?"

青年那张和郁行之、酆昭两个"人渣"十分相像的脸上露出漠然的表情,他居高临下地打量了她一眼,目光落在了……她身边那个小包袱上面,一开口就一股子"渣男"味儿:"我本来想着借你爹的权和财往上爬,没想到你蠢到直接和家里闹翻了,如今在你爹那儿我已经落不得好。竹篮打水一场空,你耽误了我这么长时间,我怎么也得讨回点儿报酬。"

王如意哭得更厉害了:"所以……你就骗我,要和我私奔,骗我把嫁妆都带出来?"

王钦的女儿的嫁妆,不是小数目。

青年没再管自己的情人的眼泪，干净利落地一掌敲晕了女人。

女人软绵绵地跌落在地上之后，至此，幻境就算结束了，后面发生了什么事王如意不得而知。幻境的主人既然不知道后面发生的事，这场幻境也就没办法继续往下演了。

于是，这场幻境又重复了一遍，又是女人穿着嫁衣，甜甜蜜蜜地坐在床上。

乔晚心里一沉。

这也不对劲儿。

王如意说过岳永就是个一无是处、没灵力的"渣男"，他要是有灵力也不至于贪图她的这一份嫁妆。可是，这幻境里面，乔晚能感觉到这青年身上那股隐约的灵力波动，再加上他敲晕王如意的动作如此干净利落，这人明显是个练家子，身上的灵力还特别清正，不像是能做出这种人渣行径的邪魔外道。

虽然让如意被困在这幻境死循环里有点儿抱歉，但理智告诉乔晚，王如意和岳永的分手现场有点儿蹊跷。

心里默念了一声"对不住"，乔晚耐着性子，皱紧了眉，继续往下看。

这样来来回回看了几遍，乔晚差点儿倒吸一口冷气，终于看出了不对劲儿的地方。

青年的袖口隐约露出了个玉牌的形状。

"酂……太华……二十……"

合着王如意的情郎竟然真的是那个在扶风谷坑了自己同袍的酂昭。

那他怎么会和如意混在一起，又为什么要隐瞒自己修士的身份？照理说，他既然是个修士，不至于贪图她的那份嫁妆。

可是就算乔晚困惑地来来回回看了十几遍幻境，除了这块玉牌，线索就到此为止了，再也找不到其他线索了。

看了一眼又一脸傻样、甜蜜地坐在床上的王如意，乔晚快步走上去，往她肩膀上拍了一下。

"如意。"

就在这一瞬间，幻境急速退去，女人丰润的肌肤干瘪了下去，红颜不再，干瘪的眼球茫然地盯着乔晚看了一眼，脸上还挂着未干的泪痕。

"辞……辞仙哥哥？"

虽然乔晚想问她和酂昭之间究竟发生了什么事，但现在明显不是说话的时机。

乔晚抿紧唇看了面前的红衣女鬼一眼，然后选择上前一步抱住了她。

这是个坚实、温暖的怀抱。

王如意靠着少年结实的胸膛，眼泪瞬间就冒了出来。

"呜呜呜……"红衣女鬼红着眼，哭得上气不接下气，"我……我又看到他了。"

二八年华的少女，爱一个人多浓烈啊，多毫无保留啊，甚至不惜和家里闹翻，也要和对方在一起，就是因为她坚信着，岳永是个好人。

他说过，他恨魔域那些人，如果他有灵力，一定要为天下清平出一份力。

不太会安慰人的乔晚，感觉到胸口迅速湿润的衣襟，顿时僵硬了半边身子，犹犹豫豫地幻化出了几个还在蹦跶的青绿色僵尸，将手里的豌豆种子、向日葵种子等，塞到女

243

人手里。

"那个……你先玩会儿。"乔晚抿着唇踌躇地说,"等我……我马上就回来看你。"

停云山冒出个五阶的妖兽这事有些古怪,她暂时还摸不清楚这妖兽布置个这么大的幻境打算干什么,但现在的确是救人最要紧。

弹出了这片识海,乔晚继续往前出发,搜罗着其他人的踪迹。

和这诡异危险的氛围有点儿格格不入的是,被乔晚丢在幻境里面还在勤勤恳恳地种向日葵的萧家小少爷。

摘下两个太阳,换算成一个豌豆,被遗留在宅院里的萧博扬暴躁地盯着手里的纸团。

对,乔晚临走前,还好心地给他弄了个游戏规则。

和乔晚认识这么久了,萧博扬面无表情地想,他还是看不透他这个便宜师妹在想什么。

也就这么一走神,萧博扬惊悚地发现,他种下的坚果都快被这些僵尸给啃光了!

没办法,萧家小少爷深吸一口气,咬着牙继续面朝黄土,努力务农。

但是看着这些丧失了神志、摇摇晃晃的僵尸,抱着朝阳花的萧博扬忍不住默默咬紧了牙,掐紧了花茎,汁液顺着指缝流了出来。

这些僵尸的样子有点儿熟悉,让他想到了很久之前,他大概还只有六岁的时候的场景,这是深埋在他心底,他最不愿意面对的恐惧。

众所周知,萧家小少爷怕鬼,胆子小,看着飞扬跋扈,实际上被他那混账兄长萧博玉称作外强中干的纸老虎,色厉内荏的草包。

但他胆子真的这么小吗?

至少在他六岁之前,他是不怕这些东西的。

恍惚间,眼前这植物大战僵尸的画面好像又变了,变成个铁笼子,笼子里坐着个看上去有六十多岁的老头。

他竟然又看到了这个老头……

萧博扬闭上眼,深深地倒吸了一口冷气。

青年狼狈地别过了头。

他想说:滚啊。

一向天不怕地不怕,飞扬跋扈的萧家小少爷,突然就泄了气。

但老翁好像没有察觉,依然笑眯眯地看着他:"少爷,你又来看老奴了?"

他坐在笼子里,拖着下面空荡荡的两截大腿根,笑得和蔼,身下的血几乎将铁笼给浸透了。

在没撞见他爹和萧博玉搞人牲生意之前,萧博扬是不怕的。但后来他不小心撞见了他爹和萧博玉把等待卖出去的人牲囚禁在了家里。

所谓的美女蛇,所谓的吊在廊下的鬼影,都不是他想象出来的,都是他真实看到过的,在他六岁的时候,他真实看到过。

他看到过有人首蛇身的女人趴在他的墙头,不过她没有笑,而是在痛苦地翻滚号叫。

通过她的脸他能明显看出来她曾经是个美丽的女人，蛇腭一张一合，发出了"咝咝"的声音，好像在说：救我……救……救……我……

从那之后，天不怕地不怕、锦衣玉食的萧家小少爷夜不能寐，汗湿枕巾。

小剧场

中秋佳节怎么送月饼是个技术活。

看着面前的一堆月饼，乔晚有点儿头疼。

"主要还是山长乱七八糟的朋友太多了吧。"梳着两个双髻的绿衣姑娘吐槽。

对她的这些朋友，乔晚也有点儿心虚。

怎么都已经算得上修真界抗击魔域的新生代主力军代表人物了，但那些混黑、混白的狐朋狗友，实在是不让人省心。

不省心代表之一，那个现在和马怀真一起坐着轮椅，需要她照顾的大龄叔叔。

不省心代表之二，前段时间一招友情破颜拳，改邪归正后，还在休养的前魔域魔主裴春争。

乔晚掰着手指头仔细想了想，她的这些朋友，都混出了自己的名声，好像只有她自己混得最惨。

她每天辛辛苦苦地建设书院，还要帮修真界打白工。

一想到前两天才见过一次面的甘南，乔晚更感到忧伤。

明明很久之前，大家还是一起默默捂脸、感同身受，抱团取暖的"废物联盟"，转眼之间，废物小白龙凶残地先杀蟹贵妃所生的大哥帝王蟹，再杀虾贵妃所生的二哥小龙虾，一路杀上了皇位，成功坐稳了龙王的宝座。

和伽婴打起来之后，小白龙还被伽婴夸了一句"不错"。

前几天，乔晚刚刚看到过甘南。

青年穿着件宽大繁重的白色织金龙袍，头顶上戴着十二旒冠冕，就是额头上拇指大小的白色龙角依旧有点儿不够霸气，但整个人，不，整条龙，已经有了点儿帝王气象。

青年霜白色的眼睫轻轻一扬，一见到她，琉璃一样的眼里顿时浮现出又惊又喜的神情，他磕磕巴巴地问："小……小妹，你来看我吗？"

甘南昨天送来的是超豪华无敌海鲜月饼大礼盒，从龙虾味儿到螃蟹味儿应有尽有。想到他继承的二哥、大哥的那些后宫和后宫里的虾贵妃、蟹贵妃们，乔晚觉得牙龈疼。

这成长速度近乎恐怖，凶残到能和伽婴对招的废物龙，不会把自己刚继承的后宫给剁了吧？

岑夫人、白珊湖、齐非道、孟沧浪都寄来了不同口味的月饼。

萧博扬也寄来了一份豪华蛋黄流心月饼。

在绿腰的帮助下，乔晚列了份清单，从上往下扫了一圈儿，这些都要一一还礼。

乔晚认命地拎起月饼，拿起剑，准备出发。

她就这么天南海北地跑了一圈，过路的时候看见了气势磅礴、连绵不绝的昆山群山，犹豫了一秒，悄悄收了剑。

前段时间魔域的人在昆山门口打架，打得你死我活，修真界各方来援，在这战斗过程中，她一不小心一剑削平了一座山头。想到这儿，乔晚更觉得有点儿做贼心虚。

但看了一眼手里这一盒五仁月饼，乔晚纠结归纠结，还是上了山。

以她现在的实力，躲开巡夜弟子已经绰绰有余，她小心翼翼地避开巡夜弟子，一路溜上了玉清峰。

没想到在玉清宫前，她正好撞见了两道熟悉的身影。

男人白发如雪，垂落在腰际，身侧站着个穿着件水蓝色衣裙的姑娘。

那是周衍和穆笑笑。

乔晚脚步一停，下意识地旋身躲了起来。

少女成长了许多，虽然还是软软糯糯的，但眉眼间隐隐透露出了点儿坚定的风姿。

周衍皱眉："怎么了？"

"我好像看见晚儿师妹了。"穆笑笑弯起眉眼，不太确定地轻轻摇了摇头，"可能是错觉吧。"

周衍身子微不可察地僵了一下，垂落在袖子里的指尖不自觉地捏紧了点儿。

这么多年了，他这个徒弟也长大了。

周衍垂眸。

她从当初跪在他面前哭得上气不接下气的姑娘，到现在成长为修真界新生代的正道少侠，他错过了太多。

乔晚抄了另一条小道儿，一路摸到了大师兄的洞府里。

从叛出昆山到现在，说实话，她最对不起的就是大师兄。

月华静静洒落在山峰上，乔晚提着盒五仁月饼，靠着门静静地坐了一会儿。

她还记得刚上昆山的时候，就是大师兄亲手带着她和面，做了几个月饼，送给了周衍和马怀真几个长辈。

最后她还是没勇气进去，小心翼翼地把一盒五仁月饼放到了大师兄的洞府前，然后转身离开。

月华如水。

在这洞府里面也坐了个冷傲的男人，眼里的火像冰层下燃烧的寒焰。

听到洞府外的动静，陆辟寒站起身来。

如霜的月光下静静地摆了盒五仁月饼，月饼盒上还搁了一枝她经过南霍洲时顺道摘来的桃花。

桃花被搁在礼盒上，像是少女无声笨拙的关心。

男人伸手抵着唇咳嗽了两声，眼里的寒焰被月光一照，烧得更加汹涌明亮。

但愿人长久，千里共婵娟。

一轮圆月朗照，旷野上，狼嗥声不绝。

少年坐在一块溪畔的大青石上，垂眸擦着手中的长剑，身侧摆了个沾血的兔子绢灯，歪歪扭扭地绑了个小蝴蝶。

擦完剑，少年看了一眼憨态可掬的兔子绢灯，温和耐心地将这一盏繁华收入了袖子里，整身负剑，继续前行。

劲瘦利落的身影，在地上投下了一道冷清的影子，也唯有影子与他相伴。

下了山，乔晚转道去了昆山下面的夜市。

夜市上很热闹，人来人往，没人认出面前这一身粉色衫子、梳了个马尾的姑娘，就是最近风头正盛的修真界年轻少侠。

她刚收了剑，身后便传来一个惊讶的男声。

"乔晚？"

乔晚循声转过头看去，也愣住了。

"袁老六？"

袁六纳闷地看着她："最近也没战事啊？你怎么上山了？"

乔晚提起手里的月饼："来送月饼。"

袁六十分上道地问："有我的没？"

现在的情况就是，袁六拎着盒月饼，拉着她在昆山下面的夜市上一屁股坐下来拼酒。

正逢中秋佳节，集市上人潮汹涌，男修女修收了飞行法器，提着灯笼，脸上一个个笑意盈盈。

在这灯市里，两个人又碰上了熟人。

男人一身玄色衣袍，身形傲岸，手里提着好几盒蜂蜜月饼，身后还跟着个爽朗温和的青年。

袁六一口酒呛进了嗓子眼里，默默一抖，一脸惊恐的表情："这……这……这是妖皇吧？"

眼看着修真界那凶残无比的妖皇伽婴走过来，袁六艰难地咽了一口酒，浑身上下汗毛竖起。

没想到男人伸出手，把手里的月饼盒往乔晚面前一拍："顺手买的。"

伽婴淡淡地又说道："给你。"

修犬笑了一下："中秋嘛，陛下下山采购，月饼、米、面、油都管够。"

袁六：这妖皇还挺重视员工福利的。

乔晚拎着一盒蜂蜜月饼，淡定地道了谢，顺便拿出了一盒月饼作为回礼。

伽婴："嗯，中秋快乐。"

目送着这位煞神离开之后，袁六这才牙疼地松了一口气，和乔晚继续拼酒。

两个人拼到一半，乔晚顿住。

"怎么了？"

"好像看到了一个熟人。"乔晚收回视线，摇了摇头，刚举起酒杯，又突然愣住。

手中的酒杯里酒水微漾，清澈的酒光中倒映出一轮粉色的圆月。

乔晚抬头，就看见远处的屋檐上不知道什么时候已经多出了熟悉的身影。

青年碧绿的眼映着万家灯火，神色温柔，沾血的修士服垂落在瓦片上，朝着自己遥遥举杯，另一只手里掐了个法诀，指尖上散发着柔和的轻粉色光芒。

一步，天涯。

天涯，咫尺。

等她喝完这杯酒的时候，远处灯火升了上来，碧眼修士旋即消失在了屋檐上。

告别了袁六，乔晚去了趟附近的庙宇，顺便帮家里那些长辈和她这几个狐朋狗友求了几个平安符。

庙里香火旺盛，善男信女们接了油罐，虔诚地添上灯油，捐上几个香火钱。

灯火幽幽，流光溢彩。

乔晚在蒲团上跪下，佛像双眸微合，静静地凝视着来访的香客。

乔晚试探性地往案上放了几个月饼，轻声说道："前辈，中秋快乐。"

佛像岿然不动，默然无语，眉间却闪过了一丝金色的光，似乎在温和严肃地颔首。

出了殿门，挨个儿送完了月饼，乔晚回到书院的时候，桂花树下迎面走来个风姿高彻的男人。

"怎么这么晚才回来？"

说着，男人十分娴熟地从乔晚手里接过了月饼盒和酒坛。

"我来拿。"谢行止皱眉冷声说着，嗓音里透出了点儿别扭不自在和隐约的关切之意。

没办法，任谁知道自己最欣赏的人，和自己相杀了那么多年的死对头，其实都是自己的妹子之后，都会迷失在人生的道路上，陷入纠结之中，就算孤剑谢行止也不例外。

兄妹俩一齐沉默了一瞬。

"路上怎么样？"

"挺好的。"

"嗯。"

"走吧。"

乔晚随口问了一句："堂主和二叔呢？"

谢行止言简意赅："在下棋。"

乔晚又问："他呢？"

"他在厨房里，绿腰和李前辈去了酒窖。"

乔晚迈步走到院里，果然在院子的桂花树下看到了两只轮椅相对而坐，轮椅上的两个中年大龄直男正在下象棋，少年魔将在围观。

马怀真靠在轮椅上，老神在在地用自己完好的右手在棋盘上一按，凉凉地说道："跳马吃卒。"

梅康平坐在轮椅上，摇着折扇，脸黑了。

薛云嘲面无表情："大人又被吃了。"

梅康平额角蹦出一根青筋："闭嘴。"

将眼前这一幕尽收眼底，乔晚几乎控制不住自己心底的吐槽欲了。

这是什么前世公园老大爷二人组啊！

吐槽归吐槽，她还是拎着月饼走上前去。

"前辈、二叔，月饼，豆沙味儿的。"

马怀真似乎对月饼不大感兴趣，将手里的月饼随手放下，抬起眼皮问："去送月饼了？怎么样？"

意识到马怀真问的是什么，乔晚含蓄地回答："大家都挺好的。"

"不说月饼，你这回出去有没有碰到什么小子？老大不小了，人生大事，你考虑过没？"

"要有看上的人，我和你哥帮你绑回来。"马怀真挑起嘴角，唯恐天下不乱地阴恻恻一笑，"叫你二叔帮忙也行。"

梅康平哼唧："连看上的男人都带不回家，做女人未免做得也太失败了。"

马怀真搓了搓下巴，像煞有介事地讨论："我看那条白龙就不错。"

过了这么长时间，男人还是没舍得放弃甘南——的灵石。

想到那条家里有矿的白龙，马怀真遗憾地叹了一口气，窝到了轮椅里。

薛云嘲："甘南已经继承了其兄长的后宫。"

行，白龙出局。

马怀真："那妖皇不是和你关系不错吗？"

这人也有钱。

薛云嘲干净利落地说："家暴。"

行，妖皇出局。

马怀真蹙眉："那裴春争？之前他不是绑了你去魔域成亲吗？"

最主要的是，这人也有钱。

薛云嘲沉声说："刚被师姐揍了，如今不知去向。"

完了，手里的股票全跌完了。

马怀真的脸色也跟着梅康平一起黑了。

眼看着乔晚抬脚往厨房跑去，马怀真说："去什么去，菜都做好了。"

"毕竟是个姑娘，回去打扮打扮，再过来吃饭。"

乔晚一脸蒙地换好了裙子，往院子里走去。

院里已经摆上菜了。

她一抬眼，就看见了一道青色身影伫立在桂花树下，忙着摆盘。

皎洁的月光洒落，细碎的桂花落了一地。

男人似乎察觉动静，抬眼看了过来，莞尔一笑，眼角泛起了些细纹，笑起来的时候模样和乔晚有三分相似，温和的嗓音伴随着甜香的桂风一路飘到了耳畔。

"阿晚，吃饭了。今天中秋，多吃一碗，怎么样？"

"好。"

未完待续

图书在版编目（CIP）数据

御剑桃花昆山晚 . 2 / 黍宁著 . — 武汉：长江出版社，2024.3
ISBN 978-7-5492-9365-0

Ⅰ.①御… Ⅱ.①黍… Ⅲ.①长篇小说－中国－当代 Ⅳ.① I247.5

中国国家版本馆 CIP 数据核字（2024）第 050557 号

御剑桃花昆山晚 . 2 / 黍宁 著
YUJIAN TAOHUA KUNSHANWAN . 2

出　　版	长江出版社
	（武汉市解放大道 1863 号 邮政编码：430010）
选题策划	奔跑的小狐狸制作组
市场发行	长江出版社发行部
网　　址	http://www.cjpress.cn
责任编辑	梁　琰
特约编辑	奔跑的小狐狸制作组
封面设计	白砚川
印　　刷	大厂回族自治县德诚印务有限公司
版　　次	2024 年 3 月第 1 版
印　　次	2024 年 3 月第 1 次印刷
开　　本	710mm×980mm　1/16
印　　张	32.25
字　　数	720 千字
书　　号	ISBN 978-7-5492-9365-0
定　　价	69.80 元（全两册）

版权所有，侵权必究。如有质量问题，请与本社联系退换。
电话：027-82926557（总编室）　027-82926806（市场营销部）